深受读者喜爱的经典名

世界经典
悬疑故事

张金勇◎主编

团结出版社

图书在版编目（CIP）数据

世界经典悬疑故事 / 张金勇主编 . —北京：团结
出版社，2018.1

ISBN 978-7-5126-5921-6

Ⅰ．①世… Ⅱ．①张… Ⅲ．①短篇小说—小说集—世
界 Ⅳ．①I14

中国版本图书馆 CIP 数据核字（2017）第 310917 号

出　　版：团结出版社

　　　　　　（北京市东城区东皇根南街 84 号　　邮编：100006）

电　　话：（010）65228880　65244790（出版社）

　　　　　　（010）65238766　85113874　65133603（发行部）

　　　　　　（010）65133603　　（邮购）

网　　址：http：//www.tipress.com

E—mail：65244790@163.com（出版社）

　　　　　　fx65133603@163.com（发行部邮购）

经　　销：全国新华书店

印　　刷：北京中振源印务有限公司

开　　本：165 毫米×235 毫米　16 开

印　　张：20

印　　数：5000 册

字　　数：300 千

版　　次：2018 年 1 月第 1 版

印　　次：2018 年 6 月第 2 次印刷

书　　号：978-7-5126-5921-6

定　　价：59.00 元

前　言

　　悬疑小说也被称为神秘小说，它囊括了惊悚小说、推理小说等多种文学样式，是一种惹人喜爱、独具魅力的文学体裁。20世纪以来，阿瑟·柯南道尔、希区柯克、埃德加·爱伦·坡等一批世界级悬疑大师们，以其天才的情节构思、诡谲的氛围营造、缜密的逻辑推理，凭借深厚的人文底蕴，写下了无数家喻户晓的名篇佳作，塑造了众多深入人心的人物形象。这些经历了时间考验的经典作品，不仅使悬疑小说步入了世界文学的高雅殿堂，丰富了世界文学宝库，感染了成千上万的人们，而且还影响了许多有志于侦探事业的读者，给人们以精神上的享受和智慧上的启迪。

　　一个人在其一生中，阅读一些情节跌宕、惊心动魄、兼具文学性和思想性的悬疑小说，不仅可以收获新鲜离奇、快意迭起的阅读感受，还可领略其迷人的艺术魅力和丰富的思想内涵；而其中天才的构思与推理的创新手法，更开启了一种颠覆性的思维开掘与探险历程，十分有利于磨练敏锐的洞察力，提高思考力和判断力，从而受益一生。

　　然而人生匆匆，一个人要在短暂的一生中，穷经皓首式地遍阅悬疑大师们的所有作品，既不现实，也不经济。为了让广大读者在最短时间内迅速、有效地了解世界悬疑小说，获得最佳的阅读效果，编者精选120篇经典悬疑小说，囊括了世界悬疑大师的经典力作，如阿瑟·柯南道尔、希区柯克、埃德加·爱伦·坡、阿西莫夫等的名篇佳作，全面展现了悬疑小说的各种形式，反映了世界悬疑小说的精华。这些作品分为"与鬼同行""私宅凶案""惊世骗局""注定的命运和亡灵"等12部分，每一篇都演绎着跌宕起伏、引人入胜的故事：惊悚故事的诡异氛围，将让你毛骨悚然；悬念故事的凶险奇幻，将让你无法抗拒；推理故事的波谲云诡，将引爆你的思维……是一部集扣人心弦的故事情节、令人瞠目的阴谋诡计、无懈可击的推理论证为一体的精心雕琢的作品集。这其中的悬疑环生、惊心动魄、谜团迭起，宏大的故事场面，一浪高过一浪的悬念，可怕的鬼怪灵异等，令人在紧张的悬疑气氛中，随着情节变化起伏而荡气回肠，感受其带给心灵的极度震撼。书中恐怖气氛的渲染和营造让人顿生身临其境之感，忍不住战栗、惊叫。众多推理故事呈现的步步凶险、步步陷阱、步步推论、步步为营，更会让你不知不觉沉迷其中，在纷乱的迷宫里探索智慧灵感的出路，体验真相水落石出的快感。尤其令人称绝的是字里行间始终流淌着令人震惊和沸腾的魔力，甚至残忍的激情，带给读者以无限激荡与震撼。

本书呈现的精彩的故事、鲜明的人物形象、别具特色的叙述手法，无不展示出丰富而深刻的思想内涵和绚丽多彩的艺术魅力，将带给你独特而又充满快感的阅读感受。这些作品不仅提供了可资参考、学习、研究世界悬疑小说的范本，也将使你经历前所未有的思维风暴。

当你翻开这本书，你就开始了一段奇异的旅程，这里有最诡异的灵异事件，这里有最神秘的种种悬案，这里有一个个玄奥的谜团……你将和最著名的悬疑大师一起，经历一个个前途难测的奇幻事件。这将是一场智慧与勇气的较量，这将是一场生命与时间的追逐，一个个故事的答案，正在等着你去揭晓；一幕幕场景的精彩，正在等着你去体验。掩卷之后，许多小说中触目惊心的场景、匪夷所思的情节，定会依然萦绕在你脑海中，挥之不去。在体验到一种放松，一种与作者进行顶级智力博弈的快感的同时，帮你把恐惧消化掉，变成勇敢的营养；把悬念破解掉，变成智慧的结晶。

目　录

与鬼同行

少年的噩梦

［日］天树征丸

一

夏天的一个傍晚，阿一在雨中奔跑。

他被这场突如其来的大雨浇得不知所措，没带伞的他被从头到脚淋了个透。再加上木屐的带子突然断了，他想跑也跑不了。不过，更倒霉的是，不知道是因为淋雨还是之前西瓜吃太多了，他的肚子开始痛起来。

"我今天真够衰的……"

阿一怨恨地看了看天空。

事情为什么会变成这样子呢？其实是因为阿一受到了处罚。这段时间是暑假，阿一、美雪和堂妹应剑持警部的邀请来家乡游玩，剑持太太和她的孩子们也都来了。于是，他们今天就聚在一起玩扑克牌。

堂妹提议，最后输掉的人必须接受处罚，那就是去帮大家买饮料。结果阿一输得最惨，所以他只能跑腿了。

"唉，我真是衰啊！为什么我会输给那群小毛头呢？这种玩抓鬼牌的游戏太依赖运气了，偏偏我运气不好，如果玩那种靠实力比输赢的'心脏病'或'51'就好了……"

阿一提着装满饮料的塑料袋，一边发牢骚，一边走在人烟稀少的乡间小路上。

最后他肚子实在痛得不行了，蹲在地上，缩成一团。"可恶！反正在这种地方没人会看见，我不如就到那边的草丛里……"

阿一往周围一看，忽然发现不远的杂木丛深处有光秃秃的岩石断崖，崖下有一栋小木屋，正散发着橘色的灯光。

"那是别墅吗？"

有灯光，看来一定有人住在里面。

大雨天跑去陌生人家里借厕所虽然有些不妥，但总比在野外解决好多了。阿一不再犹豫，沿着草丛里的小路走过去。

二

"对不起！请开一下门！"阿一一边使劲敲门，一边大声喊。

门马上被打开了，门缝里露出一张长发女子的面孔。

"你是谁啊？"

女子一边问，一边慵懒地用手梳理着头发。

"不好意思……我想借用一下厕所！"

阿一像心急的推销员一样，一脚踏进了玄关。

"啊……慢着，你……"

不顾满脸疑惑的女子，阿一边道歉边往屋里冲，他实在忍不住了。

"厕所！厕所在哪里？"阿一大声呼叫。

长发女子见状，用手指向走廊的尽头，说："在……在那边！"

阿一冲了进去，边解皮带边关门，然后掀起马桶盖，拉下裤子就坐了上去。

过了好一会儿，方便完的阿一从厕所走出来，外面有三个女人瞪着他。

"你是谁啊？"一个双手抱胸的短发女子发问。虽然她的眼角稍微上扬，不过，还算是美女。"你未经同意闯进别人家的别墅，二话不说就往厕所里面冲，太没礼貌了吧。"短发女子又说。

"就是，我还以为是强盗闯进来了呢！"刚才开门的那个长发女子搭腔。

刚才阿一只顾着跑厕所，没有注意到原来这个长发女子长得也很漂亮的。

"啊……真是不好意思，刚才因为太急了……呵呵……"阿一想借着笑声消除尴尬。

"唉，都是因为你，害我们又要重来了，再不快点，雨就要停了。"

这次说话的是一个烫米粉头的女子。

这个女子和之前两个女子相比，脸色虽然淡白了一些，但是身材非常棒。

总之，这三个大概二十四岁左右的女子，都是美女。

阿一忘了自己是不速之客，他笑着说："真不好意思，你们正在做什么呢？是不是在烹饪？要不让我帮你们吧！"

三个女人同时叹了口气，并互相看了一眼。

"我们不是在烹饪，我们正在进行降灵术，降——灵——术！"短发女子严厉地说道。

"降灵术？"阿一一时没反应过来。

长发女子回答："是啊，就是招魂啊！灵异节目经常有播出的嘛！"

短发女子一把把阿一拉进隔壁房间里。

看到眼前的一切，阿一整个身体突然僵硬了。

这个房间没有任何家具，在屋子中央，有好几支大蜡烛围成一个圆圈，放在正中央的是一只死兔子，窗户和窗户之间贴满了符咒。

阿一看呆了，米粉头女子笑着解释说："蜡烛是用来判断亡魂有没有出现，听说如果亡魂被招来了，即使没有风，烛火也会摇晃。死兔子是我们向附近的农家要来的，据说死动物的臭味具有招魂的作用。窗户和门上要贴符咒，是为了不让其他亡魂跑进来。如果没有贴的话，一些乱七八糟的动物灵魂和恶灵就会跑进来，那将是可怕的事情。"

看样子，这三个女人不是在开玩笑。

阿一心里想要尽快离开这个怪异的地方，于是他故意大笑："哈哈，那……那……那真抱歉了，我就不打扰你们了。"

阿一正想往门口走去时，长发女子立刻挡在他面前。

"不行……太迟了！门上已经贴了符咒。我们准备的符咒数量刚刚够，如果撕下这一张的话就会失效的。"

"啊……百合，你怎么那么快就贴上去了呢？小弟弟，真不好意思，就请你留下陪我们招魂了。"短发女子嘴角上扬，露出不怀好意的笑容。

"啊，请……请……请放过我吧，我最怕这种东西了。"

"没办法了，谁让你冒昧闯进来的。来，快点坐下吧！我们必须在雨停之前，把'那个人'的灵魂找出来才行。"

"啊，不要啊……"

"小梅，放他走吧！看他怪可怜的。我们改天再招魂吧！"米粉头这样说。看样子，三人里面她最正常了。

但是，小梅驳回了这个提案。"不行，小樱，绝对不行！你真是的，对男人总是心太软。为了修复我们的友谊，今天一定要找到真正的凶手，我们不是早说好的吗？今天和'那时候'天气一模一样，下着大雨，所以今天一定可以成功招魂。喂……没礼貌的家伙，过来坐下，我们马上要开始了！"

阿一被强迫坐在地板上。

这个小梅真不简单，虽然体格娇小，但说话咄咄逼人、尖酸刻薄。看得出来，在队伍中，她肯定是领队的类型。

米粉头——叫小樱的女子叹口气说："不好意思，实在没办法了。"

"差不多快要到发生'那件事'的时间了。"小樱一边抓弄着头发，一边看着手表。

"哪件事？"阿一反问。

"一年前，这个屋里发生了一宗杀人事件。"名叫百合的长发女子答道，"而当时的嫌疑犯就是现在在场的三个人，也包括我在内。"

三

"杀、杀人？你们三个？"阿一浑身发抖，就像被冷水泼过一般。

"是啊，吃惊吧？呵呵……"百合一边理顺长发，一边冷冷地笑。

三个女人站着，把阿一围在中间。房间内的灯光不知什么时候被关掉了，只剩下摇曳的烛光。房间里充满了诡异的气氛，阿一紧张得猛吞口水。

"死掉的那个人是我们共同的网球教练。"小梅补充说。

"我们三个人从小学起就是很要好的朋友了。因为我们都是独生女，所以就像亲姊妹一样亲。读书、参加社团、工作，我们三个人一直在一起。当然，我们也一起参加网球俱乐部，但是……"小梅突然苦恼起来，话也只说了一半。看得出来她很焦躁，她把右手伸进牛仔裤的口袋里，拿出香烟来抽。

接下来，小樱继续说："我们三个人都同时喜欢上了我们的网球教练。"

小樱说完后，就看向小梅和百合。小梅左手叉腰，右手点燃打火机。

小樱又开口说话了："他姓须藤，以前曾经是一位职业网球选手。你听过吗？两三年前，他拍过宣传海报。"

"哦，我知道那张海报。他当时摆了这种姿势，两手握球拍，打向来自左边的球，对吗？"

阿一做出动作后，百合慵懒地说："你是指双手握拍法吗？"

"对，就是那个！他拍的是乌龙茶的广告吧？"

"他拍的是咖啡广告。"小梅一边抽烟，一边回答。

"啊，不好意思。哈哈，因为我比较爱喝乌龙茶。"阿一说道。

三个女人没有笑，凝视着阿一。气氛突然变得很僵。

百合仍然是慵懒的模样，她说："总之，我们三个人同时喜欢上那位网球教练。因此，我们的友谊被破坏了，你可以了解吧？我们互相争风吃醋……这就是我们四个人来到这栋别墅时的情形。在那以前，我们三个人的感情多么好，后来却变得那么糟糕……再后来，须藤就被杀了。"

"是啊，不知道是我们三人之中谁杀的。"小梅插了一句话。

"你们确定是你们三人中的某一位杀的吗？"阿一发问。

小樱答道："从当时的状况来看，是这样的。不过，一直没有人出来认罪。因此，我们选择在他的忌日，也就是今天，来到这栋别墅，想用降灵术召唤他的灵魂出来问话。我们三个人从读小学时，就迷上了降灵术之类的召灵游戏，钱仙之类的东西，我们曾经成功召唤过很多人和动物的灵魂。"

"原来如此。"阿一答道。

小樱抿着嘴笑："你们听到了吗？须藤的灵魂来了。"她做出竖起耳朵的动作。

阿一笑得很僵硬："哈哈，哈哈……怎么可能发出声音嘛……"

这个时候，外面传来啪嚓一声，好像是树木被劈开的声音。阿一吓了一大跳，三个女人却眼睛发亮。

"他来了，就在附近。"百合开口说道。

"刚才的声音是拉普现象，那是灵魂出现的证据。须藤离我们很近了。"小梅的眼睛大放光彩，"太好了，一切似乎都很顺利！快点，趁雨停之前，我们赶快开始吧！"

阿一心里想：开什么玩笑嘛！

到目前为止，阿一曾被卷入很多起奇怪的杀人事件里，每一起他都有办法作出合理的解释，但是，眼前的情况他无法解释，因为他比任何人都要害怕。

总之，阿一不想再这样耗下去了。

阿一站了起来："等一下！在进行招魂之前，你们可不可以把案发的具体情况详细讲给我听？"

"说给你听？"小樱侧着头问，很不信任的样子。

小梅不高兴地说："告诉你又能怎样？如果事情真是那么简单，那早就……"

"哎呀，先不要这样说嘛！"阿一反驳，"你们知道金田一耕助这个人吗？他就是我爷爷，是日本排名第一的名侦探。"

"咦？就是那位鼎鼎有名的……天啊，不会吧！"小樱很惊喜，看来她也是金田一耕助迷。

"我也帮警方解决了很多起谜案……"

"那很有趣嘛！"百合打断阿一的话，"就把当时详细的情形告诉这个侦探小弟吧，雨好像一时半会还停不了。"

"不行！怎么可以把那件事告诉陌生人。"小梅极力反对。

百合冷笑道："哦，小梅。你怕真相被拆穿，是吗？你果然是杀人凶手吧？"

"胡说八道！你才是凶手！那天你提议须藤一人留下，由我们三个人分头去买晚餐的材料，所以凶手应该是你！"

"你们两个别吵了。"小樱红着眼眶，"我们果然不应该再来这里。不论你们谁是凶手，我都觉得无所谓。我还以为来这里，我们三个人的感情就会恢复如初……"

"小樱，你不要装好人，你这种模棱两可的态度更让人觉得可疑。"小梅的眼神更严厉了。

百合也加入这场唇枪舌战："不要忘了，当初租这栋别墅的人是你啊！你从一开始就打算杀害须藤吧？"

"你，你太过分了！"小樱用手指拭去眼角的泪水，说"你们想想买菜的事情，我按照分配的清单，买回了莴苣、西洋香菜、菠菜。百合你却说什么炖咖喱用的肉卖光了，没买肉回来。小梅你也是，原本应该向附近的农家买马铃薯、青葱，结果你却买回了胡萝卜和青椒。那是为什么？难道这里面暗含什么阴谋吗？"

"你们三位别吵了，这样吵下去就能吵出结果吗？把具体情形告诉我，为了不负我爷爷的名声，我一定会找到凶手！"

"哼，好，既然你这么说，我就告诉你吧。"小梅向阿一介绍了当时的情形。

四

去年八月十五日，小梅、小樱、百合和她们的网球教练须藤来到这栋别墅。表面上，她们装着是为了接受特别的网球训练，其实她们真正的目的是要打一场"爱情战争"。

抵达别墅的那天傍晚，她们三个分头去买晚餐的材料，命案就在她们买菜的这段时间内发生。由于突然下起了大雨，她们在路上耽搁了很久，最后当她们回到这里时，发现须藤死在厨房里，胸口插着一把菜刀。

"我是最先发现尸体的人。"小梅说完，身体稍微颤抖了一下，随后她向阿一招手，并带他去厨房。

她扔掉烟蒂，回头对阿一说："尸体当时就在你现在站的那个位置。

"咦？"阿一赶紧退后一步。

小梅面不改色地补充道："他躺在正中间，地板上流满了血。他眼睛瞪得很大，眼珠子已经浑浊，早就死了。但是，他的姿势非常奇怪。"

"姿势？"阿一反问。

小梅回答，"他右手拿鸡蛋，左手拿着饭瓢。"

"鸡蛋和饭瓢？"阿一感到有些意外，浮现在他脑海里的命案现场有一点滑稽。

但是，眼前这三个女人的神情很严肃。

"尸体以什么姿势躺在地上呢？"阿一发问。

"很难形容。"小梅看了一下四周，百合察觉后就拿出纸笔来。

百合开始画图。阿一注意到她压纸的那只手，她左手的无名指上戴着一只闪闪发亮的戒指。随后，他发现其他两个女人的手指上也戴着相同的戒指，看样子，都是须藤送的。

"就是这种姿势。"百合把画好的画递了过来。

"是的，没错。拿鸡蛋的右手是抬高的。"小梅开口说。

小樱也点头表示认可。

纸上画着尸体的右手举着鸡蛋，眼睛好像注视鸡蛋一样。另外，拿饭瓢的左手刚好放在后脑勺。左腕弯曲，饭瓢的圆形部位朝上。

"右手拿鸡蛋，左手拿饭瓢，小梅小姐……"

"怎么了？"

"尸体的手是紧握住鸡蛋和饭瓢的吗？"

"是啊，非常紧，鸡蛋差一点被捏碎。"

"原来如此。"

"你知道答案了吗？"小梅发问。

阿一咧嘴微笑，露出洁白的牙齿，说："是啊，我知道了。"然后环视了小梅、小樱、百合三人一圈，说："谜底解开了。"

"这个奇怪的姿势是死者的留言。"阿一说道。

"留言？"小梅反问。

"是的，就是'濒死前的遗言'。从尸体双手紧握鸡蛋和饭瓢的举动来看，可以知道，这两个东西是须藤在死前，以自己的意志握住的。他为什么这样做呢？可能是他要以右手拿鸡蛋，左手拿饭瓢的姿势表示凶手是谁，只有这样才能作出合理的解释。"

"什么意思？用鸡蛋和饭瓢暗示凶手，啊，难道凶手喜欢烹饪吗？"百合把目光移向小樱。

小樱摇头："不是我杀的，如果要这样解释的话，那应该是小梅，因为她只会煎荷包蛋和煮饭而已。"

"胡说，我还会煮咖喱、煮拉面呀！凶手应该就是带鸡蛋过来的人吧？百合，难道不是你吗？"

"你瞎说什么？小梅，你才是凶手。"

"你们说得都不对，你们的思路和死者的留言不相符。死者的留言是以被害者的身份凸显问题的。"

"须藤的身份？"小梅反问说。

阿一点头说："没错，须藤曾经是有名的网球选手，只有他才想得出这种留言。你们想一想，鸡蛋和饭瓢很像什么？圆圆的东西和有握把的像汤匙一样的东西。"

"网球和网球拍！"小梅大喊。

"对，鸡蛋代表网球，饭瓢就代表网球拍。"

"哦，原来是这样的，还真挺有道理的。"百合附和道，"可是，我们每个人都有网球用具啊。"

"问题不只在于网球和网球拍，而在于死者是用哪只手握鸡蛋，哪只手握饭瓢。根据百合所画的这张图，他死后应该是右手拿鸡蛋，左手握饭瓢。另外，他倒在地上的姿势……"

阿一紧盯着百合所画的图，死者的目光集中在拿鸡蛋的右手上，左手握着饭瓢并放在后脑勺部位。

"天哪，这是发球的动作。"百合喊叫。

"是的，右手拿球，左手拿球拍，这是左撇子的打法。不过，我记得以前看过须藤拍的那张咖啡广告海报，他本人应该不是左撇子才对。从这一点看来，须藤是想告诉大家，凶手就是习惯用左手的人。"

"左撇子……"两个女人同时把目光投向剩下的那个女人。

阿一继续说："小梅用右手点燃打火机，所以我想她是右撇子。"阿一脑海里浮现那幅景象：小梅把左手插在腰际，用右手点燃打火机。

"刚才百合是用右手画图的吧？"百合用左手压住纸，以右手拿笔。另外，剩下一个人。

阿一把视线停驻在她的身上。她一边用左手梳理着头发，一边看右手上的手表。

"凶手就是把手表戴在右手上的人，那就是你，小樱！"

"小樱？"小梅发出喊声。

"天啊！"百合用手捂住嘴巴。

小樱两眼含泪，呆立在原地。

阿一继续说："凶手拿着刀，从正面刺向须藤的胸口，因此须藤必定知道这个凶手是谁。凶手一定是把刀刺进须藤胸中后就逃走了，但是，须藤并没有立刻死去。于是他拼命地思索要用什么办法暴露凶手的身份。可是，须藤没有足够的时间了，他在意识模糊的时候，一定想起凶手的特征了。对一个网球教练来说，让他印象最深刻的莫过于学员打球时的姿势了吧。小樱，我的'想象'对吗？"

"是的，我想你猜对了。"小樱终于开口了。

"你为什么要杀害须藤？小樱，你不是很喜欢他吗？"面对小梅追问，小樱缓缓地摇头："我并不喜欢他，因为小梅和百合喜欢他，为了要迎合你们，所以才假装很喜欢须藤。"

"你说什么?"百合问道。

小樱擦干眼泪:"说真的,我一点儿都不喜欢那个男人。我只是喜欢和大家一起争风吃醋的感觉而已。其实,我最看重的是情谊,但这份情谊被那种男人破坏了,我恨他,所以就杀了他。"

百合和小梅望着小樱,哑口无言。

小樱继续说话:"那天,在买菜的路上,我遇见了菜农,直接从他那买到了菜,所以我比你们回来得都早。回到别墅后,那个男人靠近我,对我说:'终于只剩下你我两个人了,我不希望见到你们三个人为了我钩心斗角,所以我送你们每个人一枚戒指,其实我最想送的人是你。'他说的话很假、很恶心,他自以为对付女人的手法很简单,他可以一网打尽。但我不会忘记,因为他,我们从小情同姊妹般的感情被他破坏了,想到这里,我心中燃起一把无名火,当我回过神时,已经把菜刀插进他胸口了……"

"小樱,"小梅把手搭在小樱颤抖的肩膀上,"其实我和你一样。"

"咦?"小樱和百合同时发出声音。

"事实上,我也不是真的喜欢那个男人,但也不讨厌他。不过,我不像你和百合竞争那样激烈。开始,我和你的想法一样,只为了迎合你们而加入爱情争夺战,谁知道后来就骑虎难下了……"

"小梅也是这样想的啊,"这次是百合说话,"其实我也是。起初只是附和你们,随口说说而已,后来演变成和小梅吵架,但事后我真的很后悔。"

三个女人往地上蹲,互相依靠着,开始啜泣。

阿一叹了一口气,喃喃自语:"事情怎么会这样呢?"风流快活的网球教练就这样结束了自己的生命。阿一在心里面这样想着,然后悄悄地走出房间,就在此时——

"你姓金田一吧?"小樱叫住阿一。

"嗯,是的。"

小樱泪流满面地对阿一说:"谢谢你,多亏你的帮忙。虽然我无法回报你,不过,请让我真诚地向你道谢。"

阿一说:"呵,不必了!你有这份心意就够了。"

阿一提起装饮料罐的塑料袋,对小樱说:"小樱,你一定要去自首哦。"

小樱没有说话,只是淡淡地微笑着,和刚才比较,她的脸色变得更加苍白了。

终

阿一走在晴朗的乡间道路上,强烈的阳光从晴空照射下来。奇怪,刚才不是下了大暴雨吗，现在地面却干燥得出奇，迎面吹来的风也没有意料中的湿。十五分钟前的那场大雨，对阿一来说，简直就像一场梦一样。

"我真搞不懂女人是怎么想的！"

阿一边走边想，要不要把刚才发生的怪事告诉警方，如果要说，那又要从何说起呢？想着想着就听到有熟悉的声音在呼唤着自己的名字。

"阿一！"

"金田一！"

阿一的思路突然被打断，抬头一看，原来是美雪和剑持走了过来。他们两人都穿着轻便的和服。

对了，今天是盂兰盆节。等会儿盂兰盆舞大会将在附近的小学校园里举行。大家约定好今晚要去那里狂欢的。

"美雪，大叔，你们在这里做什么？"阿一踩着木屐向他们跑过去。

美雪气喘吁吁："当然是出来找你。只是去买饮料，结果去了那么半天还不回来，大家都以为你出事了呢，所以我们就出来找你了。"

"哦，真对不起，对不起！早知道我就打电话给你们了。我刚才去那边别墅躲雨了。对了，刚才下了一场好大的雨啊！"

"下雨？什么时候下的雨？"

"哦，那是不是只有这边下雨啊？"

"但是，地上干得厉害呢！"

"这，这……可是，刚才的确下雨了啊，一定是地太渴了，把水都吸干了。"

"真奇怪，天上一朵云都没有啊，根本不像下过雨的样子。而且，你也没有被淋湿嘛！"

经美雪这么一提醒，阿一摸了一下自己的衣服。衣服的确没有淋湿，甚至一点湿气都没有。刚才明明下过雨了啊。仔细想一想，即使是炎热的夏天，地上的水也不可能干得那么快。

一瞬间，阿一感觉自己整个人好像泡在冰水里一般，从头冷到脚。

"但是，我说的都是真的啊，刚才的确下雨了，所以我才跑去那边的别墅躲雨去了，顺便借用了一下厕所……"

"别墅？"剑持警部反问，"你是指山崖下那栋小木屋吗？"

"是啊，就是那栋。你去问屋子里面的人，他们可以证明刚刚下过雨的，也能证明我去借用过厕所。"

"慢着，金田一，那间屋子早就没人了啊！"

"咦？"

"去年夏天，差不多是现在这个时候，下了一场大雨。由于表层的泥土松动，造成泥石流，掩埋了那栋别墅。来这边游玩的四名男女也不幸被活埋了，但根据警方调查，其中一名男性在遭到活埋之前，就已经被人用刀刺死了。"

"当时，我正在乡里休假呢，但后来县警局仍然找我来现场帮忙。从现场的状况判断，凶手可能就是那三名女子中的一个，但是，那三个女人也都死了。因此事情就不了了之了。所以说，那栋别墅现在应该是一栋倾倒得快要被压垮的废弃屋才对。金田一，你怎么了？怎么脸色铁青？"

其实，刚才阿一听剑持说到一半时就已经傻眼了，他不相信会有这种事情发生。

忽然，阿一注意到自己脚下穿的木屐，在大暴雨中已经断裂的木屐带，现在已经完好如初了。

临出门前，小樱说的最后一句话，就像教堂的钟声一样，在阿一混乱的脑海里回响："虽然我无法回报你，不过，请让我真诚地向你道谢。"

也许今年夏天太热了吧，所以阿一才做了这场白天的噩梦。

猴爪

[英] W. W. 雅各布斯

拉波诺姆·维拉镇的傍晚又冷又湿。在一间小小的客厅里，挂着厚厚的落地窗帘，炉火烧得很旺。壁炉边上，白发苍苍的母亲静静地坐着织毛衣，她的丈夫和儿子正在下国际象棋。

那位父亲本来要赢了，却在最后时刻犯了一个致命的错误，使棋局发生了无可挽回的大逆转，把他妻子都吸引过来品评。

老沃特说道："听啊，起风了。"他看着这个致命的错招，想转移儿子的注意力，使他发现不了它，但已经太迟了。

儿子冷冷地扫视一下棋盘，说道："我听着哪。"他伸出手推动棋子："将。"

父亲说："我几乎不信他今天能来。"他的手犹豫不决地在桌子上方悬着。

儿子却毫不含糊地继续说："将！"

老沃特突然高声叫喊起来，用词出人意料的粗鲁："住得这么偏远真是糟透了！周围都是些荒野，到处那么泥泞、偏僻的，真是太糟糕了。院里的小路像个小水沟，而外面的大路简直像一条河。我不知道人们作何感想，我想大概路旁只有两座房子是供出租的，所以他们觉得没什么要紧的。"

他妻子安慰道："不要紧，亲爱的，也许下一盘你就赢了。"

老沃特心情立马好转，他偷偷地瞥了一眼母子二人，话在嘴上打住了，稀疏的灰胡须中，隐匿着一个得意的暗笑。

儿子赫伯特·沃特说道："他来了。"与此同时，大门砰的一声关上了，接着有沉重的脚步声走近门口。

老沃特殷勤而急切地站起来过去开门，向刚到的来客表示欢迎，来人也问候了他。一个高大结实的男子随着老沃特走进屋子，他眼睛小而亮，面色红润。沃特太太一边轻轻咳嗽，一边不禁发出"啧啧"声。

老沃特介绍说："这位是军士长莫里斯。"

军士长摆摆手，坐到摆在壁炉边的椅子上。

沃特太太在炉子上放了一只黄铜小水壶，然后殷勤地去拿威士忌和酒杯。

几杯酒下肚，军士长的眼睛更亮了，开始侃侃而谈。沃特一家三口人怀着强烈的兴趣注视着这位远道而来的客人。他在椅子上正了正宽肩膀，谈起旷野的景观和自己英勇的事迹，谈起战争和瘟疫以及陌生的人们。

"他走时只是一个货栈里的瘦长个子的小伙，"老沃特说着，冲他妻子和儿子点点头，"十一年了——现在看看他。"

沃特太太礼貌地说："他看上去没遭多少罪。"

老沃特说："你知道，我想亲自去印度，就为了观光。"

军士长放下空酒杯，轻声叹口气，摇摇头说："你去哪都好，就是别去印度。"说完，他若有所思地又摇摇头。

老沃特说："我想看看那些古老的寺院，游方的和尚和卖艺的人。莫里斯，那天你跟我讲的一只猴爪什么的，到底是什么东西？"

军士长急忙说道："没什么，那事听起来没什么意思。"

沃特太太诧异地说："猴爪？"

军士长又急急地说："咳，没什么！就是你们叫巫术的东西。"

看到他的三位听众都如此渴望地倾听着，他心不在焉地将空杯举到嘴边又放下。沃特太太马上给他斟满。

"看吧。"军士长一边说一边在衣袋里摸着，"不过是一只干巴巴的普通小爪。"他从衣袋里掏出个东西递过去，沃特太太有点厌嫌地缩回身子，赫伯特却接了过来，惊奇地仔仔细细看起来。

老沃特从儿子那接过爪子，问："它有什么奇怪的？"他也仔细地看了看，又放在桌上。

军士长激动地说："一个游方的和尚为它下了一道咒语。那和尚是一个真正的圣人，他想显示命运仍主宰着人的生命，而那些抗拒它的人将会不幸。他将一道咒语放在爪上，能使三个不同的人凭它满足各自的三个愿望。"他的听众们意识到，他们的轻视多少有点儿令他不快。

赫伯特聪明地问："那么，先生，你自己为什么不提三个愿望呢？"

这位老兵以中年人常用来看那些自以为是的年轻人的目光注视着他,平静地说:"我提了。"他黝黑的脸霎时变得毫无血色。

沃特太太问:"你是不是真的实现了三个愿望?"

"是的。"军士长说着,举起杯子,可是杯子碰到了他坚硬的牙齿。

老太太继续问:"有没有其他人提过愿望?"

他答道:"有,第一个人已提了他的三个愿望。我不知道那人头两个愿望是什么,但第三个是求死。因此我才得到了这只爪子。"他是那么严肃,大家安静下来了。

老沃特问道:"莫里斯,如果你提过了三个愿望,它对你已没有用处了。那么,你还留着它干什么?"

军士长摇摇头,慢慢地说:"我曾想卖掉它,但我想不行。而且人们也不想买,他们认为这是一条妖精的尾巴,或尾巴中的一截。他们怀疑它是否灵验,想要先试一试才肯付给我钱。况且,它已产生了足够的危害。"

"如果你还有另外三个愿望,你还能不能兑现?"老沃特双眼充满渴望地望着他。

"不知道。"军士长说,"我不知道。"

他用食指与拇指捏起那只爪子,放在眼前静静地看着,若有所思。突然,他一扬手把它扔到壁炉里。老沃特轻声叫了一下,俯身抢了出来。

军士长郑重地说:"最好把它烧了。"

老沃特说:"如果你不要,莫里斯,把它给我吧。"

军士长固执地说,"不行。我已将它扔到火里了。如你要它,以后发生什么事就别怪我。你应该做个聪明人,把它重新扔回火里烧掉。"

老沃特摇摇头,极其认真地看着他刚得到的东西,问道:"应该怎么使用它?"

军士长说:"用右手举着它,同时大声说出你的愿望。但我警告你,后果非常严重。"

沃特太太说道:"听起来就像《一千零一夜》。"她站起来准备做晚饭,说:"难道你不认为应该让我再多长几双手吗?"

她丈夫把这神奇的物件从衣袋里掏出来,一家三口开怀大笑。军士长的脸上却显出一种惊恐的神色,他抓住老沃特的手臂,生硬地说:"如果你要提愿望,就提些明智的。"

老沃特把它放回衣袋里,摆好椅子,示意他的朋友到桌边来。吃晚饭的时候,三位听众又沉迷在军士长在印度探险的第二个故事之中了,那神物几乎被大家忘记了。

客人告辞了，急着去赶最后一班火车。赫伯特送走他，关上门，说："如果关于猴爪的话题还不比他刚刚告诉我们的事情真实，那我们就不会凭它得到什么。"

沃特太太盯着她丈夫问道："亲爱的，你拿了他的东西，是不是该补偿给他点什么？"

老沃特有点脸红，说："一件小事。他不要了，我想让他带走，他却又让我扔掉。"

"这事很可信。"赫伯特说着，装出害怕的样子，"我们怎么就不能拥有富贵、名望和幸福。父亲，许愿当国王吧，现在就开始，你不能怕老婆。"

沃特太太被惹生气了，手持一个沙发套要揍他，他绕着桌子跑。

老沃特从衣袋里拿出猴爪，用怀疑的眼光审视它。他慢慢地说："我不知道该祈求些什么，不知道那些话是不是事实，它好像意味着我能得到我所要的一切。"

赫伯特把手搁在他肩上说："如果你能让咱家的破房子蓬荜生辉，你会很高兴的。你干吗不试试呢？"

"好吧，就祈求要两百镑钱，看它是否灵验。"老沃特为自己的轻信而惭愧地微笑。他举起那神奇的东西。而他儿子摆出一副庄严的面孔，向他母亲使了个眼色，显得有点假。沃特太太正坐在钢琴旁，随手弹出几个激动的和音。

老沃特清清楚楚地说："我要两百英镑。"

伴随着这句话，一串动听的音符从钢琴里传出来，却突然被老沃特令人毛骨悚然的一声大叫打断了。他妻子和儿子向他跑去。

他嚷道："它动了！当我祈求时，它在我手里扭动像一条蛇。"他嫌弃地瞥了一眼已掉在地板上的那个东西。

他儿子拣起它放到桌上，说："嘿，可我没看到钱。我打赌我永远也看不到那笔钱。"

他妻子关切地看着他说道："亲爱的，那只是你的幻觉。"

他摇摇头："不要紧，它让我吃了一惊，好在还没有什么坏处。"

他们重新在壁炉边坐下，两个男人抽着他们的烟斗。

屋外，风比先前刮得更大了，楼上的一扇门砰的关上。老沃特开始紧张起来。一种不寻常的沉默和压抑笼罩着三个人，直到老两口起身去就寝。

赫伯特在向他们道晚安，说道："我期望明早你们能在床上发现鼓鼓囊囊的一大袋硬币，而可怕的东西就会蹲在衣柜顶上看着你们把不义之财装入腰包。"

赫伯特一个人坐在黑暗里，瞪着正在缓缓熄灭的炉火。从跳动的火焰上，他看到许多张脸，最后一张很吓人，很像猿猴，使他看愣了。那张脸变得越来越立体，还带着一丝若隐若现的笑。

他在桌上摸索，想抓起一只装水的杯子去浇它，却抓到了那只猴爪，他颤栗地在外套上擦了擦手，马上睡觉去了。

第二天早晨，当冬天的阳光射在早餐桌上时，屋内洋溢着昨晚所没有的一种平静而又温馨的气息，他为自己的胆怯而感到好笑。那个脏兮兮、干巴巴的小爪被漫不经心地搁在餐具柜上，显然没有人相信它能施出什么神力来。

沃特太太对丈夫说："亲爱的，这样的愿望能实现简直是不可能。我们所听的都是些胡说八道！就算真的实现了，两百英镑又怎会害人呢？"

赫伯特轻浮地说："也许钱会从半空中砸到他头上。"

老沃特说："莫里斯说过，事情会自然而然地发生，以至于你们会把祈求的结果当做一种巧合。"

"好吧，在我回来之前，别把钱独吞了。"赫伯特边说边从桌边站起来，"如果那笔钱使你变成一个自私、贪婪的人，那么我们便与你脱离关系。"

他母亲笑着，陪他走到门口，看着他上了路。

她回到早餐桌上，开心地拿丈夫的轻信当做话柄。不多时，邮差来敲门，她匆匆跑去开门。她从邮差手里接过一张裁缝账单的同时，顺带打听了一下那位嗜酒的退役军士长。

当他们吃午餐时，她说："赫伯特回家时，我想他会有更多的有趣话题和我们聊。"

"我想，"老沃特边说边给自己倒了些啤酒，"无论如何，那玩意儿在我手里动了，这我敢肯定。"

他妻子没搭腔，她看到屋外有陌生人在走动，并以一种犹豫不决的样子盯着屋子，看样子正试着下决心进来。她注意到那个人穿着考究，戴一顶崭新而有光泽的丝质礼帽，心里立刻联想到两百镑钱。

那人三次在大门口停下来，却又走开了。第四次，他站住了，把手搁在大门上，仿佛下了很大决心似的推开门，沿着小道走进院子里。

与此同时，沃特太太伸手到身后解开围裙带子，把围裙压在椅子的坐垫底下。

陌生人诡秘地盯着她，一副心事重重的样子。她把似乎有点心神不安的客人带进屋里。

老太太为屋内寒酸的陈设、她丈夫的外套以及挂在外面的一件平时侍弄花草穿的衣服表示歉意。随后，她就以女性独有的耐心等待着他先开口说明来做什么。

奇怪的是，他一直沉默着。

"我是受人之托来拜访的。"他终于开口了，同时弯腰从裤子上取下一片棉花，"我从莫乌和麦金斯那来。"

"有什么事？"老太太感到不妙，她稳住呼吸，又问，"赫伯特发生了什么事？什么事？到底出了什么事？"

她丈夫打断她："亲爱的，你说到哪去了？"他急急地说："坐下，别急于听结论。我相信，你不会带来坏消息的，先生。"他渴望地望着对方。

来人说道："非常抱歉！"

做母亲的焦急地问："他出事了？"

那人默认地低下头，小声说："出了大事，但他没一点痛苦。"

"哦，感谢上帝！"老太太说着，双手相握做出祈祷的姿势，"为此我感谢上帝！感谢……"

当她渐渐明白这不吉祥的话语中的意思时，突然住嘴了。她看到她的担忧在对方扭到一旁的脸上得到了可怕的证实。她感到窒息，转向还没反应过来的丈夫，将一只颤抖的手放在他身上。

长久的沉默。

来访者最后低声说道："他被卷到了机器里。"

"卷到了机器里。"老沃特茫然地重复着。

"是的。"

老沃特面无表情地瞪着窗外。他将妻子的手放在自己的双手中按着，就像他们在漫长的近四十年的相爱的日子里所习惯的那样。

"他就一个人离开了我们，这是难以忍受的。"老沃特说，他镇静地转向来的人。

对方咳嗽一声站起身，慢慢走到窗边，把目光投向窗外："公司希望我，就你们所遭受的巨大打击向你们转达他们真挚的同情。我请求你们理解，我不过是遵从命令，我只是他们的随从。"

然而他没有得到回答，老头儿的脸色看上去与他的朋友军士长第一次被送上战场时一样。而老太太脸色煞白，双目发直，好像呼吸都停止了。

对方继续说："我刚才是说莫乌和麦金斯不承认一切责任，他们根本不想承认应该对这件事负责。但考虑到你们儿子的贡献，他们想送给你们一笔钱作为补偿。"

老沃特放下妻子的手，站了起来，眼光可怕地盯着这个陌生人。他的干裂的嘴唇里挤出几个字："多少钱？"

"两百英镑。"

他的妻子发出让人心惊的尖叫。老沃特虚弱地微笑着，仿佛未觉察到他妻子的声音。他像看不到东西一样伸出手去，又垂下，毫无知觉地让一堆钱掉到了地板上。

老两口在约两英里外的一个巨大的新坟里，埋葬了他们的儿子，然后回到了矗立在寂静和阴暗中的屋子。

开始他们不信是真的，依然停留在一种期待中。这一切来得太快了。虽然这期间发生了很多事，但仍未减轻老人们心中难言的痛苦。

大约过了一个礼拜，老沃特在半夜突然醒来。他伸出手去摸，发现床上就他一人。室内漆黑一片，从窗边传来压低的哭泣声，他从床上坐起来听着。

"回来，你会着凉的。"他温柔地说。

"我儿子会更凉。"老太太说着，又哭起来。

啜泣声在他耳边渐渐消失，床很暖和，他抑制不住自己的困意，断断续续地打着盹，睡了。突然他妻子突如其来地发出一声疯狂的喊叫，把他从睡梦中惊醒。"爪子！"她急切地喊道，"那只猴爪！"

"哪儿？它在哪儿？什么事？"他惊恐地从床上坐起来。

她跌跌撞撞地穿过房间走过来，稍微平静下来，她说："我需要它，你没把它毁了吧？"

他感到惊讶："它还在客厅里的餐具柜上。你问这干什么？"

她又叫又笑，俯身亲他的脸颊。她歇斯底里地说："我刚刚才想到它！为什么我以前没想到？为什么你没想到？"

他问："想到什么？"

她很快答道："另外两个愿望！我们只提了一个。"

他愤怒地问："那还不够吗？"

"不，"她得意地叫道，"我们还能再提一个。快去把它拿来，许愿让我们的儿子复活。"

"仁慈的上帝，你疯了！"老沃特叫道。他坐在床上，四肢发抖地推开被子。他为妻子疯狂的念头惊呆了。

"快去拿它，"她喘着气，"快去拿它，来许愿！哦，我的孩子，我的孩子！"

她丈夫划了一根火柴点燃蜡烛，固执地说："回床上去。你不知道你在说什么。"

"我们兑现了第一个愿望。"老太太狂热地说，"为什么不提第二个？"

老沃特结结巴巴地说道："那只是一种巧合。"

"去拿来求呀。"他妻子叫道，激动得发抖。

老沃特转身注视着她，声音颤抖地说："他已死了十天，而且他——我本来不想告诉你的——他离去的时候，只能看出来他穿的衣服，完全认不出他的样子了。对你来说，他太可怕了，看都不能看，即使复活又能怎样？"

"让他回来。"老太太叫道，推他到门口，"你难道以为我会害怕自己养大的孩子？"

他在黑暗中下楼，摸索到客厅，再找餐具柜。那神物果然在原处，一种极度的恐惧震撼了他，想到许愿说把他残缺不全的儿子带到面前，他恨不得逃出这屋子。

想着想着，他发现找不到门口了，他喘不上气来，额头上全是冷汗。他感到自己正在绕着桌子兜圈。

于是，他摸着墙走，直到发现自己手里拿着那讨厌的东西站在小过道里。

他进卧室时，看到妻子的脸色好像变了，苍白而又有所期待，可怕的是她似乎以一种异乎寻常的眼光望着那东西，他有点怕她了。

她用一种坚决的声音叫道："许愿呀！"

他声音发颤："这真是又愚蠢又邪恶的事情。"

"你快求呀！"他妻子重复道。

他举起手："我祈求我儿子复活。"

那神物掉到地上，他恐惧地注视着它，然后战栗着陷进一把椅子里。

老太太却红着眼，走到窗边拉开窗帘。

他坐着，感到凉意逼人，偶尔瞥了一眼正盯着窗外的老太太的身影。蜡烛快烧完了，马上就会烧到那支中国式烛台的边缘，烛光把跳动的影子映在天花板和墙上。

烛火在跳出一个大火花后熄灭了。

本着一种对神物失灵的无可言状的宽慰感，他溜回床上。过了一会儿，老太太沉默而又失落地来到他身旁。两个人谁都没有讲话，静静地躺着听着钟表走动的声音。

楼梯吱的一响，一只吱吱叫的老鼠急匆匆地沿着墙根跑过去。

黑暗是难以忍受的。躺了一会儿后，他鼓起勇气，拿了一盒火柴，划着一根，下楼去找蜡烛。

他走到楼梯脚，火柴熄了。他停下来又划另一根。就在这时，响起一下敲门声，极轻微而又隐秘，几乎无法听见。

火柴脱手掉落在过道里，他站着不动，屏住呼吸仔细倾听。

敲门声再次响起，他飞快地转身逃回卧室，在身后关上门。

然而，第三次敲门声响彻了整座房子。

老太太惊叫起来："那是什么声音？"

老沃特哆嗦着说："老鼠——一只老鼠，下楼梯时从我身边跑过。"

他妻子坐在床上听着，一下重重的敲门声又响彻整座房子。

"是赫伯特！"她尖叫起来，"一定是赫伯特！"

她奔向门口，但她丈夫已抢在她前面紧紧抓住她的胳膊。他声音嘶哑地低声问："你想干什么？"

她叫道："是我的孩子，是赫伯特！"她机械地反抗着："我忘记那儿有两英里远了，你抓住我干什么？让我去，让我去给他开门！"

老沃特发抖地叫道："看在上帝的面上别让他进来！"

她叫着，挣扎着："你难道怕自己的儿子？让我去。我来了，赫伯特，我来了！"

又一下敲门声，接着又一下，敲门声越来越急促，老太太突然挣脱，跑出卧室。她丈夫恳求地叫着她，追了几步，她却飞快地冲下楼去了。

他听到链锁被嘎吱嘎吱地拖开，底闩正被缓慢地、不灵活地从插座中拔出来。他还听到老太太紧张的喘气声。"门闩。"她高声叫过，"你下来，我拖不出来。"

老头儿并不理会她，他这时正手脚并用在地板上急急地摸索着，他一心想找那只爪子，只要在外边那个东西进来之前找到它就能得救了。

又一连串猛烈的敲门声回荡在整座房子里，他听到链锁的刮擦声，他妻子正把它从门上拆下来，他还听到门闩正吱嘎作响地慢慢往外移动。与此同时他也发现了猴爪，慌忙中他狂乱地喊出他第三个也是最后一个愿望。

敲门声突然中止。

回音还在屋子里激荡，他听到链锁被拽掉的声音。

门打开了，一股寒风冲进屋子，他妻子发出了一声长长的，失望而又痛苦的哭喊。

他哆嗦着站起来，鼓足勇气跑下楼，来到妻子的身旁——大门外空荡荡的，一个人影都没有。在他眼前的只有对面闪烁的街灯，和昏暗的灯光下那条荒凉寂静的大道。

与画中人同行

[日] 江户川乱步

如果这个故事不是我的杜撰，那只能说明，那个与画中人同行的男人是个疯子。不过，也有可能是我无意间寻到了悬浮于大气中的一个神奇的镜头装置，偷窥到了另外一个世界的景象。总之，它就像我们常常在梦中看到的。梦里的世界不总是与我们的现实世界截然相反吗？还有可能就是疯子所做的一切都是真的，他们与我们正常人不同，有些东西，或许只有他们能感觉到，而我们却丝毫没有觉察。

时间已记不清了，故事发生在一个晴好的天气里，当时我正从鱼津返回。我去鱼津是为了看海市蜃楼。我刚讲到这儿，我的朋友们就打断我说："你不是从没去过鱼津吗？"我被他们问住了，我真的无法拿出什么证明我某年某月去过鱼津。那么，这真的是我做的一场梦吗？可是，我为什么能做出如此绚丽的梦呢？我的梦通常都没有一点颜色，像黑白电影，而那火车里和那幅画里的景色是那么漂亮、色彩斑斓，真的像亲身经历过一样，至今仍不停地在我的记忆中浮现。

那天，是我有生以来第一次看到海市蜃楼。我一直幻想着美丽的龙宫会呈现在自己眼前，可是当真正的海市蜃楼出现的时候，我却吓得失魂落魄，满身是虚汗。鱼津的海滨聚集了上万的人群，他们都在凝神屏息地眺望着前方的蓝天大海。我从未见过如此宁静的海面，她就像一个一言不发的少女，令我颇感意外。在这之前，我一直固执地认为日本海肯定是不平静的，是波涛汹涌的，然而我面前的大海是灰色的，不起一丝波澜。

海市蜃楼，其实就像是一张被淋上了墨汁的白色胶片，当墨汁自然渗透之后，再把它放大成无数倍投影到空中，形成的大气电影。悬浮于大气中的朦胧影像在不停地发生变化：一会儿是巨大的黑色三角形，一会儿是横向排列的长条，一会儿又是整齐挺拔的杉树林，没过多久，它又幻化成了别的形状。海市蜃楼似乎具有令人发狂的魔力，至少对我来说是如此，要不然，我在回程的火车中，怎么会像着了魔似的呢。

我从鱼津车站登上开往上野的火车时，已是傍晚六点。不知是偶然还是一直这样，我乘坐的那节二等车厢总是空荡荡的，除我之外，只有一位先来的乘客。他独自坐在对面角落的椅子上。火车发出单调的声响，一个劲儿地向前飞奔，寂静的海岸、陡峭的悬崖、空旷的沙滩飞快地从我的眼前掠过。在雾蒙蒙的海面上，隐约悬浮着残血般的晚霞。白色的船帆漂浮在海面上。车内亮起的灯光和窗外渐渐暗淡的光线明白无误地告诉我，夜幕就要来了。就在这时，角落里的那个人突然站了起来，把一块黑色的包袱布铺在了坐垫上，然后取下挂在车窗上的一件扁平的、约有两三尺长的东西，小心翼翼地包裹起来。他一连串的动作引起了我的注意。

那扁平的东西大概是一幅画，但是他为什么要把画反过来挂，朝着窗外呢？这里面有什么特别的意义吗？他把包得好好的东西取出来，又特意反挂在车窗上，单是这一点就颇耐人琢磨了。在他打包的时候，我不经意间看到了那幅画，那真是一幅好画啊！我重新打量起那幅画的主人。画的主人赋予了他的画神秘的意义，那幅不同寻常的画为他的主人添上了一层神秘的色彩。

他是个传统老派的人，身穿一件黑色的窄领、垫肩的老式西服。这种样式如今只能在我们父辈年轻时的照片中才可以看到。不过，这种西服穿在他身上却别有一番意境。他的脸长长的，两只眼睛也很有神，而且黑黑密密的头发梳理得很整齐，给人的总体感觉很是潇洒，一看似乎只有四十多岁。可是仔细观察，就会发现他的脸上已经布满了深深的皱纹，至少也有六十岁了。这种反差让我有些不好受。

他小心翼翼地把东西包好，我一直在看他，他突然朝我看了一眼。我们的视线在空中相遇了。他害羞似的笑笑，我也笑着点了点头，之后我们仍然远远地坐在各自的位置。火车继续飞驰，我和他的视线也多次交汇，然后分开。车窗外已是一片漆黑。在无边的黑暗中，我们这节小小的车厢似乎成了唯一存在的世界，我和他也似乎成了世界上唯一存活的人。一路上，我们乘坐的这节二等车厢一直没有上过乘客，就连列车服务员和列车长也没露过一次面，现在回想起来，这点确实有些令人费解。

渐渐的，我觉得这个搞不清年龄的男人变得可怕起来，恐惧感混杂着其他不着边际的幻想，顷刻之间就扩散到了全身。我终于无法忍受这种汗毛倒竖的恐惧，索性站了起来，毫不客气地向他走去。我越是怕他，越是要逼近他。我好像很自然似的坐到他对面的座位上。坐下之后，我真的觉得他那张满是皱纹的脸具有一种神秘的力量，我不由自主地凝神屏息，眼睛一眨不眨地打量着他。

从我离开座位起，他的目光就一直迎着我。他见我一动不动地看着他，便像早有准备似的，用下巴点了一下自己的包裹，说："是为了这个吗？"

我有些愣住了。

他又说："你是想看这东西吧？"

"能给我看看吗？"虽然我不是为了看他的包裹才离开座位的。

"可以啊，我很高兴让你看一看。我从刚才起一直在想这件事，我想你一定会来看的。"

这个老男人一边说一边解开了包袱布，取出了画，挂到了车窗上。这次是正着挂的。我只匆匆地看了一眼，就不由自主地闭上了眼睛。虽然我至今也没能搞清楚为什么会那样，可是当时的感觉是非那么做不行。几秒钟之后，当我再次睁开眼睛的时候，出现在我眼前的是我从未见过的东西。但我实在说不出它究竟妙在何处。那幅画的背景和歌舞伎表演时用的背景几乎一样。无数间房屋重叠在一起，榻榻米和格子天棚简单明了，错落有致；整个背景以蓝色为主，非常醒目；左前方是黑色的窗棂，还有一些书桌。这幅画给我的感觉，与献给神社、庙宇的匾额的画风有几分神似。

这样的背景里有两个高约一尺的人像，整幅画中只有这两个人是用布贴艺术精心制成的。一个身穿老式黑天鹅绒西服的白发老人正襟危坐，除了满头白发，画中老者的长相和我面前的这个人一模一样，就连他们身上所穿的西服的做工也没有分别，这让我无比惊讶。另一个人物是位十七八岁的美少女，她依偎在老者的膝上。

西装笔挺的老者和美少女的组合确实让人感到有几分异样，但这并不是让我感到"奇妙"的原因。与粗糙的背景截然不同，布贴部分真可谓巧夺天工。人物的脸很有立体感，每一个细小的皱纹都清晰可辨；姑娘的云鬓似乎是用真正的头发丝一根根地粘制成的，老者的白发也是如此；西服上的缝线历历在目，连一颗纽扣也不少；少女身材匀称，腿部曲线柔和，火红色的绉绸飘逸，白嫩的肌肤隐约可见，玉葱般的手指，贝壳般晶莹剔透的指甲。我想如果借助放大镜的话，甚至还能找出毛孔和汗毛来。

以前，我也曾见过不少布贴画，但都不能与这幅相比。我觉得它一定是出自名家之手。通过推测，这幅画已经有不少年的时间了，背景的颜料剥落了不少，就连姑娘身上的绉绸和老者身上的天鹅绒也退色了。尽管如此，整幅画依旧惹人注意，让人一看就不能忘怀，这点确实有些不可思议。然而令我感到"奇妙"的原因也不在此。

真正让我感到这幅画的不可思议之处是，我认为画中人是活的。这幅布贴画中的人物就像神话里的神仙，可以长生不死。不同之处只是，他们似乎没有画中仙那样来去自由。老人看到我惊异的表情，如遇知音，急切地说：

"看来你已经明白了。"

他边说边把背在肩上的黑色皮箱放下来，小心翼翼地打开锁，取出一个老式的双筒望远镜，递给我说："你再用这个望远镜看看，往后站一点。"

我依照老人的要求，离开座位，退后了几步。老人为了让我看得更清楚些，特意用双手把画迎着光举了起来。现在回想起这一幕，确实觉得有几分难以想象。

那架老式的双筒望远镜好像是三四十年前的舶来品，样子很笨重，是我小时候经常在眼镜店里看到的那种，和它主人身上的西服一样，是足可以收进历史博物馆当文物的东西。我很小心地在手上摆弄了一会儿，正准备用它欣赏那幅画的时候，老人忽然大叫了一声，凄厉的声音吓得我险些丢掉手上的望远镜。

"不行！不行！你拿反了！不能反过来看！绝对不行！"

老人脸色苍白，两眼睁得很大，一个劲儿地挥着手。望远镜拿反了也没什么大不了的，何必如此激动呢？我很不理解老人夸张的举动。

"确实，我拿反了。"

　　我急着想知道用望远镜欣赏那幅画会是什么样子，所以并没有过多地在意老人的表情。我重新拿正了望远镜，迫不及待地举到眼前，细细欣赏起画中的人物。

　　随着焦距的调整，眼前的画面渐渐清晰起来。在我的生命中，我从没有体会过那种瞬间的震撼感觉，所以很难形容出来让别人明白，虽然我非常想这么做。那感觉有点类似于潜入海底的海女某一瞬间的动作。海女们潜入海中的时候，总会引起海水的剧烈波动。我们透过那晃动的蓝色水波，可以看到她们朦朦胧胧、微微发白的还略微有些曲折变形的身体轮廓。可当她们猛地跃出海面时，水中那种朦胧、发白的样子一下子都消失了，清晰无误的身影令人眼前一亮。布贴画中的女孩在我的望远镜中出现的时候，就是那种感觉。一个真人大小的姑娘活脱脱地进入了我的视线。

　　19世纪的老式望远镜中出现了一个我觉得不可思议的奇妙世界。在那里，一个美艳的少女和一个穿老式西服的白发老者奇怪地生活在一起。虽然我知道打听别人的秘密是不对的，但仍然身不由己地想去知道。虽然那少女依旧不会动，却给了我与用肉眼观看时截然不同的感觉。她充满活力，原本苍白的脸颊出现一片桃红色，胸口起伏不定，美丽的胴体散发出少女特有的迷人气息。

　　我贪婪地在望远镜中看遍了她的全身，才把目光转向了她身边的白发老者。老者画得很生动，他的手扶着少女的肩膀，一副很幸福的样子。可奇怪的是，当我把镜头调到最近，观察他布满皱纹的脸部时，却发现了那些皱纹深处有某种苦闷的神情。在望远镜中，老者的脸近在咫尺，大得有些变形。我越看越觉得他脸上有一种说不出的异样神色，一种痛苦和恐惧交织的复杂表情。

　　看到这儿，我就无法继续看下去了，不由自主地垂下了双手，目光远离望远镜。寂静的火车车厢，醒目的布贴画，双手举着画的老人，窗外依旧是一片漆黑，火车依旧在前行，一切都没有改变。我就像从噩梦中醒来一样。

　　"你的表情很奇怪啊。"老人把画挂在窗上，回到原来的位置，示意我坐到他的对面，盯着我的脸说。

　　"我头有些不舒服。可能是这里太闷了，空气不好。"我搪塞着。

　　老人探过身，把脸凑近我，压低声音说："知道吗？他们是活的。"接着，他声音放得更低了，他牢牢地盯着我的脸说："想不想听听他们的身世？"

　　因为火车行驶的声音很大，周围有些嘈杂，老人的声音又很低，我怕听错了，就问了一遍："你是说他们的身世吗？"

　　"对，他们的身世，尤其是这位白发老者的身世。"

　　"是从他年轻时候开始说起？"

　　那晚，我真的像被恶魔上了身，每说一句话都会让自己感到吃惊。

"是的，是他二十五岁发生的事。"

"我已经等不及了，非常想听。"

老人露出微笑，欣喜地说道：

"好啊！我这就讲给你听。"

于是，我听到了一段令人难以置信的故事。

"那是我生命中的一件大事，所以我至今仍忘不了。哥哥是明治二十八年四月变成那样（他指的是布贴画中的老者）的。那是二十七号傍晚发生的事情。当时，我和哥哥都还没有继承家业，住在日本桥通三丁目。父亲经营的是一家做绸缎布匹生意的商铺，就离浅草的十二阶不远。因为顺路，哥哥很喜欢每天去爬那座凌云阁。我要先声明，哥哥是个赶潮流的人，非常喜欢稀奇古怪的外国货。这架望远镜就是他的。哥哥费了很大力气才从横滨的一家旧家具店门口找到这个东西。听说他为这个花了不少钱。"

每当老人提到哥哥时，总会看那画上的人一眼，或者用手指一指布贴画上的老者，就像是在介绍坐在自己身边的人。老人已经把记忆中的哥哥和布贴画中的老者融为一体，似乎画中人仍旧是有生命的，正坐在一旁听他讲故事。感到最不可思议的是我，仿佛在那一瞬间，我们已经超越了自然的法则，置身于另外一个完全不同的世界。

"你有没有去过十二阶？没有啊。真是太遗憾了。我刚才已经说了，那是明治二十八年春天的事情。当时，哥哥刚刚买到这架望远镜。不久，我们就感觉出在他身上发生了明显的变化。父亲甚至怀疑他是不是疯了，连我也觉得他有些不对劲儿。我们全家人都担心得不行。该怎么说呢？总之，他是茶不思饭不想了，整天不开口，一进家门就钻进自己的房间，闷头想心事，面容消瘦，脸色无光，样子糟糕透了。尽管身体如此，他依旧每天雷打不动地早出晚归，很有规律。问他出门干什么、去哪里，他都不说。母亲心里非常着急，千方百计地想找出他闷闷不乐的原因，结果没有任何进展。这种情况持续了大概一个月。

"因为担心，所以有一天，我悄悄地跟踪哥哥，想弄清楚他到底是去哪儿、去干什么。其实这是妈妈交代我的事情。那天和今天差不多，天也是阴阴的。下午，哥哥穿着他那件自己缝制的，在当时还是非常时髦的黑天鹅绒西服，背着望远镜出去了，往日本桥的马车铁道方向走去。我尽量小心翼翼地跟在他身后。刚开始还挺顺利，可是哥哥好像提前预订了去上野的铁道马车，一到那儿就坐上了。当时的那种交通工具和现在的电车不同，坐下一趟车根本是赶不上前一趟的，车太少，间隔时间太长。我没有办法，只得将母亲给我的零花钱全部拿出来，雇了一辆人力车。虽然是人力车，但只要车夫脚力好，一样能追上铁道马车。

"我远远地跟着哥哥，不久，他下了车，我也下了车。那地方就是我刚才给你讲过的十二阶。哥哥进了石门，买了门票，从挂着'凌云阁'匾额的入口处进了塔中。原来他每天都是跑到这里。我十分吃惊。我那时还不到二十岁，所以思维总有一些孩子气，当时我的第一个反应就是哥哥被这里的妖魔缠住了。

"我只在小时候跟父亲爬过一次十二阶，那之后便再也没来过。我很不喜欢这里，但看到哥哥进去之后，只好硬着头皮往里进。我故意落后一层，紧跟在后面，踩着黑糊糊的石阶往上爬。塔里的窗户很小，砖壁却很厚，就像墓穴一样，冷冰冰，阴森得很。那年正好爆发了甲午中日战争，所以有关战争题材的油画挂满了墙壁。一张张像狼一样的日本兵的脸，一个个血腥残忍的厮杀场面，一群群浑身鲜血、痛苦挣扎的清兵，一颗颗像气球一样悬挂空中的头颅……窗外透进来的微弱光线在这些血腥的油画上反着光，令人毛骨悚然。我就在这些油画的陪伴下，战战兢兢地爬到了塔顶。

"塔顶是用八角形的栏杆护着的，没有墙壁，视线因此变得开阔起来，我的心情也有些好转。不过刚才阴森的楼道实在把我吓坏了，我在塔顶平复了好一阵，情绪才得以恢复。我向远处看去，发现东京的房屋竟然像垃圾堆一样错乱；品川的炮台也小得像个盆景；连近处的观音堂也变得低矮了许多；十二阶周围表演杂耍的戏棚变成了可笑的玩具盒；路上的行人只有头和脚。

"塔顶上有十几个游客正围成一堆，远眺品川的海面。我哥哥则独自一人站在另一面，手里拿着望远镜，一心一意地朝观音堂的方向看。我从后面注视着他的背影，越看越出神：周围的景色不知不觉朦胧起来，只有哥哥的背影清晰地凸显出来。我想起了母亲的吩咐，走上前去问哥哥他在干什么。哥哥看见我，大吃一惊，但他什么也没说。我接着说：'哥哥，你最近的情况很让爸妈担心，他们搞不清楚你每天都出去干什么。现在我知道了，原来你是上这儿来了。你能告诉我为什么到这里吗？平时咱们关系最好，你能跟我讲讲吗？'说这些话的时候，周围没有旁人，所以我可以毫无顾虑地劝导哥哥。

"经不住我的苦口婆心，哥哥终于开口了，将一个月来深藏于心的秘密全部说了出来。哥哥告诉我，一个月前，他站在这里，用望远镜观看观音堂内的情景时，无意间在人群中发现了一位不食人间烟火的美少女。向来不把尘世女子放在眼中的哥哥，一下子陷入了对她的痴迷，为她神魂颠倒。当时哥哥只看了一眼，就激动地放下手里的望远镜，等他回过神来想再看一眼少女的脸时，那女孩已经不见踪影了。哥哥赶忙又在观音堂前后左右的人流中找寻了一遍，依旧一无所获。

"自此，性格内向的哥哥便对那姑娘念念不忘，得了相思病。现在的人听了也许会笑，但那时的人真的会这样，因为爱慕偶遇的女子而得相思病的人比比皆是。不用说，哥哥就是为了这姑娘才茶饭不思的。他为了再看心上人一眼，每天早出晚归，不辞辛苦地来到这里，用望远镜在人群中寻找着。爱情的力量实在是不容忽视的！哥哥讲明了原因后，又迫不及待地举起望远镜。我内心充满了深深的同情，虽知这种方法不会有什么结果，但实在不忍心打断他。我眼含热泪，注视着哥哥的背影。就在那时……那种奇异而又美丽的情景让我至今都无法忘掉。虽然已过去三十五六年了，但那梦幻般的色彩依然会在我脑海中重现。

"我刚才说过了，我是一直站在哥哥身后的，所以我眼中看到的只有灰蒙蒙的天空，哥哥身穿西服的背影在它们的衬托下，显得格外真实。云朵在空中缓缓地移动，使得我产生了一种错觉，我觉得哥哥的身影正在宇宙间穿行。就在这时，无数个五颜六色的彩球闯进了画面。是的，你能明白吧，那情景真的就像一幅画。如今想来，好像一切在冥冥之中早已注定。我探头往下看，原来是卖气球的小贩不小心让手中的气球跑了。你要明白，那时候气球还是稀罕东西，所以我没能立刻反应过来。

"恰在此时，哥哥也兴奋起来。他原本苍白的脸涨得通红，呼吸加快，跑到我跟前，一把抓住我的手说：'赶快走，要不然就来不及了。'然后拉着我便跑。我被他拽着，飞快地跑下楼梯。我边跑边问：'哥哥，怎么回事？'他告诉我：'我好像看到那姑娘了，她正坐在一个铺着榻榻米的大房间里，现在赶过去的话，很可能还在。'

"哥哥说的那个房间在观音堂后面，那里有一处明显的标记，是一棵大松树。于是我们就跑到观音堂后面去找，大松树是找到了，但是附近根本没有人，我们仿佛碰到了鬼故事中的怪事。哥哥依旧不死心，又跑到附近的茶馆里找了一遍，仍然没有找到那姑娘。在四处寻找的过程中，我和哥哥走散。当我回到刚才的大松树下的时候，那里已经摆起了各式各样的地摊。一家放洋片的铺子已经做起了生意，只听像甩鞭子似的'啪啪'声在耳边响起。我哥哥正半蹲着，全神贯注地看着西洋景。我走过去，拍了拍他的肩膀，问道：'你在这干什么？'他吃惊似的回过身来。他当时的表情让我终生难忘。怎么形容呢？他就像一个梦游者，表情麻木，两眼无神，连说话的声音也好像是空洞的。他说：'你看，我们要找的姑娘在这里面呢。'

"听他这么一说，我赶忙低头看。那是个名为《蔬菜店的阿七姑娘》的片子。我看到的画面正好是在吉祥寺的书院里的那一幕，阿七正依偎在吉三的怀里。放西洋景的夫妇在一旁给画面配音。洋片中的人物都是用布贴画做成的，一看就知道，这些画都是出自高手。阿七的脸栩栩如生，连我都误以为她是活的，更不用说哥哥了。哥哥自言自语地说：'就算知道这姑娘是个手工制品，我也无法死心。我愿意和那吉三换个位置，哪怕只有一次机会，让我变成画中人，和这姑娘说说话也好。'哥哥一动不动地、痴痴地站在那里。我想了一下，放洋片时，为了保证采光充足，画面都是朝上微微斜放的，所以站在十二阶塔顶的哥哥用望远镜才可以看到他以前看到的景象。

"那时候已接近黄昏，路人渐少，洋片摊前只剩下两三个顽童还意犹未尽，磨蹭着不肯走。从中午起天就阴沉沉的，到了傍晚阴得更厉害了，耳边不时传来打雷的声音，眼看着就要下雨了。我的哥哥却依旧盯着远方，一动不动。我在那一瞬间也感到时间过得好慢。我们就这样一动不动地站在原地，好像有一个小时。

"没过多久，天完全黑了，哥哥突然抓住了我的手，急切地说道：'我有办法了。拜托你，拿着望远镜，把它反过来，把眼睛贴在大镜片上，从那儿看我。'我问他为什么，他不耐烦地说：'你别问，照我说的去做。'我非常不喜欢眼镜之类的东西，无论是望远镜还是显微镜，它们似乎都有魔力，能将远处的东西变成像在眼前一样，还能将一只不起眼的小虫变得很大，因此我很少用哥哥的望远镜看东西，正因为很少用它，就更觉得它魔力很大。再说当时天已经很晚了，连人脸都看不清，还要让我倒拿着望远镜，看站在那里的哥哥，我心里非常不愿意。但是经不住哥哥的软磨硬泡，我只得照做。因为是反着看，所以离我只有七八米远的哥哥看起来离得很远，周围的景物也都变得模糊，只剩下哥哥是小小的，他穿西服的身影凸显在镜头中。哥哥好像还在一个劲儿地往后退，他越来越小，到最后只剩下一尺高。紧接着，连这个小小的身影也突然消失了，仿佛被黑夜吃掉了。

"当时我害怕极了，猛地放下望远镜，一边大声喊着'哥哥，哥哥，你在哪儿'，一边朝哥哥消失的地方跑去。不知为什么，无论我怎么找，就是找不到哥哥。因为一眨眼的工夫哥哥就消失了，按理说他应该不会走远的，可我就是找不到他。你知道吗？我哥哥就这样从这个世界消失了，再也找不到了。从那以后，我更加害怕望远镜之类的东西。我固执地认为，无论如何不能把望远镜反过来看，一反过来，就会发生不幸的事。所以你现在应该明白刚才你拿反时，我为什么会有那样的反应了吧。

"我当时找了好久，直到累得精疲力竭才往回走。当我再次经过那家放洋片的地摊时，竟有个意外的发现。原来哥哥对那姑娘想念太深，竟然借助望远镜把自己缩成和画中人同样大小，进入布贴画里去了。于是，我央求正打算收摊的老板再放一遍吉祥寺那一幕。果然，哥哥取代了吉三，正怀抱着阿七姑娘。

"看到这一幕，我不知不觉流出了眼泪。那不是悲伤的泪水，而是为哥哥流下的喜悦的泪水。我对老板说，无论多高的价钱，我都要把这幅画买下来。可是当时我钱不够，只好和老板说好下次再买。之后，我飞快地跑回家，把事情的过程对妈妈说了。爸爸妈妈竟然以为我疯了，根本不理睬我的这些话。多不可思议啊，是吧？哈哈哈……"

老人说到这儿，竟然大笑起来，而我竟然也嘿嘿地跟着笑了两声。

"人们也许根本不相信活人能变成布贴画，可是，我能够证明可以发生这样的事。我哥哥不是从那之后就消失了吗？也许有人会说，他是离家出走了，但这绝对是胡说，是根本不可能的事。最后，我终于从妈妈那儿要来了钱，买下了这幅画。我带着这幅画，从箱根一路游山玩水到了镰仓，那是我为哥哥筹办的结婚旅行。每当我乘坐火车时就会回想起当时的情景。当时我也是像今天这样，把画朝窗外挂着，因为我想让哥哥和他的恋人看看窗外的风景。哥哥是多么幸福啊。而这位姑娘拥有了哥哥的一片真情，心中一定也很甜蜜。他们一直如同新婚的恋人，亲密无间，有说不出的快乐。

"那之后，父亲不再在东京做生意，举家搬回了富山的老家，我一直和他住在一起。一晃三十年过去了，我一直想让哥哥看看东京发生的巨变，所以，这次就带着哥哥一起旅行。

"遗憾的是，尽管这姑娘像真的一样，却依旧只是个手工制品，所以她不曾有年龄的变化。而我哥哥虽然进入了画中，却仍旧无法摆脱岁月的侵蚀，他终究是个有生命的人，所以会和我们一样慢慢衰老。你看，当年才二十五岁的少年如今已是个老头了，这对哥哥来说是多么痛苦的事啊，身边的女人依旧年轻貌美，自己却容颜渐老。因为这个原因，我渐渐地发现哥哥脸上出现了悲伤的神情。他的苦闷已经持续多年了。每当我想到这些，都会有些伤心。"

老人神色黯然地凝望着画中的老者，过了好一会儿才回过神来。

"说了这么多，你都听懂了吧。你并没有像其他人那样认为我是个疯子，看来我没有白费口舌。哥哥他们想必也累了，他听我在你面前讲了这么多事情，或许也会不好意思了。所以，就让他们休息一下吧。"

他一边说一边用黑色的包袱布把画包裹起来。不知是眼花还是别的原因，那一瞬间，我分明看到画中人朝我微微一笑，好像还是羞涩的一笑。之后老人就陷入了沉默，我也没再开口。火车依旧在前行，黑夜依然笼罩着我们。大概十分钟之后，火车渐渐慢了下来。车窗外，依稀可以看见两三盏照明灯在闪烁。

火车停在了一个不出名的山间小站。月台上只有一个站务员孤独的身影。"我先下车了，我打算在这边的亲戚家住一晚。"打完招呼，老人就把画放入包裹中，走出了车厢。透过车窗，我注视着他渐渐走远的背影，这背影和画中老者的背影真是一模一样啊。

恐怖的黑水池

〔美〕亨利·特里特·斯佩里

让他见鬼去吧！如果他愿意，让他的灵魂永远在这湖上游荡吧，他，普鲁斯·赫德，一辈子都比拉易·图雷沃基高一筹，即使死了这种优势依然不会改变……

普鲁斯·赫德松开了紧抓着尸体的手，尸体从船舷滑进了湖里，几乎没有听到水花溅起的声音。船突然减轻了重量，晃了又晃，又稳住了。

湖水是这样的清澈，月亮是这样的明亮。赫德跪在船尾，盯着船边。他几乎想在拉易·图雷沃基的尸体沉下去之前，和它一起浸入水中……

但是他不能沉湎于这种胡思乱想。普鲁斯·赫德的胜利是短暂的。事情已经结束了。拉易·图雷沃基已经死了，尸体处理掉了，可是还有玛莉。现在，赫德必须回去，回去面对这个事实。

上帝啊，他怎么能干出这样的事？他怎么能对他美丽可爱的妻子玛莉下这样的毒手？可是她和图雷沃基一样有罪。他们俩都该死。他们都背叛了他。最重要的是，玛莉亲眼目睹了他是怎样杀死图雷沃基的。

当赫德把船往岸上划的时候，他的心感到那么冰冷、沉重。

玛莉死了……玛莉死了……这句话在他的脑海里像脉搏一样跳动。它那如宿命般不变的节奏使他无暇去想其他事。它使周围的一切感觉起来都有些异样。船桨在水中划水的声音，收回桨时溅起水花的声音——这些普普通通的声音听起来都有了新的含义。

他离湖岸越来越近，水边的树荫沉沉地压过来，又退到他身后——沉默，神秘，好像隐藏着一个新的怪异的谜。

踏上湖堤，系好船，赫德对他刚才莫名的紧张嗤之以鼻。啊！太荒唐了。

他停下来，回头朝湖的中央望了望。他微微有点吃惊，就在他刚才扔掉图雷沃基尸体的地方，好像有什么东西在闪光。那会是什么东西，是还没消失的水泡？还是图雷沃基肺里残留的空气？

嘿，见鬼！赫德猛地一转身，踏着坚定的步子从湖堤往岸上走去，径直沿着湖岸朝家里去了。事情已经了结，他要把图雷沃基完全从他心头抹去，好像从未存在过一样。

他突然停了下来，他看见一个黑色的影子从后门的台阶沿着小路朝他冲过来，他被吓得不敢出气……原来是他的丹麦狗艾利克跑来迎接他。

赫德拍了拍那条大狗的脑袋，狗扑到他身上，前脚抱住他的胸膛，兴奋不已地叫着。

狗跟着赫德一直走到房子的后门，它刚才欢迎主人时的那股兴奋劲好像消失了。它还在吠着，可是调子不一样了。赫德走近门的时候，它沉闷地叫了一两声。赫德没留意，狗突然跃到他的前面，拦住了他的去路。人和狗在月光下对视。赫德轻声笑着："噢，你想到树林里面散散步？抱歉，艾利克，改天吧。你现在快让开。"赫德正准备朝前走，大狗突然狂吠起来，叫声听起来像某种警告。赫德吓了一大跳，好像刚才狗一直在求他，现在却突然命令起他来了。

赫德不能容忍任何反抗行为，哪怕是一只动物的反抗。要知道，艾利克以前从来没有冲他狂吠过。赫德勃然大怒，大吼一声，声音比狗叫更凶恶。他抬起脚，狠狠地踢了狗肚子一脚。

"该死的，滚一边去！"

尽管这条狗身材高大，但挨了这么狠的一脚，还是倒退了好几步。它低低地像是呻吟般地叫了一声，它站在那儿盯着主人，湿润的大眼睛里抑郁地闪着光。

赫德拿他粗大的手掌用力抹了一下前额，发现全是汗。然后，他继续朝家里走去。

走到黑洞洞的厨房里，普鲁斯·赫德突然停了下来。刚才他和狗的那番交手让他暂时恢复了平日的自信，但是现在那种感觉又消失了。一种令人恶心的害怕，还有对将要发生的事情无法忍受的恐惧，混杂在一起袭击着他。

他将再次面对玛莉……下手的时候，他完全被狂怒冲昏了脑袋，当时没有感到任何后悔。可是现在，在完全清醒过来之后，他的理智能够挺住这种巨大的冲击吗？他怎么可能像离开时那样，再次走进屋子面对玛莉？

赫德的拳头紧紧地攥在腰间，下颌的肌肉也抽搐起来。他下意识地踮起脚尖，蹑手蹑脚地穿过餐厅，透过另一头的拱廊，他可以看见起居室里亮着一盏柔和的灯。

玛莉在那儿，他知道，她的尸体僵直地躺在壁炉前面。

赫德最终遏制住了自己想后退的欲望，强迫自己走了过去。然而，当他站在两个房间之间的拱廊里时，完全僵住了！

玛莉并没有躺在壁炉前面的地板上，而是平静地坐在她最喜欢的椅子上，若有所思地盯着炉火。她平和的脸上没有任何伤痕，包裹着她优美的躯体的那件深玫瑰色的睡衣也没有任何凌乱的痕迹。

她注意到站在门口的赫德了。她缓缓转过头，看着他，露出了笑容。

"玛莉——"赫德不知所措。

他猛地冲进房间，跪在玛莉面前，颤抖的双臂抱紧她的膝盖。他叫起来：

"感谢上帝——感谢上帝！我知道我不会干出这种事的。我只不过做了一场梦，玛莉，只不过是一场可怕的噩梦。当然，我不会对你下手了。我爱你，玛莉……我爱你……"

他哭了起来，脸埋在她的大腿间。她的手抚摩着他的头发。

"我也爱你，普鲁斯。可是你总是显得这么冷淡，对我漠不关心。我从来没有想到你这么爱我，竟然肯为了我杀人……"她的声音如云雾在空气中飘浮着。

赫德慢慢抬起头，望着妻子的眼睛。他觉得有点奇怪，玛莉怎么会说这样的话。他从来没料到玛莉会这样看这件事，这使他感到莫明其妙，不知怎么办才好。但是玛莉又冲着他笑了，那种奇怪的感觉便消失了。

她说："告诉我，普鲁斯，你是怎么处理尸体的？你把它藏到一个安全的地方了吗？"

赫德不知为什么心头掠过一阵寒意，但是他点点头，仍然望着她的眼睛。他低声说："丢到湖里了。"

"普鲁斯，你在尸体上套上重物了吗？这样它就不会浮上来被人发现了……"

"我的天哪！"赫德跳了起来，眼里顿时充满了恐惧，他叫起来，"我、我忘了！它会浮上来的，玛莉！尸体过了几天总是会浮上来的。别人会发现的！"

"普鲁斯，你必须回去一趟。"玛莉的声音很平静、谨慎。她对整个事件的态度出奇地，几乎是离奇地冷静，可是赫德极度害怕尸体被发现，已经顾不得别的了。他几乎没有注意到她语气和神情的特别。要知道，这和他以前所知道的玛莉判若两人。

他低声说着："是的，是的，我必须回去……地窖里面有很多石块……"

他跌跌撞撞地出了门，摸索着穿过餐厅，走下地窖的梯子。

大狗艾利克寸步不离地跟着他，试图拦住他。刚才他的那一脚显然让它伤得不轻，可是它仍然极其顽强地挡住他的去路，不让他到停船的地方，它大大的身子在他周围绕来绕去，甚至想用它的大嘴咬住他的脚后跟。

刚才那一脚显然踢断了艾利克的一两根肋骨，赫德感到非常后悔。赫德虽然处于极度恐慌之中，但他对他的宠物很温和，他决定天一亮就带它去找兽医，但是首先他必须把拉易·图雷沃基的尸体搞定。

现在再也不能让任何事情破坏他和玛莉的关系了。他终于知道了，玛莉爱他，任何事情都不可以影响这意想不到的巨大幸福。他们的婚姻一直都没有爱，他们是为了方便生活而结婚的。他们俩当初彼此都心知肚明。他曾经对自己很有信心，相信自己很快就能赢得她的心，他无疑是失败了，直到今晚……

艾利克大声地喘着气，显然非常痛苦。就在他们到达停船处的时候，狗的嘴角突然淌出一道血来。它嘴角的血和唾液混在了一起，看起来非常可怜。很显然，一根肋骨刺穿了它的肺。

为了缩短它的痛苦，赫德别无选择。他心头好像被刺了一刀，说不出的伤心和悔恨。他迟疑了一会儿，月光暗淡地照在他高举过头顶的石头上，他砸了下去……

赫德转过头走开，一直来到湖堤上，上了船。

冰冷的恐惧紧紧地堵住他的喉咙，让他窒息，无法呼吸。然而恐惧之中不知为什么还夹杂着一种很怪异的兴奋。但这种兴奋并不让人愉快，它是一种野蛮的、歇斯底里的兴奋，他似乎不能完全控制。任何时刻它都可能从他心的最深处冲出来，把他的头顶掀掉。为了压制这种情绪他几乎耗尽了力气。

他的手使不上力气，又出了很多汗，几乎握不紧桨。桨在水中滑动，船身微微地倾斜。他把发抖的腿僵直地伸在前面，用大腿结实的肌肉把膝盖绷紧。

他浑身颤抖，用尽全力，试图能划船划得稍微快些。

似乎他能精确地知道该在什么地方停下来。几分钟后，他收好桨，稳住船，飞快地脱掉衣服。他停了一会儿，然后扎入了水中。

他潜入黑暗冰冷的湖里，一直往下扎。他距离水面20英尺，对业余潜水者来说已经够深了，他的肺好像都快炸了。

他潜到了湖底，身上的石块拽着他下沉。湖底长满了水草。他放下石块，抓住水草，不让自己浮上去。

现在他已经能看清东西了。不一会儿，他发现了拉易·图雷沃基尸体。

它在水草丛中，水的浮力使它倾斜，姿势像在躺着，又像站着。当赫德朝它游去的时候，它慢慢地朝着相反的方向晃动，那动作令人惊奇，似真似幻，让人不由地心生恐惧……奇怪的是他离拉易·图雷沃基的尸体越近，眼前就越亮……可是他肺的疼痛几乎不能忍受了。他必须上去吸点空气。他受不了了……突然，仅仅一刹那，眼前一片漆黑，随后他的意识又慢慢恢复了——他惊讶地发现，他再也不觉得不舒服了。但这不太对劲，这样的感觉总是有点危险的。他必须赶快浮到水面上去。

他抓住几根长水草绑在腰上，然后游过去，把图雷沃基的尸体拖过来。尸体靠着他舒缓安详地打着转。赫德把它拖到刚才放石块的地方。然后，一手抓住图雷沃基的尸体，俯身捡起石块，把它们系在图雷沃基的脚踝上。最后，他推开尸体，解开刚才用来固定自己的水草，奋力朝水面游去。

很快他的头就浮出了水面。他四下找那艘船，可是船不见了。不过这没关系，现在他感觉很轻松，就算到岸边的距离再增加一倍也没什么大碍。他已经把图雷沃基的尸体藏在谁都找不到的地方。他要回到玛莉身边——她爱他……

赫德胃里轻飘飘的，感觉好像已经扩散到全身，他的手指在颤动。他觉得现在的自己像神一样无所不能。

几分钟后，赫德的脚能碰到地了。他蹚过浅水区，急急忙忙朝岸上走去。

他停住了。他看到了大狗艾利克的尸体，一种难过的怀旧情绪涌上心头。他低头看着它的尸体，慢慢伸出脚，用脚指头戳了戳它。他的脚一碰，狗的肋骨就散架了——已经碎成一团。而这轻轻的一踢，竟让狗翻了一个身，它前脚僵直地趴在他面前。它刚才躺的地方爬满了白生生的蛆！

赫德盯着脚下腐烂的尸体，一阵黑色的恐惧吞没了他。湖底眼前发黑的那一瞬间——真的只是一瞬间吗？还是……他尖叫起来："玛莉——玛莉！这不可能——不可能。你不能这样对我……你说过你爱我的……"

他偷偷摸摸地朝家里走去，踉踉跄跄地上了台阶，进了门，又进了厨房——他突然停住了——灯都亮着。屋里有两个陌生人在谈话——哦，不是陌生人，是他妹妹的厨子和司机。那个女的是厨子贝拉，她正守在灶旁边，灶上有几个壶正在烧水。另外一个穿着制服的是司机兰森。

兰森说："这太奇怪了，他们说这房子里一个人也没有，至少空了一个月，可竟然一件东西都没丢——什么都没丢。"

贝拉鼻子里哼了一声："这有什么奇怪的，你想想，图雷沃基先生和赫德先生的尸体躺在湖底，赫德太太的尸体躺在起居室里，脑浆迸裂——这里有这么多死鬼，除了死人自己，谁还敢来。他们可不是为了等小姐过来给他们举行葬礼才这么规矩的……"她一边说着，一边转过身来，脸恰好对着赫德。

赫德开始以为她是在看着他，他想跟她讲话——然而他感到冰冷的恐惧寒彻骨髓——贝拉并不是在看他，她的视线穿过他的身体，在看远处的什么东西……

致命的梦魇

死亡的花朵

[英] 希区柯克

我的堂妹珍妮在开学第一天放学的路上，告诉了我她梦见花的事。那天我们经过药房隔壁的花店时，她阴沉沉地说："我们很快又会接到亲戚死亡的消息了。"

"你为什么这么说？"我有些不解。

"昨晚我又梦见花了。你知道，每当我梦见花，就会有亲戚去世。"

"这大概是巧合吧。"我说。

"不，这非常灵验，过去几年来一直这样。"

第二天一早，旧金山传来消息：祖母去世。半年后，父亲心脏病突发，不幸去世。珍妮告诉我，前一天晚上，她的梦里又出现了花。只要在家，我就会时常和珍妮见面，我们两家离得很近，只隔着几条街。工作后的那段时间，查理叔叔、莱利姑妈和朱利堂嫂相继去世，我恰巧都在家休假。每次有亲戚去世，珍妮都会告诉我，她梦见了花，这有些恐怖。祖父和堂弟去世时，我在海上，并不在家中，但是珍妮在寄给我的信中说，他们去世时，她的梦里都出现了花。

关于死亡花朵这件事，珍妮只悄悄告诉我一个人，我们虽是堂兄妹，关系却像亲兄妹一样好。因为我们都是家里的独子，所以她不愿把梦见花这件事告诉别人。她怕亲戚知道这件事后，会感到焦虑。他们可能只是生病，就会怀疑自己是不是不久于人世，或者怀疑珍妮是不是又梦见了花。因为这些原因，她只告诉我，而我也只向一位牧师提起过。那天，他搭我们的船去巴拿马，在一次聊天中，我问他：

"你怎么看我堂妹的梦？"他年事已高，身材高大魁伟，留着褐色的胡子。他摇摇头说："我不觉得你堂妹的梦有什么，不过，我们必须明白，那些梦可能是由于某种邪恶的理由。魔鬼是无处不在的，只要我们不让梦来影响我们，不迷信它们，它们就不会对我们造成伤害。"

我把牧师的话告诉珍妮，她听了之后说："每次做完这种梦，就会想，这次又会是谁？我心里都很烦，我自己也在无形中受到影响。"

"你相信梦，时间长了，就会被它迷惑住。"

"但是那种梦确实非常灵，我会情不自禁地相信它。而且我也没感觉到这对我有什么不好啊。"

"当然，我也认为这种梦对咱们没什么坏处，至少现在是这样。"我虽然这么说，心里还是有些不安，我真希望她以后别再做那种梦了。

一年之后，珍妮和认识大约一年的鲍比走入婚姻殿堂。他们是在公司查账时认识的，珍妮当天就邀请鲍比一起共进晚餐，之后两人热恋，很快就有了结婚和度蜜月的计划。珍妮决定乘船度蜜月，有一个原因是想和我在一起，那时我已经是船上的报务主任，专跑百慕大等航线。起航时，船上共有旅客一百五十名，已经接近满员。珍妮和鲍比不像别的新婚夫妻那样整天黏在一起，他们喜欢和船上的旅客一起玩。鲍比会玩杂技，在第一天晚上的业余人员表演中，他获得了第一名；珍妮则在桥牌比赛中得了第二名。

两人在船上玩得很开心，船上的旅客也很喜欢他们。航程经过一半的时候，一群从委内瑞拉油田回纽约的石油工人上了船。他们看上去很有钱，每天晚上都打扑克。鲍比是个狂热的扑克牌爱好者，因为共同的爱好，他和那群石油工人很合得来。珍妮喜欢在鸡尾酒厅玩桥牌，一般要玩到午夜之前。鲍比他们有时要玩到凌晨。有一次，鲍比凌晨两点才回到船舱，他说他那晚手气极好，赢了不少，最后都不想走，珍妮听完之后笑着说，下次他再这么晚回来，她就会把他锁在房外，不让他进来。

但是第二天，凌晨两点三十分的时候，鲍比还是没有回来。珍妮就下了床，按昨天说的，锁上房门，躺在床上看小说，她一边看一边想鲍比被锁在房外的狼狈相。然而，鲍比久久不归，珍妮在不知不觉间睡着了，连床头灯也没关。早晨七点时，她醒了过来。她想到的第一件事就是鲍比。

她奇怪鲍比怎么没叫醒她，虽然她睡得很沉，但只要在门上敲一两下，她就会醒。或许是鲍比发现门锁上后，就决定不打扰她，到某个油田工人的住处睡下了。

这样想着，珍妮的心里似乎好受了些。但是突然之间，她惊慌起来。珍妮忽然记起，她在夜里梦见了花，她梦见花在窗户的花瓶边。她立即起床，穿上衣服，好像有些惊慌失措。珍妮急切地向窗外眺望，梦想着鲍比会像以前一样进屋，梳洗整理、准备吃饭。但吃饭的时间早就过了，仍不见他的人影。珍妮冲上甲板，希望他尚睡在某个石油工人的房间里。她看见那群石油工人站在甲板的栏杆边闲聊，便急忙走过去，向他们打听鲍比的情况。那些工人则有些茫然，他们说不知道，鲍比也没有在他们的房间里过夜。珍妮又向其他人打听鲍比的下落，那些人依然一无所知。珍妮意识到可能出了什么事，她慌慌张张地到服务室找我。

"鲍比一定出事了。"她有些惊慌。我劝她镇静，她却告诉我，她昨晚又梦见了花，而昨晚鲍比没回去。"他可能躲在什么地方，你不是说他回去晚了就把他锁在门外吗？"我宽慰她说。

这想法有点一厢情愿，当然也不是全无可能。在船上这段时间，珍妮和鲍比两人喜欢对彼此搞恶作剧。鲍比有时会往珍妮的床上撒沙子，珍妮则在鲍比洗澡的一天晚上，趁他全身抹上肥皂后，让服务员把水龙头关掉。他们俩就是这样针尖对麦芒，谁也不肯吃亏。

"我估计，他今天下午就会露面。"我说，"十点钟船上要演练如何使用救生艇，以及发生火灾时如何逃生，到时，他应该会出现。"然而，下午演练时，鲍比仍没有出现，珍妮都要歇斯底里了。

"他一定是失足掉到海里了。"珍妮哭着说。

"不会的，天气状况这么好，他不会失足掉到海里的。"我对她说，"他一定是躲起来了。你在这儿等着，我去找找，马上就回来。"

我让珍妮留在报务室，自己来到船长的办公室。我跟船长说了鲍比的情况。船长认为，如果鲍比是开玩笑的话，他可能还会继续闹下去，不会出来。所以船长通过喇叭呼唤鲍比，但船上什么反应也没有。船长命令大副搜索全船，同时把一位石油工人叫进办公室。那位工人告诉我们，他们玩扑克玩到凌晨四点，但是鲍比三点半就回去了。

"他没有回房休息，"船长说，"他失踪了。"

那位石油工人很瘦削，皮肤比较黑，他仔细想了一会儿说："昨晚他太太是不是把他锁在门外了？"我说："是的，不过她那是开玩笑。"

"那么，事情可能是这样的。他告诉我们，他太太曾威胁说，如果他再那么晚回去的话，就把他锁在门外。但是，他说他知道一个对付她的办法。他打算从船栏杆翻下去，一脚先滑进浴室的窗孔，他说自己曾经这样试过，发现那样做很容易。他是想从浴室走进去，让她大吃一惊。我们认为那太危险了，但他不听，我想他一定是没站稳，掉到海里去了。"

如果石油工人说的是真的，鲍比失足落水已经是八小时之前的事了。不过，他是个游泳高手，如果他能保存体力的话，在海上能漂浮几个小时。就怕他滑落时撞到船身，或被搅到推进器里，或遇到鲨鱼。船长决定把船开回去找一遍，他处理事情有时很固执，但我想他这么做是出于对珍妮的同情，即使明知那样找到鲍比的几率很小。

　　我急忙赶回报务室，珍妮穿着轻便的上衣和粉红色的休闲裤，黑色的大眼睛充满了忧伤。我告诉了她石油工人刚才说的话，她轻轻地说了声"我的梦啊"，就昏倒在地。我派人将随船医生和女报务员找来，为她进行诊治。珍妮醒来后，我陪她回到船舱。她在医生走后哭着对我说："这全是我造成的，我再也见不到鲍比了。"

　　看着伤心的珍妮，我不停地安慰她。虽然她将所有错误都揽到了自己身上，我却认为这是鲍比的错。C区船舱的窗孔，在左舷栏杆的下面，想从窗孔钻进去，必须先翻越栏杆，抓住栏杆最下部，再把脚降低到窗孔，插进去，两脚先滑进去，再把手从栏杆处下移到鱼尾板边，当双肩安全进入窗孔后，再放手。这艘船没有空调，窗孔敞开，让海风吹进。我知道，船上有好几个服务员用这种方式为忘带钥匙的客人开过门。可通常都是在船停靠在港口时，才敢做这种危险的事，在航行的时候，从没有人这么做过。鲍比一定失去理智了。

　　当船回到鲍比可能的落水地点时，天气状况很好，海面非常平静，对找人很有利。以鲍比可能落水的地点为中心，船绕其转了一个大圈，一直忙到天黑，也没有丝毫收获。整条船笼罩在一种阴郁的气氛之中。当船长下令放弃搜索，照原航线行驶时，每个人都知道，船长已经尽力了。

　　但是，船长并没有完全放弃。他陪我到船舱看望珍妮时，不停地安慰她。珍妮仍然躺在床上一动不动，她坚信她那个梦是因为鲍比的死而来的。为此，珍妮还换了一身黑色衣服。"你不能这样就放弃希望，这事还没有结束。"船长说，"鲍比很可能被其他的船救了，如果救他的船是没有无线电的小船，你就不可能这么快得到鲍比的消息。只有等小船到了下一个港口，我们才会知道鲍比的情况。"

　　珍妮只是不停地哭泣。当船长离开后，她哭着对我说："我本来可以把梦见花的事告诉他的，但是他不会像你一样，明白事情的严重性。"

　　"我也不可能像你那样清楚，珍妮，那个梦可能象征着家族中的其他人，而不一定是鲍比。那个梦也可能是个错误，它并不仅指死亡，或许还有其他的意思。"

　　"菲尔，我知道，这不是你的真实想法，你和每个人一样，只是用虚假的话来安慰我。"

　　"珍妮，不是这样的，我真的是这么想的，不是在骗你。你自己不这样认为，是因为你深陷其中不能自拔，你迷信你的梦，迷信正在伤害你。"

　　"我不能再承受任何打击了。"

　　我无法再用其他的话宽慰珍妮，她正为鲍比心力交瘁，她觉得他已经死了，没有希望了。第二天，她整天都留在船舱里，不吃不喝，拒绝接受别人的帮助和安慰。我把所有的时间都用来陪她。这期间，她要么哭泣，要么一动不动地躺在床上，或者坐在椅子上，眼睛死死盯着门闩。偶尔，她会说："为什么要那样做？为什么事先没有料到会出事？"

那天晚上，回房休息之前，我又去船舱中看望珍妮。梳妆台上的食物丝毫没动，咖啡也是冷的。我进去之后，连门还没来得及关，珍妮就哭叫道："没有鲍比，我活不下去。"虽然这样说，但我并不担心珍妮会自杀，她是个虔诚的天主教徒，生命不仅属于她，还属于她的信仰。

"珍妮，"我劝她说，"别太难过了，你这样下去，身体会垮掉的。鲍比见到你这个样子，也肯定不会好受的。"

"你别再折磨我了，我再也见不到鲍比了，我要发疯了。"

珍妮的眼睛里充满血丝，流露出一种诡秘的神情，这种神情让我感到害怕。也许她真的要疯了，我感到非常难过，现在唯一能使她镇定的，就是收到鲍比还活着的消息。第二天上午七点左右，我收到一封电报，竟然是鲍比的，这让我欣喜若狂。他失足落水后，被一艘没有无线电设备的小船救起，所以一直没法和我们联系，一直等到小船把他送到阿根廷的圣胡安市，他才有机会给我们发电报。

接到鲍比的电报后，我以最快的速度冲到珍妮房里，想把这个好消息告诉她。但是当我敲她的门时，里面没有一点反应。我想她是不是睡着了，就推开门，想看看里面的情况。

珍妮没在里面，浴室门开着，我大声喊她，也没有回应。我想她可能出去了，正准备离开，忽然看见了梳妆台玻璃上的一个信封。一看见它，我的心突然咯噔一下——珍妮失踪了，留下一封信。信是留给我的，里边的内容把我吓坏了。

"再见，亲爱的菲尔，我到另一世界与鲍比相会了。珍妮。"珍妮在窗前放了一把椅子，她不但要到地下与鲍比相会，还选择了同一个地点离开人间。我知道，一旦她跳了下去，就必死无疑。她不会游泳，谁也救不了她。

我不知道珍妮死之前做没做梦，她的梦里会不会又出现花朵。如果以后有人跟我说梦到花是死亡的象征，我只会笑笑，什么也不说。

没有人会相信珍妮的故事的。

鬼火

[韩] 李愚赫

"快救火啊！着火了！"

大火把夜幕照得通明。刺耳的警笛过后，来了几辆消防车。消防队员接好了水管，把水柱射向火龙。路上的行人都停住脚步，在附近喝酒消遣的人们也到马路上来看热闹。他们没有意识到火光已经把自己的脸映成血色，他们只是看着眼前的一切，无可奈何。

东俊此时正要和家人吃晚饭，有位同事打来电话说，他们的松林产业支部办公室着火了。一听到这个消息，东俊抓起衣服就往门外跑。他的家人也有些异样的感觉，生怕这场大火和东俊有什么关系。他们纷纷放下碗筷，桌上的美味佳肴已无法勾起他们的食欲。

心急火燎的东俊跑到外面，想用最快的速度点火开车到达事发地，但车子就是打不着火。他急得重重地打了仪表盘几拳，车子像老人一样哼哧哼哧叫了几声，终于打着了。东俊猛踩油门向事发地开去。

车子出现这样的故障已经不是第一次了。第一次发生这种事情时，东俊以为是偶然。与恋人银叶分手之后，为了忘记两个人的往事，他曾经混混沌沌地过了两年。对他而言，那是等待的两年，也是彷徨的两年。当然，这个时候他没有心思想那一次火灾是否与自己有关。但是，当一天夜里，自己值班的7号库房发生火灾时，尤其是听到那天加班的人们对这件事的议论，东俊的心里再也无法平静了。

"不可能呀！桌子上没有任何能引起火灾的东西，可我却看见桌子中间突然发黑，然后就着火了！"

调查组对那次火灾做的记录以及调查报告，东俊都看过了，火源就是一张放东西的桌子。半个月后，东俊的办公室又着火了，好好的公文箱突然着火了，里边的材料几乎全毁了。公文箱里的空气受热后迅速膨胀，热力把箱门崩开，点燃的材料在整个办公室里到处乱飞。幸亏那天只有一个女职员在加班，而且她躲得及时，没有造成人员伤亡，但是起火的原因仍然没有找到。

又过了一个月，东俊正在值夜班，按惯例和门卫到处转了一圈后，没有发现异常。突然，装有乙酮的铁罐在离他们不远的地方爆炸了。两人被这突如其来的爆炸伤着了，伤势并不严重。但从那天起，有关东俊的流言飞语就传开了。很多人说"东俊是火鬼"，尽管他在公共场合不可能听到这些，但是谣言没有因此减少多少。

抵达事发现场时，火已经扑灭了，到处都是浓烟。不远处，科长正和消防队的人说着什么，似乎是说，这次事故的原因不在公司。办公室里没有任何特殊的易燃易爆品，公司里也不存在线路老化的问题。东俊觉得有人在盯着他看，他真的不想听到别人议论自己是火鬼，但是现在又解释不清楚。

调到器材科以后，大约有两个月，什么事情都没有发生，东俊也因此轻松了好一阵子。公司成立以来的10年里共发生过四次火灾，其中三次都与东俊有关，至少很多人都那么说，所以也难怪别人议论他。但两个月后，器材科的办公室里也发生了这种事！有目击者说，那场火好像是从塑料垃圾桶的废纸里着起来的。先是垃圾桶受热变了形，之后看见垃圾桶里的废纸着了火。而那个垃圾桶恰恰又是东俊的，这莫名其妙的火又是在东俊离开座位以后着的。

办公室的气氛立刻冷却到了极点。女职员不敢和东俊对视、说话，男职员也开始疏远他。不久之后，办公室里又发生了一起同样的事故。那天早晨东俊上班，刚走进去，办公室就着了火。两天后，器材科的仓库也着了火。那天是东俊值班。

东俊很苦恼，为什么这些火灾都与自己有关系呢？他从来不迷信，但是难以解释的事情接踵而来，他真的怕了，也有点支撑不住了。他在想这到底是因为什么。想了半天，他的大脑中还是一片空白。在大脑中，他唯一记得的一件事是恋人的失踪。他曾经像爱自己生命那样爱过银叶……别的真没有什么了，与火有关的更是找不出来。

他自己想了很久，也因此痛苦了很久，最后还是想不出原因。没办法，他只好递交辞职信，但是辞职信被退了回来。人事科负责人说："公司以这样的理由辞退员工实在是不太恰当，传出去的话，有损公司声誉。"辞职信是被退回来了，与此同时，东俊接到了借调到汉城支部的通知。可以想象，当时东俊有多么兴奋，其中或许还有些庆幸。但是他被借调还不到一个月的时间，汉城支部也发生了可怕的事情。

大大的书柜烧得只剩下一半。东俊和权虎范代理用了好大的力气才把这个只剩半边的书柜重新立起来。权代理翻了翻被烧的书，几乎没有完好的，他喃喃自语道："全烧没了，可惜呀！早知道这样，不拿到办公室就好了……你是不是也在办公室放了不少书？"

现在是计较书本的时候吗？诗集？这本诗集怎么会在这里？东俊一直在家里找不到，以为丢了，没想到在这里……银叶。在很久以前自己曾发过誓：今生今世不再想她，可为什么这时又突然想起她？

突然，东俊发觉手中烧剩下的诗集的样子很奇怪，好像这本诗集是从四个角开始烧向中间的，现在剩下的是个完整的矩形的样子。东俊把剩下的诗集翻来覆去地看了好几遍，突然，书很自然地分开了，似乎里边夹着什么东西。

原来是一张银叶的照片。东俊不太喜欢看诗，所以当银叶把它作为生日礼物送给他时，他只是看了前面银叶的赠言，往后就再也没翻过。他甚至不知道里边夹着银叶的照片。照片以红叶为背景，长头发的银叶甜甜地笑着。东俊再仔细一看，这本诗集烧剩下的部分刚好是这张照片的大小，而这张照片连一个边也没有烧到。东俊的眼中涌出了泪水，那些奇异的现象，根本无法打断东俊对银叶的回忆。

过了很久，东俊突然在心里自责起来：怎么能为这个无情抛下自己的女人流泪呢？东俊拍拍手中的诗集，把烧成灰的部分掸掉，顺手把它装进裤兜里。在找到合适的办公室前，人们都不用上班。

头一天晚上，东俊喝了很多酒，现在还在昏睡中。隐约听到妈妈的叫声，东俊好不容易睁开眼睛，他将手伸向诗集，如果迄今为止的怪事真的与银叶有某种关系的话，这本残损的诗集是不是说明银叶出了意外？东俊极力地控制着自己不安的心情，顺手翻开了诗集。扉页上有一行熟悉的笔迹：

祝你生日快乐！银叶。

她的字一个也没烧着。东俊想把诗集边上的灰抖下来，一不小心，照片掉在了地板上。东俊顿时觉得鼻子有点酸。银叶无论什么时候都会微笑，让人感到温暖和真诚。但她还是离开了我，她真的爱过我吗？

东俊：

我有点急事，这几天不能见面了。

也许要十几天，也许更长。

以后我再去找你吧！

银叶

这是银叶寄来的最后一封信。但是等了很久她也没有再来找东俊。三个月后，东俊到银叶租住的地方找过她，房东说她在三个月前就已经搬走了。

银叶是独生女，三年前她的父母在一次事故中去世了，从那以后，她就成了一个孤儿。她没有多少朋友，东俊的朋友中没有一个人知道她的去向。更让东俊吃惊的是，她的朋友根本就不知道他的存在，她为什么不告诉他们东俊和她的关系呢？

这时，拿在手里的诗集突然着火了。东俊被手中的火团吓得从回忆中醒过来，东俊的眼前模模糊糊地显出了一个人的轮廓，啊！上帝，她不是……

医院里什么时候都是忙碌的，尤其是急诊室。惨叫声、痛哭声，弄得东俊妈妈坐立不安……白色的帘子掀起，主治医师走了出来。他说，幸亏东俊当时盖着被子，所以下半身没有烧伤，上半身的伤势也不严重，没有生命危险。妈妈听到这些话，心情稍稍平静下来。医生询问东俊是被什么东西烧着的，东俊妈妈也讲不清楚。她撩起帘子，看了看躺在床上的儿子，叹了一口气，正要放下帘子准备转身时，东俊突然大叫起来：

"银叶，银叶！"

妈妈吓得赶紧又转回身，东俊举起双手，像是抓住了什么东西似的摆来摆去，嘴里不停地喊着银叶的名字。银叶这个名字妈妈感到很耳熟，东俊曾带她到家里来过。那个姑娘还不错，但是她怎么也想不到这个女孩竟把东俊给甩了。

此时，妈妈无法再去想这些问题，她大声叫着他的名字：

"东俊，你怎么了？说话啊！"

"银叶……妈妈，我看到银叶了……"

"那不是真的，你不要吓妈妈，你这是怎么了？"

"银叶死了，肯定是这样……她出现在我面前，然后是那股热气……不可以！你不能死，不要离开我！"

"大夫……大夫快来呀！"

有个护士急忙跑进屋，试着让他躺下去，东俊在极力反抗，最终还是在镇静剂的作用下安静了下来。

已经是深夜了，东俊还在说胡话。急诊室里的患者太多，东俊被转到了普通病房。在医院住了几天后，他的伤势逐渐好转，医生说他可以回家休养了。听了医生的话，妈妈终于放心了，所以暂时留下东俊一个人，自己先回去收拾屋子。

一个陌生人轻轻推开了门，走进东俊的病房。东俊根本不愿意动弹，他没理那个人。那个陌生人站在他面前，东俊不得不瞥了他一眼。一个很强壮的年轻人，不同的是，他的胸口到腰部之间缠着一层厚厚的绷带。他可能受过重伤，但他居然能够行动自如，真有点不敢想象。但是现在的东俊情绪不佳，他问道："你有事吗？"

年轻人的声音并不大，但听起来底气很足："银叶……你认识吴银叶吗？"

听到这个名字，东俊猛地坐了起来，眼睛睁得大大的，有点吓人。

"你怎么知道这个名字？"

"你一直在呼唤这个名字，而我的病房就在你的隔壁，你好像很痛苦的样子……"陌生人说道，"你也看到了，我比你好不到哪儿去。但是我觉得我可以帮你……我只是想问你，你恨银叶吗？我想听实话，我是说你对她的真实想法。"

东俊越来越觉得不可思议，这个人怎么会知道银叶？难道他就是抢走银叶的罪魁祸首吗？

"你怎么会认识银叶？为什么要问我和银叶之间的事情？你知道银叶她现在在什么地方？"

年轻人犹豫了一下，默默地点了点头。

"哪儿？她在哪儿？快说呀。求求你让我们见一面吧！哪怕只让我远远地看着她，求求你……"

东俊一直没有忘掉银叶，虽然他一直想这么做。今天，只因为想见到她，东俊居然在一个陌生人面前失声痛哭。那人还是沉默，只是低头看着东俊，他的眼角也湿润了。

"看来你还是没有忘记她呀！"

泪水从东俊的眼睛里扑簌簌掉下来。东俊无奈地点了点头，年轻人也应和着点了点头，说道："你有些恨银叶小姐吧？"

东俊没有回答。

"我给你解释我知道的情况吧！这是你在收到银叶小姐的信的时候发生的事。龚东俊先生，你是否去找过银叶小姐的房东？"

"我去过……我去找过她……"

"你还认为她寄那封信的日期和她搬出房东家的日期差不了几天，对吧？"

"是这样的。"

"银叶小姐是想搬家，她想搬到离城市比较远的地方。她是个注重隐私的人，不想让别人知道自己的事，是吧？"

"是的，但是她为什么不告诉我她的新地址呢？"

"要是我没说错的话，那段时间你刚好是在考试，她不想让你分心，所以就自己一点一点地搬。银叶小姐就这样一个人搬了家，搬完所有的东西大概是在10月13日……你生日是什么时候？"

"10月15日……"东俊隐约感觉出了什么，尽管这只是感觉。

"你要冷静，过去的事是无法改变的。"

"你是什么意思？银叶到底怎么了？"

"为了给你买生日礼物，她进了一趟城，她去的那个地方突然发生了爆炸，起了大火。银叶小姐就……"

"你，你说什么？"

"你可能还记得，前不久电视里报道过百货大楼起火的事，用于维修工程的涂料发生爆炸，里面被困的几十个人没有一个活的。"

"不是这样的，你在说谎！怎么可能这样？你是怎么知道的？她一定还活着……她肯定和你在一起，是不是？"

"我为什么要骗你？这些经过不是我亲眼见到的，而是到这里探病的人当中有个人具有这种能力。"

"你是说他能和死人对话？你觉得我会信吗？"

"信不信由你，事实就是事实。龚东俊先生，你知道为什么你的周围总是发生火灾吗？"

"你……你怎么知道？难道这些是因为银叶吗？"

"那不是因为她恨你，而是因为她在熊熊烈火中即将结束生命的时候还在想你，直到咽下最后一口气。"

"不，不……不要讲了。"

"她的灵魂里有股热气，她想你就到你的公司找你。最初她只是想在你的背后看看你，可是她的灵魂里的那股热气太厉害了，所以房子会无缘无故着火。"

"那之后的几次事故呢？"

"尽管她现在只有灵魂了，但她当时肯定受了惊，所以第二次她非常小心地到办公室找你，但她周围的东西还是着火了。听说她经过的公文箱也着了，是吗？"

东俊终于明白了，银叶的灵魂到如今仍没能从那场大火中逃出来。可怜的银叶！东俊趴在床上痛苦起来，那个年轻人则继续讲他的故事。

"当你将那本诗集带回家，陷入往日的回忆时，银叶再也控制不了了，于是，她浮现在你的眼前。但是看到你因为她的出现被火烧，她明白她再也不能和你像以前那样在一起了。"

"不，不要这样，让我见见她，求求你！"

不知什么时候，东俊已经跪在那人面前，那人还能说什么呢？沉思了一会儿后，他终于开口："好吧，走！现在就走，不然就来不及了！"

这个要帮东俊实现夙愿的年轻人叫玄岩。他受了重伤住进医院，恰巧知道东俊与银叶之间的故事，他请朴神父为银叶超度亡灵，将她送入天国，不让她再伤害人世间的无辜生灵。地点就是银叶刚刚搬的新家——一个空房间。

仪式正在进行，房间中央飘浮的是银叶的灵魂。东俊是看不到银叶的，但他能感觉到她的存在，房间里有一股他熟悉的热气，就像是火，温度高得让人透不过气。

"你就在这里，是吗？银叶，回答我啊！"

朴神父往东俊的手里塞了一张神符，在嘴里念念有词。东俊的眼前逐渐亮了起来，最后形成了一团火，火团里是银叶的笑脸。银叶边笑边伸出手，东俊正想向前迈，却被朴神父拦住了，如果他迈过去，银叶周围的热气就会再次烧伤他……有个小东西从银叶的手中飞出，轻轻地落在了东俊的手里。那是没被火烧尽的半个领带夹，那件没来得及送给东俊的生日礼物……

"银叶，银叶……"

东俊痛哭起来。朴神父的眼睛也红了，他走到东俊身边轻轻地拍了拍他的肩膀："时间不多了，她最终还是要走……"

"不行！银叶，两年多了，我现在才见到你，难道真的要走吗？"

银叶的脸上露出伤感的表情，她还是在微笑，只是脚步在一点点往后退。东俊不顾危险向前冲去，玄岩赶紧拽住他，但东俊还是挣脱了，向前冲去。东俊冲到银叶面前，紧紧地抱住银叶，银叶也抱住他，两人就这样相互抱着，热气对他们来说似乎已经不存在了。突然闪过一个霹雳，火中射出一道耀眼的光芒，把屋子照得无法睁眼。瞬间，银叶身上的那股热气慢慢消失，就像蒸发了一样。东俊和银叶都不见了踪影，只有那个烧剩半截的领带还静静地躺在原地。

他是谁

[英] 希区柯克

几个月前，我因为心脏病住院休养，期间经历了一件可怕的事，那件事至今仍让我困惑不已。住院之后，经过一段时间的治疗，病情有所好转，院方就把我转到普通单人房，它的位置在心脏病房的后边。这个房间长而狭窄，照明不是非常好，病房两侧还有十余间单人房。

刚开始的一两天，我经常将门紧闭，我不喜欢其他房间传来的收音机声和电视声，我只想安静地看书。有一天，我正在看书时，门轻轻地开了。我没有抬头，但我能感觉到有人站在门口。我希望来的是我的一个朋友，我们可以聊天，说些有趣的事。但令人失望的是，来的居然是医院的理发师。他穿一件薄薄的、有些破烂的夹克，手上是一个难看的黑色袋子。

他没有说话，只抬了抬眉毛。我明白他的意思，他应该是让我理发。但我摇摇头："现在不理，晚些时候吧。"他看起来有些失望，在门口站了一会儿，就转身走了。他走了之后，我有种奇怪的感觉，他把我吓着了，我无法再静下心来看书。他进门的时候竟然没有一点声音，进来之后一句话也没说。我必须承认，他的打扰让我有点生气，对一位心脏病患者来说，这种打扰是不允许的。

不管怎样，我想睡一会儿，所以服下了镇静剂，那天晚上我睡得不差。第二天，我很早就起来了，想继续把昨天的书看完，但是我仍不能集中精神，虽然前一天那本书很吸引我。我环顾四周，想了一会儿，终于明白烦恼是什么了。

在我的要求下，门再次关上。但是这次，我居然发觉自己不想关上它。我还不能起床行走，所以，我按铃找护士。一位活泼的瑞典籍护士走了进来，她说："已经厌倦隐居生活了？我认为你会改变主意的！"我微笑了一下，她说着走出去，房门就这样开着。

接着，我继续看书，但是脑子里还是不停地想有关门的事。我会在读书的时候，时不时地走神，想那个理发师会不会再神不知鬼不觉地走进来吓我，隔壁的电视和收音机会不会再发出让我烦恼的声音。对于这些，我尽量不去想，虽然事实并非完全如此。午饭之前，我有些困了，放下书，刚想小睡一会儿，突然，一阵令人毛骨悚然的尖叫把我惊醒，那声音肯定来自附近的病房。

我的心怦怦直跳，暗地安慰自己：这声音是从电视里，或者是从收音机里发出来的。但直觉又告诉我，不是。几分钟后，走廊里一阵骚动，人声嘈杂，护士和医院工作人员匆匆而过。我从没想到病房里还有那么多人。

医生们行色匆匆，一阵低低的命令、谈话声，然后近乎完全的沉默。过了一会儿，护士和工作人员走回病房的通道，一具从头到脚都盖着白色床单的尸体被推着从我的病房前经过。

我按铃叫护士。护士匆匆跑了进来，在我的印象里，她的反应从没这么快过，她脸色有点苍白。"发生了什么事？"我问。

她犹豫一阵，然后耸耸肩，说："通道对面的艾克先生。"

"心脏病突发？"

她点点头。

我留心看她的脸："一位只是得心脏病的人，那样叫是不是有点不正常？"

她再次犹豫。

当她再开口说话时，开始变得小心翼翼："如果按照一般的病情是有些不正常，但是那样的事有时也会发生。你知道，他可能病情加重，非常痛苦。大部分病人都会痛苦地倒地，但是他居然高声尖叫，是有些——不正常。"

她微微一笑，很显然，她笑得有些勉强，"不过，你不用去想这件事。你的病已渐渐好转，你读你的书，不要胡思乱想。"

我肯定胡思乱想，而且是全天乱想，他们没有办法，最后不得不给我一颗额外的药片，才使我安静下来。日子平安无事地过了两天。一天下午，我正在看书的时候，门又开了，悄无声息的。我抬头，门外站的仍是那个身穿夹克，手拿黑色破旧袋子的理发师。和上次一样，他只是将眉毛抬起，不说一句话。

我生气了，这次表现了出来。他真的吓了我一跳，我在心里说，这人真可恶！"我不理发！"我对他说，"我需要理发的时候，我会让护士小姐通知你！"他仍然站在门外，脸上没有表情，真像一副面具。他有些失望，或者说不仅仅是失望，是憎恨？我说不出，我只感到血液涌上脸部和脖子。

"请离开这里好吗？"我有些暴躁地对他说，"你很无礼。"

我可能是幻想，我觉得他像是微微鞠了一躬，一分钟之后，他离开了。他走之后，我才开始轻松下来，一边看书一边等着吃晚饭。就在这时，附近病房又传来一阵令人毛骨悚然的叫声。这次不是高而尖的叫，而是一种压抑的低泣。我僵住了，心脏再次怦怦乱跳，我听见尖叫之后是急匆匆的跑步声，轻轻地但是很惊慌，在向防火梯跑去。一分钟之后，一阵沉重的脚步声三步并作两步地追了过去。

我看不大清楚走廊，这次发出叫声的病房在离我更远的地方，但是和上次一样，我听见人们急速的脚步声、叫喊声、命令声、低喃声，然后恢复平静。如我所料，我看见担架再次沿通道推出，那上面躺着一个一言不发的人，他畏缩在白色的床单下。

那天，照顾我的那位护士休假，新护士是位娇小迷人的红发女人，她进来之后，我一眼就看出，她愉悦的表情是装出来的。

"这次是谁？"我问。

她沉默了一会儿，装作放我的餐盘，"梅先生，三七五病室的。"

我的病室是三七七，梅先生离我只有两间病房。我想从新护士那儿多打听一些消息，但没有成功。她告诉我，当时她不在现场，知道梅先生出事的消息，也是在几分钟前。第二天，我想从别的护士那儿打听点消息，但没有打听出什么。她们不是自己不想说，就是得到了封口令。

她们对我说，梅先生死的时候非常安静，没有发出任何声音。她们告诉我，梅先生昏迷之前，曾按铃叫护士。如果是哭声的话，那也不是他主动发出的。至于我说起的那些跑向防火梯的脚步声，她们耸耸肩，说：

"可能是你的幻听吧。"

不管怎样，我想忘掉这件事，它总是让我心烦意乱，但我还是不能完全摆脱它。那天下午，我正在看寄来的信，这时响起轻轻的敲门声，我抬头一看，一位衣着整齐、头发光亮、蓄八字胡的年轻人站在门口。他身上穿着白颜色的夹克，手里是一个褐色的小箱子。

"先生，理发吗？"

我犹豫了一下："噢——现在不理，一两天之内吧。"他点点头："好的，先生，就按您说的办，过一两天我再来。"

他一离开，我就有些后悔。首先，我确实需要理发，再者，我还想问问他那个医院理发师去哪儿了。我当然不是希望他回来，我希望他永远离开这儿，只是他突然不来有些奇怪罢了。

我的病情恢复得很快，在新的理发师为我理发之前，我打算出去坐一会儿。我选了一个天气晴好的下午，坐着轮椅来到日光浴室。刚到那里没多久，医院的一位安保人员就走了过来，和我聊起了天。

说起安保人员，我并不陌生，因为在我众多的曾经从事过的职业中，就有警卫工作。虽然那是多年以前的事了，但面对眼前的安保人员，我们还是有种一见如故的感觉。

我们在谈话中说到了心脏病房的两起死人事件。说到这两件事，我立刻注意到，那人的话突然变少了，而且好多次都不安地左顾右盼，他好像有什么顾虑，最后终于耸耸肩。

"如果你答应我不向任何人说我跟你说过的事，尤其是不跟这里的人说话，我就跟你说一点。"我马上答应了他："我以人格保证不向任何人说，真的，我能够保证。"

听了我的话，他皱皱眉，不知如何开始。

"嗯，那两人死时的样子相当恐怖。他们两个都死在床上，两眼睁得大大的，像死盯着什么看，或许他们真的看到了极其恐怖的东西，因惊吓过度而死。你还记得在他们死的时候发出两声大叫吧，那声音发出之后，都有人看见一个小矮人，手拿一只黑色小袋子向通道跑去！第二个人死的时候我也看见了那个小矮人，我还追了过去。"

听到这里，我的心怦怦乱跳，手里全是汗。"你可以描绘那人的样子吗？"

"我只是看到他的背影，瘦瘦小小的，穿一件薄薄的灰夹克，手拿一个破旧的黑色小袋子。有的人说他的皮肤光滑，一张没有表情的脸，眉毛浓黑。""那是医院里的另一位理发师！"我告诉他。他瞠目而视。

"另一位理发师？医院里只有一位——一个年轻人，蓄八字胡，穿白色外套。他在这儿已经做了一年多了。"他犹豫了一会儿，"嘿，你也见过那个人？"

我挥挥手："现在不要管那些，继续说下去。"

他搓搓下巴："噢，第一次我没有看见这个家伙，但是第二次我正好在一楼。就在梅先生呻吟，按铃叫护士时，我看见这个瘦小的家伙从他的房间跑出来，我立刻沿通道追赶过去。他从防火梯跑下去了。"

"抓到他没有？"

他摇摇头："完全没有可能，他跑得像兔子一样快，我花了两三分钟才爬过围篱，那时候，他已经不见踪影了。"

他看着我，说："但是最厉害的还在后边呢，你知道他带的那个黑色小袋子吧？"我点点头。

"嗯，当他跳越围篱时，袋子钩住了上面的铁丝，掉在停车场，我趁机捡起了它。你想知道里面装的是什么吗？"

"当然想，快说吧，我都要急死了！"

"只有土！"他回答，"一袋子的土！地上的土！我们在两位死者的床上也发现了同样的土！"

他又看着四周，显得有些担心："也许我不应该把这件事告诉你，但是既然说了，就把所有的事都告诉你吧。我最后把黑袋子交给了政府，不过在这之前，我用纸袋装了一些土，把它交给了我的一位在化验室工作的朋友，他帮我化验了一下。你知道他发现什么了吗？"

"不知道。"

"那些泥土，他发誓来自坟墓。"

我又觉得心脏怦怦地跳起来："是吗？他是怎么知道的？"

"从混在其中的小东西：大理石和花岗石的碎末以及人造花和花环的碎片。他还说土里有两小片碎骨，经过检验，那是人的骨头！所有的土都混有青苔，好像是从坟墓一处潮湿、阴暗的角落挖出来的！"

说完这件事，安保人员就走了，走的时候一再叮嘱我不要跟别人说。我看着他急匆匆的背影，想着刚才他说的那件事，感到不寒而栗。

这是一个故事，一个我无法解释的故事。那个面无表情、目光闪烁、眉毛浓黑的小矮人再也没有出现过。

我的一位自认为聪明的朋友说，拎黑袋子的男人是一个典型的精神病患者，他要么先天五官不全，要么就是在某次车祸中造成了脸部的严重受伤。他戴着面具，潜入心脏病房，摘掉面具，吓死两位病人。我的朋友说床下遗留的泥土，只是一位心术不正的人故意留下的。

这个解释听起来合情合理，我却不这样认为。我觉得，由于某种超自然原因，那个我误认为是理发师的恐怖东西，根本没有能力进入患者的房间，除非被命令驱使，我相信，那两个惊恐叫喊的死亡者，曾允许他进入病房。除此以外，我再也找不到其他的解释。

不过有一点我可以肯定，如果我答应那个小矮人进入房间的话，我就不会写出这个故事，而你也不会读到这些。只是，我仍然不知道那个拿黑袋子的小矮人是谁，他会不会再骚扰其他人。这是个恐怖的问题。

私宅凶案

女房东

[英] 罗尔德·达尔

比利·威弗终于决定从伦敦出发外出游玩，虽然他只有 17 岁，但他还是决定出行。他在斯温顿换了车，在晚上将近 9 点的时候到达巴思。那时，月色已经笼罩了整座城市。天气非常寒冷，夜风像冰锥一样刺骨。

"不好意思，请问附近有便宜的旅馆吗？"走下火车的比利·威弗问检票员。

"前边有一家铃和龙，往前走一段，马路对面就是了。"检票员指着马路尽头说。

比利谢过检票员，提着箱子朝铃和龙旅馆的方向走去。这是他第一次来巴思，人生地疏。不过伦敦总公司的格林斯雷德先生说，这是一座不错的城市。

他所在的这条马路上没有任何商店或者买卖商品的店铺，只有两边高大的房屋在静静地矗立着。它们都一个模样，门廊、圆柱、四到五级通向前门的台阶，一看就知道，曾经有非常富有的人在这里住过。只是现在的一切都已破败，门窗上的油漆已经脱落，原本光洁漂亮的白色大门也有了缝隙，锈迹斑驳。走着走着，比利忽然看到一块写着"提供早餐和住宿"的牌子下面是一只高大漂亮的插着毛茸茸柳条的花瓶。

比利停下脚步，凑过去细细看了起来。窗子两侧都挂着绿色的窗帘，这让他感觉有些另类。屋里的情景则让他有舒适和惬意的感觉。比利首先看到的是壁炉里熊熊燃烧的火焰。壁炉前面的地毯上，一只漂亮的德国小狗正在酣然入睡。灯光虽然有些昏暗，却可以清楚地看到里面布置着精致的家具，一架小型钢琴、舒适的大沙发和几把松软的坐椅。在一个角落的笼子里，还有一只大鹦鹉。

看到这些，比利微微一笑。在这种地方看见小动物，往往预示着好事。所以他决定不再往前走，不管那个铃和龙旅店有多好，他也不想多走半步。比利觉得，他已经看到一家不错的旅馆了。况且，住这种小旅馆，晚上有啤酒喝，有好玩的游戏，还会有人聊天，关键是房价也会便宜不少。他曾经在这样的一家小旅馆住过几个晚上，留下了不错的回忆。他决定进去看看。但他刚想进去，突然有个奇怪的念头，在这样一个陌生的城市，尤其是晚上，住这样一种地方会不会不安全？虽然这里的整体环境不错，但这会不会是一种假象呢？

思来想去，比利觉得，还是先到那个铃和龙旅馆看看，虽然那里不一定好，但还是去了再说吧。比利刚想走，两条腿却鬼使神差地不听使唤。他的眼里也全是那个"提供早餐和住宿"的牌子。那几个字在他脑中和眼中不停地乱转，"提供早餐和住宿""提供早餐和住宿""提供早餐和住宿"……每个字都像是一只大大的黑眼睛，透过玻璃窗注视着他，吸引着他，迷惑着他，迫使他无法离开原来的位置。比利觉得自己就像着了魔，不仅无法离开，还向那家旅馆走去，他像被人控制了一样，手不知不觉地伸向了门铃。

"丁零零"，比利似乎听到了一声很远很远的铃声。他正在诧异，手还没从门铃上拿回来，门突然开了。一个女人出现在他面前。他是遇见鬼了吗？比利不想吓自己。一般来说，摁完门铃要等一会主人才能开门，可这个女人怎么会在自己刚刚摁上门铃甚至还没松开的时候，就把门打开了呢？难道她一直在门口偷听，或者门上有个无法察觉的小孔，她一直在偷看自己？总之，这个女人把比利吓了一大跳。

不过，女人脸上的笑容还是让比利放松了下来。"请进来吧。"女房东愉快地说。比利便不由自主地走进了屋子，比利不知道为什么要进去。这是一种本能或者某种神秘的力量？

"我看见了窗前的牌子。"他说。

"是的，我知道。"

"我正在找地方住。"

"这个我也知道，都给你准备好了。"她说。

直到现在比利才发现，女房东是个很有风韵的女人，面色红润，身材苗条，双眼柔情似水。他有些看呆了，有些机械地说："我正准备去另一个旅馆，这时正好看到你的牌子，所以就……"

"所以就摁了门铃。亲爱的，这里有你想要的一切。"女房东说。

"我想知道，这里一晚多少钱？"

"十英镑，还提供早餐。如果嫌贵，可以再便宜些。"

"十英镑就十英镑吧，我就住这儿。"

"我就知道你会满意的。"说完，就把比利引进了房间。女房东显得格外热情，就像他们从前认识，或者是久未见面的远房亲戚。比利心里美滋滋的。他取下帽子，看看能放在什么地方。

　　"就挂在那儿吧，"房东及时帮了他的忙，"我来帮你脱大衣。"除了比利的大衣和帽子，客厅里再也没有衣服之类的东西，这让人多少觉得有点不自然。"这房子归我一人所有，"她领他上楼时回头对他浅浅一笑，"知道吗，我很少有机会带别人参观我的家。"

　　看着女房东的样子，比利心里犯嘀咕，这女人神秘兮兮的，让人有些看不透。这么好的环境一晚才十英磅，他怎么也想不通。但比利没有细想这些，为了避免尴尬，他说："是吗，那我真的很荣幸。不过客人好像不是太多啊。"

　　"哦，亲爱的，那是我个人的原因，我比较挑剔，宁缺毋滥。你明白我的意思吗？"

　　"明白。"

　　"不过我总是事先准备好，这间屋子里的东西都已准备齐全，只等机会到来，进来一位年轻的绅士。每当我打开门，看见一位合我胃口的人站在门口，我就无比快乐。"女房东已走到扶梯中央，她突然停下来打量着比利，面带微笑凝视着他。"比如你。"她像是在欣赏比利，从头看到脚，又从脚看到头。走到二楼时她对比利说："我住这层。"然后两人来到三楼。"这层你住。"她说，"这是你的房间，希望你喜欢。"她领他走进一间小巧的卧室，进门时拧亮了电灯。

　　"每当清晨来临的时候，太阳会从窗子上升起，阳光会缓缓照射进来。帕金斯先生，你觉得这种感觉如何？是帕金斯先生，对吗？"

　　"不，我叫威弗。"

　　"噢，对不起。威弗，多好听的名字啊。我已经把床单熨暖了，威弗先生，睡在一张铺着干净床单并且非常温暖的床上，那是多么舒服的事啊。如果你还觉得冷，随时可以点上煤气取暖器。"

　　"谢谢，您真是想得太周到了。"比利说。

　　比利转头看了看那张床，被褥整整齐齐地铺开，好像随时都可能有人来住。

　　"威弗先生，真高兴你能来，我恨不得为你操办一切。"

　　"没关系的，"比利愉快地说，"不必为我担心。"

　　"晚饭想吃什么？我去给你准备。"

　　"我一点都不饿。我想马上睡觉，明天一早我还要给公司写报告。"

　　"好吧，我这就走。不过你需要在睡觉前到楼下的起居室签个字。只要住到这里的人都是这么做的，这是房产法的规定，你也没问题的，对不对？"

　　比利笑笑："是的。"

此时的比利没有发现女房东的任何异常行为，或者即使发现也没有过多的担忧。他觉得她没有恶意，她是个大方而富于爱心的人。比利猜想，她之所以对人这么殷切，可能是在战争期间失去了儿子，或者碰上了什么类似的不幸的事，心灵的创伤一直没有能愈合。

过了几分钟，他就按照女房东的话下楼来到了起居室。女房东不在那里，只是壁炉里炉火烧个不停，房间暖暖的，那只小狗仍然酣睡不起。看到此景，比利挺高兴的，他心想，我可真幸运。刚开始想得没错，遇到小动物会给我带来好运，这里的一切都很好。

比利看见钢琴上放着一本住宿登记簿，于是掏出笔在上面写下了自己的姓名和住址。他看到自己前面还有两位客人或者只有两位客人，他很自然地瞅了一眼。一位叫克里斯多夫·穆尔霍兰德，从加蒂夫来；一位叫格里戈利·W. 坦普尔，从布里斯托来。看完之后他有种奇怪的感觉，那个叫克里斯多夫·穆尔霍兰德的名字，他好像在什么地方见过，或者曾经发生过一些什么事，他一时想不起来了。比利以前在哪儿听说过这么个不寻常的名字。是学校里的一个同学？不是。是姐姐众多男友当中的一个？或者爸爸的老友？不是，绝对不是。

他又看了看登记簿。

克里斯多夫·穆尔霍兰德

加蒂夫市凯瑟德雷尔路 231 号

格里戈利·W. 坦普尔

布里斯托市塞克莫大道 27 号

比利自己吓了一跳。他发现，第二个名字和第一个名字一样，也好像与某件事情有关系。"格里戈利·W. 坦普尔，克里斯多夫·穆尔霍兰德。"他一边念名字一边想，到底是什么事呢？

"多可爱的两个孩子呀。"

比利正想着，身后突然传来了女房东的声音。他看见女房东端着一只银色茶盘优雅地朝自己走来。

"他们的名字好熟，真的好熟。"他说。

"是吗？这真有意思。"

"我敢肯定我以前肯定在哪儿见过这些名字，真是奇怪，就是想不起来了。在报纸上？电视上？可他们又不是名人，我是说像棒球明星、足球明星那样的人。"

"哦，不，我想他们不是名人。不过他们都非常有魅力，两人都非常有魅力。他俩身材修长，相貌英俊，就像你一样，亲爱的。"比利再去看登记簿。"你看，"他指着日期说，"后面这位是两年前登记的。"

"是吗?"

"是,肯定是。克里斯多夫·穆尔霍兰德早一年,到现在已经三年多了。"

"上帝啊,我都没去想过,时光过得真快啊!对不对,威尔金斯先生?"

"我叫威弗,"比利说道,"威——弗。"

"噢,是的。瞧我多笨。老是将你的名字记错,对不起,威弗先生。"

"没关系。不过我挺好奇的,我是说他们俩,你知道他们的事吗?"比利问。

"不,我并不十分清楚。"

"嗯,你看——这两个名字,穆尔霍兰德和坦普尔,如果分开的话我一个也记不住,但是放在一起就好像跟一件什么事情有关。他俩好像因为同一件事出名,你懂我的意思吗?就好像……呃……比方说罗斯福和丘吉尔。"

"是吗,我真的不清楚。"女房东笑笑,接着就拿香茶和饼干给比利。

"你真不用麻烦。"比利说。女房东就只好笑着将东西放回原处。这时,比利看到了她的手,小巧白皙,就像在实验室的器皿里泡过,指甲则涂得猩红,细看像是涂了一层血。

比利对那两个人的事还是念念不忘。"我敢肯定是在报纸上看到的,我再想一会儿。肯定能想出来。"

"等等,"他说,"稍等一下。穆尔霍兰德……克里斯多夫·穆尔霍兰德……是不是那个伊顿公学的男孩,他徒步穿过西部乡村,后来忽然间……忽然间失踪了。"

"伊顿公学的男孩?"女房东说,"不,不,亲爱的,穆尔霍兰德先生根本就不是什么伊顿公学的男孩,他是牛津大学毕业的。好了,别想了,坐到我身边来吧,靠壁炉近一点,暖和暖和。"她拍了拍身边的空位,微笑着看着比利。

此时的比利有些异样的感觉,感觉女房东怪怪的。但他还是走了过去,坐在沙发边缘。女房东把茶杯放到他面前的茶几上。

比利开始小口喝茶,她也一样。有那么一两分钟,两人一句话没说。但是比利知道那女人一直在看自己。有时是用眼睛的余光打量自己,有时是明目张胆地直来直去。她的身体迎向他,好像在表达某种渴望。他不时闻到一丝从她那儿飘过来的奇特的气味,不能说不好闻,让他浮想联翩——嗯,他也弄不清楚联想起什么,好像是医院里消毒水的味道。

比利这样想着,女房东却突然说起话来,"你知道吗,穆尔霍兰德先生喝起茶来可厉害啦,我这辈子都没见过像穆尔霍兰德先生那样能喝茶的人。"

"我想他离开你这里没多久吧。"比利说。他仍旧对这两个名字感到纳闷。

不过他现在终于想起那两个名字的出处，是在报纸上，肯定是在报纸上，而且他们的名字就在标题上，非常醒目。但他还是没想起具体的内容，不过很接近了。

"离开？女房东似乎有些惊讶，"亲爱的，他从来就没离开呀，他还在这儿，坦普尔先生也在这儿。他们住在三楼，两人住在一块儿。"

听了这话，比利觉得有些恐怖。他记起了房东说的那个房间，他曾经试图进去看看里面是什么，却被房东阻止了。比利就没有进去，但他却闻到了里面浓烈的消毒水味，门缝里似乎还在往外缓缓地冒着冷气。

想到这些，比利盯住女房东。她朝他报以微笑，接着伸出一只雪白的小手，轻轻地拍了一下他的膝盖，比利本能把腿往后缩了一下。

"亲爱的，你多大了？"她问。

"17。"

"17！"她惊叫，"多好的年龄啊，穆尔霍兰德先生也是17，但是他要比你矮一点，牙也没你的白，你的牙非常漂亮。"

"没有看起来那么好，"比利有点不好意思，"里面补过。"

"坦普尔先生要大一点，"她继续说，"他28岁了。可是如果他不告诉我，我真想不到他有那么大。他身上一块疤也没有。"

"一块什么？"比利问。

"我说的是疤。他的皮肤就像婴儿一样嫩。"

一阵沉默。比利端起茶杯，想喝一口茶，却又放下，他盯着杯子里的茶水，像是在盯着一杯毒药。现在，他觉得面前的这个女人让他毛骨悚然。突然，他想起了报纸上关于那两个人新闻：两起离奇失踪案，青年男子或被做成人体标本！天哪！比利差点叫出声来，新闻标题的下面就是那两个人的名字！面前这个女人就像一个冷血魔鬼。但比利还是要求自己镇定，他让自己尽量放松，然后像很随意似的指着角落里的那只鹦鹉说："那鹦鹉可真漂亮，可它为什么不叫？"

"你是说那只鹦鹉？"女房东诡异地笑笑，"它不是活的。"

"什么，做得真是太逼真了，一点也不像死的。谁做的？"

"我。"

"你？"

"当然。"她说，"看见那只狗了吗？"她指着蜷缩在壁炉前酣睡的那只小狗说。

比利抬头看去。他猛然意识到，那只小狗也是一直一动不动地趴在那儿，就像那只鹦鹉。难道……

"你猜对了，"比利的表情已被女人看透，"狗也不是活的。它曾经活过，但那是很久之前的事了。"

听了这话，比利突然站起身朝门的方向跑去。但他没跑几步就感到头晕目眩，难道那茶有问题？此时，背后忽然传来女房东阴森的笑声，"我可爱的小男孩，你明白得太晚了，明天或者不久之后，报纸上或许也会出现你的名字。"

蜡泪

[比] 乔治·西默农

这是个有些蹊跷的案子。不过，像这类案子，有了作案现场的绘图，有了相关材料，通过缜密的调查和推理，就可以得出结论。更何况，警长梅洛格离开刑事警署的时候，已经对案情了如指掌。因为知道出事的地方并不远，所以他估计这次出差用不了多少久就能回来。但实际用的时间却比他预期的长很多，这次出差也让他疲惫不堪。梅洛格是乘坐又旧又老的小火车去韦特欧劳的，那地方离巴黎有 100 公里左右的路程。下火车后，他本想叫辆出租车，可人们都用惊奇的眼光看着他，以为他是在开玩笑。没有出租车，接下来的那段路该怎么走呢？他看到对面有辆卖肉的卡车，经不住他的软磨硬泡，卖肉老板终于答应送他一程。

"你常去那儿吗？"警长在打听他要去执行任务的村子。

"原本一星期去两次。这次我多亏了你，我又多去一次。"

小卡车进入森林腹地，两边都是参天大树。大概走了 10 公里，终于到达一片林中空地，一个小小的村庄就在空地中央。"你要找的是这里吗？"

"不是，还得往前走，是前面那个村子。"

看着这片树林，警长问："常有人来这打猎吗？""有也是某位公爵吧。"

车继续往前开，又来到一片开阔地。这地方比刚才经过的那块地方小一些，30 多所简陋的小平房把一个有尖顶钟楼的教堂紧紧地围在中央。这些房子应该有百年以上的历史，屋顶上的黑板显得很脏，看着有些令人扫兴。

"好了，请您把车停在鲍特玉姐妹家的对面好吗？"

"我想，应该是在教堂前边……"

梅洛格下了车。卖肉老板把车退到远处停了下来。村子里几个爱管闲事的女人围了过来，她们看着新鲜的猪肉，却没有要买的意思，她们只是在那里看，觉得奇怪，为什么卖肉的现在来，今天不是卖肉的日子啊。

此时，梅洛格已经走进了面前的这所房子。他手里有同事之前绘好的平面图，对于面前的这座房子，他闭着眼也可以走个来回。但是屋内极其阴暗，如果不是记住了图上标出的各个位置，还真的有点寸步难行。这是一家店铺，有着看上去不旧的摆设，鲍特玉姐妹自出生以来就一直住在父母留给她们的这所房子里，如今已有 65 年的历史了。不管岁月如何更迭，房子里的摆设都没有改变：柜台上放着称和装糖的盒子；货架上的食品杂货散发着桂皮和香草的气味；甚至连喝茶用的小桌子也放在原来的地方；在一个角落里，并排放着两个装着煤油的油桶，小桶里装的是食用油。

正看着屋里的陈设，左边的门开了，进来一个 30 岁出头的女人。她怀里抱着一个小孩，挺着肚子，腰上系着一条围裙，站在那里看着警长梅洛格。

"你是谁？为什么会在这里？"女人说。

"我是来作调查的。您一定是这家的邻居吧？"

"我叫玛丽·拉考尔，铁皮匠的妻子。"

梅洛格看了看挂着的那盏煤油灯，他不知道这个小村庄里没有电灯。没有任何人的邀请，梅洛格就进了里屋。这里一片昏暗，只有两根木柴在燃烧，凭借这一点亮光，梅洛格看见一张铺有厚厚的褥子的大床。床上躺着一个老太太，一动不动，毫无声息，只有那双眼睛还能让人知道她还活着。

"她总是这样一句话也不说吗？"梅洛格问铁皮匠的妻子。

"不说，一句话也不说。"

梅洛格显得有些无奈，他坐在一把藤椅上，掏出口袋里的材料。他在回忆这个案子的来龙去脉，也在理清头绪。

案子发生在四五天前，其实案子本身并没有什么特别之处：鲍特玉姐妹两人同住在店铺里，她们平时过着十分节俭的日子。在这个村子里，她们还有三处房屋。她们喜欢攒钱，吝啬是出了名的。

事情发生在星期五的晚上，那天晚上邻居们确实听到过什么动静，可是并没有在意，他们以为是野猫或者野狗弄出的声响。但是星期六清晨，一个人经过店铺的时候，窗户大开着，他走近一看，随即尖叫起来。窗户旁边，穿着睡衣的安梅丽·鲍特玉躺在血泊中，她的妹妹玛格丽特·鲍特玉面朝墙躺着，胸部被刺了三刀，右面脸颊被砍裂，一只眼睛也受了刀伤。

当时，血泊里的安梅丽没有死，她本想推开窗户呼救，可由于失血过多失去知觉，随即晕倒在地。她的所有伤痕都在肩部，在身体的右侧，没有伤到要害部位。五屉柜的第二个抽屉开着，一些衣物散乱其间，在那里，人们找到了一个发霉的皮夹子，姐妹俩应该是把各种证件和票据藏在了这里。在地上还找到一个存折，一些产权证书，房屋租约和各种各样的发票。

死者玛格丽特在出事两天后就被埋葬了。而安梅丽，即使身体极度虚弱，也不肯去医院。当人们要送她去医院的时候，她拼命地用手抓住床单，她的眼睛死死盯着大家，似乎在说：把我留在这里，我哪儿也不去。

法医断定安梅丽身体的主要器官没有受到伤害，她不言不语应该是因为受了惊吓。她已经五天没有说话了，只是一动不动地躺在那里，观察她周围的一切。就像现在，眼睛一眨不眨地看着警长梅洛格。

在奥尔良检察总署对此案进行调查后的 3 小时，一个男人被捕。一切迹象表明这个叫马尔萨的人就是凶手。他是已经死去的玛格丽特的私生子。玛格丽特在 23 岁的时候生了一个儿子，现在已经 25 岁了。村里人都说，他先在一个公爵家里当仆人，后来在树林里靠砍柴为生，他住在芦邦底池塘旁边，离他母亲家有 10 公里的路程。

马尔萨被关在一个单人囚室，梅洛格到囚室看过他。梅洛格去了之后才知道，这完全是个没有教养的家伙。他曾经多次一个人离家去外地，一走就是好几个星期，无论去哪儿，都不会告诉自己的妻子和 5 个孩子。这些孩子从父亲那里得到的拳头比得到的任何东西都多。他还是一个酒鬼，一个没有志气和自甘堕落的人。

这些只是马尔萨给人的表面印象，梅洛格想在案发现场，在当时的环境中，重新解读一下马尔萨的审讯记录，看看会不会有其他意外发现。

"那天晚上 7 点钟左右，我骑着自行车到了两位老人那里，她们正准备吃晚饭。我就从柜台上拿了瓶酒喝了起来，之后又到院子里杀了一只兔子，那只兔子是我母亲帮我炖的。母亲炖着兔子，姨妈又在絮絮叨叨，她的那些话是说给我听的，她一向有些讨厌我。"对于马尔萨说的这件事，村里的人都知道，他经常来母亲家大吃大喝，母亲不敢拒绝，姨妈也怕他。

"那天，我们还吵了两句嘴，因为我从柜台里拿了奶酪吃。"

"那天你们喝的什么酒？"梅洛格问。

"是店里的酒……"

"你们点的什么灯？"

"煤油灯，吃过晚饭后，母亲有点不舒服，就上床休息去了。她叫我打开五屉柜的第二个抽屉，把她的那些证件、票据拿出来。拿出来后我就和母亲一起数，因为到月底了，要结一下账。"

"皮夹子里还有别的东西吗？"

"还有一些产权证书、债券和借据，还有一大沓钞票，大约三万法郎。"

"你到过储藏室吗？点过蜡烛吗？"

"没有……9 点半，我把票据放回原处，然后就走了，经过柜台时，我又喝了几口酒。要是有人跟您说，那两个老太太是我杀的，肯定是造谣，这件事，您最好去问南斯。"

梅洛格不再审问马尔萨，这使马尔萨的律师感到非常惊奇。至于那个叫南斯的人，他的本名叫亚尔高，因为是南斯拉夫人，所以大家就给他起了个名字叫南斯。这个人在战后没法在国内待下去了，就到了法国。他至今还是单身，一个人住在一所房子的小厢房里，工作是在森林里赶车。他和马尔萨有个共同点，都是酒鬼。他还有个坏毛病，老爱欠账，因为这个，鲍特玉姐妹已不再接待他。有一次，马尔萨在母亲店里，南斯也在，母亲就让马尔萨把南斯赶出去。为了这个，马尔萨还把南斯的鼻子打破了。因为钱的问题，南斯没少遭到鲍特玉姐妹的厌恶。

但是这些似乎并没有影响到梅洛格的思路，他手里拿着调查材料，仍在回忆案发当天的情形。在报案的那天早上，人们从炉灰里发现了一把锋利的菜刀，刀把已被火烧成灰了。这把刀肯定就是作案的凶器。但是刀把没有了，指纹也就无处查找了。在五屉柜的抽屉和皮夹子上，梅洛格发现了许多马尔萨的指纹，只有他一个人的指纹。

桌子上的一个蜡烛盘上面，全是安梅丽的指纹。

看到这些，梅洛格对床上的女人说："看样子你是不打算开口说话了。"梅洛格点上烟斗，显得有些不耐烦。然后，他弯下身用粉笔把地板上的血迹标出来。这些血迹的位置早已被画在梅洛格手中的平面图上了。

"你是不是可以在这儿待一会儿?"玛丽·拉考尔问梅洛格，"我要把锅放到炉子上。"

说完这话，玛丽就出去了，只有警长和老太太留在屋子里。眼前的环境非常恶劣，破旧的陈列，肮脏的环境，但梅洛格能忍受这一切。一是因为他在来之前就做了大量的准备工作，二来他也来自农村，对于眼前的一切并不陌生。梅洛格知道，在一些小村庄里，人们仍然过着 13、14 世纪的生活。然而，当他突然来到这林中的小村庄，来到这店铺，来到这间屋内，面对着躺在床上的受伤的老太太，心里还是久久不能平静。当他还在巴黎的时候，他就在调查这个案件的资料纸上写下了这几个问题：

(1) 为什么马尔萨只烧掉了刀把，而没有想到他的指纹也会留在柜子和皮夹上，并销毁?

(2) 假设他用了蜡烛，为什么要把蜡烛又拿回房间，并且把它熄灭?

(3) 为什么血迹没有沿着床边到窗户成一条直线?

(4) 为什么马尔萨不从通向村里的后门逃走，而从前门逃走?难道他不怕被人认出来吗?

有一件事使马尔萨的律师感到非常沮丧：在两个老太太睡觉的床上，发现了马尔萨衣服上的一个扣子。这是一个带绒边的猎服上的扣子，扣子的样子有一点特殊。

"是的，在剥兔皮的时候，我弄掉了一个扣子，"马尔萨肯定地说。

梅洛格又看了一遍手中的材料，站起身来，看着安梅丽，脸上露出微笑。随后，梅洛格推开储藏室的门走了进去。这是一个破旧的小套间，黑漆漆一片，只有从天窗上透进来一点微弱的光。里面堆着木柴，靠墙的地方放着几个木桶。前边的两个桶分别装满葡萄酒和白酒，后面两个桶是空的。侦察员们曾经注意到，其中的一个桶上，有蜡烛点燃时滴下的烛油，这些烛油就是从屋里的那支蜡烛上滴下来的。

所以，奥尔良的侦察报告这样写道："这些蜡泪很可能是马尔萨去喝酒的时候留下的，他的妻子承认他回到家的时候喝得醉醺醺的。那天，他是骑自行车回家的，路上留下的曲曲折折的车轮痕迹也能证明他是喝了酒后回去的。"

梅洛格想找一件什么东西，但是没有找到，他想回屋里看看。他还没进去的时候，看到两个小男孩站在不远处注视着这所房子。

"小朋友，你们能给我找一把锯吗？"

"锯木头的锯吗？"

"是的，就是那样的锯。"

不一会儿，两个小孩子就给梅洛格找来了一大一小两把锯。这时，玛丽·拉考尔又进来了。

"我没有让您等得太久吧？我送孩子去了，可是一会儿我还得回去，我还得照顾他。"

"好的，没问题。"

其实，梅洛格正希望她不要来打扰，一次又一次，已经够烦的了。

警长回到储藏室，走到那个有蜡痕的木桶旁，把锯对准桶口，一点点锯了起来。他觉得肯定会发现什么。随着今天一点点的推理和侦察，他已经摆脱了刚开始的迷茫，而那个躺在床上不说话的人——安梅丽·鲍特玉，肯定就是他要找的人。

他觉得两姐妹之间肯定有矛盾和隔阂，但这隔阂到底是因为什么？

是因为吝啬还是怨恨？他一时还搞不清。他在不停地回想，当他刚走进这间屋子的时候，看见柜台上放着的一大堆报纸，这是一个重要的线索。之前的侦察报告忽略了这一点：姐妹俩除了开店，还负责代销报纸。安梅丽有一副眼镜，平时不戴，只是看报纸时才用。现在梅洛格似乎已经把本案最大的难点给解决了。

　　梅洛格认为：这个案件发生的根本原因是姐妹俩的彼此怨恨。这由来已久的怨恨产生于她们各自的独身生活。共同生活在一间狭小的房子里，吃在一张桌子上，她们有着共同的利益。但是不同的是，玛格丽特有一个孩子，她曾经有过爱情。而她的姐姐，却没有这个福分。在 15 年至 20 年的生活中，玛格丽特的孩子曾经在她们共同的抚养下长大成人。

　　他长大后也常常回来，但回来的目的就是大吃大喝，或者是为了要钱。

　　但钱不是属于他母亲一个人的，而是属于姐妹两个的。安梅丽是姐姐，工作的时间比妹妹长，她赚的钱比妹妹的多不少，马尔萨想用她们的钱，自然会牵扯到安梅丽的利益多一些。

　　日常生活中也有许多小事，玛格丽特会给儿子炖兔肉吃，马尔萨吃店里的奶酪，无论他做什么，吃什么，母亲都不会说他，这些激起了安梅丽的不满。

　　但由于马尔萨平时的所作所为，安梅丽对他有些惧怕。当玛格丽特把她们两人秘密放钱的地方告诉马尔萨时，安梅丽气极了。那天晚上，玛格丽特竟然叫儿子去数这些票据，安梅丽就更加忍无可忍了，她知道马尔萨打这些钱的主意已经很久了。但是，她不敢说出来，只好暂时忍气吞声。但梅洛格断定，马尔萨在某一天得到自己想要的一切后，会将她们两个都杀死的。所以，他似乎又在暗地里准备着什么。

　　梅洛格一边思索，一边用力锯那个大桶。不一会儿他就汗流浃背，他把帽子摘下来，脱掉大衣。脑袋里还在想着：兔子、奶酪。突然他又想到马尔萨留在抽屉和皮夹上的指纹，还有那个扣子。或许，那时候他母亲已经躺在床上了，只是没有来得及给他缝上这个扣子。如果马尔萨真是杀他母亲的凶手，他为什么不把皮夹子里的东西都拿走，而是把它们扔在地上？是不是南斯又横插一腿？不，不会，这里没有他的事。

　　安梅丽的伤口都在右侧，伤的地方不少，可伤口都不深。正是这一点，最先引起梅洛格的怀疑。他设想，安梅丽准是因为自己的笨手笨脚，又怕疼痛，才把自己砍成这个样子。她并不想死，只是制造假象，所以作案后，打算推开窗户喊邻居，但是命运嘲弄了她，她还没来得及喊醒邻居，就晕倒在地上了，整整一夜没有被人发现。

　　事情的真相就是这样的：安梅丽杀死了睡眠中的妹妹玛格丽特。为了使马尔萨不再打那些钱的主意，她制造了钱都不见了的假象。她往自己的手上包了一块布，拉开柜子抽屉，打开皮夹子，把票据等东西扔在地上。之后，她留下了蜡烛的痕迹。最后，安梅丽在床旁边砍伤了自己，又踉踉跄跄地走到壁炉旁边，把作案的菜刀投入火中，以消除自己的指纹。（关于消除指纹这一点，她肯定是从报纸上看到的。她喜欢看报纸，而报纸上一定会有一些关于指纹的重要信息，她从中吸取经验，用到自己身上。）然后，她推开窗户准备呼救……地上的血迹证实了这一切。

弄明白这些，梅洛格的工作似乎已经接近尾声了。突然，他听到了一个声音，像是角斗绝望的嘶喊。他转过身去，门开了，一个有些恐怖的影子出现在面前，只穿着短衫和衬裙，上身缠满绷带，目光呆滞，两眼死死地看着梅洛格。他刚开始没认出这是谁，仔细一看，竟然是安梅丽·鲍特玉！身后扶着她的是玛丽·拉考尔。此时，一种难以形容的心情使梅洛格几乎丧失了说话的勇气。他希望赶快结束任务离开这里。桶口终于被锯开了，一个纸卷露了出来，这是一些借据和修铁路时发行的公债券。对于这一发现，梅洛格没有丝毫兴奋。他想马上离开这里，或者像那个马尔萨一样去喝一杯烈酒。安梅丽仍然沉默不语。她非常虚弱，如果倒在玛丽怀里，玛丽也一定会倒下，她怀孕了，身子也很虚。

此时的梅洛格感到无比痛苦。他一步步朝前走，安梅丽一步步往后退。"去把村长找来，"梅洛格对玛丽·拉考尔说。他的声音很嘶哑，"我要让村长来作证。"然后，他对安梅丽说："你最好还是回到床上去，睡觉是你最好的选择。"

由于职业的原因，梅洛格已经养成不对任何当事人动感情。但是现在，他却不敢多看她一眼，他有些心痛。梅洛格转过身去，一动不动地站在那里。没过多久，村长来了，却没敢进来，似乎已经意识到了什么。空气显得有些凝固，大家都等在那里，有人忍不住问他："是有什么新发现吗？"

梅洛格，这个经验丰富的警长，没有因为任务的完成而感到轻松，反而更沉重了。他在思考另一个问题：这个案子一定会成为刑事犯罪专家研究的重点，这不仅对巴黎、对伦敦、对伯尔尼、对维也纳，甚至对纽约都同样具有意义。

鲜花与凶手

[英] H.C. 贝利

福琼心不在焉地看着盘子里他最爱吃的油桃，可一点食欲也没有。他心神不宁，因为好几天没接到案子了。

"瞧你，打起精神来。"福琼夫人非常不满他的状态，"下午到母亲家参加茶会，你可不能再是这幅鬼样子！"

"你又不是不知道，我讨厌在人们面前装样子。"福琼无所谓地说。

一会儿，书房里的电话铃急迫地响起来了，福琼嘟囔着，懒洋洋地踱着步子走去接电话。

片刻，他一阵风似的走回餐厅，脸上神采奕奕，而且帽子已经戴好了。

"男人专为工作而生，女人呢，还是留在家里哭泣吧。"他轻快地吻了一下发懵的妻子，"下午请替我向母亲问好。"

"谁？谁给你打的电话，他到底想干什么？"反应过来的福琼夫人非常生气。

"是史密斯大夫打来的。回头见，亲爱的。"话还没说完，福琼已经走出很远了，留下福琼夫人在那儿生闷气。

福琼把车子开得飞快。刚才史密斯大夫在电话里对他说，有人发现海斯夫人昏迷在水塘边，摔断了胳膊和两根肋骨，似乎还有内伤，目前还没醒过来，伤势非常严重。于是，史密斯大夫给福琼打电话，想听听他的看法。

当福琼来到史密斯大夫所在的塔温特小镇时，大夫已经站在门口等他了。

"快把详细情况告诉我。"福琼开门见山。

"其实他们真不该找我。海斯夫人以前是我父亲的病人，后来也找我看过病，但不久前我们吵了一架，她就变成狄隆大夫的病人了。"史密斯大夫皱起了眉头，"狄隆那家伙是出了名的风流，不知道和多少女人有来往。你总听说过这个人吧，福琼先生？"

"你的意思是说狄隆大夫和海斯夫人有染？"

"哼，或许跟海斯夫人的侄女的关系更说不清。"看来史密斯大夫对抢走他生意的狄隆大夫没有什么好感。

"那么你的意思是说，是这位侄女请您去的？"福琼对他们之间的关系有点不耐烦了。

"噢，不，是布莱特先生请我去的。"

"我的天啊！这位布莱特先生又是谁？"福琼头疼起来。

史密斯大夫倒是个慢性子，他慢条斯理、东拉西扯地讲了下去。福琼皱着眉头，耐着性子，总算从史密斯大夫乱七八糟的表述中把这些人的关系搞清楚了。

原来，海斯家是本地的名门望族，可惜目前由于人丁不旺，显得势单力薄。海斯夫人孀居在家，和侄女瓦来丽·卡莉住在一起。她虽然快 70 岁了，但耳不聋、眼不花，身体硬朗得很，而且脾气火暴。

卡莉小姐属于那种骄傲自大的现代派女性，不过据说她确实懂得一些知识。

布莱特先生住在外地，是海斯夫人的外甥。海斯夫人摔伤时他不在塔温特镇上，事后第二天他才匆匆赶回来，发现姨妈伤势严重，就坚持要把史密斯大夫请去。

……

"好了，你说得很清楚。"如果福琼不打断，史密斯大夫也许会一直讲下去。"你刚才说海斯夫人是摔伤的？"福琼问。

"这只是他们告诉我的，并非我亲眼所见。他们说前天傍晚一个仆人发现海斯夫人躺在池塘边。他们先请了狄隆，我是第二天才去的。我去时海斯夫人仍处于昏迷状态，今天还是如此。"

"现在有人看护海斯夫人吗？"福琼接着问。"白天是卡莉小姐看护，晚上有一个护士守夜。那个护士对我说，第一天晚上海斯夫人在昏迷中说过话，好像是在说'推倒'等几个字。案情是不是有点复杂？"史密斯大夫望向福琼。

"海斯夫人还说过其他话吗？"福琼神经绷紧了，觉得这个案子没有那么简单。

"卡莉小姐认为她姑妈什么也没说，护士说昨晚她没再听到什么。看伤势，我也不敢确定海斯夫人能说话。"

福琼把礼帽往头上一扣，说："走，咱们现在去海斯夫人家。"

才几分钟，福琼就把车停在了海斯庄园的大门口。

在客厅里，福琼和布莱特先生见了面，他发现布莱特非常随和，与海斯太太的傲气正相反。福琼要求去看看海斯夫人，布莱特礼貌地说已经差人叫卡莉小姐过来了，她现在是这里的主人了。

他们正说着话，苗条美丽的卡莉小姐走进了客厅。

"您就是福琼先生吗？"卡莉小姐和福琼握了握手，"狄隆大夫马上就到。"

"对，我们要等一下狄隆大夫。"史密斯大夫说。

"非要等他？"布莱特笑着说，顺便吩咐仆人给客人上茶。

"我姑妈一直昏迷不醒，是他们告诉您的吗？"卡莉小姐看向福琼。

"她没再说什么吗？"福琼问。

"她根本就没说过什么。"

"噢，是这样。"福琼低声道。

茶端来了。一只看起来雍容华贵的黑色波斯猫也跟了进来。

"它叫'皇帝'，是我姨妈的宠物。"布莱特微笑着说。

"好漂亮的'皇帝'！"福琼说，"它是不是饿了，也来喝茶了。"

"是的，该喝奶了。"卡莉倒出一碟牛奶放在地上，"皇帝"蹀到碟子旁，对着牛奶嗅了嗅，甩了甩头，转身走到关着的客厅门前。

"它也许是怕见生人吧。"福琼走过去为"皇帝"打开了门。

门开处，走进一位风度翩翩、看似三十多岁的男子。

"您就是福琼先生吧，他们已经对我说了。"他面无表情地说。

"是的，我想您就是狄隆大夫了。什么时候去看海斯夫人呢？"福琼问。

"请便。"狄隆大夫说着就向客厅外走去。

海斯夫人的卧室很大，那个上了年纪的护士正在照料她。面对福琼的提问，护士一一回答，和史密斯大夫说的一样。

"就是说你也不能肯定，对吧？"狄隆尖刻地插了一句。

"我可以肯定她说到'推'字，然后她就昏过去了。"护士说。

福琼走到床前，俯下身去。海斯夫人面色苍白而扭曲，额头有淤血的印记，呼吸急促而不均匀。福琼把手放在赫斯夫人的额头上——冷冰冰的。他想，摔伤病人一般是要发烧的。

他抬头问狄隆大夫："旁边有方便的房间吗？"

"我们可以到卡莉小姐的书房。"

卡莉小姐的书房有很多书，收拾得一尘不染。室内没有什么陈设，只有一大瓶鲜花摆在栎木书桌上。

"你们对这件事怎么看？"福琼问道。

"很简单，海斯夫人是严重摔伤，骨折加脑震荡。所有的症状都是由此引起的。"狄隆大夫说。

"您认为她是摔伤吗？"史密斯大夫冷冷地插话道。

"恐怕我们还得考虑一下赫斯夫人说的话吧。"

"我要考虑的是她清醒时说的话。"狄隆大夫愤愤地说。

"好了，都不要激动。"福琼摆摆手说。

狄隆大夫看了看福琼，满带嘲讽地说："怎么，您不打算谈谈您的看法吗？"

"我嘛，"福琼微微一笑，"我在考虑增加一个护士。"

"什么意思？"狄隆大夫脸涨得通红，他觉得卡莉小姐似乎被列入怀疑人的名单中。

"您的脾气可真不好，狄隆大夫。"福琼说，"我只是想海斯夫人需要一位训练有素的护士。而且，卡莉小姐也不用那么劳累。您可以告诉她说这是我的意见。"说完，他像又想起了什么，又走进海斯太太的卧室。

福琼看到床头柜上摆着的一只白瓷壶和一只茶杯，便问护士：

"刚才忘了问了，你们喂海斯夫人吃什么？"

"狄隆大夫让我们每隔 4 小时给海斯太太喂一点牛奶。"

"她喝了吗？"

"第一次喝了一点，昨晚上她喝不下去，有两次差点吐出来了。"福琼弯下腰去观察海斯夫人的脸。看得出，即使在昏迷中，海斯夫人也很难受，因为她脸上有一种奇怪的痛苦表情。福琼翻开海斯夫人的眼皮，他看到瞳孔有些扩大了。他转身对护士说："从现在起不要喂她吃任何东西，你要保证这一点。"

这时门开了，卡莉小姐冲到福琼面前，后面跟着狄隆大夫和布莱特。

卡莉小姐激动地说："狄隆大夫说你还要添一个护士。难道你怀疑我不能好好照顾我姑妈吗？我们不需要再加护士！"

"福琼先生可不这样认为。"狄隆说。

"我说狄隆先生，您能不能不要再火上浇油了。"布莱特半开玩笑地说，"既然你们请他来了，为什么不按照他的意思办呢？这未必有点……"

"我可没有请他来！"卡莉小姐嚷道。

在这个问题上，卡莉小姐有点恼怒，觉得自己被怀疑。但后来坚持了一会儿，终于被布莱特和福琼说服了。狄隆虽然不大情愿，但也觉得没必要和大家作对。

接着卡莉小姐问福琼："您认为我姑妈伤得很严重吗？"

"是的，非常严重。"福琼一字一顿地说。

卡莉小姐的脸色苍白，她似乎站立不稳，狄隆大夫忙拖过一把椅子扶她坐下。既然如此，她也没必要反对再请一个护士了，多一个帮手，对姑妈会更好一些。

晚饭时，卡莉小姐没到餐厅来。据布莱特说，她太累了。福琼说这可以理解，照顾一个重病人不是一件轻松的事。

晚饭后福琼到花园散步，顺便问了园丁一些话。晚上他回到那间特别为他收拾出来的客房，手里拿着海斯夫人床头柜上的瓷壶和茶杯研究，结果发现茶杯底部有几粒极微小的黑颗粒。他尝了一小口瓷壶里的牛奶，好像品味出了什么。

第二天一早，福琼把一个信封扔进了镇上的邮筒。早饭后，福琼点上雪茄，边思考边在花园的小径中散步。当他抬起头时，发现眼前有一片正在盛开的漂亮的金雀花。突然，他眼前有一棵金雀花被人连枝干一块儿砍去了，落叶撒了一地。看刀口，应该是新近才砍去的。这到底是谁干的呢，福琼脑子里涌出一个个疑问。

回到别墅，福琼直上二楼。在海斯夫人卧室门口，他看到一个女仆在赶那只波斯猫。看到福琼过来了，那女仆对他说："它想进夫人房里去，但我怕它会打扰到夫人。"

福琼弯下腰，摸了摸那猫，对它说："你是不是想喝牛奶了，'皇帝'？"

"不是的，"女仆接口，"这两天它对牛奶碰也不碰一下。它可能也在为它主人难过吧，真有灵性。"

福琼打开门，"皇帝"马上爬上床，蜷缩在海斯夫人身边。福琼注意到，尽管海斯夫人脸色仍很苍白，但呼吸已平稳多了。

福琼走到卡莉小姐的书房门前。他敲敲门，没有人应，便推门走了进去，反身把门关上。他用探寻的目光四下扫视着，发现屋里有了点小变化，桌上多了一束鲜花，而在那一束花中，就有一枝金雀花。

他仔细观察了那枝花一番，然后走到书桌前。书桌上堆满了小说，看来卡莉小姐的兴趣是在诗歌和外语方面。另外，一本有着很旧的羊皮封面的书引起了福琼的注意，他打开一看，这是一本用拉丁语写的古代民族习俗。书中夹着一只书签，他把书翻到这一页。这一页最上面写着：无生命之物的怨恨和友善。这一页中间有一段被人画了线："这样，在金雀花丛下安眠入睡的人将被这致命的毒剑所击中。"作者解释道，致命的毒剑是指金雀花的花朵和花籽。

这时门外响起了脚步声，他赶快把书放回原处，转身向门外走去。门开了，卡莉小姐走了进来。

她很生气："想必您知道这是我的书房。"

"我以为在这里能找到你呢。"福琼微笑着说，"我想告诉你的是，海斯夫人的情况有好转。"

卡莉小姐的脸色有点好转，她嚷道："她当然会好转的，她肯定会康复的。狄隆大夫说您在疑神疑鬼。"

卡莉小姐说完冲进屋里，"砰"的一声把福琼关在门外。

福琼摇摇头，下楼来到客厅里，拿起电话，给他的实验室拨了电话。

"我是福琼，找普里斯特大夫听电话……哈罗，普里斯特！化验有结果吗？好的，我估计是金雀花碱。对，金雀花碱。"

"那可是很原始、毒性很低的毒剂啊！"电话里说。

"是的，所以症状也不明显。好了，我晚点再给你电话。再见！"

福琼放下电话，他决定到海斯夫人摔伤的那个池塘去看看。经过布莱特房间时，他听见里边有人在说他。

"我们没有借口赶他走啊。"这是布莱特的声音。

"他没征得我们的同意，就乱进房间，这难道不可以算个借口？"卡莉小姐的嗓门总是又尖又高。

福琼来到那个池塘前，这池塘有半个足球场大小，四周的围堤用石头砌着护坡，坡底有五六米宽，靠外的斜坡上长满一人多高的茅草，因此下面的人绝对看不到堤顶上走动的人。

福琼走上堤顶，竟然发现堤下水边有两个人，其中一个人把一根棍伸进水里，好像在试深浅。他招呼了一声，那两人抬起头来。使福琼惊讶的是，那两人竟是身着便服的苏格兰场警察长贝尔和一名警官。原来他们也是为海斯夫人摔伤的事而来的，但他们不知道福琼接受这个案件了，这真是令人惊讶的事情。

贝尔让那个警官到堤顶草丛中再看一看，他则拉着福琼在塘边一块大石头上坐了下来，向福琼谈了两天来他们调查此案所掌握的一些情况。

福琼认真地听着，这些情况有些他还已知道，有些他不知道。总之还是有很大价值的。贝尔谈的情况主要有下列几点：第一，史密斯大夫到苏格兰场报了案。他对警方说他的一个女病人摔伤了，但摔得很蹊跷，怀疑是被人谋害的，所以他请求警方调查一下此事。但史密斯大夫没对福琼说过他去过苏格兰场的事。

第二，海斯夫人有个众人皆知的习惯，就是每天晚饭后要散步，而且喜欢到家后面的这个池塘边。她散步时有时是卡莉小姐陪着，但更多的时候是她自己。

第三，虽然海斯夫人的脾气有点火暴，但她在镇上的人缘还是挺不错，尤其是她心平气和时，是个亲切、好相处的老太太。她在镇上帮过很多人，没有明显的仇人或敌人，唯一的例外是史密斯大夫。据说，原来史密斯大夫和海斯夫人的关系不错，但有一次他对海斯夫人说狄隆大夫和卡莉小姐私下有来往，海斯夫人嫌他破坏了海斯家族的名誉，两人吵了一架后，海斯夫人便不再找史密斯大夫看病。这次海斯夫人摔伤后，卡莉小姐找的是狄隆大夫。但因为布莱特先生对狄隆大夫不了解，信不过他，回来后硬要请史密斯大夫。

第四，海斯夫人摔伤的当天傍晚六点多，有人看见卡莉小姐和狄隆大夫也在池塘附近散步。仆人发现海斯夫人躺在池塘边上的时间是8点左右。几天以来，他俩从未对任何人说过当天他们在水塘附近散步的事。

说到这里，贝尔发现福琼额前的皱纹不见了。贝尔知道，福琼额头上的几道皱纹是他紧张思索的标志，在他办案过程中会一直存在，而一旦这些皱纹消失了，离结案也就不远了。

福琼像在自言自语，又像问贝尔："假设是卡莉小姐和狄隆大夫将海斯夫人推下池塘，他们有何目的呢？"

"这很明显。"贝尔很快地说，"只有卡莉小姐和布莱特先生可以继承海斯夫人的遗产。而从血缘关系上说，卡莉小姐又在布莱特先生之前。因此，如果海斯夫人死了，她的遗产将主要由卡莉小姐继承。至于狄隆大夫的动机嘛，从他们目前的关系看，他很有可能成为卡莉小姐的丈夫，因此只要卡莉小姐成了富翁，他也就自然而然地成了富翁。"

"是啊，看来动机很明显，也很充分。"福琼说，"也就是说，谋害海斯夫人是为了得到遗产。有这个动机的有两个人，卡莉和布莱特。从继承顺序上说，卡莉所得的好处要多；从作案时间上看，当时卡莉就在附近，而布莱特是第二天才赶回来的，这两点都对卡莉小姐不利。"

"是的，卡莉小姐作案的可能性最大。"贝尔说。

"那么假若最后证实谋杀确实是卡莉小姐干的，法院将会判她多重的刑呢？"

福琼慢悠悠地问。

"将会判她死刑。"贝尔肯定地说。

"这就对了，这是个不错的结局。"福琼自言自语道。

"什么，你说什么？"贝尔没听懂福琼的话。

"哦，没什么。"福琼站起身来，"我是说我该回庄园了，去等某一件事的发生。到时候我会给你挂电话的。"

贝尔也跟着站了起来："你已有答案了？"

"是的，不过因为我还没有掌握事情的全部真相，所以我一直没有惊动罪犯。这个谋杀案是够险恶的，海斯夫人摔下池塘只是这个阴谋的开始，后来又有人对她下了毒。"

"下的什么毒？"

"我估计是金雀花碱，一种生物碱。"福琼说。

"啊，这种情况比较少见，你是怎么想到这上面的？"贝尔问。

"是猫喝牛奶提醒了我。海斯夫人那只猫对它的牛奶连碰也不碰，它不喝牛奶必定是嗅到了什么怪味。"

"你想是谁干的呢？"

"那只猫没告诉我，不过，要不了多久我们会再见面的。"

"你要注意安全，小心罪犯狗急跳墙。"贝尔说着就去找那位警官了。

回到庄园，福琼先上楼看了看海斯夫人。她的情况好多了，苍白的脸上也有了点血色。护士告诉他，海斯夫人又说话了，她说的是"是谁推我"。福琼听了之后，点点头。

接着福琼又去了藏书室。藏书室在客厅的对面，那里面有海斯家族的几千册藏书。几分钟后，福琼满意地走了出来。他在藏书室的一个书架上找到了早先在卡莉小姐书桌上放着的那本羊皮面的古代民族习俗。

福琼走进客厅，给他的实验室打了电话。"普里斯特，有结果了吗？"

"你是正确的，福琼，牛奶里含有超量的金雀花碱。"电话那边这样说。

"太感谢你了。请你写一份分析报告，我到时候用得上，再见。"福琼挂上电话。

吃晚饭时，布莱特、卡莉和狄隆都来到餐厅。饭后，福琼对狄隆说："大夫，恐怕我们现在得对海斯夫人的伤势会诊一下。"

卡莉小姐冷冷地看了福琼一眼，说："需不需要我回避一下？"

福琼摇摇手说："不，我希望全家的成员都在这里听一听。"

"哼，恐怕不能指望我会帮什么忙。"

"好了，表妹，你安静一会儿吧。"布莱特劝慰道，"先不要激动，听听福琼先生说什么。"卡莉安静下来了。

"可能有些情况你们还不是很了解。"喝了一口咖啡，福琼接着说："海斯夫人在昏迷中说过两次相同的话，都说到有人推她。现在，我可以肯定她是被人推下池塘的。"

"两次！"卡莉小姐叫了起来。

"她什么时候说第二次的？"狄隆问。

布莱特的目光从卡莉和狄隆身上扫过，最后落在福琼身上。

"今天下午，而且这一次她说的比较清楚。"

"这么说，她会好起来的？"卡莉抓住狄隆的胳膊摇了两下。

"狄隆，你没想到我姨妈会开口说话吧。"布莱特说。

"胡说，我说过她有好的希望的。"狄隆脸色有点不自然。

福琼摆摆手，止住了他们："你们猜我今天在庄园发现了什么？"

"谁知道你都干了些什么。"卡莉用讽刺的口气说。

福琼没有理会，接着说："海斯夫人不仅仅被推，还有人对她下了毒。"

"啊！上帝！这是真的吗？"布莱特惊叫了起来。

"你是说有人给昏迷中的海斯太太下毒？"狄隆觉得不可思议。

"我把她喝的牛奶送去化验了，里面含有超量的金雀花碱。"

"金雀花碱？从来没听说过这个名词。"布莱特说。

"听说过金雀花吧？"福琼走向餐桌上插满鲜花的大花瓶，并从中抽出一枝金雀花。

"请看，"他把那枝花抖了抖，几粒花籽落在他的手心里。"看到这花籽了吗？把它们磨成粉，这就是牛奶里的毒剂。花园里有很多金雀花，而你们家里有一本书对如何用金雀花籽制毒剂有介绍。"

"那么说你早上闯进我的书房，看到那本书了？"卡莉小姐呼吸急促，脸色苍白。狄隆大夫不安地看着她。

"是的，我还去过花园，去过池塘，去过藏书室。好了，现在我要回房间就此案写一个报告送交苏格兰场。"他看了看狄隆和布莱特，缓慢地说："现在清楚你们自己的处境了吧？"

"这么说，你已经有怀疑对象了？"布莱特说，"你应该让我们知道……"

"应该？"福琼打断了他的话。"我应该做什么我自己还不清楚吗？"说完他走了出去。

福琼走回卧室，把写字台前面的窗户推开，然后坐下来，点上雪茄，展开白纸伏案疾书。

突然，福琼手中正在疾走的笔停住了。他听到有一个极轻微的异样的声音正在悄悄接近窗口。福琼仔细分辨着这响声的方位，轻轻把桌上的墨水瓶拿到手里。一会儿，响声停止了，借着室内射出去的光线，福琼看到一个人影，马上把墨水瓶朝窗外掷去，同时一闪身躲开了窗口。几乎就在同时，窗外传来一声巨响，室内墙上的大镜框被击得粉碎。紧接着，窗外又响了一枪，好像有一件重物倒下了。

几秒钟后，庄园里乱了起来，楼上楼下传来纷乱的脚步声。福琼从窗后走了出来，又坐到他那把椅子上。

窗外传来卡莉小姐的尖叫，片刻之后她冲进福琼的卧室。

她面无血色，喘得说不成话："福琼……先生，他……他……"

福琼站起身来，把她按进沙发里说："别害怕，先不要出去。"

他走到客厅，拨了苏格兰场警察长办公室的电话号码。

福琼来到他卧室的窗下，几个仆人站在旁边窃窃私语。地上一个人仰面朝天躺着，还有一个人跪在他身边。

"大家回屋里去吧，一会儿警察会来收拾现场的。"福琼平静地说。

仆人们一个个转身走了。

狄隆大夫抬起头来说："他已经死了，他打中了自己的心脏。"

"嗯，这第二枪他倒是打得很准。"福琼说。

"可第一枪的枪伤呢？而且他身上湿乎乎的并不是血呀！"

"第一枪他是冲我打的，他身上湿乎乎的是墨水。我本来只想给他留下点记号，谁知他把自己送上了不归路。"

狄隆大夫不明白："可他为什么，为什么……"

"为什么？"福琼说，"你还是先看看他的手枪吧。"

狄隆从死者手里拿下手枪，对着灯光一看，惊叫起来："怎么？这是……我的手枪。"

"那就对了。"福琼微笑了。

"您早已知道这是我的手枪？"

"没那么肯定，我想应该是你的或卡莉小姐的手枪。"

"是我的，两个月前镇上有几户被盗，海斯夫人害怕，成天唠叨，我就把我的手枪借给了卡莉。当时我们还笑海斯夫人神经过敏呢。"

"布莱特也一定为你的这一举动而高兴呢。"福琼说。

"可他为什么要对您开枪呢？"狄隆问。

"哈哈，你的问题怎么那么天真。"福琼说，"如果我被打死了，而窗外地上扔着一把刻有你名字的手枪，家里又人人皆知你曾把手枪借给卡莉小姐，你们还能够洗得清吗？布莱特这一手可谓一举两得，他一枪打死了这个案件唯一的知情人，又可以把杀人罪名加在你们头上。"

"难道您一开始就知道是他干的吗？我以为您一直在怀疑卡莉呢。"

"对不起，刚开始我是有点不公平，因为当时我没有证据，所以我要表示出对所有的人都怀疑，这样，罪犯才会继续表演下去。"

"布莱特又为什么非把史密斯大夫拉进来呢？"狄隆又问。

"他知道史密斯大夫和你们不和，所以他把大夫牵扯进来好转移我的视线。不过我没有上当。"

远处传来警车尖利的警笛声。

"好了，这里留给警察处理吧，我们到客厅去。"

在客厅里，福琼点上一支雪茄，坐在大沙发上。一会儿，狄隆大夫扶着瑟瑟发抖的卡莉小姐也进来了。

"福琼先生，"卡莉小姐的声音微弱而颤抖，"他，为什么要干这事？"

"就为了继承这座庄园。他想把夫人杀死，然后嫁祸于你。"

"可当时布莱特不在现场啊。"狄隆说。

"只要有了一辆汽车，不在现场的假象是很容易伪造的。"

"您是怎么知道这一切的？"卡莉小姐的眼睛瞪得大大的。

福琼得意起来："根据现象和推理。第二天布莱特赶到这里，看到海斯夫人并没有摔死，于是就在牛奶里下了金雀花毒剂。他的这一招真是聪明绝顶。如果他做得足够完美的话，你可能就成嫌疑犯了。"

"果然，您原来认为是我干的！"卡莉小姐叫了起来。

"哦，当然不是，你这样想可就低估我了。我还是比较谨慎的，在你房中发现了金雀花，又马上发现那本书，我就断定不是你干的，真正的罪犯没有这么愚蠢。他做得太刻意了，让我看出了破绽。"

"那本书不是我放在书房里的，我感到很害怕，于是悄悄地把它又放回藏书室了。"

"后来我在藏书室里看到那本书后，我就想到是你放的。不过你这样做很冒险，如果布莱特成功的话，这又是你的一条罪状。"福琼笑道。

"噢，这实在太可怕了！"卡莉小姐长长地叹了口气，"可怜的布莱特，他为什么要这样做呢？"

"愿上帝饶恕他吧！"狄隆大夫说。

福琼站了起来："事情告一段落了，等海斯夫人好一点后，你们向她说明这一切吧。我现在要去和警察长贝尔见见面了。"说完，他走出了客厅。

第二天早上，福琼来到海斯夫人的卧室，发现海斯夫人和"皇帝"在床上睡得很香。

福琼碰了一下"皇帝","皇帝"不情愿地睁开眼，对着福琼愤怒地叫了一声。

福琼对一旁的护士说："很好，'皇帝'的情况不错，海斯夫人会很快康复的。"

雨伞疑踪

[日] 菊村到

水野早上起床，第一件事情就是走到窗边拉开窗帘。窗外并不是他期望的柔媚霞光，而是连绵的雨丝。淅淅沥沥的雨让人的心情立刻变得郁郁寡欢起来。

在欧美电影里，只要下雨，不管雨下得大小，主人公都会穿着雨衣，翻竖起雨衣的领子，潇洒地走在雨中，即使浑身湿淋淋地也不在乎。这种样子固然洒脱，可是也要看雨下得怎么样了。曾经看过一个访谈节目，有位留学回来的大学教授为了舒适地度过雨天，花高价买了一件漂亮的外国雨衣，每到下雨天就穿出来，心情格外愉快。水野虽然也认为雨衣很好，可是他不过是个小职员，无钱效仿，他最多能买一把漂亮的雨伞。

不过用伞依然是件烦心事。水野常丢伞，所以有一阵子他总是买便宜的雨伞，即使丢了也不可惜。可是，即使是便宜货丢了心里也别扭，于是他买了一把好一些的雨伞，专门找了张小纸片写上"水野"两个字，把纸片用透明胶贴到伞柄上。在伞上贴名字多少有点儿小家子气，不过这招很见效，从那以后他再也没有丢过伞。

傍晚，雨停了。水野这时候还在公司加班，之前手头还有没干完的工作。他打开窗子，雨后的黄昏，街道上荡漾着清新的水汽，湿漉漉的。同事邀请他一起去打麻将，他拒绝了。他与小泉莉莉子约好晚上9点在她的住处见面。

水野走出公司，在附近的面馆要了点儿吃的，喝了些啤酒。在离开的时候，店里的女服务员热情地招呼他说："别忘带雨伞！"她并不是只对水野一个人说，她对每一位离开的客人都这样叮嘱。不过即使她不提醒水野，水野也不会忘记拿伞的。

雨后的街道静谧而安然，实在是很适合散步。离约会还有一段时间，水野溜达着去一个叫"柠檬叶"的小酒馆。老板娘雏乃以前曾经在银座经营过酒馆，水野那时就是雏乃的常客。

水野并不讨厌同要好的朋友一起痛饮，但是他也很喜欢自己花钱独自小酌，所以他常自己来柠檬叶喝几杯。

水野在柜台前结账，想起莉莉子的事不由得走了神儿，雏乃问："怎么了，今天好像没精打采的?"

水野应道:"是吗?我觉得挺好,和往常没什么不一样吧。"嘴上这样说,心里却很佩服雏乃的眼力。

这次和小泉莉莉子的会面,是为了声明断绝关系。他对今天的会面感到很厌烦,准是这种情绪露在脸上了。水野同莉莉子的关系已维持两年了。水野是个34岁的单身汉,莉莉子年岁也差不多。她与水野的大学同学宫城住在同一幢公寓里,两年前,水野去找宫城打麻将,玩了一宿,第二天早上回去的时候,在电梯里遇见了莉莉子。那是头一次碰面,水野看上了莉莉子,可是没有上去搭讪。然而缘分这种东西是非常奇妙的,后来他去宫城家玩的时候,又同莉莉子碰了面,水野主动和她打招呼,她也笑吟吟的,仿佛对他很有好感。几天后,他们偶然在市中心一家电影院里邂逅了,两人都是独自一人,于是他们一起去喝茶,从此开始陆陆续续约会。

莉莉子是那种玩世不恭的女人,对自己的人生已失去信心,只是想快快活活地打发时光,对婚姻的热情似乎也不高。据说她20在新宿当过女服务员,没结过婚,但是与有妇之夫同居过。她现在在一家公司做文员。第一次和她上床之前水野曾说过:"咱们是为了开心才在一起的,所以互相不要有约束。"莉莉子同意了。平心而论,莉莉子是个适合玩乐的女人,对金钱没有什么要求。水野要同她断绝关系,是因为他要结婚了。

水野的未婚妻是上司良马远亲的女儿,名叫村上秀幸,药科大学毕业,现在自己经营一个药店。秀幸比水野大一岁,这么大还独身好像是因为小时候脸上被烫伤,落下一块疤痕,所以她父母和她本人对结婚都不抱希望。可是,去年她的父亲去世了,家中非常冷清,这才考虑起结婚的事来。

在良马的介绍下,水野与村上秀幸会了面,双方都比较满意。其实他对秀幸脸上烫伤的疤痕并没有多么在意,好像那伤疤反倒激起了他对姑娘爱恋的感觉。他想,一定要让这姑娘得到幸福,同时他也私下盘算过,这姑娘有家药店,同她结婚生活必定会宽裕很多。事情进展得很顺利,秀幸对水野也挺满意的,因此很快到了谈婚论嫁的地步。

莉莉子听完水野的话,笑嘻嘻地说:"多好的事啊,祝贺你!"

之前提出断绝关系时,他还担心莉莉子会受不了,看她这个态度,水野松了一口气。同莉莉子在一起时他们就约定过,互不约束,只在一起玩玩,所以水野才敢如此坦率地提出分手。丢下莉莉子一个人,自己去独享幸福,他心中很不是滋味。和莉莉子相处了两年,他还是有些恋恋不舍的。

莉莉子笑着问:"和你结婚的是个什么样的姑娘?"水野毫无戒备地一五一十地告诉了她。谁料想,话一说完,莉莉子就变了脸:"你说,我现在需要一笔钱，可怎么办呢？能想想办法吗？"

"什么？"水野一时答不上话来，以为她在开玩笑。

莉莉子嘴边浮现出冷酷的微笑："我说我需要一笔钱。村上秀幸既然自己开着一家药店，一定很有钱。你要是觉得不方便，我可以直接去找秀幸，要么去找你的上司良马，他们一定很乐意帮助我的。"

水野大惊失色。他曾估计到莉莉子不愿意分手，但万万没想到她竟然会想勒索。

"咱们不是说好的吗，在一起只是玩玩吗？"

莉莉子大声嘲笑他说："你把一切看得太天真了吧！你光顾自己，说在一起玩玩就能溜了吗？哪有这么便宜的事情？"

水野不堪忍受她的嘲弄，大声说："……我确实很天真。我真傻，两年了，竟然没有看出你是这样一个坏女人……你休想从我这儿得到一分钱！秀幸也好，良马也好，谁你都不能去找！"水野愤然站了起来，拔腿要走。他心想他的态度强硬一些，莉莉子可能就会软下来，等她服软的时候再适当给她点儿钱了事，可不能任她狮子大开口地勒索。

水野走到起居室门口，肩上忽然受到猛然一击，回头一看，是莉莉子凶悍地瞪着眼睛，手里抓着啤酒瓶站在背后。她想砸水野的后脑，没砸准。她举起啤酒瓶又冲了过来。水野见状也失去了理智，与她扭打起来。水野毕竟身强体壮，不多时就占据了优势，夺过啤酒瓶往她身上猛砸。不知道砸到什么要紧的地方，只听见莉莉子发出一声短促的惨叫便突然倒地。盛怒中的水野并未就此罢手，翻身骑到莉莉子的身上，两手按住她的脖子往死里掐。

等水野冷静下来，莉莉子已经不动了。她的眼睛瞪得圆鼓鼓的，直勾勾地盯着天花板，嘴角里涌出鲜血。水野慌了，赶紧把手指伸到她鼻子下探呼吸，又伏在她胸脯上听心跳——什么动静都没有，她死了。

水野看着莉莉子的尸体，头脑前所未有地冷静。他把啤酒瓶、酒杯等可能留下线索的东西统统拿走，他还用毛巾把可能留下指纹的地方统统擦了一遍，仔细洗了手。接着，他离开了莉莉子的屋子。他想，如果跑着逃走，一旦别人看到会引起怀疑，所以他故作镇定，从容地走出了公寓。

来到街上，溜达了一会儿，他叫了一辆出租汽车。车子刚要开动，他突然又想起来伞忘记拿了！他想坐出租车回去拿伞，又怕留下线索，只好叫车开到莉莉子公寓不远处下车。司机很不高兴，水野见状将零钱给他作了小费。然后他又叫了一辆车。

司机问："您去哪儿？"

如果说车去的地方就在附近，司机一定不会同意，于是他说："去横滨。"

水野顺口说了个横滨，确实有个朋友住在横滨，同那位朋友常去喝酒的餐馆也有好几个。为了消除痕迹跑到横滨，也许这是个聪明的做法。

车子开动后他又说："我忘东西了，到前面能停一下吗？拿了东西后再去横滨。"他觉得借口说去拿忘记的东西，是有危险的，但一时他又想不到其他更好的借口。

出租车开到莉莉子住的公寓前面一点儿的地方发生了交通事故。有个人突然从停在巷子里的一辆车后冲出来，出租车司机来不及刹车，一下把他撞倒了。水野把车祸看了个清清楚楚。这事不能怪司机，那人出来得太突然了，司机急忙刹车，转方向盘，可是没能来得及。司机带着哭腔说："先生，你都看到了，可要为我作证呀，他自己冲出来的，这都是对方的责任！"

说着，司机下了车，水野也下来了。

巷子里很黑，一个男人直挺挺地躺在地上。司机吓坏了，呆坐在那人的身旁，说话声音发颤："先生……帮个忙……帮我叫一辆救护车好吗？"

往回走不远处就有个电话亭。水野心里惦记着拿伞的事，可还是决定先打电话叫车。他去电话亭拨通了119，简要描述了事故的情形并告知了事故地点。而后他对司机说："我拿点儿东西，马上就回来。"说完就往莉莉子公寓跑去。他开了门，一看伞架，果然有一把男用雨伞。他长出一口气，伸手拿了伞就要走。

"哦？"他突然感觉手上的雨伞不对劲，细细看看，没有他的名字。他赶快把伞放回伞架上，出了屋子。他突然想起指纹来，又连忙用手帕把门内外把手都擦一遍。等他回到现场，救护车、警车都已经赶到了。他迟疑着："就这样逃走吗？"这时，只听到司机喊："先生！您来帮我讲讲当时的情况。"

水野配合了警方调查，晚上回了家。在床上，他翻来覆去睡不着。莉莉子的尸体好像还没被发现。雨伞不在她屋里，也许是忘在"柠檬叶"了。会不会是从"柠檬叶"去莉莉子家的时候，忘在出租车里了？水野细细回想，离开"柠檬叶"时拿伞了吗？想不起来了，有没有忘在出租车里也想不起来。他没有想到会闹出人命，一出"柠檬叶"就叫了一辆出租车，在莉莉子的公寓前下了车。万一伞是忘在出租车里了，上面贴着名字，警察顺藤摸瓜找他就麻烦了。

今天出的这起交通事故没有问题，警察只盘问了车祸情况，其他什么也没问。至于问没问司机水野的情况就不知道了。被撞的人昏迷不醒，送到医院抢救，不知是死是活。这件事和水野没什么关系，可是自己坐的出租车撞了人，心里总是疙疙瘩瘩。假若在过去，这场车祸一定会使他大受震惊，可是如今，他连人都杀了，一起交通事故算什么。而且，比起杀害莉莉子的罪恶感，倒是对作为罪犯被逮捕，并因此永远被社会所遗弃更让水野感到恐怖。

回想今天发生的事情，人的命运是多么不可思议，如果水野没有杀死莉莉子，即使雨伞忘在莉莉子的房间里，他也不会慌里慌张地乘出租车回去拿伞，那个人也就不会因此被出租车撞上，在生死线上挣扎。最讽刺的是，水野以为忘记了拿雨伞，结果雨伞竟不在那里。以前，水野在新闻报道中也看到过杀人罪犯畏罪潜逃，被抓获后拒不认罪，法院判决了也不服罪的报道，每当读到这些报道他都有一种厌恶感。那时他想，要是我立刻就去自首，老老实实地服刑痛改前非，然后重新做人。现在他自己犯了罪才明白了，那不过是一个没犯罪的人想当然的空想罢了。

对一个人来说，杀人是最大的罪恶。有些时候杀人是值得的，但更多时候，杀人往往只是偶然发生的不幸事件。比如今天，明明是莉莉子先动的手，她从他身后用啤酒瓶砸他的后脑，如果不是运气好，死的就是他水野，因此，他那是正当防卫。而且，照当时的情景来看，莉莉子是铁了心要毁掉水野这次宝贵的婚姻，水野认为谁都有权保护自己的幸福。为了保护幸福，就必须搏斗。为此，水野搏斗了，并取胜了，他认为自己从某种意义上说不是在犯错误，而是像英雄一样保卫了爱情。

水野想东想西，一宿没睡好，第二天带着黑眼圈去上班了。他在车站贩售处买了一份报纸，上面有水野涉及的那桩交通事故的一条小报道。被撞的人叫工藤建一，是一位 45 岁的公司职员。他家离莉莉子的公寓很远，为什么他会到那儿去，报纸上没说，也许是认为没必要报道吧。报纸上只说那人没少喝酒，无意中跑出来，迎头撞上了出租车，至今还在医院中昏迷不醒。水野攥着报纸，想到莉莉子的死，他心里有几分轻松起来。可是，万一莉莉子没死，转醒过来，她会以杀人未遂罪起诉他，或者会进行残酷报复，一想到这些，他心里又有了说不出的沉重。

傍晚下班，他随手买了份晚报，打开社会版，他立马目瞪口呆——报上显著位置登载了莉莉子被杀事件。报纸报道，出事那天莉莉子没去公司上班也没请假，一个女同事觉得奇怪，给她家里打电话，没有人接。这位同事不放心，跑去她家找她，发现她已经死了。

莉莉子的脖颈上有明显的手指指痕，解剖结果认定是勒掐窒息而死。报上说，莉莉子以前在新宿的夜总会当女招待的时候同一个男人关系密切，此人最近经常出入莉莉子的寓所。在她的房间里发现了一把男用雨伞，警方认为伞的主人有重大作案嫌疑，目前正在全力调查这把伞的主人。

看着这则报道，读到这一部分时，水野不禁失声叫苦。伞，又是那把要命的雨伞。当时他果然把伞忘在莉莉子的房间里了，而且又没找回来。一想到这里，他觉得自己简直少活了十年。可是，那天晚上到莉莉子的住所时，伞架上有伞吗？他想不起来了。也许是水野去找莉莉子之前，有人去过，忘了拿伞。

也有可能是水野逃走以后，也就是莉莉子被杀以后有人来过，而忘了拿伞。到底是哪一种情况，他难以断定。

回家以前，水野去了"柠檬叶"，想喝点儿酒放松一下。老板娘雏乃一看到他就拿着那把贴着他名字的伞说道："你又把伞忘了！"

水野喜出望外，脱口说道："真的在这里，太好了。"

第二天晚上，有位刑警来找水野。刑警原则上应该是两人一起去调查情况的，那天却只有这位叫大岛的刑警。大岛刑警身材颀长，看上去40左右。他说找水野没什么事情，就想了解一下上次交通事故的情况。

大岛问："被害人工藤建一是怎样被撞倒的？"

水野回答："出租车当时要进巷子，他突然从停在巷子里的车后面跑了出来。"

"他是不是摇摇晃晃的，看起来喝醉的样子？"

水野描述当时的感觉："不是……好像是被什么追赶，或是要追什么似的。"

大岛刑警点点头："果然是这样。"

"怎么回事？"

"是这样，工藤建一是那天晚上在那里出现，是为了到附近公寓去找他的情人。他的情人就是被人杀死的小泉莉莉子。"

水野吃惊得差点儿叫出声来，幸好忍住了。

"他和莉莉子分手很久了，可是最近不知什么缘故，又和好了，而且打得火热，经常幽会。"

水野拿出一支烟点上，深吸一口，试图抑制住内心的慌乱。

大岛刑警和蔼地说："工藤建一这个人名声不怎么好，动不动就施以暴力，对太太常常拳脚相向，就为这个太太和他离了婚。根据我们推测，他同莉莉子恢复关系后，想向她要点钱花。莉莉子讨厌他，想和他分手。结果，那天晚上他们在一起商谈断绝关系时吵了起来，工藤建一暴力的本性发作，杀死了莉莉子，然后慌忙逃出公寓，不想被你乘坐的出租车撞上了。"

听大岛这样说，水野幸灾乐祸。他同时也感到害怕，他想这个刑警是不是故意说这番话，来试探他的反应？他竭力装作事不关己的样子。他问："有证据证明工藤建一是凶手吗？"

"莉莉子的房间里有一把男用旧伞，我们猜测是工藤建一遗落的，就拿去查验指纹，伞上的指纹确实是他的。工藤建一的朋友也作了证明。"

"说不定那是他以前忘记的呢？"

"发现莉莉子尸体的女同事，曾同他在莉莉子家吃过饭，当时她把伞放在伞架上，那时候伞架上没有男用伞。"

"工藤建一的伤怎么样了?"

"还在昏迷中。"大岛刑警态度依然很温和,却突然如抛匕首一般抛出了一个尖锐的问题,"水野,听说你也认识小泉莉莉子呢,还很熟。"

水野飞快地盘算,他意识到这时候撒谎是下策,就承认说:"哦,是的。"

"那天晚上你也是想找莉莉子吧?"

"不,我是想去找宫城家。宫城是我的大学同学,同莉莉子住在同一间公寓,就是因为他的关系才同莉莉子认识的。这个事跟您说也许不太好,之前我打麻将赢了宫城,他欠我的钱,宫城跟我说过,我什么时候去找他要钱,他就还给我。所以那天晚上,我想找宫城要钱,然后去横滨找朋友喝酒。"

大岛刑警继续彬彬有礼地提问:"据出租车司机说,你叫了救护车以后又办事去了,是找宫城要钱去了吗?"他的话好像鞭子一样抽打在水野的心上。

"我本打算去的,发生交通事故时乱哄哄的,而且司机又让我为他作证,怕我扔下他不管,所以,我就去了,走到半路上想想,这时候去要钱不合适,又回来了。"

大岛刑警微微一笑:"明白了,谢谢你的配合。"

水野想,工藤发现莉莉子的尸体,可能立刻想去拨110报警,结果忘了拿伞就跑出门去。也有可能是他认为用莉莉子房间的电话不利于保护现场,或者是他不敢在一具尸体旁边打电话。总之,如果工藤是凶手,也许他会像水野那样故意不慌不忙地走出来。工藤是莉莉子家的常客,一定知道附近什么地方有公用电话亭。他想到公路对面的电话亭去报案,慌里慌张地跑出来就被车撞上了,这样分析也顺理成章。

如果工藤洗清了嫌疑,那么水野就危险了,可是水野运气不是一般的好,没几天他在报纸中看到,工藤在昏迷中咽了气,他的一切担忧都是杞人忧天。报纸上还说,杀害莉莉子的凶手是工藤建一,调查这次事件的专案组已经解散了。看到这条消息水野心花怒放。他仿佛觉得自己已被证明无罪,心里好不轻松。这样,他同村上秀幸结婚的障碍就不存在了。就算秀幸或良马知道他同莉莉子的关系,他也可以任意编造一些借口哄弄过去。一个三十多岁的独身男子就是有一些男女方面的瓜葛也是正常的,不至于因此而影响结婚吧。

水野的生活就此恢复了常态。一天晚上他兴致勃勃地来到"柠檬叶",老板娘雏乃半开玩笑半认真地说:"你是不是干什么坏事了?刑警来过了。"水野一惊,赶紧打听,听雏乃的描述来的刑警好像是大岛。

水野问:"他都问什么了?"

"问你最近什么时候来过,有没有什么反常的言行。"

"你怎么说的?"

"我能有什么可说的，都是些无关紧要的话。他很有意思，关于伞的事就问了好几遍。"

"伞？什么伞？"

"就是有回你忘了拿伞，我把伞还给你的时候，你高兴地说'在这儿呀，太好了'。"

水野心中升起一种不祥的预感。

第二天早晨，水野洗完脸正在刮胡子的时候，门铃响了。他糊着满脸泡沫去开门，门外站着大岛刑警。

大岛说："事情好像有点儿复杂。"

水野心里不痛快，也没让他进屋，问："怎么回事？"

"案子要重新开始侦查。"

"什么案子？"

"小泉莉莉子被杀的案件。"

"不是已经结案了吗？"

"是的，但是又翻案了。"

"为什么？"

"工藤建一的前妻来了。之前我们找过她，没查到她的住处。原来她一直住在北海道，最近来东京办事，听说了这一事件来找我们提供情况。根据她的说法，工藤不可能空手把人活活掐死。"

"为什么？"

"以前他殴打妻子的时候，曾经因为用力不当使左手大拇指骨折，从那以后左手拇指就落下了残疾，不能弯曲，所以他是不可能掐死人的。莉莉子脖子上清楚地留下拇指的痕迹，证明了凶手不可能是工藤建一。"

"太太说了才知道，太可笑了。这些事本来早就该发现啊！"

大岛刑警带着微笑的眼神看了一眼水野："这也有原因，工藤被车撞倒的时候左手撞烂了，验尸的时候才没有发现。"接着，他又从上衣口袋里掏出一张照片递给他，问："见过这个人吗？"

水野看看照片，照片上是一个年轻男人，长相很丑陋，他不记得见过这个人。他把照片还给了大岛，说："不认识。"

"哦，好。"大岛刑警把那张照片放回到上衣口袋里，说："可能还会来打扰你，到时候多关照。"大岛刑警总是那么客气。

水野说："随时欢迎。"嘴上这样说，心里却非常不高兴。他纳闷，大岛给他看的照片上的那个男人是什么人？大岛什么也没说，有可能是个新的嫌疑人。水野提出断绝关系时，莉莉子简直像个无赖一样蛮不讲理，她敢这么嚣张，很可能是依仗周围一些不三不四的家伙，也许工藤就是一个，照片上那个家伙恐怕也是那些人之一。

这天工作挺顺利的，下班后，水野心情舒畅地回到了家。不料，像在等他似的，他前脚刚进屋门铃就响了。他开门一看，大岛刑警又来了，不过他这次不是一个人来的，还跟着一个人，就是照片上的那个家伙。

水野半带讽刺地说道："没想到早上刚见过面，晚上又见面了。"

大岛难为情地笑笑，介绍身边的那个人说："这一位与我一样也是刑警，姓鬼沼。"

鬼沼刑警冷峻的目光射向水野，看得水野心惊胆寒。

大岛刑警继续说："很遗憾，我带来了逮捕证。"他一边说一边出示了逮捕证。

"这是怎么回事？"

"证据表明你杀死小泉莉莉子。"

"是什么证据？"

"就是那把伞。"

"什么伞？"

"工藤忘在莉莉子房间里的那把伞。"

"那是工藤的伞，不是我的！"

"案发后，我们查验了那把伞上的指纹，发现除了工藤的以外，还有另外一个人的。一把伞被别人碰过，不是什么稀罕事，所以我们就没当回事。可是后来证明工藤是无辜的，我对另外那些指纹的主人产生了兴趣。我分析后认为，是你的指纹也说不定，于是，我把鬼沼的照片拿给你看，目的就是为了取你附着在照片上的指纹。我们把这些指纹同伞上的指纹相对照，结果完全一致。"

水野听到这里，一下子傻眼了。

大岛刑警依然不温不火地说："其实，我以前就对你有过怀疑，可是我想不通，如果你是凶手，杀人后为什么还会返回莉莉子的公寓呢？等到查明工藤无罪时，我悄悄地调查了你的社会关系。等到调查到'柠檬叶'，听了老板娘的话，我这才明白你回现场是为了什么。你杀死莉莉子以后，发现伞没了，就以为伞落在了莉莉子家，于是回去取伞。进屋后，你慌里慌张，误以为伞架上的伞是你的，就把伞拿了起来，随后发觉不对又放了回去。可是这时你没注意，你在伞柄上留下了指纹。"

水野似乎不再关心大岛刑警说什么了，他眼神飘向远处，自言自语地嘀咕："我当时很小心啊……把门把手擦干净了……里外都擦了，怎么就忘了伞呢……怎么就把伞忘了呢……"

局中局

你就是杀人凶手

[美] 埃德加·爱伦·坡

拉托尔巴勒原本是个僻静的小镇，但一件奇事，让这里不再安宁。

事情发生在一个夏天。巴纳巴斯·沙尔沃斯先生是拉托尔巴勒镇上的富人，他住在这里已经很久了，非常受人爱戴。某个星期六的早晨，他骑马向 P 城赶去。P 城离拉托尔巴勒镇只有 15 英里的路程。他计划当天晚上就回到家中，两个小时后，沙尔沃斯先生的马竟独自跑了回来，沙尔沃斯先生本人和他随身携带的两袋金币均已不知去向。那匹马也受了重伤，看上去奄奄一息。

这一突如其来的情况让镇上的居民感到无比惊讶和不知所措。第一天中午，沙尔沃斯先生还是没有回来。他的亲友焦急万分，决定出去寻找。领头人就是沙尔沃斯先生的好朋友查尔斯·古德费先生。他只在拉托尔巴勒镇住了六七个月，他为人真诚善良，所以深得他人喜爱，沙尔沃斯先生就是其中之一。他俩是邻居，又趣味相投，所以很快就成为莫逆之交。

但是，查尔斯·古德费不是很有钱，沙尔沃斯先生平时就常常邀请他到家里来做客。有时古德费先生一天能去三四次，中午就在沙尔沃斯先生家中吃饭。他们会在吃饭的时候开怀畅饮，马高克斯酒是他们常喝的酒之一，古德费也最喜爱这种酒。

一天，我曾亲眼看到，在喝完马高克斯酒以后，已经醉了的沙尔沃斯先生朝古德费先生说："查尔斯，你真行，咱们虽然认识时间不长，但没想到这么短时间就成了好朋友。既然你这么爱马高克斯酒，我就给你订一箱。"

富有的沙尔沃斯对于古德费总是这样照顾，他的慷慨大方，确实前所未闻。

到了星期天，仍然没有沙尔沃斯先生的消息。查尔斯·古德费先生心急如焚，他之前早就知道沙尔沃斯先生身上的两个钱袋不见踪影，马也受了重伤，前胸被打穿，留有两个弹孔，但令人惊讶的是，这马并没有立即死去。

"我们还是再等等吧。沙尔沃斯先生一定会安全回来。"古德费先生坚定地说。

可是，沙尔沃斯的侄子彭尼费瑟却极力反对，他觉得这样等下去事情会更糟，其他人也表达了类似的观点。查尔斯·古德费就不再固执己见，马上同意外出寻找。

彭尼费瑟和自己的叔叔沙尔沃斯先生已经住在一起很久了。彭尼费瑟平时有些不务正业，游手好闲，有时还会闹事，镇子里的人因为他和沙尔沃斯先生的关系，都会让他三分。所以，当他说要去找自己的叔叔时，大家只能听从他的命令，而且，他明确指出要找到叔叔的尸体。就在大家准备行动时，查尔斯·古德费先生提出了一个令人不得不好好想想的问题："您怎么能确定，你叔叔已经死了？看来，对于你叔叔的意外，你比我们大家知道的都多啊。"谁说不是呢，彭尼费瑟怎么能确定他叔叔已经死了呢？大家随即议论了起来。

但是对于查尔斯·古德费的质疑，彭尼费瑟根本不在乎，也不做任何回答。古德费对他的这种行为感到异常气愤，两人就吵了起来。对此，大家并不意外。他们本来就是冤家，吵架是很容易发生的事。他们两人曾经还动过手，彭尼费瑟一拳将古德费打倒在地，古德费也狠狠地说，他会报仇的。只是，大家都知道，古德费是个宽宏大量的人，他那句话可能只是说说而已。

但是不管怎样，不管古德费和彭尼费瑟有怎样的恩怨，在这件事上，他们还是达成一致：去找沙尔沃斯先生。至于搜寻哪段路程，彭尼费瑟坚持搜索拉托尔巴勒和城市之间的大片田野和树林的伸展范围，它们之间将近15英里，或许会有什么意外的发现。

但是古德费却不这么认为。他说沙尔沃斯先生是骑着马去 P 城，而不是去什么偏僻的地方，所以，他的行进路线不应偏离宽敞的道路，大家应该仔细查看道路两侧的地方，尤其是灌木丛、树林。在场的大多数人都同意他的说法。这样，他们就在古德费的带领下，顺着道路两侧仔细地寻找，但是，他们找了四天，仍然什么都没找到。

这里说的"什么都没找到"，是指没有找到沙尔沃斯先生本人或者他的尸体，但是在他们找的地方，确实发现了一些搏斗痕迹。他们沿着马蹄向前搜寻，在走过好几个拐弯处时，终于到达了一个污水池。那里有明显的搏斗痕迹，痕迹一直延向水池里。在场的人马上用工具抽干了水池里的水。在水池底部，他们发现了一件黑色绸马甲，马甲上布满血迹，非常破，但大家一眼就认出来，这马甲是沙尔沃斯先生的侄子彭尼费瑟的。

这件马甲，他在他叔叔去 P 城的那天，也曾经穿过，从那以后，这马甲就再也没有出现过。面对这样的情况，彭尼费瑟惊讶不已，他知道这种处境对自己有多坏，所有人都在怀疑他，连仅有的几位朋友也不再理他，但是，一向与他为敌的古德费先生却为他说起了话。

"朋友们，这只是一件马甲，我们不应该这么武断地认定谁是谁非。大家都知道，我和彭尼费瑟先生之间曾经发生过不愉快的事，但我早已经原谅了他。对于水池里的马甲，彭尼费瑟先生肯定会给大家解释清楚的。我们现在最应该做的就是帮他把这件事搞清楚。我的那位朋友，友爱和善的沙尔沃斯先生，现在依然不知下落，而彭尼费瑟是他的侄子，也是他唯一的亲人，我们理应帮助他。"古德费先生所说的每一句话，都能让人感到他的真诚和善良。此外，他的话透露了一个重要信息，彭尼费瑟是沙尔沃斯唯一的亲人，也就是他财产的唯一继承人。

当时在场的所有人马上明白，如果沙尔沃斯先生真的出了什么意外，不在人世了，彭尼费瑟就会继承他所有的财产。明白了这一点，大家都笃定彭尼费瑟就是杀害沙尔沃斯先生的凶手，随即对他五花大绑起来，他们要把他带回镇上，接受惩罚。在回去的路上，古德费先生好像在路边捡到了什么东西，他很快放进了口袋里。但还是有人看到了他的这一举动，在众人的要求下，他只好把东西拿了出来。这是一把西班牙小刀，上面刻着两个字母 DP。在拉托尔巴勒，有这种刀的人只有一个：彭尼费瑟，而 DP 也是他名字的缩写。

真相大白，彭尼费瑟杀死了他的叔叔！他的目的就是早日拿到叔叔的财产。现在已经没有继续查下去的必要了。一个小时后，彭尼费瑟被押到了拉托尔巴勒法庭上。

法官审问彭尼费瑟："彭尼费瑟，你叔叔失踪那天早晨，你去哪儿了？"

"我当时正在树林里打猎。"彭尼费瑟不假思索地说答。在场的所有人听了他的回答后，都惊讶不已。

"你当时身上有枪吗？"

"当然，我是去打猎，我带了自己的猎枪。"

"你打猎的具体位置在哪儿？"

"就在去 P 城道路旁的几英里处。"

彭尼费瑟所说的地方离那个水池确实很近。法官随后要求古德费先生陈述一下找到马甲和小刀时的具体情况。

此时，古德费先生突然流下了泪，他显出悲伤的模样。"就像我之前跟大家说的，我和彭尼费瑟先生之间不愉快的事已经过去了，我不是记仇的人，大家应该能看得出。"古德费一边说一边擦拭眼泪，声音呜咽，断断续续。

"上周五，我像平常一样和沙尔沃斯先生在一起吃饭。彭尼费瑟先生也在场。当时沙尔沃斯先生告诉他，他要在第二天凌晨带着两袋钱去 P 城，存进那里的银行。沙尔沃斯先生还非常郑重地告诉他的侄子，他不会得到自己的任何财产，他会重新立一个遗嘱。"

说完，古德费又断断续续哭了起来。

"彭尼费瑟先生，这是真的吗?"法官问。

"对，确实有这么一回事。"

就在法官对两人进行询问的时候，传来了沙尔沃斯先生的马因受伤过重死掉的消息。古德费先生学过解剖，他解剖了马的尸体，在马的前胸找到了一颗体积很大的子弹，这种子弹一般是用来射击巨型猛兽用的。警察随后查验了镇上所有的猎枪，发现这颗子弹只能用在彭尼费瑟的猎枪里。这下，连警察和法官都已经确认彭尼费瑟就是杀人凶手，他随即被关进了监狱。而古德费为他向法庭求情，请求对他宽大处理，他的请求当然没起任何作用。

一个月以后，彭尼费瑟被判犯谋杀罪，将处以绞刑。

在彭尼费瑟被判刑的日子，小镇上确实平静了许多。一个万里无云的日子，古德费意外地收到了 W 城一家酿酒公司的来信，信是这样写的：

亲爱的查尔斯·古德费先生：

在一个多月以前，我们收到了巴纳巴斯·沙尔沃斯先生的一个订购需求，要我们为您寄送一箱高级马高克斯酒。现在，我们高兴地通知您，我们已经把一大箱精制的马高克斯酒装车寄出。在您收到信不久，酒就会到达您的家里。祝您一切顺利，并代为转达我们对沙尔沃斯先生最真诚的问候。

您最忠实的霍格斯·弗罗格斯·博格斯以及公司全体友人，6 月 21 日，于 W 城。

自从沙尔沃斯遭遇不幸之后，古德费已经不再喝酒，但是，面对这样一箱好酒，古德费觉得，可以适当地放松一下。所以，他就邀请自己所有的朋友第二天晚上到家中来痛饮一番。当然，他并没有指明那酒是怎么来的。

第二天晚上大概六点左右的时候，古德费家里已经挤满了人，我也在人群之中。桌子上是丰盛佳肴，那箱酒八点才到。因为箱子太大太重，很多人加入了搬箱子的行列中，我也是其中一员。大箱子很快被搬进了宴会大厅。在这之前，古德费是先用别的好酒款待宾客的，大家喝得不少，有些已经醉了。装酒的箱子进入大厅的那一刻，古德费就兴奋了起来，他指着箱子说："朋友们，安静一点! 这就是名贵的马高克斯酒。"

说完，他就让我去开箱子，我当然乐意效劳。我轻轻地将箱子上的钉子一个一个地卸下。就在大家以为要看到昂贵的名酒时，一个满身血迹和污垢的死人从箱子里弹了出来。大家一看，这不是沙尔沃斯先生吗! 死者背靠着箱子，正好和古德费迎面相对，一阵浓烈的血腥味蔓延开来，大厅里也不知为什么突然出现了烟雾，大厅里死一般安静。那人的双眼则狠狠地盯着古德费，突然他像被什么鬼怪附了体一样，说起话来："你就是杀人凶手！我要你的命！"说完，应声倒在地上。

我简直很难描述当时的情景。大厅里乱作一团，客人们都发疯似的往门外逃，有的人因惊吓过度还晕了过去。但没过多久，惊慌失措的人们就逐渐安静了下来，他们将目光转向古德费。此时的古德费正瑟瑟发抖，他的惊慌失措好像在暗示他做过什么见不得人的勾当。突然，他直直地从椅子上跳了起来，扑向倒在地上的沙尔沃斯的尸体，嘴里不停地向他忏悔。这些话，大厅里的人都听得一清二楚，古德费交代了他的整个杀人经过。

事情的真相是这样的：

在那个周六的早晨，古德费骑马紧跟在沙尔沃斯先生身后，他们一起去 P 城。但行至树林里的那个污水池时，古德费突然开枪射向沙尔沃斯的马，然后用枪托猛砸他的头部，想就此了结他。随后他拿走了沙尔沃斯的两袋钱。把沙尔沃斯奄奄一息的马拖至灌木丛中，把他的尸体放在自己的马上，运到离路边很远的一个小树林里藏起来。当晚，他又偷走了彭尼费瑟的马甲、西班牙小刀和一颗体积较大的子弹。把马甲和西班牙小刀放到了易被发现的地点，利用为死马解剖的机会，佯装发现一颗子弹，以达到蒙骗众人，借刀杀人的目的。

古德费的忏悔快要说完的时候，他已经浑身无力、两眼无光，就像虚脱了一样。他想要站起来，但没走几步，就扑通一声摔倒在地上，似乎再也起不来了。他的倒下挽救了一个人：彭尼费瑟，这个差点走上绞刑架的人终于重获自由。

写到这里，故事好像有了个结尾。但我敢肯定，您还有疑问：沙尔沃斯先生的尸体是怎么放到箱子里的？他不是死了吗？死了为什么还会说话？他真的是为了揭露凶手而"起死回生"的吗？当然不是。这一切的背后还掩藏着一个人，是他安排了一切，这个人就是我。

我对古德费非常了解，他挨了彭尼费瑟一拳以后，肯定不会就此罢休。当天他们发生冲突的时候我在现场，我记得古德费当时狠毒的眼光。我能感觉出，这种眼光背后的人是个心狠手辣的人，只要找到机会，他一定会报仇的。而且，在搜找沙尔沃斯的时候，古德费竟然发现了那么多"证据"，尤其是从马的前胸取出了那颗子弹，更使我对他起了疑心。子弹是从马的前胸穿过去的，按理说不应再在马身上找到子弹，但古德费居然在解剖时又发现了一颗。这颗子弹是从哪儿来的？想都不用想，肯定是古德费做的手脚。之后，我花了大概两个星期的时间，到处找沙尔沃斯先生的尸体。我当然不会在道路附近寻找，那里不会有什么发现，我是在离道路较远的偏僻处找。功夫不负有心人，我终于在一个小树林里的枯井中发现了尸体。

下面的安排就不费什么脑筋了。我记起沙尔沃斯先生曾经许诺给古德费一箱马高克斯酒，所以，在弄到一箱酒后，我就将尸体放入箱子里。我特地买了一根长约一英尺的钢丝弹簧，把弹簧的一头固定在尸体的颈部，接着就把尸体放进酒箱里，让尸体卷曲起来。这时候，系在尸体上的弹簧也卷曲起来，我将箱子压死，并在盖子的周边钉上钉子。我知道箱子里弹簧的威力之大，只要一打开箱子，尸体就会蹦出来，而我也正等着那一天的到来。之后，我把箱子运到外地，再从外地把箱子寄给查尔斯·古德费。那封信也是我写的。我暗中让我的佣人在古德费举办晚宴的 8 点钟把箱子运抵他家。

沙尔沃斯先生说的那句"你就是杀人凶手！我要你的命！"当然不是他说的，而是我说的。我经过长时间的练习，已经可以和沙尔沃斯先生的声音相差无几。由于当时晚宴大厅一片慌乱、惊恐，许多人已经喝醉，古德费也心中有鬼，所以，我模仿沙尔沃斯发出的声音非常成功。那些血腥味和烟雾，是我事前准备好的药水和生物烟。至于古德费说出自己的罪行，我并不感到惊讶，我惊讶的是，他会在说出事实后当场死亡，这可能也是许多人没有想到的。

这件奇事真相大白后，彭尼费瑟又回到了拉托尔巴勒，名正言顺地继承了巴纳巴斯·沙尔沃斯先生的所有财产。对于自己以前的种种不羁行为，他发誓要痛改前非。朋友又回到他的身边，生活又美好了起来。

假痣

[英] 贝莱斯弗

"凶犯往往会由于一个小而致命的疏忽被抓获。"这是我在跟赫顿谈论他破获的那些谋杀案时，提到的老套的看法。

赫顿说，"那倒不一定。"他举出 19 世纪的"撕人魔"杰克做例子，指出他虽然犯下一系列杀人案，到现在还逍遥法外。

我反驳说："一般来说，那些案子作案动机没那么明显。"

"所以我敢说，犯下那样的案子，逃跑比较容易。"

"按你的说法，那些有作案动机的大案怎么解释呢？"他列举了近 10 年来的三四起凶杀案，罪犯至今都没有抓到。

我承认说："确实，那些案子很快就被人忘记了。"

"另外还有些案件公众压根儿就不知道，因为报纸没有详细报道过。"他停了停，若有所思地笑了。

我冒失地问："你是在想其中一个特殊案例吗？"

他点点头："那个案子情节一波三折，另外还包括挺有意思的心理因素，也可以说是一种病态的心理因素，完全出自女人本性的基本弱点。这种弱点，也可称之为盲目，是一种可能犯罪的条件，你简直可以把那个案子写成一部小说。等我去找一下我的旧笔记本。案情细节我都记得很清楚，但犯案的日期却得查一下笔记才能搞准确，日期在这个案子里很重要。找到本子后我把事情的经过原原本本讲给你听。"

他找来了笔记本一边翻，一边说："那起案子的时间是 1910 年春天，当时我跟我母亲住在伦敦南区。两位跟这个案子有关的人我都认识，因此我涉足了这个案件。

"那是同住在一栋公寓里的两姐妹，她俩因为同母异父，所以姓氏不同。姐姐叫荷里娜·格里埃，35 岁左右，大高个子，粗嗓门，左下巴有颗 6 便士硬币那么大的黑痣，痣上还有一撮毛。据说，她是个十分虔诚的宗教信徒，一直对妹妹进行无微不至的照顾。妹妹叫洛丝·莫沃尔，才 20 岁，因为母亲在她几个月大的时候便去世了，她把荷里娜看做母亲般亲近。

"4 月 8 日一个星期五的晚上，莫沃尔小姐来找我，想向我询问一些事情。她问我：'赫顿先生，请问您是位侦探吧？'我告诉她，我在伦敦警察厅刑事调查部工作。她问我可不可以私下里给她出出主意。我说只要她不要求我隐瞒什么罪行，我愿意为她提供帮助，于是她讲出了下面这个故事。

"她说她的姐姐荷里娜·格里埃最近失踪了。3 月 12 日，格里埃小姐说她身体不舒服，去了沃斯特邦。那个借口也貌似有理，因为她近来神经确实非常紧张，时不时会犯歇斯底里症，她妹妹常在大半夜听到她在自己的卧室里高声祈祷。不过，她这次走得太突然了些，连具体通讯地址都没留下，只让妹妹把信寄到沃斯特邦邮局候领处。

"莫沃尔小姐开始时十分担心姐姐会出事，不过这种担心后来渐渐消除了。她姐姐陆陆续续给她寄了一些信，她一共收到过四封。每封信都没有留下居住地址，也没注明几月几日，只写了星期几。

"第一封信是 3 月 15 日星期二收到的，信中说她租住的慈善公寓不太理想，因此随时都可能换个地方。

"另外三封信里，她没有再提住在哪儿，也根本没说她在干什么。那些信的内容都很空洞，明明是匆匆写下来的，她说她的健康状况有所好转，也没提心情不愉快或者有什么苦恼。因此从那四封信来判断，她的日子似乎过得还算愉快。

"最后一封信是 3 月 29 日那天收到的，注明的是'星期日'，从那以后荷里娜·格里埃小姐便不再来信了。莫沃尔小姐写过几封信寄到沃斯特邦邮局询问消息，却没有得到任何回音。

"我首先询问莫沃尔小姐，格里埃小姐是否患有抑郁症，那会不会导致她自杀？莫沃尔小姐摇摇头说不会。

"我又问：'那你认为这是怎么回事呢？'

"她回答说：'说不清楚。'

"我觉得她大概隐瞒了什么。但是当时我也没再追问，转而细看格里埃小姐几封来信的信封。

"其中三个信封上有沃斯特邦的邮戳和日期，印得比较清楚，可是没什么用途。最后一封的邮戳就辨认不清了，我勉强辨认出来末一个字母前的两个字母是'UR'，起首的那个字母像是'E'，跟前三封信的邮戳一比就立刻看出了不同。我又用放大镜仔细察看，那个'E'字母很可能是'F'，勉强辨认出来的那两个字母其实是'OR'。我拿出地图，发现沃斯特邦和圣安德蒙两市之间有个小车站孚沃夫多。

"莫沃尔小姐说从之前从没听说过孚沃夫多，她姐姐也没提过那个地名。这时候最有效的办法莫过于打电话到沃斯特邦邮局，问一下莫沃尔小姐近日寄去的信有没有被人取走，然后再调查一下那个叫孚沃夫多的小镇。要知道，像格里埃小姐那样一个陌生人出现在那里，肯定会惹人注意的。于是，我答应莫沃尔小姐第二天下午亲自去沃斯特邦调查。

"其实我当时真实的想法是荷里娜·格里埃小姐肯定已经自杀身亡，当然她的妹妹不能同意我的这种推测。要知道，那时我比现在年轻20岁，也没有太多的经验，所有的经验几乎完全是从调查一般犯罪事件中得到的，所以我判断青年男女的事有点过分自信，很容易把他们简单地分成几大类，也不再做进一步的分析研究。

"我第一次去沃斯特邦邮局调查时，一形容格里埃小姐脸上那颗大黑痣，邮局职员就说记得有那么一位女士，甚至还记得最后一次见到她的日期，那个日期是她给妹妹写最后一封信的前一天。莫沃尔小姐寄给她姐姐的信直到3月26日星期六为止所有的都被取走了，后来写的5封信没人领取。我更坚定了自己的想法。

"在坐火车去孚沃夫多小镇的路上，我推测格里埃小姐恐怕患有某种妄想症，不过她还没病到晕头转向的地步，不打算让她心爱的妹妹知道她有意自杀而感到痛苦，所以小心翼翼地安排计划，让自己在妹妹面前消失。我越想越觉得我的推测有道理，可是很快我便了解到那和真相完全是两回事。

"孚沃夫多位于沼泽地带一处十分荒凉的地方，离海边不到半公里，距火车站一公里远，是一个只有五百户人口的小镇。那天下午刮了一阵大风，我心想这可真是个糟糕透了的地方，连个避风的树篱都找不到。顺便说一下，在那年头，那个火车站只有一个站台和一个小棚子，因为那是条单轨线，站上只有一名看守员，还同时负责卖票收票的工作。

"不过在我看来，孚沃夫多小镇倒也有它自己的优点。镇上只有一个信息中心，那是一个将食品、百货、文具和其他你能想到的物品汇集在一起出售的杂货铺，除此之外，这个杂货铺还负责投递邮件。杂货铺的主人是鲁宾逊夫妇，他们15岁的儿子乔也帮忙，驾一辆货车送货。全家三口人都很机灵，观察力也很强，可是跟这个行业的其他人一样，他们所注意的事都对我的调查没有多大帮助。他们对我要找的那位女上倒也略知一二，说她来到那里并没住在镇上，而是住在海滨。那家杂货铺老板同时还是位地产商的代理人，那位地产商在海滨一带盖了一个别墅村，建造了几座小别墅。

"直到那时，我的想法还没有得到证实，然而我得知格里埃小姐来过那里，她和一个男人自己称呼自己顾沃恩先生和太太，并和那个男人在海滨一所房子里同居。这一件事叫我惊讶不已，鲁宾逊夫妇告诉我这事时，我起先几乎不敢相信。

"如果有人问我在我认识的女人当中谁最不可能瞎胡闹地跟男人私奔，那我准会把荷里娜列为首位。因为我跟荷里娜见过几次面，知道她十分虔诚自重。后来我想到，一定是因为荷里娜有些私房钱，那个男人在打什么鬼主意。不过使我叹服的是，荷里娜可不是个傻瓜啊，那个家伙居然能说服了她，叫她跟他私奔，手段真是不一般。

"我一听到这个消息，决定放弃了原先打听的方式，我告诉鲁宾逊夫妇我来自伦敦警察厅，并掏出我的警徽给他们看，要他们提供正式的证据。他们立刻认真起来。我确信鲁宾逊夫妇自始至终压根儿就没怀疑过那位自称为亨利·顾沃恩先生的家伙犯了诈骗妇女的罪行。因为我记得他们头一个反应是告诉我顾沃恩先生和太太在离开前把账目全付清了。

"我把从鲁宾逊夫妇那里逐步了解到的情况在头脑中大概整合了一下，结果发现，一切跟我预先设想的情况真是大相径庭。开始那部分倒还符合我的想法。顾沃恩先生显然从一开始就十分谨慎，他自己在2月底先来到那里，大概了解了一下别墅村里的'妙境别墅'的情况。他说他怕冷，所以他唯一坚持的要求只有一个，那就是要有单独取暖的锅炉设备。赶巧刚盖好的头一幢房子正合他的要求，看上去他好像全年都要住在那里似的。他先预付了房租到3月底，甚至没要求看看房内的装修和摆设，便定了下来。他让他们预先备好食品杂物，尤其是烧锅炉的煤，说他会写信把他和他太太前来的日期通知他们。

"鲁宾逊夫妇对这位顾沃恩先生丝毫没有产生怀疑，他们十分高兴能在旅游淡季有这样一对好房客。据鲁宾逊太太的描述，顾沃恩先生个子中等，蓄有浓密的黑唇髭，皮肤比普通人要白。她怀疑他可能患有肺结核病，可她本人只见过他那一次。他们的儿子乔倒是个主要见证人，因为送货与顾沃思有过接触，但他没怎么注意到那个男人，只是含含糊糊地对他母亲的描述表示同意。

"至此看来，顾沃恩先生实现他邪恶计划的过程是相当顺利，可是后来发生的事却叫我百思不得其解。

"顾沃恩夫妇是在荷里娜·格里埃离开伦敦那天，也就是 3 月 12 日下午抵达孚沃夫多镇的。看样子他们样样事情都是事先写信安排好了的，他们预定了一辆小马车到车站去接站，然后直接前往'妙境别墅'。

"此后半个月里，他俩像一对中年夫妇那样生活，顾沃恩太太有时到镇上去，还乘火车到沃斯特邦去过三四趟。不过顾沃恩先生除了到荒凉的海边去散散步之外，别处哪儿也不去。他们的食物全从鲁宾逊那家杂货铺购买，除去星期天，天天都由小伙子乔送货并取回新的订货单。

"随后，据顾沃恩太太说，顾沃恩先生患了流感。那天是 3 月 28 日，这个日期我们无须费劲就能确定下来，你可以注意到那个日期正是荷里娜给她妹妹写最后那一封信的第二天。顾沃恩太太对乔说他的病情并不严重，所以他们没请大夫，也从没打听过大夫，不过他得卧床休息几天。

"我们可以认为顾沃恩太太是由于顾沃恩先生患病而没能到沃斯特邦邮局去取妹妹的信，可是这并不能解释她为何从此不再给妹妹写信了。此外，乔认为顾沃恩太太自打她丈夫生病后就表现得有点儿'古怪'。她有时从卧室窗口预订食品，有时写张纸条用按钉钉在门上。有时他把牛奶、面包等食品放在外面的院子里，有时顾沃恩太太在后门口从他手中接过去。整个那段时间，乔没有迈进过那所房子一步。

"这些反常状况让我困惑不解，可后来还有更多惊讶的事等着我呢。

"顾沃恩太太和她丈夫先后离开了'妙境别墅'。顾沃恩太太是在 4 月 7 日离开那里乘夜车去沃斯特邦的，顾沃恩先生随后在 4 月 8 日那天上午也走了，不过是回伦敦了。他要回伦敦，只能搭乘那趟从圣安德蒙开来的火车。

"鲁宾逊一家感到点儿惊讶，顾沃恩太太竟把病刚好点的丈夫独自撇在家里一个人出门。她是悄悄走的，走的时候只让乔赶车送她去车站，一路上没说什么话，也没携带行李，大家还以为她第二天就会回来。

"顾沃恩先生那天上午走的时候却相当惹人注意。据鲁宾逊一家人说，他虚弱得很，而且显得十分不安。乔在 8 点钟叫门送牛奶和面包时，他已经整齐地穿好大衣，戴上了帽子，从卧室那扇窗户跟乔说了几句话。乔在 11 点钟送他去车站，这时他又围上了一条宽大的厚围巾严严实实遮住了嘴。

"他们离开时发生的事情，我严格地盘问了乔，可我没再得到什么有价值的信息。唯一一件让人觉得不对劲的事就是顾沃恩太太居然会一个人先行离开，鲁宾逊太太说，'我们猜想那两口子一定是吵架了。'除了这种观点，我也想不出更好的解释。

"我向鲁宾逊夫妇要了钥匙，决定独自到那所房子去。我并不期望会发现什么有用的线索，事实上也确实如此，直到我快要离开时才有所收获。

"那边的房子都是小型别墅，其他几幢房子当时还没人住。那是一幢两层楼的房子，里面的家具布置得很简单，只是为了夏季前来度假的游客临时居住。锅炉安装在厨房下面存煤的地窖里。每间屋子都收拾得干净利落，好像荷里娜在离开之前已为下一个房客着想好了似的。只有那间卧室可以看出顾沃恩先生前一天大概在里面睡过，即使如此，也还算整洁。我发现脸盆没用过，顾沃恩先生想必要么在楼下盥洗室洗了脸，要么根本就没洗。我没有很仔细地察看每样东西，看来，也没有什么理由该那样做。

"我正打算走出卧室，忽然想到应该察看一下暖气管。室内跟户外的冷空气相比还算暖和，我心想炉火熄灭的时间大概不算太久。这世上时不时会有极其偶然的事情发生。那管子是老式的管子，安装在暖气包和墙之间，我想用手顺着暖气管朝上摸一摸，忽然我的手指碰到一样使手发痒的毛乎乎的东西。我想是个蜘蛛，我特别讨厌蜘蛛，就把它揪了下来。可那并不是一个蜘蛛，如果你好奇，愿意去看的话，你可以在伦敦警察厅的犯罪博物馆里看到。那是一块 6 便士硬币一般大小的薄薄的黑橡皮，上面还有一撮用胶水粘牢的毛。我赶紧把那玩意儿收好。

"后来我乘火车回伦敦，一路上左思右想，终于想明白了这件事的前因后果。

"我推测在那后半个月里，顾沃恩一直在扮演他和荷里娜这两个角色，而这个人造的假黑痣就是他用来化妆的不可缺少的东西。

"我越想越觉得符合事实，再一回想鲁宾逊一家人所提供的情况，就更显得一清二楚了。他以卧病在床为理由有一段时间没露面，这就可以让他除了面对乔之外，不必化妆成荷里娜。随后在他扮成荷里娜离开的那天夜里，注意，当时天色已晚，他只跟乔谈了几句话，一直保持沉默，乔根本就没注意跟他说话的到底是谁。第二天上午，他以本人身份离开时，会用一条宽大无比的厚围巾遮住脸，是因为他为了扮演荷里娜已把唇髭剃掉了。至此我认为，这个谜团终于让我破解了。接下来我要做的事情就是查清楚那个家伙是否在 4 月 8 日的前一天晚上 6 点 30 分离开过孚沃夫多镇而又及时赶回来，然后在第二天上午再离开那里。

"这是不难做到的。我查看火车时间表，看出他可以在 7 点 10 分乘火车离开，7点50分在下一个停车站夸脱普里联轨站下车，从那里换8点5分的车去圣安德蒙，正好赶上9点15分的火车回到孚沃夫多镇。还有一种可能就是他在更近的北滩站就下了车，趁着漆黑的夜色从沙滩上步行回到'妙境别墅'，这段路程也没有多大的困难，而且也不会有人发现他。

"我认为我的推测是准确无误的，因为我猜出了他耍这个花招的原因。他大概在3月28日左右杀害了可怜的荷里娜，接着在别墅里花了10天时间毁尸灭迹。他租房子的时候非要个锅炉，就是为了用来干这个的，他很有可能是把骨头烧化了磨成粉，再用硝酸毁掉！是啊，只要有足够的时间，消灭一具尸体是可以不留下任何痕迹的。这一招亨利·顾沃恩恐怕早就策划好了。

"我认为自己这套推理非常准确，无懈可击，一回到伦敦我就向上司做了汇报。上司也相信我的判断，还祝贺我干得不赖，我便得意洋洋地回家。顺便说一下，那天晚上我没去看望莫沃尔小姐。我打算办完这个案子再去告诉她，更重要的是，我也不想由我通知她这一噩耗。

"是不是到此时为止，一切都很顺利？第二天是个星期天，天气非常好，我又乘火车去夸脱普里联轨站。尽管我的上司指出尸体若给彻底销毁了，就很难判定亨利·顾沃恩犯了谋杀罪，但我还是希望找到他，再监视他24小时。

"然而侦察就从这时出现了问题。我原以为能查出顾沃恩先生化妆成荷里娜·格里埃小姐在星期五晚上搭乘7点10分那班火车去沃斯特邦的情况，我也得知他后来在星期六上午又以本人身份乘车回了伦敦，可是在这两个场合，他一登上火车就似乎彻底失踪了。原本在这两个场合，他应该是个惹人注目的人物，但事实上是在夸脱普里联轨站或沿线任何其他地方，星期五晚上和星期六上午都没人见他出现过。

"接下来我们对'妙境别墅'进行了全面搜查，整个搜查过程干得极其仔细，我们挖开了花园的地面，掀开了地板，甚至筛过了炉灰，可是什么证据也没找到。后来我们却从另一方面找到了一个证据，那是我们在检查荷里娜·格里埃小姐的财务时发现的。她在2月份卖掉了她的全部公债券，把银行里的存款全都取了出来，并在里昂信托银行统统兑换成了法郎。那些钱全是票面一百法郎的钞票，我估计足有五千多英镑，钞票不是联号的，银行也没留下什么记录。好家伙，顾沃恩先生真是大捞了一把。"

赫顿苦笑了一下，望着我说："老天！我后来绞尽脑汁思考那个案子，试图想出那个家伙怎么竟会那么机灵，叫我们抓不到他！所以，你看吧，这就是一起罪犯没留下什么犯罪痕迹的案件，除非你把他丢弃了那个假痣这件事算做一个疏忽，对不对？"

我问他："那你压根儿没再见过亨利·顾沃恩吗？"

赫顿答道："一直没有。"可是他的脸上挂着诡异的微笑，看样子，他还没把那个案子讲完。

于是我又问道："也没再听到他什么消息吗？"

他答道："我可没这么说。我们是在 10 年之后听到了所有有关他的消息。你猜我是从哪里听说他的事情的？"

我摇摇头说不知道。我知道自己向来没有那种猜测的天分。

赫顿嘿嘿笑着说："我是从荷里娜·格里埃小姐那里听到的！"

我感觉丈二和尚摸不着头脑，问："你是说她一直都活得好好的？"

赫顿说："一点儿没错，她压根儿就没被谋杀。这事件让我目瞪口呆，我想我后半生都从中受益匪浅，我告诉自己，今后再调查一桩案子时，千万不能让事先主观的推测误导。我要是没那么固执己见，也许就会……不过，我并不后悔，因为后来格里埃小姐的妹妹莫沃尔小姐成了我的妻子，我们结婚已经有二十年了。"他说完这些话便陷入了沉思。

我催促道："你把这事的真相告诉我好吗？我很好奇。"

赫顿说："当然可以，不过这部分不是我的专长，可能讲起来不太生动。我们一起来看，我先前说过的心理因素在这儿起了作用，但我没把握让你明白这其中的奥妙。你应该知道格里埃小姐的奶奶是法国人，所以格里埃小姐在法国住过很长时间，大概有二十年，她一直到二十岁左右才离开法国。这么多年来她一直寡欲清心，谁也没料到她在中年时内心会忽然燃起一阵从没迸发过的情欲，这一点她妹妹倒是有所察觉。当初我告诉莫沃尔小姐说她姐姐跟顾沃恩先生私奔了，她没有表示出惊讶的意思，很淡然地跟我说：'哦！我知道这件事早晚会发生的。'可我问她为什么会这样想，她的回答竟然是因为荷里娜一向厌恶那类事。

"这原因够奇怪吧？不过这我倒也能理解。如今人们常常谈论弗洛伊德什么的，管这种现象叫做心理压抑。但格里埃小姐这个例子并不那么简单，还掺杂着宗教方面的东西，所以情况就更糟糕了。

"总而言之，她曾经为情欲屈服过，根本不能自拔，她清醒过来后又变得越发虔诚，赎自己的罪，她最终信奉了罗马天主教，进入了比利时的一家修道院当了修女。洛丝·莫沃尔小姐就是从那里得到姐姐的消息的。

"那时，荷里娜认为自己快死了，就给妹妹写了一封信，寄到了她们原来居住的老房子。这信后来几经辗转才到了洛丝手中。不过荷里娜并没有如她想的那样立刻死去，她后来又活了几个月，洛丝去看望过她姐姐三趟，断断续续把事情弄明白了。

"现在我从我个人的角度说一下事情经过，不过我肯定讲不出那个故事的气氛，我的用词也不足以形容出那个不幸的女人所经历的痛苦。倒是你可以根据这些素材写本小说，可是读者读起来想必不会感到愉快的。

"再回过头来讲那个案子。得承认我起先对顾沃恩的看法有些地方还是对的，他确实是我认为的那类坏蛋，他曾经策划谋杀荷里娜，用锅炉焚尸灭迹，然后穿上她的衣服，粘上那颗大黑痣溜走，给人留下假象。这事听起来麻烦，办起来并不太困难。他俩的个子差不多高，她的嗓音也容易模仿，再加上她那颗标志性的黑痣，他原本可以轻易地完成这项阴谋，可是人算不如天算，他怎么也没想到荷里娜先下了手。

"在孚沃夫多镇住的前半个月里，她对顾沃恩产生了怀疑，而且疑心越来越重，最终使她决心摆脱他的正是我找到的那块古里古怪的假痣。

"有一天她轻轻走进卧室，蓦地发现顾沃恩正坐在梳妆台前试着往脸上粘那个假痣。顾沃恩是想看看他化妆后的效果，这当然引起了她更大的怀疑，使她顿时悟出了他的阴谋诡计。要知道，她可是个聪明女人。而他模仿她脸上的缺陷，大大伤害了她的自尊心，狠狠地戳到了她的痛处，简直把她气疯了。

"顾沃恩看到自己的狐狸尾巴露出来了，便一不做二不休，干脆对她下毒手，两人就扭打起来。不过她比他强壮得多，而且他的心脏也很虚弱，于是她猛地一下子把他推到墙上。他撞到了后脑勺，昏倒在地。

"她要是把他捆绑起来，把他丢在那儿让他慢慢苏醒过来，那她也就问心无愧，不会认为自己犯罪了。但是她还没等顾沃恩清醒过来就把他掐死了。据她自己说，当时有一股没法控制的强大的仇恨力量控制了她，她疯狂地想要报复。我想大概是一种强烈的心理反应，使她既痛恨顾沃恩，也怨恨自己。

"这之后，她完全吓傻了。要知道，她不是个有经验的精明罪犯，所以当时心里一点儿主意都没有了。足足有十天工夫，她跟顾沃恩的尸体待在那所房子里，大部分时间都跪在地上祈求上苍宽宥。她说她在那段时间里什么也没吃。据说人在饥饿的时候，头脑最清醒，她在这段赎罪期间，确实还有足够清醒的头脑。她坚持露面，每天都向乔预订食物，然后再把他送来的食物销毁。她说这当然是神灵在指导她，这一点我也不否认。

"不过，她的灵感来得迟了些。她在那个星期五，也就是我头一次去孚沃夫多镇那天的前一夜，才想到逃跑。据她说，她已经在沃斯特邦坐上了火车，却忽然像圣女贞德那样听到一个'声音'在引导她该怎么做。她认为那是个奇迹，也是她皈依罗马天主教的第一步。我相信心理学家会说那是由于10天的饥饿和心理紧张所造成的一种幻觉。可对我们警察来说，那只是回避问题的实质罢了。

"然而，她确实鼓起了很大的勇气，做出惊人的事情。当时她独自坐在火车一个隔间里，她从车厢的另一边跳下了车，跨过铁轨，沿着海边走回到'妙境别墅'，因为天黑而没被人发现。那是新月的第二天，夜里潮水特别低。她回到那所房子，剥去顾沃恩尸体的衣服，把他拖到海边，绑上几块大石头，等午夜退潮时把他扔进了大海，让海水把他带走，从此顾沃恩这个人在世界上消失得无影无踪。

"一般人在那种情况下，都会处于歇斯底里的亢奋中，她也不例外。按她的说法，一个'声音'指挥她把房内打扫干净，收拾起她本人和顾沃恩的行李，最后身穿顾沃恩的衣服逃走。

"不管怎么样，她那阵子真的是非常幸运。她坐上从圣安德蒙开来的那趟火车，独自占了一个隔间，又换回了自己的女人衣服。正是因为如此，我在那条铁路线上没找到任何有关顾沃恩的消息。而我当时一心一意想找到顾沃恩的踪迹，压根儿就没想到打听她。

"接下来的事情就好办了。她从小生活在法国，能说一口流利的法语，又有不少法国现钞。在第一次世界大战前，去法国或比利时是不需要护照的。她在半夜里渡过海峡，暗中把顾沃恩的行李扔进了大海。一到比利时，她就直接去了卢万。她熟悉那里，因为她年轻时去过那里，知道那里有一所修道院。

"她为自己的所作所为做了真诚的忏悔，然后没费多大劲就被接受为罗马天主教教徒。她还把20万法郎全部捐给了修道院，从此成了那里的一名最虔诚的修女。后来德国人占领了那个城市，大家请她做修道院院长，她过于谦虚而不肯担任。就这样，她在卢万足足住了11年，我猜想她在那里过得还算愉快，尽管一直在赎罪，而且也不跟任何英国亲戚联系。直到她自知将不久于人世时，才给妹妹写了封信。我相信在人生最后时刻，她除了思念洛丝，不再有任何欲望。

"如你所见，这就是我经历过的一件最奇特的案子，它混合了心理因素、罪犯的智谋和超乎人想象的神秘性。人间有些事真好像是有天相助似的，所以我并不为自己受了骗痛心疾首。譬如说，我先前提到过的大风，吹得飞沙走石，把她的足迹消灭得干干净净；还有海潮，彻底冲刷了海滩上她把顾沃恩尸体拖到那里留下的一切痕迹。这其中混合了我们可以称之为命运、运气或巧合的东西——在我看来这些词其实所指的完全是一个意思。

"现在，虽然一切都结束了，我还会为这个案子感慨不已。我们说过，荷里娜不是一个糊涂女人，她一开始就对亨利·顾沃恩起过疑心，可那个家伙对待女人功夫非常，不知耍了什么手腕竟让她着了迷；而她受压抑太久了，就像一个软弱的花季姑娘那样上了钩。一方面，他是唯一向她求过爱的男子，另一方面，我想大概是她血管里流着的热情的法国血液，叫她无法对那诱人的爱情说'不'吧。"

十五个杀人的医生

〔美〕斯达尔·爱克厄尔

在医学界举行的秘密会议总带有一种神秘莫测的气氛，有人猜测说，这是因为他们不想让外人发觉他们真正的专业素质与学识，也就是说不想向外界公布他们所知的和所不知的各占多少。于是，他们的集会总给人讳莫如深的感觉。

近二三十年来，这种最神秘的集会在纽约举行，有一批名医每三个月便在华尔顿饭店聚集一次。他们关紧门，会议一直开到天亮，不知道具体干了什么。他们称这个神密集会为艾科斯社。

三月份的一个细雨的夜晚，艾科斯社又一次召开了会议。那晚天气非常恶劣，但十四个社员没有一个不准时参加的。这次会议有一个很吸引人的地方，就是他们即将迎接一位新社友，也就是第十五名社员将在这次会议中正式入社。

这第十五名社员是年轻又有才华的被医学界公认为天才的名医——萨姆尔·华纳医生。能够幸运地被选为艾科斯社的社员，就是他医术高明最好的证明。

另外，不得不说的是，邀请他入会的其他十四位名医都是比萨姆尔·华纳医生年长的医学界的泰斗。说实话，这十四位名医中，几乎有一半以上是华纳医生衷心仰慕的当代名医。

华纳医生和那些名医打过招呼后，就安安静静地坐在角落里，不喝任何东西。从他的脸色可以看出他一直很紧张，还算矫健的身子坐得笔直，好像万一有什么风吹草动，他会撒腿就跑。

当时针指向九点正时，德高望重的诊断专家蒂柯医生宣布艾科斯社会议正式开始。

"华纳医生，"他马上进入正题，"本社只有一个目标，就是社员每三个月聚一次会。这三个月以来，有谁杀害过人，务必要在会上公开认罪。"

"当然，所谓的杀人，我指的是治死人了——但是，如果有人认为那是因为私人恩怨医死了人，而不是因为医学不精而杀死了人，是很少见的。我们关心的是，病人的病本来可以救治，但因为主治医生诊断出错，或是服错了药，或是手术程序错误，而导致最后死亡的。"

"这是我第一次参加艾科斯会议，"华纳似乎很着急，声音也慢慢变得洪亮起来，"可是我实在有些很重要的话要说。"

"杀了人？"蒂柯问他。

"是的。"华纳说。

"很好，"老教授点了点头，"我们都愿意洗耳恭听。但是，在你之前，我们先听听两位杀人凶手是不是有话要说，我们会对他们的问题进行处理。"

这时，其他社员发现，这个年轻的外科医生之所以紧张，好像不只是怯场。他们认为华纳是带着一种神秘的激情第一次来参加艾科斯社会议的。

著名的精神病学家柯蒂夫医生把手放在华纳的手臂上，轻轻安慰他说："我们几乎都犯过更大的错误——不管是什么错误。"

"你可以安慰华纳，柯蒂夫，但请不要出声。"老蒂柯严肃地说，"这不是给受到良心谴责的病人调养身心的休养院，这是一个治疗错误的诊疗所，我们的目标是做科学研究。"

"今夜要审理的第一个案子，"老蒂柯一路说下去，"将由戴维斯医生陈述。"

当那位温文尔雅的胃病专家起立时，屋子马上变得异常安静。

"去年夏末我被叫到汽车装配工人霍罗威的家里。"他开始叙述，"贝尔参议员请了他那个选区比较贫穷的家庭野餐，事后，霍罗威家的三个孩子都食物中毒。参议员身为主人，觉得自己有责任，他恳请我过去为他们会诊。我发现两个大一点的孩子，一个九岁、一个十一岁，呕吐得非常厉害。他们的母亲已把三个孩子所吃过的东西详细列在一张单子，让我诊断。单子好长。我给的处方是一大剂蓖麻子油。

"第三个孩子只有七岁，病势没有两个哥哥厉害。他面色苍白，稍微有点头晕，可是没有呕吐。看起来他也是食物中毒，不过，程度比哥哥们要轻一些。为了安全起见，我也给他吃了同样多的蓖麻子油。

"快到午夜时，孩子们的爸爸打电话来说，两个大孩子病情有所好转了，但最小的孩子病情似乎变得更糟糕了。我劝他不要惊慌，也不要发怒，解释说最小的孩子好转得会慢一些，请他放心，到了第二天早上病情一定会好转的。

"听完电话，我暗自庆幸，为了预防，我给他吃了相当多的蓖麻子油。第二天，那两个大孩子差不多已经好了，但那个七岁的却病得更厉害：体温高达四十摄氏度、脱水、两眼深陷，有黑眼圈、嘴唇发青、表情痛苦、皮肤又冷又黏。"

说到这里，戴维斯医生便停住了。马上，享有盛誉的肺科专家莫理斯开口问道："是不是几个小时之内就死了？"

戴维斯医生点点头。

"情况是这样的，"莫理斯医生平静地说，"你最初看他时，他大概患有急性盲肠炎，蓖麻子油把他的盲肠弄破。等你再去看他时，腹膜炎已经发作了。"

"是的，"戴维斯医生慢腾腾地说，"发病的经过正是这样。"

"用蓖麻子油杀人。"老蒂柯哈哈大笑着，"伍德医生，现在该你发言了。"

那位有名的苏格兰外科医生站了起来。他转向他的同事，华纳医生，说道：

"你知道急性盲肠炎患者的发病状况是怎样的吗，华纳医生？病人在深夜被急匆匆抬了进来，腹部右上方四分之一处疼痛难当，连背部和右肩部也痛，显然胆囊已经穿孔。我立即给她开刀，可是那胆囊一点毛病也没有，过了一个小时她死了。"

"后来结果如何？"斯威尼医生问。

"等一下，"伍德回答，"这不正是要你们推断的地方吗？"

"你有没有看过她的病历？"柯蒂夫医生踌躇了一下，问。

"没有，"伍德回答，"那是急诊。"

"噢！"蒂柯哼着鼻子说，"原来是这样的，大家又在瞎猜。伍德医生由于误诊了疼痛的根源，杀害了一个女病人。我们的名外科医生所描述的疼痛，除了胆囊炎以外，还有什么别的原因呢？"

"心脏。"莫理斯医生脱口而出。

"没错，"伍德说，"验尸结果证明是右冠状动脉的下行支脉梗塞。"

"庸医杀人，"老蒂柯变得愤怒起来，"各位，从这些恐怖而愚蠢的名医杀人行为中，除了知道这些杀人者披着科学的外衣危害病人以外，我们并没有学到什么东西。

"可是在座有一位年轻而极有才华的外科医生，我可以向你们保证，如果他杀过人，这个杀人情节一定非常精彩。

"他坐在那里，一直焦躁不安，像个真正的罪犯，内疚使他冷汗直流，他很想把他的罪状忏悔给大家听。

"现在，各位，我请我们最年轻的新罪犯萨姆尔·华纳医生发言。"华纳医生的汗水流不停，他用手中那块湿透了的手帕擦脖子上的汗。"病人是个十七岁的非常非常有才华的年轻人，"华纳说，"他写诗。请我去的时候，他已经病了两个星期。我看见他病成那个模样，立刻把他送往医院。他先是腹部左边剧痛，可是肚子痛了三天又不痛了，他以为已经痊愈了。

"不过才两天，他又痛起来，而且开始发烧、拉肚子。请我去的时候，他大便里有脓血，但没有阿米巴菌，也没有病原菌。根据症状不像是盲肠炎，看完病理报告后我诊断是溃疡性结肠炎。我给他开了阿札尔法丁，只让他喝清汤。

"但没想到，经过这种治疗，他的病情反而更加严重了。他整个腹部有触痛现象，我给他精心治疗了两个星期，结果他还是死了。"

"验尸结果证明你错了？"伍德医生问。

"我没有验尸。"华纳说，"孩子的父母非常信任我，孩子也一样。他们都认为我已尽我最大的努力去救他的命了。"

"后来，你怎么知道你诊断错了呢？"休谟医生问。

"就是因为这个事实，"看得出华纳在生自己的气，"我竟然因为诊断错误，把我的病人给治死了。"

"一个合乎逻辑的结论。"斯威尼医生说。

"各位，"蒂柯笑着说，"我们这位才华横溢的新社员显然干掉了一个大诗人。现在请你们指控他的诊断错在什么地方。"没有人说话，华纳那紧张的神情使他们深信诗人之死还有别的原因，他们小心翼翼地对这个问题进行讨论。

"病人死了多久？"罗森医生问。

"上星期三，"华纳医生回答，"你问这个做什么？"

"你说孩子的父母很相信你，"柯蒂夫说，"可是你为什么那么发愁，难道警察调查过你吗？"

"没有，"华纳说，"我做得很完美，连你们似乎也不能推翻我的诊断。"

这个突如其来的挑战激怒了一些社员。

"这里面必定另有原因。"伍德紧盯着华纳，慢腾腾地说。

"唯一的蹊跷，就是病情太复杂。"华纳很快回答，"各位显然喜欢简单明了的命案，就像刚才我们听到的那两件。"

"华纳医生的诊断，是未经仔细研究就仓促定案的一个好例子。他所描绘的症状可以指向许多种疾病。"斯威尼轻声说。

"你能不能把你的侮辱佐以一点医学上的证据？"华纳脸红了。

"你说过，最后的病症之一是整个腹部有触痛现象，"戴维斯医生说，"这就指明是腹膜炎。"

"可能是穿孔，而不是溃疡。"斯威尼医生补充说。

华纳医生的汗又流下来了，他又用他的那块湿手帕擦了擦脸，缓缓地说："我从未考虑过异物穿孔。"

"你应该往这方面考虑的。"柯蒂夫医生笑着说。老蒂柯插嘴说："我们不要离开正题。到底什么能导致穿孔？"

"吞针入肚会导致这种情况发生，但他十七岁了，明显不会发生这种事情。"柯蒂夫回答。

"那么，"伍德医生说，"大概也不会是鸡骨。鸡骨会卡在食道里，不会到胃内去。"

"华纳，"老蒂柯说，"我们已把范围缩小了。越来越扩展的触痛，可能意味着不断扩展的感染。从病情的发展看，可能是穿孔而不是溃疡。这种穿孔说明病人吞食了什么东西，我们已经排除了针和鸡骨，这就给我们留下了一个明显的猜测。"

"一根鱼骨。"斯威尼医生说。

"一点儿不差。"老蒂柯说。

华纳站起来，紧张地倾听着众人最终给出的诊断。

蒂柯宣读了审判员的裁决。

"我认为我们团体同意这个结论。"他说，"萨姆尔·华纳杀害了他的病人，是因为他把病人当做溃疡性结肠炎治疗。其实，他只要开刀，取出那根化脓的鱼骨，就能挽救病人的性命了。"

华纳飞快地穿过房间，走向他挂大衣和帽子的壁橱。

"你到哪里去?"伍德医生在后面喊他，"我们的会议才刚刚开始呢。"

华纳一面穿大衣一面笑。"我的时间已经不多了。你们说得对，我这个病例是有点蹊跷，那就是因为我这个病人还活着。我把他当做溃疡性结肠炎医治了两个星期，但一直没有好转。今天下午我才忽然明白我的诊断不对——除非我能找到他真正的病因，否则他就会在二十四小时之内死亡。谢谢你们对于此病所做的诊断，有了这个诊断，我就可以挽救我这个病人的性命了。"

三十分钟后，艾科斯社的社员，站在圣迈克尔医院里看着华纳给病人动手术，没有一个人说话。十四个医学泰斗满怀希望地盯着吞了一根鱼骨的少年因痛苦而失去知觉的脸。这真是一个奇妙的历史时刻，还没有一个国王或教皇在死亡线上挣扎时，有那么多的名医屏息凝神地环伺左右。

时间一分一秒过去了，护士静悄悄地把手术器械递给华纳，他们的手上都沾满了血。

突然，满头大汗的华纳举起戴着手套的手来，手指中间夹着一样东西。

他低声对护士说："把它洗干净，拿给各位先生看。"

老蒂柯迈步上前，从护士手里接过那东西。

"一根鱼骨。"他说。

艾科斯社的其他十四位社员围着那根鱼骨，就像它是难以形容的宝物。

三个礼拜后，十七岁诗人完全康复了。

血色复仇

死者的报复

[美] S. 福勒斯特

天气非常冷。斯莱德抬头看着窗外，外面正下着雨。他非常喜欢这种天气，因为他觉得在这种时候，不会有人愿意出门转悠，更不用说去海滩闲逛了。他回头看看挂在墙上的时钟，还有一个小时，他想。他决定再利用这点时间细细地回想一下自己的计划，检查一下是不是每一个环节都没有疏漏。

他要去干掉斯鲍尔丁，要让这个年轻的敌人在世界上永远消失，连尸首也找不到。斯鲍尔丁和他一样是律师，住在离他家不远的地方。一年前，斯莱德窃用了一位业主的大笔信托财产，只是运气不好，在一次投机冒险中输得一干二净。他在偷用别人的财产时原以为手段老练绝妙，不会让别人发现，谁知竟被斯鲍尔丁看出了究竟。斯鲍尔丁居然管起了这桩闲事，并要求他尽早归还那位业主的财产，不然就要通知受害者并向法院告发。所以，斯莱德现在的处境是：只要斯鲍尔丁说一句话，他就得坐牢。这就是他要除掉斯鲍尔丁的原因。

整个计划细细地在他的头脑中过了一遍，他觉得十分满意，斯莱德把那张潮汐涨落时刻表放在桌子上，兴奋地搓搓手。他是有理由兴奋的，他把时间掌握得犹如一只精密无误的钟表。目前正值春潮，今晚的潮水将会降到一年中的最低线。潮水退尽的时间就在凌晨一点半，这个时间可是不早不晚，恰到好处。今天是周五，斯鲍尔丁肯定和往常一样，在 60 英里外的一个分所忙碌一天之后，乘晚班火车回来，那辆火车到达这个地方的时间应该是晚上 12 点半。

钟表的指针好像动得飞快，今晚真是令他激动不已，又有点担惊受怕，只要出现一点差错，他可能就完了。还有什么漏洞吗？没有漏洞了，斯莱德好好思考了一下，他再次兴奋地搓搓双手。那个自制的杀人工具，还有一大堆铁质重物，都被放到汽车后座上。斯莱德的凶器非常奇怪：一截 18 英寸长的粗绳子，两端各固定着一段 6 英寸长的木棒。只要用一只手抓住那两段木棒，就自然形成了一圈绞索。

可以出发了，斯莱德提醒自己。来到屋外，冷风和冰雨打在他的脸上，他没有顾及这些，他太兴奋了。斯莱德从车库里倒出汽车，驾着它朝火车站开去。在火车站附近的一条窄街边上，斯莱德掉转车头，使它朝向站前大街。他熄灭车灯，安静地坐在车里等待。斯莱德看到了火车头发出的灯光，火车进站了。过了一会儿，车站里的灯一盏接一盏地熄灭，搬运工们都开始准备下班了。

终于，一阵熟悉的脚步声传来，年轻的斯鲍尔丁走上了站前大街。他缩紧脖子，顶着呼啸的风雨赶路，在经过这条窄街口时没有注意到停着的汽车。斯莱德在默默地数数，一直数到 200，然后打开前灯，启动引擎，把汽车驶出窄街，进入站前大街，跟在斯鲍尔丁后面。

汽车灯光照在斯鲍尔丁身上，他本能地往路边靠。

"这不是斯鲍尔丁吗！"汽车里的斯莱德大声叫了起来，尽量让自己的声音听上去和平时没什么两样，"喂，哥们儿，我捎你一段吧！"斯鲍尔丁惊讶地回过头，接着感激地点点头："太感谢了！在这种鬼天气走路可真是要命啊！"他一头钻进了汽车，把车门关好。

这个过程没有别人看见。

"你运气可真不错啊！"斯莱德冲他一笑，"我在克雷太太家里打牌，回家途中听到了末班火车进站的声音，我才记起，今天是周五，你今晚一定会坐这班车回来，所以我多绕了点路，把汽车开到火车站来，让你好搭我的车回家。"

"哎呀，你真是太好了！"

这时，斯莱德的这张老脸突然不笑了，他说："不过，说真的，我这么做也并非没有私心，我还是想跟你谈谈那桩信用款的事。"

"哦，是这样啊，"斯鲍尔丁以为他已经知道错了，"我在上周又提醒了你一次，你得赶快交还那笔财产。"

"唉，我早就和你说过了，现在交出这么大的一笔钱确实有困难，况且，这笔钱的主人现在国外，不着急嘛！"斯莱德装模作样地双手一摊。

"他在不在国外和你交不交这笔钱没什么关系。告诉你吧，他已经不相信你了，我已成了他的诉讼委托人。我们不忍心看你这么一大把年纪还要弄得身败名裂，所以才先由我来忠告你及早还钱，私下解决就行了。"

听了这话，斯莱德嘎的一声刹住汽车，大声说："请你注意，斯鲍尔丁，我从来没有这样求过你，现在只是想让你再多给我一段时间。等我两个月好吧，到那时，我的情况就会好多了！"

对这次央求，斯莱德本来就没抱多大希望，这只是他详尽计划中的一个前奏。他那握着特制绳套的左手已经悄悄地从衣袋里伸了出来，左臂搭在了那人身后的椅背上。他的嘴里依然喋喋不休："我只要两个月就够了，只要两个月……"

但年轻律师坚决地回绝了："我认为，我们实在没有必要再讨论这个问题了，也许，还是让我下车走回家比较好！"说完，斯鲍尔丁伸手去拉汽车门把。就在这时，斯莱德的绞索猛一下套着斯鲍尔丁的脖子，他脖子上的绳索深深地陷入了皮肉。斯莱德倾身过来，用两只手握紧木头把，发疯一样地拧转，他紧咬牙关，呼哧呼哧地直喘粗气。

事实上，斯鲍尔丁连一口气也来不及出就被勒死了。现在好了，只剩下处理尸体一件事了。斯莱德把死者的膝盖往前挪了挪，让他斜靠在车门边的坐椅上。

汽车再次启动，疾驰在落雨的夜晚。这时候的海潮应该已经落到了最低线，离那处海滩也只有10里路了。对于这里的一切，斯莱德十分熟悉，为了记住这段路，他驾着汽车在这个地方往返了不知多少回。终于到了那个荒僻的海滩，雨已经停了，但寒风在漆黑的夜空里肆意怒吼。他钻出汽车，走到车子的另一边。他拉开那扇车门时，死人一下子跌出来倒在他的怀里。他吓了一跳，但还是很快镇定下来。斯莱德一边抱着尸体，一边伸手在汽车后座上找东西。他取出一块块大小不等的废铁，塞进死人的衣袋。有这么多重物压在身上，再把他沉在大海春潮的最低线，永远也不会被人发现。

斯莱德咬咬牙，尽力要把尸体抱起来，他感到一阵晕眩。在他这个年龄，再加上身体瘦弱，体力已不足以抱起一具尸体了，他额头上渗出的汗水很快在寒风中变得冰冷。有一阵子，他几乎要被恐慌和绝望压倒了。难道自己的精心谋划要败在体力不支上？他咬咬牙，逼迫自己去搬那尸体。

斯莱德慢慢转过身，背部对着僵立着的尸体，慢慢地弯下腰，把死人驮在背上。死者的双手垂下来，紧贴在他两耳下方的脖颈上。他深深地吸一口气，使劲做了个类似痉挛的动作，趁势让斯鲍尔丁的双脚靠着他的腰际。老头的腰背低低地弯着，他就这样开始徐徐挪步，背着沉重的尸体艰难地在沙滩上前行。

他不停顿地举步向前，在坡度和缓的沙滩上，一摇三摆地前行，向着拍岸浪涛喧哗的方向前进。他的双脚踩在沙土上，感到十分柔软，心中却急得不行，现在正在上涨的潮头离这儿大约还有2里地，用不了多久，就会到达那处海滩。

这时候，雨又下起来了，击打在他的脸上；风又刮起来了，就像愤怒的狼狗在叫。这是有些恐怖！不过，这没有什么，正因为这样，他才选中了这个地方来沉尸。从明天开始，退潮线就会上移，一天比一天向岸边挪近，尸体就好像被放进了谁也无法开启的保险箱里，任何人也发现不了，直到尸体被鱼虾或海兽

吃个精光。

斯莱德跌跌撞撞地往前走，不敢停下来。现在时间紧迫，在潮水上涨之前，时间只够他把尸体背到落潮线下面，然后迅速离开。他模糊地看到，远处黑暗中有一道泛着白光的头潮正滚滚而来；再远处，浪潮在那里翻滚。斯莱德努力镇定下来，一脚踏进海水。他一步接一步，越走越深，必须走到齐腰深处才能扔下尸体。

不知道过了多久，海水漫过足踝、膝盖，最后漫过了他的腰。好了，终于可以停下来了，斯莱德在黑暗中张着嘴，使劲地喘着粗气。他把身体向一边一斜，想让斯鲍尔丁的尸体从自己的背上落下来，可是，尸体却一动不动，像黏在了他的身上，这是怎么回事？

他使劲拉尸体的手臂，那两只冰冷的手却紧紧地卡在他的头颈两侧，一点也不能松动。他发狂似的浑身颤动起来，想尽力把死人卡在自己腰上的腿掰开，可是，它们却像早已锈死的钳子，怎么也弄不开。

斯莱德惊恐万分，疯狂地摇动自己的身体，想把尸体弄下来，但尸体就是不肯下来。一个浪头袭来，在他的四周变成细小的浪花，头潮已经来了。海潮一到这平缓的海滩，就会像脱缰的野马般滚滚向前。

他又一次竭尽全力去甩那具尸体，可它就是不下来，好像牢牢地钉在他的身上，甚至越来越紧。此刻，已被吓得半死的斯莱德，企图背负着尸体从潮水里逃出去，但是，那具尸体和塞在它衣袋中的重物却把他拖翻到海水里。

天依然非常黑，大海泛着浪花汹涌地朝海滩奔来。他挣扎着，尸体依然紧紧地趴在他身上。他踉踉跄跄地走了几步，接着又跌倒了。至此，斯莱德再也没有爬起来。

人死之后，肌肉会硬如钢铁，尸体在斯莱德背上伏着，像一只青蛙，死者的双臂和两条腿像铁钳一样死死扣在斯莱德脖子两侧和腰上。没过多久，这两个人就都不动了，潮水在他们的头顶奔涌。涨潮了，没有人会找到他们的尸体。

黑吃黑

[英] 希区柯克

一辆轿车突然在凯特面前停下，车上下来两个男人。凯特觉得这两个人不像警察，他有预感：这两个人有些不对劲。凯特想溜走，但是已经太晚了。那两个人像夹三明治一样把凯特夹住，手枪也顶在了凯特的腰上，两人中穿蓝衣服的那个叫道："警察！站到墙那边。站好，我们要搜查。"

"快点儿！快点儿！到墙那边。"他们使劲推着凯特，"面朝墙，向前趴着，手脚分开，手指也分开。"穿蓝衣服的命令说，然后收起手枪，双手迅速地搜查凯特全身，而另一个拿着枪守在旁边，同时叫周围的人走开。

穿蓝衣服的只从凯特身上找到了一盒香烟，他把凯特双手扭到背后，给他戴上手铐，然后将他向汽车的方向推去，另一个跑上车坐在驾驶座上，凯特被推进汽车的后座。穿蓝衣服的坐在副驾驶的位置，回头盯着凯特。这两个穿西装的人动作迅速，很有效率，但是穿蓝衣服的那个人在搜查凯特全身时，没有找到他身上的手枪。

从十几岁起，凯特每天都带着枪，今天他带的是一把微型手枪，枪就藏在右脚的袜子里，他背面皮带下面有一个特制的口袋，里面放着一套手铐钥匙。凯特只花了不到三十秒的时间就找到了合适的钥匙，解开了右手腕上的手铐。

汽车的行驶速度大约是每小时四十公里，凯特除了等待机会，没有其他办法。他们开了大概一刻钟，汽车停在一个仓库门前，仓库有一道很大的电动门，司机轻按了两下喇叭，等了一会儿，又按了两下。大门缓缓升起，凯特不知道自己到了什么地方，不过他知道这不是警察局。

"你们不是警察。"凯特说。

"对，我们不是，"穿蓝衣服的说，"不过你也不像人们传说的那样厉害。"他似乎很得意，他有权得意，要想在街上抓人，又不引起麻烦，并不容易。

司机开车进去，凯特抓紧手里的手枪，打开保险栓。汽车慢慢地开进去，停在两辆大卡车之间。凯特机警地觉察到，再也没有比现在更好的脱身机会了。所以，当司机探身向前熄火时，凯特把手枪顶在穿蓝衣服的人的脖子上，扣动扳机。司机一听见枪声，马上转过身，想要掏出枪，凯特一枪击中他的右眼，他倒在同伴的身上。

微型手枪的声音很小，不比拍手的声音大。凯特探身越过椅背，取下两个死者的武器，然后打开车门下了车。

仓库里唯一的声音就是电动门的马达声，声音很快没有了，门也关上了，凯特的出路就这样被堵死了。他骂自己动作太慢，接着，他小心地走到一个可以看清整个仓库的地方。他发现一扇墙边停了几辆卡车，还整整齐齐地堆放着一些箱子。凯特看不见一个人影，不过那道电动门应该是有人操纵，所以库房里绝对不止他一个人。

接着，凯特发现了一个木梯，这个木梯通向上面的办公室。看到办公室，凯特猜出来，那就是操纵电动门的地方，那个操纵门的人就应该在里面。凯特决定上去看个究竟。他快步跑上楼梯，他并不怕发出声音。凯特觉得上面的人肯定在等着那两个人回去。但是他手里还是紧握着手枪，眼睛注视着办公室的窗户。

办公室里，一个男人正背对着凯特坐在一张办公桌前接电话。虽然他坐着，但凯特可以看出，他是个矮子，站起来不会超过五英尺。他身穿西装，握电话的那只手戴着一枚很大的蓝宝石戒指。凯特相信那颗蓝宝石是真的，不是人工的，这个人是那种喜欢携带大量现金的人。从凯特站立的位置，他甚至可以闻到钱的气味。

那个人正在说一些黑话，声音很傲慢。几秒钟后，那人挂上电话，转过头来问："事情进展得怎么样？"当他看到凯特时，两眼眯了一下，然后嘴唇微微张开，做出一种微笑的样子，似乎真的很高兴。但是当凯特看到那个人的脸时，却大吃一惊。

那人叫罗伊，人们经常会在电视或报纸上看到有关他的消息。二十年来，他经常出现在议会的听证会上，他的眼神深不可测，嘴唇非常薄，下巴四方，他的微笑总是让人琢磨不定。

凯特向旁边迈了一步，背对着一堵墙，他说："一切都很顺利。"罗伊跷起二郎腿，背靠着椅子，继续深不可测的微笑。

"凯特先生，你可真难找。"

"我不想让人找到。"

"经过两个礼拜，我还是找到你了。"

凯特告诉自己，他应该宰了罗伊，但是，凯特的好奇心已经被勾起来了。他决定听罗伊说完再做出决定。

"现在我已经到这里了，你找我干什么？"凯特问。

"我有一份工作给你。"

"我并不是失业的人，我也没在找工作。但是你怎么找到我的呢？"

"我给你留了言，但你并没有回复，于是我就和每个跟你接触过的人联系，你的一位朋友告诉我，你曾在迈阿密给他打过电话，所以我就派人到处找你。两天前，他们就找到你了，之后我们要做的就是，确定他们没有找错人。"

凯特只在迈阿密打了一个电话，就是那个电话暴露了他的踪迹。他有些生气，决心不再与那个人交朋友。现在，凯特手里仍然握着枪，他盯着罗伊说："你白白浪费了许多时间，我不愿意为别人工作，再告诉你一件事情，你派去抓我的两个人已经被我干掉了。"

面对凯特的拒绝，罗伊没有受太大影响。他在不断加大自己的筹码，"为我干了这件事，我保证你可以得到十五万美元，我会把所有的计划都安排好，给你必要的信息，你只需放手去做就行了。"凯特并不缺钱花，但是十五万美元不是一个小数目。他握着手枪，从办公桌边拉过一张椅子坐下，"好吧，你说给我听听。"

"这事很简单，"罗伊说，"你的工作是在一幢大楼里进行。我有那幢大楼的设计图纸和地库图，还有所有电线的线路图，另外我保证，你至少可以获得十五万美元。如果你没有得到那么多，我补给你。"

"如果我找到的不止那个数呢？"

"都是你的。我保证，至少十五万。"

"这听上去很不错，"凯特承认说，"不过这件事你能得到什么好处呢？"

"凯特先生，你的目标是一家银行的地库，里面有两个钱柜，还有两百个保险箱。我会给你三个保险箱的号码，那三个箱子里的东西都归你，但是我要你给我一份准确的清单，看看每一个箱子里都有什么。另外，你还要保证不向任何人透露此事。"

"好吧，"凯特说，"一言为定，如果这件事成功了，我会给你清单的。"

他们站起来握握手，算是成交了。之后，罗伊按动电钮，打开电动门，两人一起走下楼梯。凯特把汽车里的两具尸体留给罗伊去处理。他则叫了出租车，返回旅馆。

第二天上午，一位信差送来银行的蓝图，看完图纸后，凯特感到非常意外，因为罗伊要盗窃的银行不在迈阿密，而是在新奥尔良。凯特买了一辆便宜汽车，把行李放进去，开车上了路。他每次停车加油或吃三明治的时候，就考虑行动计划，到达新奥尔良时，他已经把整个计划想好了，他觉得自己一个人就行，不需要其他人。

凯特住进一家旅馆，开始看罗伊给他的一些资料，这些资料非常准确，不过，凯特还是决定自己亲自去现场看看。凯特花了一星期的时间，搞清楚那幢大楼夜里没有值班的人，他可以准确地指出大部分警铃电线的位置，还搞清楚了地库的大门是由定时钟控制的，罗伊向他提供了所需的一切资料。

在接下来的一周里，凯特购买了所需的用品。就在凯特准备行动的时候，他接到罗伊打来的电话。自从离开迈阿密之后，凯特一直没有和罗伊联系过，他在旅馆里用的是假名，但罗伊还是找到了他。

"凯特，过了两周了，"罗伊开门见山地说，"你准备花多长时间搞定这事？"

"时机成熟就会动手，"凯特回答说，"我记得你没有规定时间。"

"我是没有规定期限，不过你这样是不是太慢了？我希望尽快得到那些清单。"

"好吧，过几天我会给你打电话。"

罗伊挂断电话。凯特本来打算当天晚上就去银行，但是他没有告诉罗伊，他不相信任何人。凯特忙碌起来，他洗了个澡，刮了胡子，穿上白衬衫，打上领带，穿上黑色的西服。任何看到他的人都不会想到，他是去盗窃银行的窃贼。

银行位于城区一幢办公大楼的底层。晚上六点，大楼就关门了，没有留下守夜的人，不过整栋楼装有几个警铃，用来防止小偷进入。当凯特第一次研究警铃的配置图时，他以为还得特意请一位专家帮忙，不过仔细研究之后，他认为没有那个必要，他觉得自己完全可以对付那些警铃。

凯特跑了两趟，才把所有需要的东西搬到隔壁大楼的楼顶上，然后再把这些东西带到银行大楼的楼顶。屋顶有一扇门通到大楼里面，但是门上了两道锁，并且通了电。凯特绕过那道门，来到大楼的机房，那里既没有锁，也没有警铃，这是银行安全措施最薄弱的地方。

进入机房后，凯特卸下铁皮地板上的四颗螺丝钉，找到了通向电梯坑的洞，他用手电筒照了照，打开了电梯坑旁边的金属梯。三部电梯全停在底层，如果有一部电梯活动的话，警铃就会响。如果通往电梯的门被撬开的话，警铃也会响。为了避免引发警铃，凯特必须使自己只在坑里活动。对于凯特来说，这不是非常难，一楼电梯坑的墙也正好是银行地库的墙，他可以直接由电梯坑进入地库。

凯特把工具从屋顶搬到电梯坑，放在一部电梯上，然后，他把机房的铁皮重新铺好，再从里面把螺丝拧紧。现在凯特是被封闭在电梯坑里，电梯通常在顶部留有一个紧急出口。凯特打开靠近地库的那一部电梯的紧急出口，然后将他的工具放到电梯里面，将紧急出口开着，以便通风通气，然后动手干起来。

凯特在电梯里面的控制板上找到电灯开关，打开电梯的电灯。从电梯上卸下一块三英尺宽、七英尺长的板，露出地库的水泥墙。接着，他切掉那块板的螺丝钉头，再用万能胶粘上去。凯特取下电梯里的灯泡，装上一个双线的插头，再照原样装好，这样他就有了一个电源，可以插上电钻，开始钻墙。地库墙有十四英寸厚，但是电钻很容易地钻了进去，他在墙上钻了许多洞。凯特不能钻透地库，因为墙的里侧装有四分之一英寸厚的钢板，不过水泥墙是可以钻穿的。

电梯和地库墙之间，有一英尺宽的空间，大部分的木屑和残渣都落在这个空隙，落到电梯坑底。当凯特取出十磅重的长柄大锤，击开密密麻麻像蜂窝一样的墙后，他把敲下的水泥块也扔进电梯坑底。现在，墙上露出格子状的钢筋，挡在凯特和地库的钢板之间。凯特拔掉电钻的插头，将电线卷起来。然后插上一台小型的吸尘器，开始清理电梯厢里的垃圾。一切弄妥之后，他拔掉吸尘器的插头，收好，一起放在电钻旁边。

除了电钻外，凯特所有的工具都是迷你型的。他的电焊装备也是小小的，但很有威力。管子只有六英尺长，计量器全是迷你型，电石气是用一只小丙烷筒装的，氧气则用两个潜水员用的氧气筒装着。凯特调整一下计量器表，点燃切割钢筋用的火，他用电焊把那些钢筋切断。所有的钢筋都掉落到了电梯坑下面。

现在，凯特只面临最后一道障碍——地库钢板。从凯特这边看，它只是一片钢板，但是由资料图上看，切割钢板可能惊动警铃。凯特接上第二瓶氧气，重新调整火束，顺着水泥墙洞烧钢板。当钢板快要掉落时，凯特用脚把它踢落到坑底。现在，凯特的动作必须迅速，用不了多少时间，警察可能就会闯进这幢大楼。

突然，通往电梯坑的洞口传来警卫的跑步声和叫嚷声，凯特坐在洞口处，他们的谈话听得一清二楚。凯特估计，警卫可能是认为警铃系统出了毛病，所以要检查一下。果不其然，过了不多久，他们就离开了，但是留下了一位警卫。

时间已不多，凯特看了一眼表，再过半个小时，地库就要开门了，更糟的是，大楼的工作人员很快就会来开门，准备营业。凯特本来可以重新调整地库门的定时钟，使地库门打不开，可是他没有办法让人们不进这幢大楼，不使用电梯。此时的凯特才想起，他应该在周末才开始行动，那样时间充裕些，但现在已经太迟了。再过半小时，他就没法逃出去了。

现在，凯特必须争分夺秒，他没有时间去开银行的钱柜了，于是他转身去看那一排排的保险箱。凯特抓起铁锤，一锤把锁砸开。凯特曾经答应，给罗伊保险箱中物品的清单，但是，他从来没有打算在地库里浪费时间清点东西，所以凯特带来三个口袋，每一个口袋做一个号码，这样他就可以把里面的东西分开放，以后再来清点。他拉开保险箱，掀开盖子，把一沓沓的百元钞票放进第一个袋子。

对第二和第三个箱子，他也是这样做，然后把三个布袋捆在一起，只带一把螺丝刀和一根八英寸长的铁棍，从进来的那个洞退出去。电梯还停在底层，凯特用磁铁固定的那块墙板，固定得非常牢。他用铁棍撬开墙板后，进了电梯。凯特可以想象，留在银行里的那个警卫，也许已经听到一两声模糊的声响。如果凯特继续砸那一排排的保险箱的话，可能就会引起他的注意，再来一次搜查。

之后，他用最快的速度进入电梯，推开电梯顶上的紧急出口，把装钱的袋子扔上去，自己也爬上去。爬上屋顶后，凯特扔掉螺丝刀和铁棍，然后他脱掉戴了一整夜的橡皮手套，橡皮手套里的双手全是汗。天已经亮了，在向汽车走过去的时候，凯特决定直接离开这里，不再回旅馆。凯特打开汽车门，把钱袋扔了进去，坐进驾驶室。这时，他身后突然传来一个男人的声音："朋友，罗伊先生想和你谈谈。"

凯特转过头，一个男人坐在后边。那人掏出香烟，抽出一根放在嘴上，想想又将香烟递给凯特。就在这时，另一个男人打开凯特身边的车门说："朋友，坐过去，我来开车。"凯特坐过去。"你们怎么知道我在这里？""我们并不知道，"坐在后面的人说，"不过，罗伊先生告诉我们，你有一个女朋友就住在附近，并且告诉我们你的汽车的型号和车牌号，这样，我们就找到了你的车，一直在这里等着你。"

那两个人很和气，和气得让人难以忍受，他们没有向凯特挥动武器，也没有搜他的身，不过，他们从两个方向围过来，就表示他们曾经预料凯特会反抗。罗伊一定警告过他们，态度要坚决，但要和气，而且不能吓走他。凯特觉得这很有意思，罗伊居然告诉他们，他是去看女朋友。他们只是两个无名小辈，他没有必要向他们解释什么，罗伊这么做也表示，他不想让人知道凯特牵涉盗窃地库一事。

"嘿，我可没有精神跑长途。"凯特说，实际上他希望在见到罗伊之前把钱再藏起来。

"我们先到我住的旅馆停一下，我要换件衣服。"

"朋友，没有必要。"开车的说，"我们不需要跑很远，罗伊先生昨天已经乘飞机过来了。"

凯特坐在汽车上，故意装出一副很轻松的样子，但内心非常紧张。他必须搞清楚，罗伊为什么要叫他来干这件事，罗伊这么做一定是有原因的。

凯特想了一会儿，就想明白了。罗伊找凯特的唯一原因，就是不想让黑社会的人知道这事与他有关。他还使了一手女朋友的花招，这是为了让他的手下将来可以证明，他并没有参加此事。他一定很害怕案发后，帮会里有人怀疑他参与。如果是这样的话，那么那三个保险箱的主人也一定是帮会里的人，他们的地位一定比罗伊高。

现在只剩下一个问题：为什么罗伊要知道保险箱里有多少钱？他一定知道保险箱里是现金，但是他不知道有多少，否则他不会说至少有十五万。如果钱的数目很重要的话，罗伊一定是在调查帮会的某些人，看他们私分了多少钱，或者他是在估量对手的实力。从现金数目判断，对方比他强还是弱。

凯特认为，罗伊是在估计对方的实力。由于凯特身边有五十多万元，所以他认为，罗伊低估了对方的实力。当然，这都是猜测。凯特唯一能肯定的就是，他偷到的钱比罗伊猜测的多得多。

现在，车已经开到了一家汽车旅馆的门口，这是一家连锁旅馆。他们经过旅馆的办公室和餐厅，把车停靠在最里面，那里只停了一辆汽车，凯特估计那是罗伊的。凯特下了车，手中拿着口袋，走进房间，罗伊的两位手下紧跟其后。罗伊正坐在一张弧形的办公桌后面，和一个手下谈话。他一看见凯特，立刻支开那些人。"到隔壁房间去等候，我叫你们的时候，你们再过来。"

他们离开后，凯特解开布袋，一袋一袋地把钞票倒在罗伊的办公桌上。罗伊请点那一沓沓的百元大钞，每一叠都有纸条绑着，上面的标注有五个零，或三个零，最后一叠加进去，总数是五十八万五千美元，罗伊表情大变。凯特的处境也和他一样：罗伊会很快地除掉凯特，来保住他的秘密，凯特也打算赶紧干掉罗伊，此时的凯特一直在考虑，怎样找机会杀死罗伊，而不惊动他的三个手下。

罗伊把钞票塞回一只布袋里，然后推向凯特。凯特捡起袋子，脸上挂着微笑，罗伊绕过写字台，伸手装出要和凯特握手的样子。凯特才走了两步，后面的门突然打开，罗伊的手下冲了进来。罗伊的桌子底下，肯定装有机关。凯特转身，同时想掏手枪，但他没有来得及，只觉得眼前一黑，就什么也不知道了。

等他醒来时，发现自己靠在一张椅子上，身旁是罗伊的三个手下。罗伊则坐在椅子上，脸上挂着狡黠的微笑。凯特的头很晕，他的嘴巴被胶布封住，双手也被紧紧地铐在背后。凯特想，这一天本来很顺利，现在却成了这样。他觉得很难过，但是当他看到罗伊手中的东西，就更加难过。罗伊手里拿着他藏在袜子里的微型手枪、皮带下的手铐钥匙。凯特最后的王牌已经全在罗伊手中。

"旅馆后面有一个工人正在挖坑，我离开之后，把他带到那里，就地埋了，"罗伊命令说，"把他埋掉后，把我的行李箱送到我这里。"说完，罗伊就带着布袋大步走了出去。几分钟后，他又回来，把一个旅行箱放在写字桌上。

"你们料理完他之后，把这东西送到我城里的办公室，"罗伊说着，看看手表，"现在是九点三十分，十一点以前应该送到，是不是？"

"是的，老板。"一个人说，另外两人点头附和。

罗伊一离开，那位开车带凯特到这儿的男子便发号施令。"彼德，"他说，"你注意看着他，杰克开车到后门，我去找些麻袋来包裹他。"彼德就是凯特进入房间时，正在陪罗伊说话的男人。他的体形和凯特差不多，一脸的邪恶，那种神情就像一位以肢解人体为乐的医生一样。凯特听见两个人在外面交谈了几句，然后是汽车的开门声，引擎的发动声。凯特站起来，转向彼德，从鼻子里发出声音，好像要说话一样。彼德走过去，一手抓住凯特的领带，一手打凯特的脸，"闭嘴，你这个蠢货，"他一边打一边命令说，"闭嘴，把你的嘴闭上！"

突然，凯特抬起膝盖，猛地撞他的裆部，那男人疼得弯下腰，凯特接着又抬起膝盖狠狠地撞击那人的脸，鼻骨随即断裂，然后就仰面倒下，双手在空中乱挥。凯特抢前一步跳起来，双脚踩在那人的头上。他躺在那儿，满面是血，已无法动弹。

凯特还没有脱离危险，他的双手还被铐在后面。他弯腰把双腕伸到膝盖处，然后坐在地板上，先将一只脚穿过由双臂构成的圈，再将另一只脚穿过去。双手一到前面，凯特的处境就好多了。凯特跪在尸体旁边，迅速地查看，看他身上有没有手铐钥匙。但是没有，只有一把手枪。

几分钟之后，出去开车的男人进来了，"准备就绪，"他说，之后他就看到了彼德的惨相。"你有没有手铐钥匙？"凯特低声地说，他不想让第三个人听到。那人嘴巴微张，脑袋快速地摇动。

"转身，面对墙。"凯特用平静而低沉地声音命令。当你手中有枪时，你说话的声音无须太大。他一转身，凯特上前，高举手枪朝他的脑袋砸去，那人当时就死了。这个人也没有凯特要的钥匙，但是他也有一把枪，凯特拿过来，塞在裤腰里。

第三个人进来时，胸前是一大堆麻袋，凯特早已经准备好怎么对付他。凯特一脚将门踢上，命令他不许动，但他不听，还想去掏身上的枪。凯特扣动手枪，子弹砰地打在地上，他只有靠在墙上，不再反抗。"你开枪打我！"声音中充满蔑视，紧接着闭上双眼。两秒钟后，睁开眼睛，看看手掌。当他看见掌中没有血时，惊讶不已。他撕开衬衫，发现一块红色伤痕，显然，子弹打在麻袋上。

"用你的左手取出手枪，然后扔在地毯上。"凯特命令道。他照办了。凯特命令他取出手铐钥匙，打开手铐。接着，凯特把他推进浴室，铐在喷头下面。凯特用手枪把狠狠地打他，打了足足有十分钟，打得他死去活来。

凯特回到罗伊的办公室，打开电视机，刚好看到有关银行被窃的新闻报道。警方推测说，盗贼们之所以只砸开三只保险箱，是因为他们害怕了。罗伊留下的旅行箱还在桌子上，凯特觉得，这里面装的一定是那几十万元。他把施行箱的锁打开，果不其然，里面全是百元大钞。他取出两沓，撕掉封条，将钞票撒满一地。然后，凯特撕掉所有的封条，把它们全扔在地上，钞票则仍留在箱子中。

凯特把垃圾筒搬到房间中央，点着里面的纸屑。烟越来越浓，凯特找到消防队的电话号码，给他们打了个电话，说旅馆着火了，然后，他打开一扇窗户，让烟外溢。他拿起旅行箱，进入了自己的汽车。

等消防人员到达时，凯特已经在去新奥尔良的路上。等旅馆死人的消息广播出来时，他已经上了飞机。凯特觉得，警方从现场得不出什么结论，但是，有人会得出结论：黑社会中的某些高层人物，会把百元钞票、死在那里的帮派成员以及保险箱被盗事件联系起来，最终会追查到罗伊头上。那时的罗伊就只有死路一条了。

凯特撒在旅馆里的一万美元，是用来买罗伊的命的。虽然付得多了点，但他还是很满意。事实上，当凯特坐在飞机上，回想起罗伊的所作所为时，他真恨不得再多付一些。

挂毯上的射手

[美] 刘易斯·斯彭斯

"真该把那个修路修到荒野里就突然中断的家伙，送到神庙里供起来！"戴文思少爷絮絮叨叨地说，"俗话说恶有恶报，白痴是天生的，不是人为的。"他从翻了的车里爬出来，我揉着屁股呻吟着。

这个夜晚格外静谧，天空布满了雨云。

戴文思看着那辆让他辛苦了一个多小时的赛车，说："没希望了。就像我从前的一位朋友说的：它瘫了。算了，斯图亚特，看看附近有什么地方可去。那边树林后面是不是有灯光？真不赖，看起来我们能有晚饭吃了。"

我说："我想是，但愿那真的是人家。天哪，下雨了！"

这是一场暴雨，来得很猛，就像是南非冰雹似的非常锐利，打在身上生疼。我们竖起衣领，一瘸一拐地向着不远处的灯光跑去。

我们穿过一片白杨林，看见一座大房子出现模糊的影子，走近了看到，是一座只有图雷纳才会有的 15 世纪的城堡。城堡看起来固若金汤，面目狰狞，上面巍巍耸立着一群鬼气阴森的大小塔楼，前面是一条宽阔的壕沟，水面上闪烁着惨白的月光。

我们看清了这座城堡时，不由自主地停住了脚步。至少是我停下了，因为我只不过是这位富家子弟戴文思少爷——察尔波利伯爵的家庭教师，我可不喜欢在这样一座 15 世纪的法国古堡中过夜。

一见我停下，少爷不高兴了："怎么啦？这儿不行吗？"

"没什么！行，可是……"

这个大男孩不耐烦地问："可是什么？你真是烦人，斯图亚特，总是挑毛病。你只要听我的就行了。"

我小声嘟囔着："随便吧！"我早已放弃教育这个小伙子的希望了。

如果你了解了一点戴文思家的事，你就明白我为什么会这么做了。当我们跨过壕沟上的石桥进入一个宏伟的庭院时，我对他说："但愿主人能招待我们。"

戴文思自负地说："嘿，我总是带着名片。而且，主人可能是美国人。刚刚 10 点就这么黑了，旁边门窗户里有灯光。门铃呢？啊，在这儿。"他按响了门铃。

不多一会儿，门打开了约 3 英寸，一个略带鼻音但吐字很清晰的女声问我们有什么事。戴文思自己出面上前解释，但是门后的那位女士似乎不太放心。她说："家里人都去了巴黎，我只是女管家，只有我自己和两个女仆在家，很抱歉我们不能接待男士。至于那辆车，尽管放心好了，不会有人动的。"

门慢慢地关上了。我做好了在滂沱大雨中跋涉 10 英里的准备，谁料想一阵叮咚作响之后，门突然又打开了。我们进入了一间舒适的小屋，显然是女管家的房间。城堡里的大起居室全都关闭着。法国客厅通常总是高雅多于温馨。无论如何，从寒冷的雨夜走进这间温暖舒适的房间，总算不再担心今夜无处栖身了。

最初我们把心思都用在了晚饭上，没太注意周围的环境。当炖肉、奶酪和波尔多酒把我们饥饿的肠胃填满了以后，生起了好奇心。我问在旁边侍候的那位老妇人，我们冒昧闯入的这座城堡是什么地方。她仿佛很惊奇，微笑着说这是一个与布卢瓦和尚博尔齐名的游览胜地。当她说出这个地方的名字时，邓岂耳·戴文思停下手里的刀叉，张大了嘴瞪视着她。

过了一会儿，趁女管家离开这个房间去取咖啡的时候，他突然转身对我悄悄地说："一个戴文思家的人来到了布莱库家！奇怪不奇怪？我们家实在给他们家造成了太多的伤害，虽然我没有参与。可是我敢肯定，你一点也不记得了。"

我茫然地摇了摇头表示不记得。戴文思做出一副愁眉苦脸的怪相。

我说："你和那个女管家一样讨厌，她要我们记住这个古堡的名字，你则要我记住你们家的全部家史。"

戴文思喊道："亲爱的先生！"他的声音中沮丧多于愤怒。接着他说他家族的历史在英国历史中的重要性不亚于波西和塞西尔家族的历史。他居高临下地看着我，说："好吧！我还不至于狂妄到认为人人都应该知道我们家的历史，可是，我真后悔到这儿来，斯图亚特，待在这儿好像在往伤口上撒盐。"

我问道："不至于这么糟吧？"看到他点头承认时，我只好说："请给我讲讲吧！"

"好吧，你听着，当年给我家写家史的那家伙说，1426 年维纳战役之后，贝德福德公爵把卢瓦尔德北部全据为英格兰所有。我的祖先邓岂耳——第一代察尔波利伯爵，俘虏了布莱库的也就是这个城堡的主人西维尔·奥兰，并勒索赎金。这个可怜的法国人不知是拿不出还是不愿付赎金，而我们的人又确定他把财宝藏起来了，就严刑拷打他，把他折磨死了。"

"那个时代不讲仁慈，人们也不懂人道主义。"我为第一代察尔波利伯爵的做法寻找借口来安慰他。

戴文思接下去说："可是，这还不是最坏的。"他好像决心为他祖先的罪行做些忏悔似的说："西维尔刚死，第二天，他的遗孀带着可能是付出了极大的牺牲才筹集到的赎金来到英国兵营。当时她还不知道她的丈夫已经被折磨死了。这个女人多么可怜啊，即使是魔鬼当时也应该将她安全地送回家，可是我那个同名同姓的祖先邓岂耳·戴文思竟然在她回家的路上伏击了她，不但抢了赎金，还蹂躏了这个本已痛不欲生的女人，活活把她折磨疯了。传说后来她变成了一个女巫，她的城堡也成了远近闻名的凶宅，因为人们时常在这里看到一些奇怪的东西，听到一些奇怪的声音。那次令人发指的犯罪给这个勇敢的女人造成了太大的伤害，使她心中产生了无尽的仇恨。据说她对我们家族进行了疯狂的报复。她曾假扮仆役，杀了那个侮辱过她的伯爵，还派刺客刺杀了他的弟弟和长子。如果她活得够长，我确信她能够把我们整个家族都消灭。这实在不是个有趣的故事，是吧？"

看得出他已沮丧到极点，我安慰他说："但是我们所有人的祖先的业绩都不比那位邓岂耳伯爵更光彩。来吧，我看你太累了。我们请主人安排一个睡觉的地方吧！"

女管家回来时，我故意打了个哈欠。戴文思会意，也打了个大哈欠。

老管家当然明白我们的意思，就问："先生们是否愿意去看看房间？"

我向她表示感谢，说："这正是我们所希望的。"

她拿起一根蜡烛，要我们跟她走。她微笑着说："先生们太累了，只好将就些了。这间房是城堡里最古老的部分，过去是高级仆役们住的。我还要告诉先生们，这里最好的房间都拆除了，我不得不把客人们安置在管家的房间。希望你们理解我的困难，我相信你们会谅解的。"

戴文思又打了一个大哈欠，说："请别客气，夫人，只要能遮风挡雨就行了。"

她带着我们走进了一条长长的石砌走廊。

她举手指着上面的穹顶说："这全是 15 世纪的，可是您太累了，所以我不再讲这些历史来烦您。那些过去的事情太悲惨了，太悲惨了。"

戴文思对我耳语道："千万别告诉她我家的事，不然我们要被赶出去淋雨了。"

我们爬上了摇摇欲坠的螺旋楼梯，进入了一个圆形房间，显然是进入了一个塔楼，从外面看来是这座城堡中最明显的那种塔楼。

除了那个大壁炉里偶尔闪过一点刚点着的火光，这间阴森的大房里只有一根蜡烛照明。女管家最后看了一眼这个房间，肯定我们不再缺什么东西了，就礼貌地道了"晚安"退出去了。

虽然我们困极了，可是这个卧室还是让我们感到惊奇，所以我们没有立即脱下衣服跳到壁炉对面那张四柱大床上去睡觉，而是拿着女管家留给我们的蜡烛来巡视这间屋子。

这间屋子和屋内的摆设都非常古老。那张挂着帐子的大床放在一个高台上，占据了大半间房子。屋子一角放着一把精雕细刻的 16 世纪高背长靠椅，挂毯下面露出雕满花纹的石壁，但是什么都不如遮住了大部分墙壁的这张挂毯引人注目。

当戴文思高高举起蜡烛照见这张挂毯时，我们都屏住了呼吸，不由得你看看我，我看看你，都是那么惊奇。

我从未见过这样美丽的挂毯。它不仅图样美观，色彩和谐，而且保存得极好。它引起了我的注意，它从门边开始沿着圆形房屋的墙挂了一圈。最初我只是出于一种奇怪的直觉，但仔细查看之后，我就确定它描述的就是戴文思刚刚给我讲的那个中世纪野蛮时期的故事。

第一组描述的是韦纳伊战役，主角是布莱库城堡的主人西维尔和察尔波利伯爵。这位法国骑士周围站满了拿着兵器的人，其中一人手持察尔波利的旗帜。骑士本人正在向战胜者献上他的剑，战胜者的面孔躲藏在面罩背后。

第二组描绘的是西维尔受酷刑的情形。他被绑在一个架子上，紧闭的嘴唇显示了他忍受着的难言的痛苦。他后面站着邓岂耳·察尔波利伯爵，一个邪恶的人物，他双眉紧锁，脸上带着一股使他嘴角扭曲的狞笑。

后面一组描绘了不幸的西维尔惨死的景象。最后是他的遗孀遭受伏击的场面——这个最震撼人心的画面结束了这一组画。

我转向邓岂耳·戴文思。他好像着了魔一般盯着面前的挂毯，即使画面上的那些故事在他面前真实地重演一遍，恐怕也不能引起他更大的震惊。

他用沙哑的声音低声说："斯图亚特，你明白这些画的意思。我并不迷信，可是这实在不可思议，令人毛骨悚然。你看看壁炉架上的这幅画，你会认为那是画上去的，而不是织成的。"

我抬头向上看，看到一幅更精彩的作品。那上面是一个男人的人像，人像和真人一样大小，站在那里，面向我们。他穿着15世纪的猎装，毛皮短上衣，腰束皮带，头戴羽毛帽，脚蹬鹿皮短靴。

我立即认出了这是其他画面里面的那位西维尔先生。从面容上看他大约35岁，严厉、坚毅，很有军人气质。他左手执弓，右手执箭，已经拉满了弦，仿佛随时可以射出了。如果说其他几幅画可以用栩栩如生来形容，那么这幅画则可以说是呼之欲出了。那肌肉的质感，生动的表情和自然的姿态都令人叹为观止。

戴文思惊呼道："天啊！这下面还有字。我想这是古法语。斯图亚特，你能看懂吗？"

好在我熟悉中世纪的字体，我才能够辨认出这些不易看清的编织文字。我尽力翻译出下面一段话："这幅挂毯是爱情与悲痛的结晶，是为了纪念被残害的西维尔·奥兰，由他痛不欲生的遗孀埃斯于1433年完成。"后面是一串仿佛是中世纪巫术符咒般的神秘符号。

我看看戴文思，只见他面无人色，甚至连高举蜡烛的那只手都在不停地颤抖。

我说："我们出去吧，这间房子太恐怖了，我们要求管家换一间。"

戴文思好像为自己表现出的怯懦感到羞耻，他坚决地说："不，不，斯图亚特，吹熄蜡烛，上床休息吧。明天早晨再仔细地看看这些挂毯。"于是我们脱下衣服，熄灭蜡烛，躺到了床上。

半夜，一道奇异的光线照花了我的眼睛，我马上从床上跳起来。我揉了揉眼，环顾四周，发现光是从壁炉上面挂毯旁边射进来的。

挂毯看起来那么迷茫又闪着磷光，仿佛蒙上了一层薄薄的水雾。光线集中在那个引弓欲发的男人身上。这道光线，不论它是什么吧，也惊醒了戴文思。他从床上坐起来，拼命地抓住我的手腕，指着那个人像，仿佛陷入了极度的恐怖。他喊道："天啊！斯图亚特，那是什么？"

我顺着他的手望过去，也感到了恐惧，因为那双俯视着我们的目光变得那样恶毒，显示出那样深的仇恨。那张脸已不再是一幅静止的画像，已经能让你感觉到表情和动作，它看起来活生生的。

我惊慌地觉察到，那张充满仇恨的脸，那痛苦的眼神和扭曲的嘴唇，在短短的几秒钟内由憎恨而进入疯狂的神态。戴文思的指甲扣入我的肉里，他惊叫道："上帝啊，它动了！斯图亚特，你看，它……"

这时我仿佛听见弓弦的响声，随之而来的是一声垂死的惊呼和恐怖的喘息。随即光线消失了，房间变得一片黑暗，伴随黑暗袭来的是令人不寒而栗的宁静。

我疯狂地从床上跳下来，扑到桌旁，寻找我们昨晚留下的蜡烛。我点亮了蜡烛，用嘶哑的声音呼喊戴文思："没事了，老朋友，全过去了，过去了。"但在这一片寂静里，我被自己的声音吓住了。

我努力压抑着心中的恐惧，举着蜡烛，走到床边。我不敢正面看他。过了一会儿，我终于鼓足了勇气，向着那零乱的床单上的一堆东西看去——那里躺着邓岂耳·戴文思少爷，一根箭杆直直插在他的心脏上，他瞪着眼睛，目光中充满了不可言喻的恐怖。

一箭双雕

[英] 希区柯克

摩根是个职业杀手，在纽约长大，他杀人的致命武器是铁环。他冷血、残忍，从十四岁开始杀人，他共杀了九个男人、两个女人。他曾经先后两次被逮捕，却都没有被判刑。其中的原因很简单，他是在为黑帮办事，出了事后，黑帮会为他推脱、做伪证。多年来，他一直很受黑帮的器重。

但是，在最后一次暗杀肖恩时，他却失手了。摩根觉得自己已经把肖恩杀死了，实际上并不是这样，他只是把肖恩的喉头砸碎，使其永远不能说话，肖恩依旧活着。黑帮对此很不高兴。摩根才三十二岁，他不想因为这次失误而被黑帮干掉，所以他逃跑了。他跑遍了全美各地，最后逃到加州，躲在一家汽车旅馆里，他觉得，这里相对比较安全。

一晃七周过去了，摩根的信心正在逐渐恢复，觉得自己已经摆脱了黑帮的追杀。但是他知道，黑帮不会轻易放过他的，他决定再换个地方躲藏，但是他没有钱了。

现在，钱对于摩根来说是最重要的东西。他可以偶尔抢抢酒店、加油站或者从喜欢他的女人那里骗些钱来，但这些钱都太微不足道了，他需要的是大笔的金钱，而那种大笔的钱只有在银行或者赌场里才有。他对抢银行不很精通，而洗劫赌场又是非常危险的。所以，他决定寻找其他的办法。

这天早晨，摩根游完泳后躺在一张躺椅上。"宝贝，早晨好！"身后突然有人在向他打招呼，摩根露出了微笑。

叫他的人是玛格丽特，他来旅馆的第三个星期，玛格丽特住了进来。她开了一辆崭新的跑车，住在二楼，他隔壁的房间里。她之所以要住在那间房子，是因为那天只有那间房子是空的。玛格丽特不喜欢住二楼，但她还是住下来了。现在，她觉得自己爱上了摩根。

玛格丽特是一所学校的老师，在教了八年书之后，她决定出来享受一下人生，因此拿出所有的积蓄，买了辆跑车，添了些新衣服，然后出来度假。她是偶然遇见摩根的，这次偶遇，使她对摩根一见钟情，于是索性在这个小旅馆住了下来。

摩根很喜欢她，她年轻、貌美，摩根觉得跟她在一起不再感到烦恼。她将自己仅有的二千一百五十英镑现金带在身上，现在，她打算把这些钱都花掉。摩根也认为应该好好享受一下，但他的真实想法是把这个女人身上的钱全部偷走，然后一走了之。然而他转念一想，这个小旅馆现在仿佛是最安全的，他就决定先不到外面去了。

"我的咖啡味道不错。"玛格丽特在他旁边的躺椅上坐了下来，转头问他："你游泳技术怎么样？"

"游得好极了。"摩根笑着说。

"你的朋友找到你了吗？"她突然问。

摩根感到一阵凉意，他不明白这女人到底是在说什么，不过他尽量使自己保持镇定："你说谁？"

玛格丽特坐直身体，"我到咖啡厅时，他拦住我，问我在哪儿可以找到你。"她停了一下，似乎意识到自己做了一件错事，"我是不是不该告诉他你的情况？你看上去很不高兴。"

"那人跟你说，他叫什么名字了吗？"

"摩根，你在生我的气是不是？对不起。"

"他叫什么名字？"摩根耐心地问。

"他说他叫霍夫曼，"玛格丽特说，"我想这可能不是他的真名。"

摩根没有听说过这个名字，也不认识叫这个名字的人。

"摩根，他是谁？"玛格丽特突然有些担心。

"一个赌马的，"摩根撒谎说，"我欠了他的债。"

"我对赌马不是很懂，"她胆怯地说，"你欠他多少？"

"大概三千英镑。"

"你到这儿就是为了躲他？"

"是的，不过这跟你没关系。我要上楼了，也许他现在正在屋里等我，我得去跟他谈谈。"

"如果没谈成怎么办？"玛格丽特惊恐地问。摩根微微一笑："我现在是个穷光蛋，他逼我也没用。"

"我的钱不够三千，"玛格丽特说，"不过我们可以先给他一点，以后再努力还他。"

但摩根回绝了她，"你坐在这儿等着。"他说，他可不喜欢挨子弹的时候，有个女人在他的隔壁。

摩根心里清楚，跑是跑不掉的。他现在只穿了一条泳裤，即使他穿得整整齐齐，那人也可能在暗中监视他，所以摩根并不打算逃跑。但是当他爬上楼梯的时候，心中浮现出一丝希望，如果黑帮要杀他，早应该动手了，不会隔这么久。也许这个叫霍夫曼的人是来告诉他，肖恩的事先不追究了，纽约那边还有事要他做呢。

摩根深吸一口气，走进房间，果然，屋里有个人坐在床边。那人三十来岁，穿着很讲究。他向摩根点点头说："今天下午四点钟左右，我们会带一个人来这儿，他会住在楼下七号房间，过会儿你可以去了解一下情况。我们不打算让那人离开旅馆，他已经没有什么用了。完事之后，你给'眨眼'打电话，他会给你一笔钱和一张去阿拉斯加的船票。我们还给你准备了一辆车，就是楼下绿色的那辆。找到'眨眼'后，把车交给他就行了，这是钥匙。"说着，那人把钥匙扔给摩根，摩根一把接在手里。

"我过去的事是不是就让它过去了？"摩根迷惑不解地问。

霍夫曼耸耸肩，"我不清楚，"他面无表情地说，"下午四点一定要自己到游泳池旁，不要跟那个红头发女人在一起。一个黑发女郎会将我说的那个人带进来，之后和你接头。这件事一定要办好，不能出差错。干完后，就结账离开。明天上午之前，没有人会发现他。"

摩根很紧张，也有些怀疑。他觉得这件事肯定有猫腻。先让他杀死一个不出名的人，然后再杀死他，一箭双雕，这是典型的黑帮手法，所以他必须尽快想个办法。现在逃跑是不可能的，他肯定会被监视，监视他的不会是霍夫曼，应该是旅馆里其他的人，但他不知道是谁。所以，他不能逃走。

透过窗户，摩根看了看楼下那辆绿色的汽车，他觉得这辆车也不能用。他越看越觉得它像一颗炸弹，可能他一发动汽车，汽车就会爆炸。想到这里，他将手里的车钥匙扔到床上，转身离开房间。

摩根并不害怕，下午四点之后他才会有危险。他慢慢走下楼，脑子在飞快地转动。他在努力地思考，干掉那个家伙后，他接下来应该干什么呢？

他知道，他肯定要利用玛格丽特的跑车，如果他开着那辆跑车驶上高速公路，至少在高速公路上那段时间是安全的。但是，玛格丽特的车也可能被装上炸弹，如果他发动了玛格丽特的跑车，同样是死路一条。

但是他想了想，突然高兴起来。现在，他倒希望玛格丽特的汽车被装上炸弹，爆炸会引来很多人，他可以混在人群中，那样更容易逃跑。

此时的玛格丽特坐在游泳池边焦急万分地等待摩根，看到摩根走过来，她快速地迎了上去。摩根倒显得非常镇定，他说："霍夫曼不像我想象的那么无情，他给了我几天时间。不过，我要离开这里，到别的地方去，我要摆脱他。"

"我们现在就走吗？"她问。

"你的车有没有油？"

"应该是满的。"

"或许你应该去墨西哥城，这是我自己的事，我应该自己处理。"

"不可以！"

"好吧，那就这么办。下午三点半之前，把自己的东西收拾好，四点整，开动汽车马达，你坐在副驾驶的位置等我，我上车后，由我来开车。有什么问题吗？""有。""明天再问吧。"这么做对玛格丽特可能有致命的打击，所以摩根故意装出一副非常轻松的样子。他笑笑说："回去穿上比基尼，我们再享受一下日光浴吧。"

还差五分钟四点的时候，摩根看到一个黑头发的女人向游泳池走来。他身上仍然只穿着泳裤，他决定逃跑时只带钱包和铁环。

黑头发的女人看上去活泼可爱，皮肤黑黑的，身材娇小。看到她，摩根不禁感到奇怪，这么可爱的女人是怎么走上黑帮道路的？那女人把房间钥匙递给摩根，微微一笑，说："他正在洗澡。"说完，转身离开了。

摩根看着她一摇一摆地绕过游泳池，上了一辆汽车，车上坐着两个男人。汽车后退了一下，驶离旅馆。可怜的无知女孩，摩根心里嘀咕，她已经陷入一个庞大的黑帮手中，不久他们就会把她抛弃的。

摩根披上夹克。还有三分钟，他快步走向七号房，推门进入，随手关门。那人正在浴室里，浴室的门留着一条小缝，他可以看见浴室里的热腾腾的水蒸气，听见里面哗啦啦的水声。但他的注意力还是被吸引到床上一个打开的手提箱上，箱子里全是钱。

他走过去，看清那里面都是五十一张的钞票，他没有碰钱，也没有碰箱子。他有些不明白，浴室里的那个人也在逃亡吗？他是受到那个黑发女人的逼迫，才提出所有的存款吗？但是，既然钱取出来了，为什么要敞开箱子？为什么不好好藏起来？那个黑发女人知道不知道这些钱的存在，如果知道她为什么不带走？

摩根思来想去，得出了最后的结论：黑发女人并不知道有这么一笔钱。她离开房间，那个男人进去洗澡，这期间，那个男人又回到卧室，发现黑发女郎不在，于是他把装钱的箱子打开，为的是给那女人一个惊喜。一定是这样的！那个男人是个十足的蠢货，他想用这种方法博得黑发女人对他的好感。

已经四点整了，外面并没有爆炸声。摩根走到窗边，冒险拉开窗帘向外看去。跑车的发动机正在嗡嗡作响，玛格丽特坐在副驾驶的位置上，有些紧张地看来看去。

此时的摩根惊喜万分，玛格丽特和她的汽车没有问题，他真想从窗户跳下去，他就可以逃之夭夭，或许还有其他的什么方法……

"喂！"

沙哑低沉的声音把摩根吓了一跳。浴室里的男人突然走了出来，他年龄看上去很大，身体肥胖臃肿，他身后的浴室的喷头仍然喷着水。摩根没有说话，对着那人的腹部猛地一拳，那人疼得弯下腰去。摩根马上掏出铁环，套在了他的脖子上，用尽全部力气结束了他的生命。

事情办完了，摩根却没打算马上离开，他被床上箱子里的钱吸引了全部注意力。他的呼吸有些急促，心跳变快。摩根觉得不能就此走掉，他应该带上这些钱，那些钱可以给他带来许多快乐。

于是，他走到窗前，伸手关那箱子。他突然发现了什么，但是一切都来不及了。"轰！"手提箱盖子上的炸药被他引爆，黑发女人没有留下一个活口。玛格丽特跑车的马达也不用再为摩根转动了。

惊世骗局

善良的诈骗犯

［日］西村京太郎

一个男子走进了理发店，俊彦一看，是个初次光临的顾客。他的年纪大概五十岁上下，脸色显得异样的苍黑，样子不太讨人喜欢。不过，身为理发师就要招徕顾客，搭讪应酬。俊彦笑脸相迎，热情地说："您来了，请进。"

那人盯着俊彦的脸看了看，然后一声不吭地在镜子前坐了下来。他似乎有点困，坐下就打瞌睡。俊彦用水把他的头发沾湿，问："您的头发要分印儿吗？"他依旧闭着双眼，"嗯"了一声表示同意。

俊彦剪着头发，不时通过镜子偷偷看男子一眼。俊彦有一种习惯，他喜欢推测顾客的职业，而且常常猜对。可是今天这位来客，俊彦却怎么也判断不出他的职业。今天不是休息日，而且两点钟刚过，这会儿正是工作时间。说他退休了，他还没有那种退休赋闲在家的人特有的悠然自得的感觉。说他是商店老板，总觉得还应该再稍稍老实点，再说，这一带开店的人，没有一个是他不认识的。俊彦想，该不会是个无赖吧？

可是这人给人的印象虽然不太好，但也不至于到吓人的地步。俊彦猜来猜去猜不出，心里就越发对这个男子的职业充满了好奇。

俊彦一边剪头发一边和男子搭话："天气太热了，真受不了。"

"是呀。"男子应和着，眼睛仍然闭着。

"平时不大看见您，您在这附近住吗？"

"嗯。"男子的回答含糊其辞，但并没有勉强回答的感觉。如果他嫌麻烦不愿说话，完全可以不开口的。

"呵呵，先生您是做什么工作的？"

"我的职业？"

"是的。"

"你看我像干什么的呢？"

"刚才我就在猜，虽说我这人还是善于猜顾客的职业的，但怎么也猜不出来……"

"哦，是吗？"

"是不是服务行业？"

"不是。往后你会明白的。从今以后我要经常来麻烦你呢。"

俊彦殷勤地鞠了个躬："真是太感谢您了。"

洗过头发，那人还要修面刮胡子。俊彦用热毛巾给男子焐脸，然后涂上一层肥皂沫。男子依旧闭着眼睛，但是反过来问俊彦话了："这家店是你一个人开的吗？"

"我和我妻子一起开的。她今天带着孩子回娘家去了。"

"就你们两口子？"

"是啊，将就凑合着干。"俊彦笑笑，开始给他剃胡子："眉毛下面也要修吗？"

"嗯。"男子同意了。忽然他说了一句："你是叫尺泽俊彦吧？"

他睁大眼睛，从下往上瞅着俊彦。

"是啊……"俊彦一愣，想说您怎么知道的，但他接着就说："啊，您一定是看到了门口的招牌。"

"不不不，你的事我早就知道。"

"可是我并不认识您啊……"

"我对你了解很多呢。"

"是吗？呵呵。"

"比如说，三个月之前，你开车曾经撞倒过一个从幼儿园回家的小姑娘。"

俊彦一下子呆住了，唰地变了脸色。

男子好像很轻松，慢条斯理地说："那女孩死了。你出了事以后一定非常注意看报吧，看来这事你是知道了。当时没有人在场，警察调查也找不到肇事者。其实，有一个人亲眼看到了，这个人就是我。你的脸色怎么变了？呵呵，别担心，我不会去对警察讲什么的，请你赶快替我刮脸要紧，脸上涂了肥皂越来越痒了。"

俊彦回过神儿来，笨嘴笨舌地回答："太抱歉了！"赶紧将手里的剃刀凑近男子的脸，握刀的手禁不住微微颤抖。

男子却笑了："喂，你不要用剃刀割断我的喉咙呀。"

俊彦咽了一口唾沫，小心翼翼地将剃刀触及男子的面颊，刮着胡楂。男子又将双眼闭上了，继续慢悠悠地说："那辆出事的汽车，估计你已经卖了吧。"

"是的。"

"呵，这样做保险些。"

俊彦停住了手，用一种要拼命的眼神瞪着男子的脸："先生，你到底想做什么？你是想要敲诈我吗？"

"别说得这么严重啊。我有个习惯，只要一踏进理发店就犯困。我要睡了，麻烦你刮得仔细一点。"男子说完，就不出声了。

俊彦一面往刀布上篦剃刀，一面对自己说：镇静，一定要镇静！这个男子不是说过不去报告警察吗？他要是存心去报告，不会过了三个月还不见行动呀，可见他这句话多半可以相信。俊彦认定，这男子的目的是敲诈。

俊彦家的理发店是借别人家的，他存了二十六万元左右，希望有那么一天开一家属于自己的理发店。俊彦想，要是能堵住这男人的嘴，这一笔钱全部给他，他也愿意。钱，还可以再攒。可是，他想起以前看过的有犯罪内容的影片，哪里有什么人只敲诈一次就洗手不干的？他要是一而再、再而三地敲诈怎么办？

活干完了，男子好像十分满意，照着镜子，用手按了按头发、摸了摸脸，说："你手上的功夫真有两下呀！你干这一行，已经很久了吧？"

"十年了。"

男子嘻嘻笑着说："那我可以放心了，干了这么多年的老手，不会由于走神儿让我'咔嚓'吃一剃刀吧。"

俊彦不吭声。刚才这个男子突然讲到交通事故的时候，他心里确实曾闪过杀念。

男子不住地念叨着"手艺高超"。他从理发椅上下来，又对着镜子从头到脚打量着自己："从今以后，我会时常来麻烦你替我理发。"

"从今以后？"

男子装腔作势地用手指轻轻掸了掸两肩，然后说道："因为，我很喜欢和您这样棒的师傅一直打交道。唔，多少钱？"

"四百块。"

"你的手艺这么好，这价钱不算贵。"

男子拿出一张纸片，在上面写上"四百元"几个字，递给俊彦说："收好，这是收据。因为以后常常要用到它，所以我提前印好了。"纸片上边和下边已分别印有"尺泽理发店台鉴"和"五十岚好三郎"的字样，中间专门空出了金额这一栏。看来这男子是叫五十岚好三郎。俊彦看着"尺泽理发店"这几个印刷字，禁不住一阵心悸。男子既然拿出印好的收据来，可见他是拿定主意要敲诈勒索了。他今天能填四百元，下一次就能填四千，再下次……俊彦不敢想了。

男子走后几天，俊彦一直在做噩梦，他梦到家里的东西被掠夺光了，一家三口成了乞丐，沿途乞讨。

过了几天，那个男子又来了。他慢腾腾地走进店门，在商业地区长大的久美用开朗的语调招呼他："欢迎光临，您请进。"俊彦背过脸去，装没看见。男子在一把空椅子上坐下来，俊彦无可奈何地凑上前去，对男子说："你的头发刚刚修剪过，还不用再剪呢。"

男子和前几天一样，闭上眼睛，说："今天想麻烦你替我刮脸。虽说自己也可以刮，但我对你的手艺很欣赏，所以还是跑来请你给修修。"

久美在一旁应声道："非常感谢您的照顾。"

男子睁开眼，望着久美说："这位是女主人吧。"

俊彦含含糊糊地应道："嗯。"他让来客平躺在椅子上。男子很舒服地躺好，又闭上眼睛："您夫人真是个漂亮的人啊，而且这么勤劳。"

久美听了这话很高兴："您过奖了……"

俊彦暗想，难道这个男人想把我妻子也牵扯进去吗？

男子问："夫妇俩一起赚钱，一定攒了不少钱。"俊彦紧张起来。

他明白男子这句恭维话背后的意思，要是夫妇俩一起赚钱并有积蓄，那就很值得敲诈一下了。

久美把这当成了恭维话，答道："还没攒多少呢。"说着就笑了。

俊彦不放心男子和久美聊天，怕他说出什么，赶紧用热毛巾敷在男子的脸上。这时俊彦的脑海里忽然闪过一个念头，如果像现在这样，用毛巾把这男人憋死多好。不过，他还是慢慢掀开毛巾，老老实实地给男子刮脸。

收拾干净后，男子取出上次那种纸片来："多少钱？"

"两百块。"

"合理的价格，挺值的。"男子很快地在纸片上写了几笔递给俊彦。这次纸片上填着：五千二百元整。男子在俊彦的耳边轻轻说："我在前面的那家咖啡馆等你。"然后他装模作样地照了照镜子，慢慢地走出理发店。

俊彦不禁骂出声来："他妈的！"

久美听到吃了一惊，回过头来问道："你这是怎么啦？"

俊彦慌忙摇了摇头说："没什么。"那桩交通事故，俊彦连久美都没告诉过。久美也是个妈妈，他们也有一个与死者年龄相仿的女儿。俊彦苦笑了一下，对久美说："我出去一下。"

俊彦来到约定的咖啡馆。咖啡馆里没什么人，那男子坐在最里面的一张桌子边对俊彦打了个招呼。

俊彦坐下来，男子就说："这里不错，挺安静的，今后我们就在这里见面吧。因为当着你夫人的面，你可能不太方便吧。钱带来了吗？"

俊彦从口袋里掏出五千元钞票丢给男子："拿来了。"

男子把钱收起来，说："加上上次，我已从你那里借了五千六百元。"

"你就没打算还吧。"

"那倒是，可你别这么唠叨好不好。"

"我们夫妇俩干一整天，还常常赚不了五千元。这对我们来说是很大的数目啊。"

男子无动于衷："这和我没关系。我觉得，花这么一点小钱，就能瞒下一条人命案，很划算。"

"你当时应该看到了，是那孩子自己突然冲过来的，我踩了刹车，可已经来不及了！"

"你说的这种话，警察会相信吗？要是我到警察局去，作证说你开快车，开车的时候还东张西望，警察会怎么认为呢？"

"你妈的！"俊彦禁不住勃然大怒。

可是，那男子知道俊彦奈何不了他，依旧笑嘻嘻的："就这样吧，我告辞了。"

过了五天，男子又出现了，说要刮脸，久美高兴地认为这是一个好主顾。这一次，男子要了一万零二百元。

俊彦想，照这样下去可不得了，下一次他再来也许又得翻一番，变成两万元了，再下次就是四万……俊彦想到了那个一家三口流浪街头的噩梦。不能这样下去，一定得想想办法。他想去警察局控告五十岚好三郎敲诈，但那样做的话，三个月以前的交通事故便会败露，这个家伙一定会借机胡说什么车速过快啦、开车时东张西望啦。那样俊彦一定会蹲监狱，妻子和孩子怎么办呢？

俊彦不想坐以待毙，左思右想后，他意识到男子既然把三个月之前的交通事故作为把柄敲诈，他也应该与之针锋相对，找到对方的把柄。

既然他敢来敲诈，那么从前至少也作过案，或者至少有过见不得人的事。星期一俊彦休息，按照报纸上登的广告去拜访一个侦探社。

侦探社不大，里面只有一个矮个子男人，三十二三岁的样子，他对俊彦说其他职员都出去调查了，到底怎么回事那就不得而知了。看到侦探社这副寒碜相，俊彦心里直犯嘀咕，心想拜托他们来做靠谱吗？他有点儿不安地对那个侦探说："我想拜托你们替我调查一个男人。"

对方打开一个笔记本，问："是要调查身份吗？"

"是的。只要与这个人有关的都查一下。"

"他叫什么？"

"五十岚好三郎。"

"看名字像是个演员。他住在哪里？"

"不知道。"

"不知道住址很难进行调查呀。"

"他会来找我，你们可以跟踪他。"

俊彦和侦探约定，五十岚到店里来时，他立刻电话通知，侦探接电话后就到咖啡馆守候。

就在俊彦委托侦探社调查的第二天，五十岚好三郎就出现了。俊彦拼命压抑着厌恶的心理，把热毛巾敷在他脸上，转身拨了电话，电话很快接通了，俊彦匆匆说了一句"拜托你了"，便挂断了电话。

俊彦过来掀掉热毛巾准备刮脸时，五十岚睁开眼睛，说："你可真忙啊，刮脸的功夫还去打电话。这电话真有点儿蹊跷呢，'拜托'什么？"

"我是向朋友借钱，为你准备的。"

"你别白费心思，指望会引起我的同情。一家三口人，夫妇俩都在挣钱，少说也应该有二三十万的储蓄吧，我从你那里不过借了一万五千八百元。所以，别和我胡扯什么向朋友借钱。"

俊彦没有搭腔，篦起剃刀来。男子很精明，能看透电话的那一方不是俊彦的朋友，不过，看来他并没有发觉是私人侦探。

五十岚已经把眼睛闭上了，说，"请你快一点儿好不好？"

刮好脸，五十岚在那种收据上填了二万零二百元递给了俊彦，说："咖啡馆见。"

咖啡馆照旧是空荡荡的，侦探正坐在靠近入口的地方看报。俊彦从侦探旁边走过朝坐在里面角落里的五十岚走去。俊彦坐都没坐，将两张一万元的钞票往五十岚面前一丢，说道："看见你我就恶心，拿着钱快滚吧。"

五十岚笑了："不要这种态度啊，今后我们还要一直交往下去呢。"他站起来离开了。侦探朝俊彦使了个眼色，尾随五十岚走出咖啡馆。

三天后，侦探约俊彦在咖啡馆见面。

侦探从提包里拿出薄薄的一叠调查报告放到俊彦面前："我们对五十岚好三郎做了全面调查。"

俊彦大至翻了翻报告，说："你和我直接说说好吗，五十岚究竟是什么人啊？"

"五十岚今年五十三岁，是一名电影演员。确切地说，曾经是一名电影演员。"

"演员？"

"也上过好几次电视，可是他长相不好，所以大多扮演刻薄的放高利贷的人或者是诈骗犯，只是跑跑龙套。"

"诈骗犯?"俊彦暗想,难道他这次是在现实生活里干起电影里的营生了?

"他的表演技巧实在不怎么样,所以电影和电视也就渐渐地不大用他了,后来基本上就没什么工作了。"

"这就是说他很缺钱了?"

"他没有收入,而且其他什么事也不会做。"

"他的家庭情况呢?"

"他有一个妻子,年纪比他小一轮,还有个儿子在念大学。"

"没有收入怎么送儿子上大学?"

"好像是妻子搞点副业勉强维持生活,日子过得很苦。"

俊彦想,这个男子没有收入又要送儿子上大学,那么,他绝对不会放过俊彦,一定会不停地讹钱。

俊彦带着一丝期望问道:"他有什么前科没?"

侦探回答得很干脆:"没有。我打听过好几个从前和他共过事的人,他们都异口同声地说,这人虽然专门扮演坏人,但他天生是个老好人,从不做坏事。"

"这些人都瞎了眼了!"

"什么?"

"不,没什么。"

俊彦无奈地摇了摇头。既然他从前没有作过案,当然就没法反过来要挟他了。说他是一个老好人,这些人一定不知道他是个伪君子,也可能是他生活困苦,就变坏了。但不管是什么原因,在俊彦看来,这个男子就是一个凶残的吸血鬼,要吸干他的每一滴血。

"即使没有作过案,私生活方面有什么情况吗?他有没有什么丑闻?"

"没有。唯一算是负面评论的话是'热爱电影,但没有天分',这是他的致命伤。哦,对了!"

"什么?"

"今天电视里午夜场要放映的电影里有五十岚好三郎十年前出演的片子,片名叫《惩恶除奸》。"

这些情报花去了俊彦一万元。俊彦唯一的收获就是知道了男子的真面目,可保护自己免受敲诈的方法,却一个也没找到。那天夜里,俊彦独自看了半夜放的电影。片子很老,在配角名单的最后部分,出现了五十岚好三郎的名字。那是一部典型的武侠片子,故事烂俗,讲英俊的男主角把收保护费的流氓们打得落花流水,最后和美丽的开花店的女主角结婚了。

五十岚扮演放高利贷的人,在剧中敲诈女主角,他在女主角面前晃着借据要钱,威胁她交不出钱来就做自己的小老婆。他演得是够差劲的,女主角的演技也不敢恭维，两人的对手戏看起来就像拙劣的漫画。

五十岚露面的情节不多，很快他就被小流氓杀死了。于是，俊彦便关掉电视。

侦探说得没错，他真是个拙劣的演员，难怪无论拍电影还是拍电视导演都不用他。作为演员，他是个失败者，不过，他当个真正的诈骗犯却并不比谁差。

又过了五天，俊彦估计五十岚又该来了吧，这一次要求的数目，可能比上一次多一倍。可是这天直到要关店门打烊了，还是没看到五十岚的影子。俊彦松了一口气，沏了杯茶，打开晚报。俊彦赫然发现社会版上登着五十岚好三郎的照片，照片上五十岚的脚被包扎起来了，他在抚摸一个小孩的头，旁边的标题是《老人不顾安危勇救儿童》。报纸报道，一个孩子跑到马路上差点儿被车撞到，是五十岚好三郎正好路过救了孩子。他当时飞身到车前，脚还受了伤。五十岚接受记者采访时说："还好我跑得快，孩子得救了。但谁都会这么做的呀。"俊彦怎么也想象不出，报纸上的五十岚，会是敲诈自己的诈骗犯。俊彦迷惑了，一个男子冒着被轧死的危险去救一个素不相识的孩子，同样是这个男子，又恬不知耻地来敲诈自己，这二者之间究竟有什么联系？从发生事故的地点来看，是在五十岚往理发店来的途中，是在他前来敲诈的半路上，他到底在想什么呀？俊彦对五十岚这个人是愈来愈不理解了，不过，俊彦想在这种不理解当中找到一丝希望，难道他是突然改邪归正，才去救孩子，这样的话，会不会停止敲诈呢？

事实证明这是俊彦一相情愿的想法，第三天下午，五十岚瘸着腿又在店里出现了，他照例让俊彦替他刮脸。

他小声地讥讽着说："你大概在想，要是我在前天的事故中被撞死了就好了，对不对？真遗憾，我还是这样健壮。"

"你打算和我纠缠到什么时候？"

"我很满意你呀，也许会这样一直到死吧。"

"一直到死？"俊彦禁不住大叫起来，旋即又闭嘴了。

因为久美在，她正在一旁为他人理发，她吓了一跳，转过脸来问："怎么了？"

"没什么事。"俊彦赶紧回答。五十岚闭着眼笑了。俊彦真想狠揍他一顿。

刮完脸，五十岚装模作样地从里面的口袋里取出那种收据来，并理直气壮地填上了"四万零二百元"。虽说俊彦有心理准备，知道钱数会翻一倍，但看到收据时脸色还是变了，他一面留意着久美，一面压低了声音瞪着五十岚："难道你认为我拿得出这笔钱吗？"

五十岚抬眼看了看墙上的表，说，说："现在才两点。"

"什么意思?"

五十岚笑了笑:"我是说,银行三点才关门呢。我还在那个咖啡馆等你。"说完便走出了理发店。

俊彦感到绝望了。敲诈这种事情,无休无止,而且,敲诈的数额会越来越多。人的欲望是没有底的,下一次,一定会提出要八万块。

俊彦瞒着久美,从银行里取出四万元交给五十岚。事情已到了俊彦无法再容忍下去的地步了。他想,既然不能找警察求救,那只能从五十岚的魔爪中逃走。

当天晚上,俊彦也不说什么理由,对久美提出搬家。

久美觉得莫名其妙,问:"好不容易才和一些主顾混熟了,为什么要搬家?"

"我讨厌这地方,无法再忍受下去,一定要搬走。"

"孩子怎么办?又得换幼儿园?"

俊彦几乎是吼了:"你要是不愿意,我就一个人走。"

久美吓得脸色变了,赶紧说:"好好好,听你的。搬哪儿去都行,不过,有一件事我想问问你。"

"什么事?"

"你搬家是不是和经常来店里的那个五十多岁的顾客有关?"

俊彦硬邦邦地甩出一句:"没有关系。"

久美没有再问。第二天,他们搬到了东京郊外。因为俊彦和久美都生在东京,他们没有老家可回,所以他们没能真正远离东京。夫妇俩除了理发没有其他手艺,所以到了新地方,还是以理发为业。五十岚的勒索,加上这次搬家的费用,二十六万元储蓄已经用得差不多了,今后不得不更勤俭努力,慢慢地攒。

这天,久美去幼儿园接孩子了,俊彦累得精疲力竭地坐在椅子上休息。他懊恼地想:"这要到什么时候,才能不必租人家的房子,有自己的房子啊。都怪五十岚这个家伙!"这时他感到门口有人进来,习惯性地说:"欢迎光临!"俊彦边说边站起来,看到来人他一下子愣住了,是五十岚好三郎。

五十岚将狭窄的理发店仔仔细细扫视了一遍,毫不在意地说:"找到你真不容易啊。"

俊彦愤怒地盯着五十岚,禁不住嘴唇直哆嗦。五十岚视若无睹地在一把椅子上坐下来,说:"请你像平常一样,给我刮刮脸。那收据,我也照常带来了。请你快一点儿好不好?"

五十岚的催促使俊彦条件反射似的去拿热毛巾。俊彦一脸愤恨地将五十岚坐着的椅子放倒,把热毛巾敷在他脸上。五十岚睁开沉重的眼睛看着俊彦,笑嘻嘻地说:"你脸色不太好啊。要是病了的话,可得早点儿去医院,对我来说你可是一个很重要的人哪。"

俊彦手里拿着剃刀,手指头微微有些发抖。他似乎是带着哭腔说:"求求你闭嘴吧。"

五十岚乐滋滋地说:"别这么郁闷嘛……好不容易又见面了。今后我们还要一直交往下去,你也高兴高兴吧。"

"……你闭嘴。"俊彦似乎只会重复着这一句话了,脸上的肌肉在痉挛。

"火气别这么大嘛。"

"你闭嘴好吗,就算我求你了!"

"微笑,要时刻记得微笑。对顾客亲切生意才能好呀。"

俊彦的脸色铁青,衣服被汗水浸透了:"你没听见吗?我让你闭嘴!"

"别老板着脸嘛,放松些,我对你还是很满意的。"

"闭嘴!"

"你的脸色很难看呢。哦,对了,几个月前的今天,你轧死了那个女孩,今天是她的忌日。你是因为这个才不高兴的吗?"

俊彦突然感到世界上所有的声音都消失了,周围寂静得没有一点儿声响,他只看见五十岚的嘴在一张一合地动着,他那苍黑而松弛的皮肤也在微微抽动,看起来像一只令人毛骨悚然的丑恶的软体动物。俊彦的脑海中一片混乱,他想起了自己小时候就踩烂过这种苍黑色的软虫,一踩下去,它"嗤"的一声流出腥臭的青色汁水。他混沌的脑海中不停重复着一句话:"我要踩死这恶心的东西,我要用刀子剁烂它……"

苍黑色的软虫又在俊彦的眼前蠕动了,他举起手中的剃刀,心中有声音说着:"好,杀死它……对准它柔软的苍白的肚子,用刀狠命地剁它……"

"哎呀"一声凄惨的悲鸣,让俊彦一下子清醒过来。他的眼前一片鲜红,剃刀已不在他手里了,而是深深地插入了五十岚苍白的咽喉,鲜红的血咕嘟咕嘟地往外冒。

俊彦不知如何是好,他嘶哑着声音叫唤起来:"……救命!救命!"

五十岚面如土色,突然发出了呻吟声:"喔……就说是……我自己……动……了……"这模糊的句子成了五十岚的遗言。俊彦并不明白这话是什么意思,就如同他不理解诈骗犯五十岚为什么会舍命救孩子。

五十岚好三郎已经死了,血还在静静地流……在警察未到现场之前,俊彦将五十岚口袋里的"收据"都烧了。警察来调查,无论从哪一个角度来看,他俩都是一个理发店主和一个老主顾的关系。俊彦想起五十岚的"遗言",就对警察说:"正好修到咽喉时,这位顾客忽然起身,所以……"警察找不到杀人的动机,就把致死的原因定为业务上的严重过失。俊彦被从轻发落:徒刑一年,缓期三年执行。连俊彦自己都对惩罚之轻感到有点儿意外。

俊彦觉得奇怪，那个诈骗犯在奄奄一息时，为什么要说出那样善意的话来呢？

事件过后，俊彦被禁止营业了。这没什么，即使允许再营业，他也无法再拿起剃刀了。他和久美决定搬回市区随便找点儿活干。正当他们忙活着第二次搬家的时候，一个自称五十岚弥生的中年妇女找上门来了。俊彦一听对方的姓，脸色就变了，赶紧将她领出屋子，他不想让久美听到他们谈话的内容。

俊彦脸色苍白地看着这位身穿和服的妇女，说："你是为了我杀死了你丈夫的事情而来的吧？"

五十岚弥生轻轻地摇了摇头："不是的。"

"那么，您找我是为了……"

五十岚弥生把一个厚厚的信封递给俊彦："我整理丈夫的遗物时，看到有一封写给你的遗书，就给你送来了。"

"给我的遗书？"

"是的。"

信封上写着"给尺泽俊彦先生的遗书"。

五十岚弥生走了。俊彦立即将信封拆开，里面有一沓钱，还有几页信：

我不知道你什么时候杀死我，所以预先写下这封遗书。

我曾经是一个蹩脚的演员，我演技糟糕，所以后来陷入了电影厂和电视台都不用我的可悲境地。我今年五十三岁了，除了演戏，什么都不会。我的生活一筹莫展。

如果我是独身一个，只要自杀就可以解脱了。但是我有妻子，还有个刚进大学的儿子。我想，即使去死，也得留一点钱给他们。我加投人寿保险，保险金是五百万元。我想要是有五百万元的话，我的妻子和孩子总可以活下去了。可是自杀的话，人寿保险是不赔偿的，而我的身体除了肝脏稍微差些之外，非常健康，要是等着自然死亡，我们一家三口只有饿死的份了。所以，我只能死于事故或是被人杀死，没有别的路可走。

就在我一筹莫展的时候，我目睹了你的交通事故。于是，我想到了利用你。我调查车号找到了你，我想，要是敲诈你，把你逼得走投无路，你也许会杀死我的。我感到为了自己而利用你这个素昧平生的人，心里很过意不去。但我说服了自己，对一个出了车祸逃走的坏人，即使利用他也不算什么。

我的表演总是那么拙劣，于是我拼命地钻研诈骗的学问，在你面前表演，生怕被你识破。你竟然被我的演技蒙骗了。想一想，也真滑稽。

我当了将近三十年的演员，每一次表演都没有成功过，但是当我不是一个演员的时候，我的表演获得了成功。

后来，当我明白了你不是一个坏人，而是一个平平常常的好人时，我良心不安了。所以，我会拼命跑到车子前面去救小孩。与其说那是为了救孩子，不如说我是想让自己死掉。那样死了的话，保险公司大概不会认为我是自杀的吧。可倒霉的是，我没死。

这么一来，我还是只能靠你了。我敲诈你，把钱的数目按倍数递增，我琢磨过，这样你对我的憎恨也会成倍地递增，过不了多久，你也许就会杀了我。当你手拿剃刀要了我的命的时候，我也死而瞑目了。这样一来，我饱受艰辛的妻子和儿子会拿到五百万元，而且在我生命的最后时刻，我能做出最成功的表演，此生无憾了。

我把迄今为止从你那里敲诈来的七万六千二百元钱，其中包括理发刮脸费一千二百元，如数附上。

请你一定要原谅我。

警官的副业

[英] 希区柯克

有一段时间，曼哈顿的治安很差，有一些妇女在舞会或者宴后回家的路上遭到歹徒的抢劫。所以，她们参加聚会时，要么不带首饰，要么只带廉价的次品。基于这种原因，当我在华都饭店休息室打量那些参加慈善舞会的客人时，并没有指望会有怎样的收获。

突然，我的眼前一亮，一位美丽的女士从饭店外走了进来，她雍容华贵，光彩照人。她穿着一件亮色的晚礼服，令人神魂颠倒。然而，最让我关注的，还是她脖颈上的钻石项链。我已经多年没有见过这么美丽的钻石了。

我马上认出那是真钻石。关键的是，她并不像那种戴假珠宝的人。所以，既然她戴那条亮闪闪的项链参加舞会，就一定是真的。见到猎物后，我立刻兴奋起来，行动计划也已在心中想好。凭借过往的经验，我能估算出这种慈善舞会一般都在午夜前结束，到了那时，我就可以实施我的完美计划了。

回到公寓，我找出手枪，装上八字胡和假鼻子，在这种场合，我总是这样打扮。我本想一个人干，不要山姆或其他人来帮忙，但是，面对这样美丽的女人，肯定会有很多人会在关键时刻充当护花使者，那样的话就可能会闹出人命。于是，我决定带山姆一起前往，他至少可以在我取钻石项链时，看住那个男的。但是这样的话，我就要多花一千美元，但为了万无一失，也只能这样了。

我拨通山姆的电话，话筒那边传来了他熟悉的声音："喂，你好，生意怎么样？你一个人干，不想和我一起干？"

"山姆，今天晚上我需要一个人，大约需要一个小时，也许连一个小时也不用。"

"没问题，咱们又不是第一次合作了，呵呵。"

"五百？"

"带不带手枪？"山姆问。

"带。"

"那你得给我一千元，"山姆说，"你是知道规矩的。"

我早就知道他会提出这个价，但我还是故意犹豫了一会儿，然后说："好吧，反正我需要你。"接着，我就把行动计划告诉了他。

慈善舞会结束后，客人们开始离席，有的走向雇来的汽车，有的等着门卫代叫出租车，这时的我，就在饭店外面静静等候。一件事能否成功，要看各方面的配合是否默契。如果山姆按计划行事的话，他半小时前应该已经偷到了一辆出租车。现在，那车应该已经停在 59 街中央公园的入口处，等待我的信号。在这段时间内，希望警察并没有对失窃出租车有所察觉。之后的行动就要看山姆的驾驶技术了。

按我的意愿，我希望那个戴钻石项链的女人和一大群人一起出来等出租车。至于位置，我完全可以估算出来。如果她和身边的男士位于第四的位置，山姆就可以轻而易举地把车开到那里。饭店前汽车也不可能排长队的。他们必须从 59 街拐过来，或者从公园驶过来。但无论从哪个方向驶过来，以山姆高超的驾驶技术，完全可以抢在别人之前，按我们的计划行事。

如果那位女人自己有车，我也有对付的方法。山姆可以用他的出租车接我上车，我们一起跟踪她。但是，我希望我们能把他们接上出租车，至于陪伴她的男士，对我来说根本不是障碍，我可以轻而易举地对付他。大概过了半个小时后，我开始有些不安。大部分客人已经离去，门卫招呼出租车的哨声逐渐减弱了。我紧张地抽着烟，同时捏着口袋里的假鼻子。我待在这里的时间越长，被认识我的警察认出的机会就越大。

就在这时，那个梦寐以求的女人终于出现了，她像个超级明星一样从台阶上走下来。我两眼盯着钻石项链，竟忘了向山姆发信号。她前面有两对夫妻，他们好像是一起的，也就是说，他们四人只会要一辆出租车。我回头一瞥，举起一只手臂，好像活动一下手臂一样。这时，我看到山姆的车子滑过 59 街，驶向饭店的入口处。可是他排在第三！如果真是这样，戴钻石的女人就会坐进他前面的一部！

"对不起，"我突然开口道，同时冲到那女人和她的男伴之前。

"怎么回事？"男伴不满地说，"应该是我们才对！"

但是我还是毫不犹豫地钻进车子，砰地关上车门。我们车子离开时，我看到他们转而坐进山姆的汽车。

"先生，您去哪儿？"司机问。我没有回答，等着看后面的汽车开向哪里。它从我们旁边开过，向东上了58街。

"上58街，"我说，"跟着前面那辆车。"

"你是说跟踪他们？"

"只要跟着就行了。"

我不能按原计划上山姆的车，不过，这样也许更好。出租车在黑暗的街道中穿行，一直开到苏丹公寓的停车场。我塞了两块钱给司机，就跳下车。正如我所希望的那样，那女人先下车，男人则坐在车上付车费。我走到她身边，把她推到一边，我乘坐的那辆出租车已经拐过街角了。我推开那女人的同时，砰地一声关上出租车的门，山姆知道怎么办，他一踩加速器，车子猛地向前一冲，把那个男人带走了。

"这是怎么回事？"那女人惊叫道，她显然吓坏了。

我们在空无一人的人行道上，面对面站着。我掏出手枪，说："你知道我要什么，摘下来！"我的左边有响动，我看见公寓大楼的门房出现了。我用枪对着那门房，"不许动！我不想伤害无辜者。"然后，我转向那女人说："快点！把项链摘下来。"她双手去摘项链，门房呆呆地站在那里，山姆带着她的男友或丈夫跑得不知道到哪儿去了。

那女人无路可走，当我们四目相对时，她眼中有某种令人难以琢磨的神情。"看来，我们没有谈条件的可能了。"她平静地说。

"当然没有，如果你不想项链被拿走，就不应该戴着它出来。"

她从脖子上摘下钻石项链递给我，正在这时，我看见她脖子上有一大块难看的黑色伤痕。我终于知道她冒险带这么昂贵的项链的原因了，是为了遮盖那些伤痕。

"夫人，谢谢！"我说。我们的视线又短暂地相遇了一下，然后我就走了。山姆已经在我的公寓里等我了。

"老兄，一切顺利。我把那家伙带到东河附近，让他下车。然后我就掉回头，把车扔在中央公园。项链到手了吗？"

我把钻石项链扔到桌上，"到手了。"

"啊，真漂亮！"

"我想她戴项链是为了遮盖脖子上的伤痕，这事真奇怪。"

"管她为什么戴它呢，反正我们已经成功了。"

"你说的对，明天我去看看能不能脱手。"

"我的一千元呢？"

"你没费多大的劲嘛。"

"我带走了那个家伙，是不是？如果只有你一个人，你不可能摆脱他吧？你不可能有机会。"

"或许吧，"我看着项链，"能不能等我换到钱再说？"

"老兄，不行，如果想要我等的话，那就多加一千美元。"

"好吧！"我叹了口气，然后进卧室取钱，我想叫他先走开，"你在车上没有留下任何指纹吧？"

"当然没有！"他接过钱，仔细地数着。干我们这行的人，相互间是不可能信任的。

"我会再打电话给你。"他要走的时候，我对他说。

"好的，老兄。"

他走后，我锁上门，坐下来打量项链。我一边看它，一边想起那个女人脖子上的伤痕，那伤痕一定是有人企图掐死她时留下的。她是不是被人掐过脖子？被人强暴过？或者是被那个男伴欺负过？那个男人是她的情人还是丈夫？我必须弄明白。

她一定是没有别的办法遮盖那个伤痕，才冒险用钻石项链来遮掩。她之所以这么做，肯定是不想被人看见这块伤痕。那么这是不是意味着，和她在一起的男人不知道伤痕这件事？这伤痕是不是她的情人一时冲动下造成的？我把项链扔到桌上。狠狠地骂了自己一句："他妈的，我在瞎操心什么，我是一个贼，不是侦探！"

第二天上午，我买了一份报纸，看到一则头条新闻："社交界名流麦迪逊夫人晚宴归途中遭抢劫"，旁边有一张麦迪逊夫人的照片，她露出脖子上的伤痕，说是歹徒抢劫时留下的。我厌恶地将报纸扔在地上。胡说，门房就是证人，他一定知道这是谎言。

当然，她可以贿赂他，叫他撒谎，这是很容易的。现在，她可以公然出现在社交场合，因为那伤痕找到了理由，那理由就是我！我可不愿意背黑锅！我把那条新闻从头到尾读了一遍。跟她在一起的那个男人就是她的丈夫，一位著名的股票经纪人，但是这并没有解开我心中的疑惑。我又把那条新闻读了两遍，久久地注视着照片上的脸和伤痕。然后，我决定再见见她。

"是麦迪逊太太吗？"

电话那头的声音似乎很犹豫，"是的，你是哪一位？"

"我在早晨的报纸上读到抢劫的新闻，太可怕了！"

"你是哪一位？"

"这无关紧要，我只是一个可能为你找回项链的人。"

"如果你有什么线索的话，请打电话给警方，或者通知保险公司。"

"麦迪逊太太——"

"你是谁？"她又问。

我听见她倒抽了一口气，同时知道她听出了我的声音，"你就是抢我项链的那个人！"

"但不是那个想掐你的人。"

"你到底想要什么？"她的声音就像陷入绝境的蛇一样，发出冷冷的嘘声。

"我要什么？我想和你见面，和你谈项链的事，也许可以将它还给你。"

"那你要多少钱？"

"我的价格是很合理的，我们可以面谈。"

"好吧，"她想了一会儿后说，"你可以来我这里。"

"不，多谢了，我可不喜欢警察。"

"那么到哪儿呢？我也不喜欢贼。"

"你知道布莱安公园的花展吗？那里有一个大帐篷，展期一周。"我要选一个人多的地方。

"我会去的，什么时候？"

"四点怎么样？"我不想给她太多的时间，免得她报警。

"好吧。"

我挂断电话，迅速离开电话亭。我知道警察不会追踪这个电话，但还是谨慎一点为好。四点差十分，我来到布莱安公园的大帐篷里，附近并没有便衣警察，一切似乎很正常。四点整，我看到她在42街从一辆出租车上下来，急急忙忙地走进公园。

她独身一人。我想她不会马上认出我的。我在人群中绕着她走了两圈，确定一下是否有人在监视她，最后，我向她走去，她正在观赏一盆兰花。

"我们以前没有见过面吗？"我平静地问道。

她转过身，微笑着说："我想我们见过。不过，没有了八字胡，我一下子没有认出来。"

"花展好看吗？"

"说实话，我对此一窍不通。"

"我为昨晚的事抱歉。"现在看见她，我知道我来对了，她是个神秘人物，哪怕是为了满足我的好奇心，也值得来这一趟。

"有什么可抱歉的？那是你的职业。"她第一次正视着我，"不过，你的真实面目要好看得多。"

"你没有报警?"

"没有。我觉得这儿很安全。"说着,我们两人一起漫步走出帐篷,找到一条长凳坐下,"现在谈谈项链的事吧。"

"你愿意赎回去吗?"

"保险公司——"

"我不和保险公司打交道,你可以领到赔偿,又得到项链。"

"那是违法的。"

我耸耸肩。"你昨晚不该戴它,像你这样美丽的女人是不需要钻石的。"

"谢谢,我以为只有三流小说里才有绅士风度的贼。"

"我不是有绅士风度的贼,我只是不会杀害受害人。你为什么要对警方那么说呢?"

她耸耸肩,"他们看见伤痕,自己得出了那个结论。单就这点而言,如果说出真相,那就麻烦了。"

"真相是,你丈夫曾经想杀死你。"

她惊骇地瞪大眼睛,"你为什么这么说?"

"最初我不敢肯定,直到我确定出租车上的男人是你丈夫后,才认定是这样的。有人企图掐死你,但你没有报警。你戴上项链来掩饰伤痕,免得宴会时被丈夫或其他人看见?我猜你在家时不会成天戴那项链。假如你想瞒你丈夫,那么,你会用化妆品或者其他的什么东西,而不是用项链。如果他看到那伤痕,很可能认为是他造成的。"

"你很聪明。"

"还可以。"

"我们谈正事吧。你要花多少钱赎回?"

"在这种通货膨胀的日子里,可能要值二十五万美元。"

"保险才保了这数目的一半。销赃的会给你二十五万吗?"

"你对这行懂得不少啊!"

"我先生和我愿意付你五万元。"

她愿意交易,这使我非常意外,我本以为这是一个陷阱,现在看来好像不是。于是我就和她讨价还价,故意不慌不忙地说:

"七万五。"她摇摇头:"五万,不行就算了。"

"你想从保险公司那里取得赔偿吗?"

"那是我们的事,与你无关。可以吗?"

我凝神思考着。到目前为止,这事只花了我一千元,就是付给山姆的钱。

纯利是四万九千元，这很不错。再说，我又不用冒险去跟销赃的打交道。

"好吧，就这么定了。"

她不那么紧张了，我奇怪她为什么如此急于成交。"很好，我们能不能今天就了结它，我想今晚就将项链赎回。"

"可以，"我也是急于脱手，"在哪成交？"

"我们家。"

我摇摇头："那太危险了。"

"你不相信我？"

"你相信我吗？"我反问道。

"好吧，"她叹了口气，"由你来定吧，我们一定照办，不过公共场所不太好办。"

对此我没有异议。我考虑叫山姆再去偷一辆出租车，但想想还是不要这样。山姆越来越贪婪，他只会向我要更多的钱。"中央火车站的底层怎么样？"我说，"那里夜里关门，不过我们到那里并不难。"

"好，九点钟怎么样？"

"可以，就在那儿见吧。"

我留下她独自坐在长凳上，急急忙忙地先走了。似乎没有人跟踪我，但我不敢冒险。我从42街的入口进了图书馆，乘电梯上了一层楼，再溜出去，上了第5街，然后乘公共汽车回到公寓。快到九点钟时，我越来越焦躁不安。他们指望我拿着钻石项链，到中央火车站的底层，和他们一手交钱，一手交货。麦迪逊夫妇在这么短的时间里，哪儿来的五万元现金？我四点钟和她见面，那时候银行早已关门。我很怀疑，像麦迪逊这么有钱的人，家里会存放那么多的现金？这明摆着是个陷阱。

可是，如果是陷阱，为什么今天下午不在布莱安公园抓我？答案似乎很明显，今天下午我不会把项链带在身边。今晚我会带着，警方人员也会守株待兔。不过，我自有应付的办法。我早早赶到火车站，买了个面包，把项链放进装面包的袋子里，然后在通往底层楼梯的墙边找到一个空壁柜，将袋子放进去。再把柜子的钥匙装到一个信封里，用透明胶把它粘在一只摇晃的垃圾盖上，放那里总比放在我口袋里安全些。

我从楼梯走下去见麦迪逊夫妇时，底层空空的。虽然我知道这里会有警卫巡逻，但估计几分钟里不会有人打扰。麦迪逊夫妇九点整到达，她双手插在一件黑色大衣的口袋里，他空着双手。我在饭店外见过他一次，认出他的确是麦迪逊本人。他们来到我身边，他说："嗯，我知道你就是指挥昨晚抢劫的人。"

"他们说，我是可以安排交易的人。"我说。

"你把项链带来了吗？"他个子高大，眼睛散发着冷冰冰的光芒，我第一眼就不喜欢他。他的手指细长，我可以想象，就是这双手在麦迪逊夫人脖子上留下了伤痕。

"带来了，不过还是先看看你们的钱吧。"如果这时候警察出现的话，我身上没有任何构成犯罪的东西。不过，没有警察出现。

"把钱给他看，"麦迪逊对他太太说。

"好吧，"她的右手从口袋里伸出来。我先看见黑手套，然后是手枪，那是一把微型自动手枪。"对不起。"她对我说，她突然举起了手枪，对着她丈夫的后脑勺扣动了扳机。事情发生得太突然，我都来不及作出任何反应。当麦迪逊躺在我脚边时，她扔下手枪，大声尖叫起来。我立刻明白她的用心。她是利用了今晚和我见面的机会，杀掉了自己的丈夫。她到底是为什么——金钱？社会地位？还是没有办法离婚？不，都不是，她是在找一个替罪羊。

我就是那个替罪羊。所以她在扣动扳机之前，向我说了声抱歉。枪声和叫声会引来警卫，他们会发现我脚边的手枪和我口袋里的项链。社交界的名人在和珠宝窃贼交易时被杀，这将是她的解释。只是项链不在我的口袋里，这点救了我。火车站的一位警卫跑过来，后面跟着一位穿制服的警察，他们到来时，她仍然站在自己亲手谋杀的丈夫旁边，歇斯底里地尖叫。

"这个人，"她指着我，"他杀了……"

"我目睹了全部过程，"我对那两位警察说，"我听见下面有吵架声，就想下来看个究竟。他们正在吵架，我下来时正好看见她开枪向他射击。"

"他胡说！"她冲着我喊道，"他偷了我的项链！项链就在他的口袋里！"

警察看着我，吵嚷声引来了许多旁观者。我冷静地说："我口袋里没有任何东西，只有证件。不过，我建议你们把这位太太的右手套取下来，看看有没有弹药末。"

"别听他瞎说！"她大声叫道。

我打开皮夹，亮出我的警徽和身份证。"我是德比警官，九十一分局的，如果不信的话，可以打电话查一下。"此时的麦迪逊太太终于不叫了，只是嘴巴张大着，不知所措。

至于我，我必须得说，身为警察和劫匪，有时候会使你陷入困境，有时候也可以使你摆脱麻烦。

外乡人

〔美〕罗伯特·L. 菲什

那具被车撞飞的尸体就像一个大布娃娃一样，成"大"字形躺在大楼的墙边。埃弗斯上尉摇摇头，看了看站在身边的大个儿大夫。

"这条街道真晦气，这样的车祸都发生快上百遍了。难道他们总是把这条街当做高速公路吗？车灯的光线够用吗，大夫？"

"足够了，"大夫没好气地回答，并打了一个哈欠，看得出他已经困得不行了，"我不打算在这里给他做手术。现场拍照完了吗?""什么都完成了。另外，我们还确定了他的身份——托马斯·米德尔顿三世。"

大夫不在意地嘟囔了一声，跪在被车撞死的人身边。他简单检查一遍就站了起来，平静地说："我永远也弄不明白，凌晨两点把一个法医从床上硬拽起来，只是让他来通知你们一个人已经死了，可死人是你们这些人睁开眼皮就能辨别得出来的。"

"我们只是按照法律程序办事而已，大夫。你应该知道的。"

"当然，我知道，但并不等于理解。"大夫叹了口气，"把尸体装上车运走，天亮后再仔细检查。"

埃弗斯又重复了一遍："他是托马斯·米德尔顿三世。""哦?"大夫声音中带着好奇，"那他比查尔斯二世早，还是晚呢?"

"他是托马斯·米德尔顿的儿子，老托马斯正是这城里著名的射手。"上尉直截了当地说。

大夫爬进他的车，这些事情似乎引不起他的兴趣，他脑袋靠着窗户："那样的话，我们可以戴讲究的橡皮手套操作。"

大夫的车开走了。上尉走到拉尸体的救护车旁："对，装上去吧。乔，化验室要的前大灯的碎玻璃弄齐了吗?"

"有用的东西都收好了，上尉。"

"好的。在天亮前叫清洁队派人把血迹弄干净，接着我们要走访汽车库，这些都必须在天亮前完成。"

"一切都会收拾妥当的，上尉。"

"好。"上尉刚一转身，便发现有个人一直站在他身后。"噢！你就是打电话报警的那位吧，你叫什么?"

这男人三十多岁的样子，穿得还算整齐干净，但上尉还是一眼看到了他已经磨损的衣领和穿旧的鞋，还有那张毫无表情的脸。

"乔治·坎尼斯，上尉。"

"嗯，坎尼斯先生，把你见到的事情详细地告诉我。"

"事实上我什么都没看见。"坎尼斯慢慢地说，"我听到的倒比看到的要多。我正走过那个拐角。"

埃弗斯上尉皱着眉头说："半夜两点你到那个拐角干什么？难道你不知道那个地方是事故频发地吗？"

坎尼斯耸耸肩："我真不知道，我是新来的，在这边散步，我方向感不是特别好。"

"住在哪儿？"

坎尼斯笑了，类似的问话他听得耳朵都起老茧了："先生，林肯饭店。"

"千万别生气，"埃弗斯上尉又回到刚才的话题，"看到肇事小车了吗？把你看到的一切描述得再详细一点。"

"我边散步边想事，刚好走到这个拐弯处，听到刹车声，接着我又听到汽车撞人时发出砰的一声。我意识到准是出事儿了，但我看到的全部场面就是一辆小车从下一个拐角消失前剩下的车尾，然后就是一具躺在地上的男人尸体。"

"假如你再遇到那位司机，你还认得出他吗？"

"我没有见到司机，只是看到一闪即逝的车尾，是辆黑车，我只看到这些。"

"车背部窗子的样式是怎样的？玻璃四角是圆的还是方的，还是可换成敞篷的？"埃弗斯上尉知道，大多数人看到的实际上比他们意识到的要多得多。"尾灯呢？有几个？两个，四个，或者几乎一排都是灯？它们的颜色是红色还是橘色？"

"两个，我觉得。"坎尼斯突然活跃了，"我肯定是两个，因为我记得车子拐弯时刹车减速，尾灯就大了，也亮多了。颜色更近于红色。"

"都记了吗，麦克？"埃弗斯点点头，看一眼身边的巡警。

"记下了，先生。两个尾灯，是刹车便发光的那种。这种样式的车至少已是十五年前的了。黑色。再没有其他标志。"

"好的，帮助乔去搜集车库的资料。"他转向坎尼斯："你能告诉我们的材料就这么多吗？"

"是的，就这么多。"

"好的，"埃弗斯说，"如果你还想起其他细节，可以随时和我们联系。谢谢你把我们叫来，大多数人不会这么做。"

坎尼斯点头答应，然后转身离去。他脸上毫无表情，但内心得意洋洋，因为大多数人不是乔治·坎尼斯，他对自己说。然后，他朝自己饭店的方向走去。

"运气真好！"躺在饭店的床上，坎尼斯自言自语。走运的是这个夜晚他碰巧在这个城里，不管这城市叫什么。

他突然想起了什么，便穿上上衣，走向门口。他要打一个很重要的电话，但不能用饭店经过总机交换台的电话。

走过了三条街和一个药店，他发现这儿空荡荡的，正是打这种电话的好地方。这里一共有四个电话亭，他挤进最后一个亭子，投入硬币，拨了一个号码。

"我是警察分局的曼欧宁中士。"

坎尼斯有些犹豫，不敢确定这个号码对不对，于是试探着问了一句："如果我想同机动车注册部的人说话，是这号码吗？"

"等一等。"那边好像在转线，又是嘟的一声，接着换了一个人的嗓音，一个女人的声音。

"我是机动车注册处，迈拉·西蒙。"

坎尼斯一点也不犹豫了，他把男人的魅力和带点官腔的傲慢糅合在一起。听到自己讲下面这段话的效果，他不得不承认自己装得非常理想。

"西蒙小姐，我是曼欧宁中士。我们拘押了一位酒后开车的男人，他没带驾照，也没看到车辆的注册号码。从外表看，他好像买不起他开的这辆车。虽然我们还没有车辆报失的记录，但我们想核实一下，免得出错。"

"可以的，中士。"听上去西蒙小姐很乐意对州警察局有所帮助，"牌照号码是多少？"

"GK－264－S。"坎尼斯说。那辆车撞了人之后，他就把这组数字深深刻在了脑子里。

"GK－264－S。"西蒙小姐职业性地重复了一遍，"式样呢？"

"大约三年前出厂的白色大陆牌四型车。"

"好的，我现在得花几分钟查一查。等会儿我给您打电话行吗？"

"我不在办公室。"听起来好像州警察忙得难得坐办公室，"我等着你。"

坎尼斯庆贺自己把所有可能出现的问题都考虑过了，并且准备了所有妥帖的答话。他突然在这电话间里暗暗咧嘴笑了。

一会儿，西蒙小姐又回到话机旁："喂，中士吗？找到了。GK－264－S，白色的大陆牌四型车，1974 年产。主人的名字是约翰·科利索斯，住址是法也特大街 6614 号。这些信息对您有帮助吗？"

坎尼斯声音变低了，有些悲哀地说："真对不起，小姐，浪费你那么多时间，司机证件上写的和你说的完全一样。"

"没关系，"西蒙小姐倒挺开通，"我们就是干这个的，中士。"

"那么，再次表示感谢。"到现在为止运气还不错，他挂上电话时想。原来他还担心这辆大陆牌轿车是从别的城市开来的，而且，他更担心的是，这是一辆租给别人的车，尽管四型车挺豪华，不大可能外借。

想吃到最新鲜的食物就必须亲自出马。使用公共交通工具可能要出示身份证，坎尼斯不想冒这种险，他决定步行前往。从药店到法也特大街6614号，他足足走了一个钟头。最后，他终于看到了那座想象中的房子。坎尼斯在马路对面一片相当隐蔽的树林里，观察了好一会儿，然后走开，去找电话。

走出很远，他终于看到路旁商店的橱窗前有一个电话亭。他在商店里查了电话号码簿，然后进了电话亭，把门关紧，投下硬币，拨号。片刻之后，那边响起了一个询问的声音："什么事？"

坎尼斯努力使自己的语调听上去不是要谈私事："请约翰·科利索斯先生接电话。"

"你是谁？"

"告诉他是一个朋友，一个非常要好的朋友。"

"别挂，请稍等一下。"

短暂的等待，然后话筒里响起了另一个声音，这个声音严肃、冷漠、深沉："我是约翰·科利索斯，您是哪一位？"

"我？"坎尼斯镇静得令自己都吃惊。"我吗？先生，亲眼目睹了您凌晨两点在米切尔大街像个醉鬼似的把车开得摇摇晃晃，结果撞死了一个过马路的家伙。接着，您一下子开车跑掉了，也没瞧一瞧那人是否还有救。现在您知道我的身份了吧？"

电话那边传来沉重的吸气声。

沉默了很长时间之后，那个声音不再平稳了，但依然慢慢地说："我不知道您是谁，也不知道您要什么，我觉得您是拨错号了。"

"我可不是这样认为。"坎尼斯平静地说，这时候他已经能完全把握自己了。"我在您住宅前观察了很久，三十分钟前我看见您开车回到了车道上。您，还有司机，在一辆大的新汽车里。我看得十分清楚，今天凌晨开大陆牌汽车的就是您。您有这么大的住宅，还有能装三辆车的车库，我愿意跟您打赌，那辆撞碎了前大灯的大陆牌小汽车就锁在您的车库里。怎么样，您愿意打这个赌吗？"

听得出电话那边的人在极力控制自己的情绪，因为传来了很深的吸气声。"您是谁？您叫什么？"

坎尼斯对着话筒微微一笑："让我们认真谈一谈吧。"

又是一阵沉默，比上次还长。坎尼斯正要打破沉默，那声音又响了，带着点妥协："您想要什么？"

"您这个问题还比较令我满意。"坎尼斯表示赞同。

"您认为您要多少会比较合适呢？"

"嗯，"坎尼斯深思熟虑地说道，"我觉得，一万挺合适，整数比较吉利。我希望这提议也让您满意。"

"一万美元？"

"买卖还算是公平吧？"坎尼斯说。

"如果我同意，"科利索斯平静地说，"在哪儿跟您会面？"

坎尼斯咧嘴笑了，似乎看到钱就摆在面前。不过，他马上又绷起脸，尽量让自己的声音也变得严肃起来："您还记得凌晨时撞人的地方吗？当然，要是您醉得太厉害，现在回忆起来就困难一些。"

"事实上，我不记得。"

坎尼斯冰冷冷地说："在米切尔路八号街的转弯处，靠南边的路灯底下，明晨两点，我等您。"

"我怎么知道是您呢？"

"您不知道我，"坎尼斯说，"我知道您就足够了。"

"好吧，"科利索斯慢慢地说，"也许我会在那儿。"

"如果我是您，就不会用'也许'这类词。"坎尼斯冷酷无情地说，"请准备好现款，准时到达。我们都不想惊动这个城市的警察，对吧？"他忍不住又笑了。

"那家伙要什么，老板？"科利索斯的保镖迈克歇问。

科利索斯脸色阴沉："他企图敲诈勒索我，一万美元。"

迈克歇瞪大眼睛，眼珠快要蹦出来了："敲诈你，老板？敲诈约翰·科利索斯？他一定是个刚到城里来的乡下人吧！"

"也许这就是他坚持这么做的原因。"科利索斯沉重地说，"他一口咬定我今天凌晨两点曾驾车驶过米切尔大街，而且喝得烂醉。他说我开得飞快，撞死了一个人，然后没停车就开跑了。"

"这家伙的脑袋长瘤子了吧，老板？你五年前得了胃溃疡后就一直滴酒不沾。而且，凌晨两点你就在这屋里，跟吉米、麦卡利打牌……"

"该死的家伙！"科利索斯勃然大怒，"我知道凌晨我自己在哪儿！"他捶着桌子，"准是那个该死的家伙！"

迈克歇还没明白过来："谁？"

"还能是谁，笨蛋！约翰·朱尼厄，肯定就是他！应该打断他的腿！……"这个大人物激动得说不出话来，一只大拳头重重地敲在桌子上。

然后，科利索斯平静了下来，他看着迈克歇："约翰·朱尼厄在哪儿？"

"我不知道，老板。"迈克歇垂头丧气地说，"他不在家。"

科利索斯深深喘了口气："好吧，至少下去看看车库里他的车在不在。"

"对，老板。"

过了一会儿，迈克歇返回来了。

"恐怕那人是对的，老板。四型车是和什么撞上了，而且挺厉害的。"迈克歇正无可奈何地瞅着他。

科利索斯突然点点头："好，迈克歇。准备一辆运货卡车把小汽车弄到埃迪那儿，让他抢修。告诉埃迪十二小时之内我要用，最多十二小时。"

"明白，老板。"

"另外，把这儿的车库从里到外认真打扫一遍，后面的车道也一样，不要留下玻璃碴儿、漆皮、血迹，别让任何人看见。明白吗?"

"我明白了，老板。"迈克歇用一只手掌揉着另一只拳头，"弄完之后，我再带几个人去教训那怪物一顿。对吗，老板?"

科利索斯皱起眉头："真是蠢货，不行!"

迈克歇非常不了解："可是，老板，你总不会白白把这一万块钱送给这个骗子吧? 整个城市都掌握在你的手心里，老板……"

"你现在还不明白，"科利索斯的脸上浮出一丝阴险的微笑。

"你照看好轿车就行了。对付敲诈犯只有一个方法，迈克歇，就是把他的脑袋给他……走之前给我接通埃弗斯上尉，他欠我的人情该还一部分了。"

凌晨两点半，埃弗斯上尉又来道了交通事故现场。

"用救护车的灯光照明行吗，大夫?"

"我想差不多。"大夫说着四下看了看，"怎么不用您的巡逻车照明了呢? 前灯拆了吗?"

"刚才出了意外，"埃弗斯上尉说，"前大灯撞坏了。"

"哦。"大夫仰起头来，"乔正在收拾的该不会是巡逻车前大灯的碎玻璃吧?"

上尉无可奈何地耸耸肩："乔有他自己的事。我们还是先解决这个尸体吧?"

"当然。"大夫说着就跪了下去，当他看到死者是谁时，又马上站了起来："唉，他死了。真够巧合的，一个人头天晚上报告了一起车祸，怎么却在第二天晚上，在同一地点、以同一种方式被撞死呢?"

"这真的难以解释，"埃弗斯上尉面无表情地说，"有些人并不足够明智。我想，这个外地人还没有体会到这个地方是多么危险。这个城市对他来说还很陌生。"

离奇的失踪

探长与女郎

〔比〕乔治·西默农

　　梅格探长刚走进办公室，就看到了桌子上的纸条："一个个子高高的女人想要见您，她在 17 年前曾因盗窃罪被您逮捕。"看了这张纸条，梅格马上想起 17 年前的情景。那时的梅格还是个普通警官，因为盗窃罪逮捕了一个极其野蛮的女人。面对警察她极不听话，甚至把衣服脱了个精光以示威胁。最后梅格不得不和另一个同伴用被子包着她，才将她弄进警车，押往警局。现在回想起来，梅格还忍不住苦笑，心里说道："她可真是个难缠的人"。

　　不一会儿，那女人就来了。她身穿连衣裙，戴着一顶草帽，抹着颜色浓重的口红。尽管 17 年没见，一见面，梅格还是一眼就认出了她。

　　"坐吧，找我有什么事？"

　　女人起先没有回答，而是从包里拿出一支香烟吸了起来。

　　"我是为我丈夫阿尔弗雷的事来找你的。"

　　"是吗？就是那个无人不知、无人不晓，经常光顾监狱的盗窃专家吗？"

　　"探长先生，请让我把话说完好吗？不要打断我。"她猛吸了两口烟后，又继续往下说。

　　高个女人口中的阿尔弗雷原来在一家卖保险箱的公司上班，后来因为行为不轨被开除，从此就东盗西偷。整个巴黎他装配了上百个保险箱，密码都牢牢记在心中，只要有机会，他就到那些人家里开锁行窃。昨天晚上，他照例带着工具出去作案，一夜都没回来，直到第二天凌晨 5 点才打电话回家，声音显得极其恐慌。一问才知道，昨晚他爬进农庄路一个花园，潜入一间放着保险箱的屋子。屋里一片漆黑，他刚打开微型手电，突然看见一双直勾勾的眼死盯着他，这是一双死人眼。他吓得差点昏过去，踉踉跄跄地翻窗逃了出去，连工具都忘了拿。

　　"阿尔弗雷说那是一具女尸，胸口全是血，手里好像还拿着电话筒。他说爬出花园的时候发现一辆小车正向花园开过来。因为他的工具都落在那个房间，他又是惯犯，所以怕警察会觉得那个人是他杀的，因此不敢回家。"

听完这个女人的叙述后，梅格马上打电话询问过去数小时内哪些小区发生过谋杀案，得到的答复都是没有。没人报案，也没人发现什么女尸，梅格就朝那女人做了个无奈的表情。女人则非常着急地说："探长，我不是在跟您开玩笑。我是真的怕阿尔弗雷受到冤枉才来找您的。我丈夫确实是盗窃犯，您可以依据这条罪状给他判刑，让他去坐牢，但那个人确实不是他杀的，您必须清楚这一点。"

"好的，你先回去，不要着急，我先了解一下情况，需要时我再找你。"听了梅格的话，女人心里好像还有些不甘，但是她也不能强求什么，只好向外边走去。临出门的时候，她对梅格说："探长，您什么时候去找我都行，我一定配合，这次再也不会脱衣服了。"梅格听了这话尴尬地笑笑，看着女人远去。

高个儿女人一走，梅格决定去现场看看。但农庄路上带花园的住宅不止一家，所以他们只能到阿尔弗雷曾经工作过的保险箱公司去查问农庄路一带哪些人买过他们的产品。经过保险公司工作人员查看，农庄路一共有 3 家买了他们的保险箱：一家是银行，两家是私人。银行有严密的报警系统和安保人员，阿尔弗雷不会傻到去抢银行。剩下的两家中只有一户家里有花园，主人是牙科医生吉姆·赛尔，住在 43 号。梅格当即和侦探布瓦西到那里查看。

他俩到达农庄路的时候，没有马上到那人家里去，而是在对面的一家咖啡馆坐下，要了几杯啤酒，和咖啡馆老板闲聊起来。他们想在和那家主人攀谈之前，先侧面了解一下他。从咖啡馆老板那里得知，牙科医生赛尔刚过 50 岁，两年前结的婚，家里有一个老母亲，以及只有白天才来家里做工的钟点工。

知道了这些，他们就走出咖啡馆，穿过马路，推开花园门，按响了正门的门铃。很久之后，门才开了一点，里面传出一个老人的声音："你们预约了吗？今天只接待预约的人。"

"哦，是这样的，我是梅格警探，请跟赛尔大夫说一下，我们想跟他谈谈。"

"对不起，您请进。"

门随即打开。站在他们面前的是一个头发花白的老妇，面带微笑，神情儒雅。

"快请进吧，我儿子正在睡午觉，这是他的习惯，不好意思。"她边说边把他们带进客厅。

"探长先生，真没想到您会到我们这里。在我叫醒儿子之前，我想问一下您今天是……"

老太太还没说完，梅格就问道："你儿子结过婚吗？"

"结过，结了两次。"

"这样啊，他第二位太太是不是也一起跟你们在这里住？"

老太太脸上好像突然有些悲伤："她不在了。"

"什么？不在了？她什么时候死的？"

梅格的问话让老太太有些惊讶："您说什么，什么死了？"

梅格赶紧解释说："对不起，您刚才说她不在了，所以我以为……"

"她是离家出走了，不是您想的那样。"

"她离家出走是什么时候的事了？"

"有两天的时间了。"

"她因为什么离家出走？"

老太太犹豫了一下才开口说道："这件事我都不好意思开口。她正处于更年期，脾气很大，动不动就发火。她是荷兰人，当初来巴黎的时候是一个人，现在估计是想家了，所以就暂时离开了。"

"您刚才说她走了两天了，也就是周二走的，是不是？"

"对，周二。"

"白天还是晚上？"

"晚上。"

"走的时候有人送吗？"

"没有。"

"她叫出租汽车了吗？"

"叫了。"

说完这两个字，她好像在侧身听什么声音。梅格一看就明白了，他马上起身把门打开。门边站着一个身材魁梧的男人，他就是赛尔大夫。赛尔脸上的表情有些尴尬，他应该是已经在门口偷听了一会儿了。看见儿子过来，老太太连忙说："这两位是警察局来的。"

赛尔打量着梅格和布瓦西："请问两位有什么要紧事吗？"

"赛尔先生，我们来找您是因为我们觉得您家里可能有什么被盗了，我们来了解一下。"梅格说。

"谢谢，如果我家里有什么失窃，我会马上报警的。"

"哦，是这样啊。据说您家里有一只保险箱，我们能看看吗？"

"可以啊，为什么不行？"说着，两人就被带进了赛尔的工作室。

梅格一眼看到了写字台上的保险箱，但他没有查看保险箱，而是向窗边走去。他摸了摸窗户上的玻璃，转头问道："玻璃是新换的吧？"

老太太马上说："对，四天前换的。您肯定记得周五那场罕见的雷阵雨吧，当时这扇窗户忘了关，发现的时候已经被震碎了，所以只能再装块新玻璃了。"

"玻璃是谁换的？"

"我儿子赛尔，他平时就爱敲敲打打，虽然是医生，对这些活也挺在行。"

与母亲的态度相反，赛尔突然暴躁地嚷起来："妈妈，不要理他们，他们没权力知道这些!"老太太却一直朝梅格两人笑:"不要介意,他就这个脾气。"之后,梅格两人就向大门口走去,快到门口的时候,老太太又对梅格说:"以后如果还有什么需要,可以直接找我,不过最好是在我儿子不在的时候。"听了这话,梅格笑笑,意思是说他心里明白。

离开那家人后,梅格迅速让助手维埃调查一下赛尔第二个妻子的情况,并查找一下她叫的那辆出租汽车。第二天中午,梅格在办公室看到了维埃的纸条:赛尔的第二个妻子叫玛丽·范·阿尔兹,现年51岁,荷兰尼斯克人,没有找到她叫的那辆出租汽车。

接着,那个老太太就去了梅格那里。她一进门就说:"不好意思啊,探长先生,我为昨天的事表示抱歉。我儿子就是那样,脾气总是不好,可能是被我惯的。他17岁就失去了父亲,我们一直相依为命到现在。"她就像个机关枪,说个没完。

但是梅格没有沉浸在她的那些话里,而是出其不意地问道:"赛尔的第一个妻子是婚后几年死的?"

"两年。"

"死因是什么?"

"心脏病。您知道,这种病一发作往往很难抢救,而且,她的心脏也一直不好。"她顿了顿,又继续说:"其实,我今天找您,一是因为我儿子昨天的态度,二是我觉得您可能还有些事没跟我们说。"

"好吧,我告诉你。昨天晚上有人打算进入你们家行窃,但是最后没有偷成。不是因为他不想偷,而是他被一样东西给吓到了。"

"什么东西?"

"一具女尸,看上去年纪不小了,有可能是您儿子的太太。"

老太太先是有些紧张,后来又微笑着说:"是那个贼跟您说的吧?现在我总算知道怎么回事了。如果您现在方便的话,请到我们家一趟,我会跟您细谈。"

"如果有时间我会下午去。"

"好,下午见,探长先生。"

梅格关上门后,在办公室想了很久。他办理过很多案子,但像这种活不见人、死不见尸的案子还是第一次碰到。下一步该怎么办?该采取什么措施?他正想着,这时电话响了,是维埃打来的。他在玛丽结婚前住过的地方调查得知,玛丽是个性格开朗、活泼大方的女人,在阿姆斯特丹有个好朋友叫奥斯汀,玛丽几乎每天都给她写信。据荷兰警方提供的消息,玛丽并没有回荷兰。梅格吩咐维埃想办法与荷兰警方取得进一步联系,并请奥斯汀提供玛丽最近写给她的信。

接着,梅格马上传讯赛尔的钟点工欧也妮。从她那里得知,玛丽患有心脏病,而且近期越来越严重,但她也不知道玛丽是从什么时候得的这个病,因为赛尔家经常换钟点工。梅格问欧也妮："赛尔家的窗玻璃是谁换的？"

"是赛尔先生换的，我亲眼看见的。"

"什么时候？"

"雷阵雨过后的第二天。"从这点上看，老太太没有撒谎。问了几个问题，梅格就让欧也妮走了。之后，他独自一人来到农庄路附近的一家玻璃店。店里的售货员告诉梅格，赛尔在上星期五也就是雷阵雨过后的第二天来买过一块玻璃和一斤油泥，其他的就没什么了。听完这些，梅格刚要走，另一个售货员却叫住了他，对他说："您是说那个胖子吧？这周三上午他也来过店里，也买了一块玻璃和一斤油泥。是我卖给他的，他是那天我们店里的第一个客人。"

"好的，谢谢你。"梅格脸上露出了不易察觉的笑容。

当天下午梅格就从奥斯汀那里得到了玛丽的一些情况：玛丽受过高等教育，她来巴黎是学习绘画的，之前父亲曾给她一笔数目不小的钱。她性格开朗，但最近几个月内心压抑。她跟奥斯汀抱怨过自己的婚姻不幸福，丈夫像个孩子，婆婆则极其自私。此外，她还说自己身体不太好，想回荷兰一趟。去调查赛尔汽车的莫尔斯也回来了，他跟梅格说赛尔汽车的行李箱里有几处细小的擦痕，像是放了很重的箱子后留下的；车的外部没有擦洗过，但汽车内却刷得非常干净；驾驶座的缝隙里发现了一点砖的碎末。听到这个细节，梅格马上让莫尔斯拿着砖末去实验室化验，同时派人搜查赛尔的工作室。之后，他又打电话给一直为玛丽看病的杜比克大夫，询问她的病史。杜比克大夫说："玛丽确实有心脏病，她属于心脏肥大。"

"据您观察，玛丽的病会对她的生命有什么威胁吗？"

"近一两个月没什么问题，以后就很难讲了。"

给医生打完电话，梅格就和维埃一起坐车到农庄路。他叫维埃先进去，自己走到车库对面一家小卖部，对女主人说："我是警察局的，想问您一下，这个星期晚上的时候，有人驾驶过一辆黑色小轿车吗？"他指着马路对面的车库说。

"让我想想，噢，牙医赛尔用过，他的车子就是那样的。"

"是星期几晚上？"

老板娘想了一会儿，似乎确定不了，就朝后面叫了一声："出来一下，亚当。"

不一会儿，里面走出一个老头来。

"亚当，有一天晚上你牙疼，大半夜起来找药，那是周几啊？"

老头想了一会儿说："那是周二晚上的事了。因为我们每次都是周二进货，那天白天刚刚进的货，我记得很清楚。晚上起来找药的时候还看见赛尔大夫开车回来，我就对老婆说：'药没找到，倒看见了治牙的大夫了。'"

"那是几点钟的事？"

"是下半夜了，赛尔大夫刚出诊回来。"

"你记得他的车是从哪个方向开回来的吗？"

"从瓦拉斯林荫道那边开过来的。"

梅格知道，瓦拉斯林荫道再往那边去就是塞纳河。梅格来到赛尔家的时候，老太太本来端坐在椅子上，看到他，就满脸堆笑，指着旁边的搜查人员说："探长先生，他们这是干什么，是在搬家吗？"梅格什么也没说，径自走进房间。

走进房间后，维埃把从赛尔卧室搜到的一支手枪和在他母亲箱子里的两份死亡证明交给了他。这两份证明一份是她丈夫的，一份是赛尔第一个妻子的。拿着这些东西，梅格走进了赛尔的卧室，赛尔对他还是爱答不理。梅格看了他一眼说："赛尔先生，穿戴整齐，跟我们走一趟吧？"

审讯是从第二天下午开始的。

梅格上来就问："你妻子的心脏有问题吗？"

"心脏肥大。"赛尔的回答很干脆。

"如果我没说错的话，你父亲和你的第一个妻子都死于心脏病。你第二个妻子的心脏也有问题。"

"对，你说得没错。"

"第二个妻子很有钱吗？"

"还可以吧，不过她平时花的也非常多。"

"她留下的钱呢？"

"她什么也没留下，临走前把保险箱里属于她的黄金都带走了。"

"我怎么才能相信你说的话是真的？"

"信不信是你的事。"

"您上周五去买过玻璃和油泥？"

"对，买过。"

"这周三上午又去了一回？"

赛尔愣了一下，从口袋里掏出雪茄，梅格把火柴递了过去。

"你最近一次用车是什么时候？"

"上周日。"

"开车去了哪儿？"

"枫丹白露森林。"

"好，赛尔先生，先到这里。我们刚才的谈话已经录进了磁带，还有什么要补充的吗？"

赛尔先是看了一会儿天花板，才摇摇头说："没有了。"梅格就让维埃把赛尔带到隔壁房间继续审问，然后把翻译叫来，让他念荷兰警方提供的玛丽近期用荷兰文写的信件。

"昨晚我做了一个噩梦：一个头上长犄角的怪兽狞笑着朝我扑来……怪兽的脸一会儿变成我丈夫的脸，一会儿又变成婆婆的脸。那一晚我无法入睡，醒来时满身冷汗，心跳个不停……

"我婆婆的眼睛简直能穿透我的内心，我不管走到哪里，总觉得她在盯着我。她从来没有对我严肃地板过脸，可我害怕她的微笑，非常害怕……

"昨天下午赛尔到我的房间里来了，他无意中朝抽屉里看了一眼，脸色瞬间惨白起来。他在那里看到了一支象牙柄小手枪。那是我在埃及旅游时买的，我觉得没什么，他好像很害怕似的，问我有没有子弹，我看了一下弹夹说没有，他就走了。没几分钟，他的妈妈就进来了，笑着对我说，一个女人在身边放着一把枪是不太合适的。我告诉她这是我在埃及买的，是当纪念品来收藏的，而且那象牙制的枪柄上还刻着我名字的几个缩写字母。最后，直到我在抽屉里找到几颗子弹给她，她才放过我，离开房间。但她走后没多久，我又在一个小包里找到几颗子弹……"

梅格正在听翻译读信的时候，维埃走了进来，跟他说赛尔的母亲又来了，正在接待室等他。梅格有些不情愿地走出去。接待室里，那个高个儿女人也在那里，她正面朝门坐着，赛尔的母亲与高个儿女人相对而坐。梅格刚想进去，高个儿女人就马上朝他使眼色，同时微微摇头，不让梅格进来。梅格马上明白了，转身离开。高个儿女人来警察局是为了告诉梅格，她今天收到了阿尔弗雷从鲁昂寄来的明信片，上面除了他的地址外，没有任何内容。他还是怕自己被怀疑成杀人凶手，不敢露面。在等梅格的过程中，高个女人得知她是牙科医生的妈妈，于是想套出一些关于她儿子的情况。

梅格重新回到办公室，让维埃把赛尔带来。赛尔刚来到面前还没坐稳的时候，梅格突然问道："你为什么要杀你的妻子玛丽？"

"警官先生，不要随便诬陷人，诬陷也是有罪的。"赛尔冷笑了一声说。

"你第一个妻子的遗产是你继承的吧？"

"这样做不对吗？不合法吗？"

"当然合法。不过在找到玛丽的尸体之前，你还没法继承她的遗产。"

"你凭什么说我害了玛丽？"

"这很奇怪吗？你不仅杀害了你的第二任妻子，你的第一个妻子也可能死于你手。"

赛尔只是冷笑，什么也不说。

"尽管你把车的内部清洗得很干净，但你还是留下了塞纳河边的砖末。我曾经问过你最近一次用车是去哪儿，你没有说真话，你跟我说去了枫丹白露森林，没说去塞纳河。"

"真可笑，难道别人不会偷我的车吗？"

"你骗不了我，你的车库是上锁的。"

"上锁就行吗？你的人不也进去了吗？"赛尔脸上是不屑的表情。

梅格笑笑："你可能不知道，你母亲现在就在楼下的接待室。"

听说母亲也在警察局，赛尔非常愤怒："你们有没有人性？凭什么拘留一个老人？"

"你搞错了，是她自己来的，她说有话要和我谈。"说完，他和维埃向外边走去。

"等等，"梅格还没走几步，赛尔在里面叫道，梅格看着他。

"我只想去见我的母亲，这个要求不过分吧？"

"什么时候见都可以，但不是现在！"说完这话，梅格把门关上了。

之后，他们把高个儿女人叫到维埃的办公室，她进门就说："为什么把我叫来，我正和那老太婆聊得高兴呢。"

"你们都说什么了？"

"我问她儿子的事，她一点也不说，反倒对你们警察的事很感兴趣。我就跟她瞎编，说我丈夫在外面打架伤了人，被你们关了起来，她马上问我你们是怎么对待我丈夫的。我就说你们一连审讯他24个小时，给他吃东西，不给喝水，还动了大刑。"

听着那女人的话，梅格皱皱眉头说："真是瞎编乱造。说说你丈夫的事吧，他有消息了吗？"

高个儿女人想了半天才说："如果他现在回来，你们会逮捕他吗？"

"不会，他没有在作案现场被抓，更关键的是赛尔家否认被偷窃。"

高个儿女人听了这话感觉很高兴，就把阿尔弗雷寄来明信片的事告诉了梅格，然后又对他说："那我再和老太太聊聊吧，说不定还能得到其他的消息呢！"说完她就下去了。梅格转身走进自己的办公室，打开了那盏台灯。赛尔则在那儿一动不动地坐着，看样子他真是非常累了。看了赛尔一会儿，梅格开口说道："知道吗？你妈妈觉得我现在正在严刑审问你呢。"听了这话，赛尔猛地抬起了头，脸上第一次露出不安的神色。

"我想见她。"

"你搞错了，我才是该和他见面的人，你妈妈有些话还想跟我谈。"

"你怎么会这样？对于一个已经年过七十的老人就没有一点怜悯心吗？"

"怜悯心？玛丽本来也是可以活到七八十岁的，知道吗？！"说完，梅格就气冲冲地朝门外走去。这是赛尔第一次看到他这样愤怒。

高个儿女人第二次走进维埃的办公室时，已经是凌晨一点，她看上去非常疲惫，进来之后就要了一杯白兰地。她喝完酒后说："真是小看了那个老太太，精神真好，比我还扛得住。她也挺聪明的，猜到了我以前是做那种工作的。"梅格知道，这是说她婚前做的是不正当的行业。她还向我打听了监狱里女囚犯的生活状况，比如几点钟起床、吃些什么、住的怎么样，她甚至还向我打听是否见过死囚。"

"好的，多谢你，我知道了。你可以回去休息了。"高个儿女人就走了。她一走，梅格就给自己满满地倒了一杯白兰地，仰头一饮而尽，然后朝助手神秘地一笑。

梅格再次坐到赛尔面前的时候，后者已经疲惫得不行了，他却没有这种感觉，迎上去说道："赛尔先生，你的事我想了很久，玛丽不是说要坐晚上的车回荷兰吗？看样子她是真的回了荷兰。但她临走时为什么还要去你的工作室呢？这点我一直想不通。我刚刚知道玛丽也有一把手枪，所以我就快要认为：你开枪可能是因为自卫。看到玛丽真的死了，你非常害怕，甚至没来得及把尸体拖离现场，你就惊慌地去车库取车，而你的这一行为又恰好被对面小卖部的老板看到。所以，这样说来，玛丽根本没有叫出租车，不然我们早就找到那个司机了。也就是说，她刚出门的时候，突然改变主意，进入你的工作室。告诉我，你的妻子去你工作室干什么？"

"没有！她没去我工作室！"

"别那么肯定，死者的尸体一定会找到的。我们已在塞纳河比朗科尔码头开始打捞，这项工作一结束，我的工作也就完成了。我现在想知道的是她去你工作室干什么了？她向你索要金钱？威胁你了？也许是你觉得受到威胁，冲上去夺她的手枪时不小心扣动了扳机？也许她当时在侮辱或者威胁你的母亲？也许你是先发制人，当你看到她拿枪进来的时候，先开了第一枪？如果是以上任何一种情况，预谋杀人罪就不能成立，你是在正当防卫，可以以此为自己辩护。但是我现在需要你给我解释的是，为什么玛丽刚想出门的时候又突然拿着手枪冲进你的工作室？"梅格说话的时候一直盯着赛尔，即使是点烟的时候也没挪动目光。"把真实的情况告诉我，你到底是因为什么开枪？"

"我没开枪！我真没开枪！"

"不要冲动，不要那么肯定，执迷不悟会后悔的，我不是已经给你许多选择了吗？以为我们什么都不知道啊？你为什么要把窃贼落下的工具拿走？"

"工具？什么工具？我不知道有什么工具！"

"再过几个小时那人就会出现在你的面前，尽管你把他的指纹擦得很干净。"

"你们找到他了？"赛尔有些不安。

"你很快就会知道了。"

梅格看了一下表，"赛尔先生，现在已经是凌晨三点半了，你还是没有什么想跟我说的吗？"

"该说的已经说了，没什么可说的了。"

"好吧，既然你这么选择，我只好去审问那个年过七旬的老人了。"

看上去赛尔很无奈，他大大地张着嘴，却什么也说不出。

梅格将老太太带到维埃的办公室，她还是显得那么自然和从容，就像什么事也没发生一样。

"我从来不愿意去打击别人，给别人带去伤害就像伤害我自己一样。况且您年纪又这么大了，我还有些于心不忍。您身体怎么样，心脏没什么毛病吧？"

"我很好，除了有些晕船，其他的没什么。"

"那我很不幸地告诉您，您儿子杀了您的儿媳妇，他把玛丽杀了。"梅格说这话时眼睛一直看着老太太的脸。

"他自己告诉你的吗？"

"他当然不能这么说，不过我们已经有了证据。"

老太太的呼吸有些急促，但她还是很镇定的样子。"你们获得了什么证据？"

"我们在塞纳河边找到了一个现场，他就是在那儿把玛丽的尸体和一些盗窃工具扔下河的。"

老太太手里的包突然滑落在地。她连忙弯腰去捡，她坐回座位的一瞬间，惊慌地看了梅格一眼。这一举动当然没逃过梅格的眼睛，但是他装作什么也没看见，继续问道："不过您儿子犯了一个错误，他不想把自己的这次袭击说成正当防卫，这对他是不利的。而且我认为玛丽不会无缘无故地拿枪进入赛尔的工作室，这里面肯定大有原因。"

"什么原因？"

"这就要看您怎么说了。我可以明确地告诉你，你儿子确实杀人了！"

此时，老太太的身体已经有些发抖，目光也不再那么有神。

"只要到了法庭上，你的儿子就是被告。他的第一个妻子也会很快被挖出来，我们会从她的身体里发现某种药物，这个你应该不会感到惊讶吧？"

老太太咬了咬嘴唇，慢慢站起身，她脸上还挂着一丝微笑。

"探长先生，我儿子为什么要杀害他的两个妻子呢？您能给我解释一下吗？"

梅格看着她，似乎有些惊讶。

"还是让我跟他谈一下吧，或许谈完之后，一切都会明白了。"

"不要急，赛尔太太，坐下，坐下。"梅格点起了烟斗。

"你说得没错，你儿子不是杀害两个妻子的凶手。"梅格语速很慢，透过烟斗里冒出的烟雾，他看到老太太的眉头紧锁，"他更不会杀害他的父亲，也就是你的丈夫。"

老太太脸上的表情是惊讶，是迷惑不解。

"听不明白吗？"梅格一边吐着烟圈一边说。

"您说的这是什么？我确实……"

"好吧，我说得仔细一点。你第一个儿媳是中毒死的，是慢性毒药，服用了砒霜或其他的什么。她肯定不会傻到自己去吃毒药，放毒的是个女人。你两个儿媳都有心脏病，你的丈夫也是。有一些麻醉药对于身体健康的人来说没什么大问题，对于心脏病患者来说却是致命的。据我所知，你丈夫生前有诸多恶习，比如酗酒和嫖娼，你对此很是担忧，因为沾染上这两样，家里的钱财迟早会被败光。丈夫死后，你对唯一的儿子赛尔管教很严，不许他在外边鬼混。你儿子结婚后，一个比你们家更有钱、和你的丈夫同姓的女人进入你们的家庭生活，你觉得有些不适应，矛盾很多。"

"你是说我杀了我的丈夫还有两个儿媳妇？可笑！真可笑！"

"别着急，往下听。一开始我也想不通，尸体为什么找不到了呢？如果玛丽只是被毒死的，你完全可以像前两次对待你的丈夫和第一个儿媳妇一样，把给玛丽看病的医生叫来开一张死亡证明，说她是心脏病突发，无法抢救，你就万事大吉了，但事情并不这么简单。她是死于枪杀，肯定有一个原因让你儿子向玛丽开枪。比如说，她那天晚饭后感到身体不适，想打电话叫人。她和你们生活了接近三年的时间，对你的为人非常清楚。她受过高等教育，读过许多书，包括医学方面的。当她明白有人对她下毒之后，立即走进你儿子的工作室，你当时肯定也在里边。我不清楚她是拿着枪进去的还是只准备给警局打个电话报警……但是那时你就只有一个想法：杀了她。"

"你是说是我杀了她。"

"听我继续往下说。我已经说过是你儿子开的枪，或者是他替你干的。你儿子以为你杀玛丽是为他着想，是为了让他得到一笔数目不小的钱财，可惜，他想错了！你杀人绝不是为了你的儿子，而是为了你自己！你到警察局也不是为了替他开脱，而是怕他说出事情真相。"

听了这些话，那个老女人就要崩溃了。

"对你来说，你儿子怎么样与你无关，坐牢也好，枪毙也罢，你不是很在乎。你只关心你自己，只要你过得好就行，关键的是，你还能独享一大笔钱财。我说的对不对！"梅格突然怒吼了一声，猛地抢过女人手中的手提包。她拼命想夺回，但终究没有如愿。梅格打开那个手提包，仔细翻寻着，像在找什么东西，最后他在最底层找到了两颗白色药丸。

"藏得好深啊，这就是你着急与儿子见面的原因吧。"他拿着药丸说，"只要这两颗药丸被他服下，一切都不会有真相了，你就可以得逞了吧？"

此时，电话响了起来：警察局的人已经在河边打捞出一个很重的大箱子，正往司法部门送。挂上电话后，梅格对身旁的老妇说："跟我走吧，这里不适合你待下去了。"老妇人全身颤抖，惊恐地缩成一团。

当梅格经过接待室时，看到高个儿女人还在里面，身边多了一个身材瘦小的男人。他们好像正在说着什么。梅格没有惊扰他们，只是在一张纸条上给他们留了几个字："亲爱的阿尔弗雷太太：非常感谢您的帮助，请帮忙转告您的先生，注意休息，身体最要紧！梅格。"

盗尸

[国籍不详] 弗雷克·西蒙内利

当我在长途汽车里看见了奎林·诺法德医学院灰石构造的塔楼时，天空几乎没了亮光。

我已经有三十年没来过这里了。这次我来奎林·诺法德医学院是因为收到了一封我的老朋友、老同学特莫斯·普里盖尔郑重其事而又颇有点神秘色彩的来信。他恳求我立即到奎林·诺法德医学院来一趟，并且要确保行程保密，他没进一步透露什么细节。自从 1904 年以后，我差不多有十年没见过特莫斯了，因此我断定他此次找我肯定有什么不寻常的事情。

我在主楼跟前下了车，然后马上找到医学院办公室，希望能在特莫斯下午下班前找到他。

秘书的座位上坐着一位面孔冷峻的女士，离老远她就冲我大声说："这里晚上不办公。"

我说："我有事要见特莫斯博士，请为我通告一声。"说着我送上我的名片：吉尔·沙普托，医学博士。

她的表情有些古怪，回答说："先生……我恐怕……特莫斯博士不在了。"

"你是说他白天出去了？"

"不是的，先生……他……不在了。"

我几乎控制不了自己："我的天啊！你用这种口气说他不在了，让我联想起最不好的事情。"

"厄洛姆博士也许能帮上你的忙。"

"谢谢你。"

这女人带我去见厄洛姆博士。厄洛姆博士坐在一张大桌子后面，既没有站起身来欢迎我，也没伸出手来，他说："我是威斯·厄洛姆，请坐。您是沙普托博士？"

"是的，我是来看望特莫斯博士的。如果您能费心指给我特莫斯博士的家，我将万分感激。"

"这不可能了。"

"什么？"

厄洛姆态度轻慢无礼，说话也冷若冰霜："特莫斯博士失踪了。坦率地说，我认为他死了。那天他在病理实验室工作，晚上九点还没回家，他女儿便让她丈夫到处找他。"

"是这样……您说的是不是他的小女儿甄妮？"

"对。她的丈夫霍顿是医学院的财务总管，她家与她爸爸的院子只隔着一户人家。那天霍顿没有在实验室里找到特莫斯，也没人见他走开。他失踪了。我们通知了警察局，进行了彻底调查，还是一无所获。"

"霍顿在实验室没有发现挣扎的痕迹之类的异常情况吗？"

"没有。留在那儿的唯一一件物品就是特莫斯的眼镜。"

"厄洛姆博士，您不认为现在就认定特莫斯已经死了早了点吗？或许……"

"这可难说。校园里五天前还出现了谋杀案，现在还没破。"

"谋杀案？"厄洛姆说五天前，那正是特莫斯给我写信的前一天。

"被害的是我们这儿负责保存尸体的佣工，一个叫海格斯的老头儿。他好像是被木棒打死的。"

我站起来，和厄洛姆握手道别："占用了您这么多时间，谢谢。"

我就近找个旅店住了一夜。旅店不大，但相当舒适。第二天早上我步行去霍顿家，去看望特莫斯的女儿甄妮。那时还早，刚刚八点，我决定先去学校，为心中的一些疑问寻找答案。

特莫斯最后出现的地方是病理实验室，我先去了那里。门外贴着时间表，上午第一节实验课九点半才开始，所以我有足够的时间四处查看。实验室里面只有一个不到三十岁的瘦高个儿的小伙子，他没有询问我来干什么，专心在显微镜下看标本。

我问候他："早上好！我叫吉尔·沙普托。我在这儿获得了学位……我是1883年毕业的……如果我四处看看，你不会在意吧？"我不断找话说，但是出现了令人尴尬的沉默。过了许久，他才出声："我为什么要在意？"

我笑了："我猜也不会，但有些人对他们认为是领地的地方特别敏感。"

那人耸耸肩："我不是那种人。"他又回到他的研究中。

我四处转了转，没发现什么可疑的地方，想要离开。这时，厄洛姆走进了实验室。我站在离门很远的几个架子后面，他没注意到我。

厄洛姆叫道："弗罗德！"

年轻人笨拙地掩饰着对他的蔑视："厄洛姆，我没什么要和你说的。"

厄洛姆脸色通红："你听着，只要我是这儿的系主任，你永远不会拥有这儿的使用权。"

"校长已经准许了我的请求，开一个意见听取会，而且……"

"你这是越级上告！"

弗罗德声调一下高起来："你想怎么着？我就什么也不做，任凭你像扫垃圾一样把我扫走?!"

"那你就开你的意见听取会吧! 可会议之后, 我就要用我的权力行事, 让你的合同不能续签。如果不是特莫斯干涉, 一年前你就滚蛋了。"

"特莫斯! 如果特莫斯有一点勇气, 他早就该代替你当上系主任了。"

厄洛姆露出愤怒而惊恐的神情, 他转身离开了实验室。弗罗德回到他的实验台前, 踢凳子发泄脾气。

"暴力行为可不好, 博士。"

弗罗德猛地转过身, 吓了一跳: "我……我忘记你在这儿了, 让你看笑话了。"

"好像是的。"

"他是个该死的笨蛋!"

我打断他: "我想我已经了解一些了, 弗罗德博士。我想知道特莫斯的事, 我是他的一位朋友, 对他的失踪感到极为困惑。"

"我能告诉你的不多。两天前的晚上, 我正要离开实验室, 特莫斯博士来了, 他说他要加班, 说了几句话我就走了。大约半夜的时候, 有人找我说, 他失踪了。"

"特莫斯那晚工作的用品还有吗?"

"没有, 只剩下眼镜和他的钢笔, 他甚至忘了给笔盖上笔帽。还有一个笔记本, 但上面什么也没写。"

"好, 谢谢你, 博士。"

我离开实验室, 去霍顿家。在后门阶梯上, 我一时分辨不清方向了。正好看见一个花匠正把阶梯下面几簇死去的玫瑰花移开, 我去向他问路: "请问, 你知道去霍顿家怎么走吗?"

"知道。看见左面树林中的塔尖了吗? 你顺着这条小道走, 始终让自己看着那塔尖。出了后门就是大道, 右手第一幢就是霍顿家的房子。"

"非常感谢。"

"别客气。"

好奇心使我注意起他手中的花, 在一块大约五英尺见方的土地上, 所有植物都死了, 但它们确实不同于我所熟悉的任何植物病。

我仔细看着枯萎的叶子: "不像是旱死的, 也不是虫灾, 这些花为什么会死呢?"

"谁知道呢, 两天前把它们移过来时, 还都好好的。"

"这不会是一种甲虫病吧, 那种病两年前害死了我家所有的玫瑰花。"

"没有虫子, 应该是土壤不行了。"

我说: "好吧, 无论它怎么啦, 只希望它别传染到别的地方。"

"但愿如此。"

霍顿家离路口不远，我很容易就找到了花匠说的那栋房子，上前敲了门。

一位年轻妇女来开门，她不过二十岁，身材苗条，容貌精致，一头齐肩长发在清晨的阳光下闪着金光。她还有一双特莫斯那样的水晶似的蓝眼睛，这一定是他的女儿甄妮。

她的嗓音很柔和："请问您有事吗？"

"您是霍顿夫人？"

"是的，您是……"

"我是吉尔·沙普托。"

"是的，是您，沙普托！快请进来。多久没有见到您了。"

"谢谢，亲爱的，确实很久了。我来看你父亲，不过意外的是听说他失踪了，我想知道我能帮忙做些什么。"

一个年轻男子来到门厅，问："甄妮，这是谁？"

"这是我父亲最亲密的朋友沙普托博士。"她又对我说："这是我丈夫霍顿。"

我和霍顿握手寒暄。霍顿是个膀大腰圆的壮小伙子，方下巴，亮眼睛，带着一股聪明劲儿。霍顿关上门，我们一起进了客厅。客厅里已经有一个粗壮、秃顶的矮个男人，蓄着浓密的胡子，霍顿介绍说，那是多森警官。

多森问我："您怎么想到这个时候来这里的？"

我犹豫了一下，决定不透露特莫斯的信。我说："我们都曾是奎林·诺法德医学院的学生，我的拜访纯粹是礼节性的。突然来访，现在的事令我十分震惊，我希望我能做些什么。"

"我理解。您怎么知道特莫斯失踪的消息的？"

"昨晚我下了长途汽车就直接去医学院找特莫斯，从那里得知了这个糟糕的消息。"

霍顿夫人用亲切的嗓音说："沙普托博士，从旅馆搬过来吧，我们有很多空房间。"

"亲爱的，你们太慷慨了，我很不好意思。"

"请来吧，博士，别客气。"

"那么，好吧。感谢你们热情的招待。"

"我知道我们一定会找到父亲的。"甄妮的眼里充满了泪水，依然强作出淡淡的笑容，"您一定能见到他。"

又聊了一会儿，多森、我和霍顿一起离开了。霍顿要陪我回客栈收拾行李，甄妮送我们出来。离开霍顿家，走到甄妮听不到我们谈话的地方，我对多森说："我估计特莫斯已经遇害了，我想帮助你找出凶手。"

"沙普托博士，这是警察的事。"

"我的医学知识也许正是你们需要的。"

多森认真地看了我一会儿，说："好吧，沙普托。一小时以后请到我办公室来一起谈谈。"

霍顿帮我在他家里安顿下来，又提议驾车送我去警察局。

"霍顿先生，你来奎林·诺法德医学院工作多久了？"

"四年前我是这儿的学生，可是我不喜欢学医，就申请退学了。然后我去伦敦进了一个一年制的商业学校，等这里财务总管的位置有了空缺，我便提出申请，然后在特莫斯博士的帮助下得到了这份工作。"

"你是在奎林·诺法德医学院时认识霍顿夫人的吗？"

"是那时候认识的，可是不太熟。我和甄妮真正熟悉是在我回来的头一年，第二年我们就结婚了。博士，到了。"霍顿把车停在警察局的门口，对我说："晚上我们一起吃饭好吗？我们晚上七点开饭。不过我不指望我有多大的食欲。"

"为什么呀，霍顿先生？"

"院里管理尸体的老头儿上星期被人害了。找个顶替他的人相当困难，我暂时带着几个学生做着这个差事。"

"太可怕了。"

"无论如何，今晚您过来好吗？我们等您。"

"好的，霍顿先生，七点见。"

我从看门的警察那里打听到多森警官在二楼。多森警官刚刚向人了解完情况，送人出去。我们一起回到办公室里。我问警官："您也认为可怜的特莫斯已经不在人世了？"

"目前只是预感，似乎这种解释的可能性最大。现在要紧的是找到特莫斯的尸体。当前这种情况下，我们甚至不能宣布发生过犯罪案件。

如果您的朋友在实验室被杀，处置他的尸体就不很容易，一个人拖着一具尸体走过校园似乎不大可能。"

我提议一起去看看那个管理尸体的老头儿的小屋。这套小住宅只有两室一厅，一间是寝室，另一间是起居室。两间屋子堆满了各种各样新旧不一的收藏品。

多森说："没有什么有意义的东西，我和我手下的人把这儿上上下下都仔细检查过了，沙普托。他收集了很多乱七八糟的东西，我不明白他收集这些玩意儿有什么用。"

"警官，一个人眼中的废品也许恰好是另一个人的财宝。另外，我感觉海格斯凶杀案与特莫斯失踪之间存在着一定的联系。您感觉呢？"

"同感。"

我把每一个坛子里的东西都倒出来，仔细检查："我们可以这样说吧，在这儿发现的任何东西都可能帮助我们解开这两个谜。""您不会在这些坛子里发现您需要的东西，沙普托。我们都看过了，都是瓶盖儿、插销、钉子、打火石、粉笔头儿什么的……"

"这些是什么？"我抱起一个罐子。

多森的耐心很快就要磨没了："那是一堆生锈的支架。"

那是一些四英寸长的细铁棒，弯成了弧状，顶端一个向里的钩子，至少有六十件。

"这些东西是丧葬用品，亲爱的多森。它们被用来夹住死者的上下腭。这是一个非常有用的东西，没有它，死后僵直的尸体就会现出呼叫的模样，让送葬的人非常难堪。"我用一个支架先勾住左手的拇指，用右手模仿人的腭骨，拇指也套在支架的另一只钩子上。

多森从我手中拿过一个，细细查看："他保存这种东西真有点儿病态。"

"您忽略了一个相当有趣的问题，警官，海格斯从哪儿得到它们的？"

多森把支架扔到桌子上："沙普托，这个人恰好是个管尸体的。"

"警官，医学院用的死尸都是从医院买来的穷人的尸体。他们为了一笔数目很小的钱，事先订下了死后遗赠尸体的契约。他们死后不注重遗容，支架肯定不是这类尸体上的。"

"那又怎么样？"

"这个问题稍后解答。"我用手绢包起了两个支架，装进口袋。然后我们继续检查海格斯家的其他物品。我的注意力被屋外一个杂物棚里几件园丁工具吸引了过去。

我问："海格斯在学校里还负责园丁的工作？"

"据我所知没有。问这个干吗？"

"你看这里，这儿有三把长把儿锹，一把尖嘴锹，一个短把小斧头。海格斯不做园艺，又没有菜地什么的，他要这些工具做什么呢？"

我把工具上的土用另一个手绢包好，小心地放进自己的口袋里。

多森皱着眉头说："海格斯是个收藏家。"

"是的，他的收藏爱好给我们带来了诸多疑问。"

检查完海格斯的屋子，多森勉强同意陪我去查看海格斯的工作场地——存放尸体的地方。

我们顺着弯曲的铁梯子往下走了很久，通过一扇大铁门，才进入那屋子。我们点燃了煤气灯，这是一个令人生畏的地方，弥漫着死亡的味道。

警官说："上帝啊，我们在这儿能看出些什么呢？"正说着，铁梯上传来清晰的脚步声，有人喊："是你在下面吗，霍顿先生？"

"不，我们是沙普托博士和多森警官。"我答道。

　　是两个学生，拿着尸体提取单来领取上课要用的尸体。一个岁数大的学生说："今天琼斯博士那个班要一具男尸，洛克博士的班和病理实验室各要一具女尸。"他们爬上装尸体的桶边的梯子，用钩子捞起三具尸体，然后从靠墙的架子上取下一只水桶，从一个水龙头那儿打满水，又爬上梯子，把水倒入大桶。他们倒了好几次水，直到大桶里的水平面同捞出尸体前一样高为止。我发现一个问题，桶里水平面的高低受到尸体数目多少的影响。

　　我和多森帮两个小伙子抬着一具尸体出了尸体保存处。之后，我们沿着长长的走廊走向正门。在门口，我看见那位严肃的女秘书正从办公室那边跑过来，她大叫道："警官！快——要出人命了！"

　　"出什么事了？"

　　"弗罗德博士要杀厄洛姆博士！"

　　我们往厄洛姆的办公室冲去。办公室里传来猛烈的碰撞声，弗罗德正按住厄洛姆用拳头猛砸他的脸。我和多森上去一人拉住了他的一只胳膊："弗罗德，快住手，别打了！"

　　弗罗德拼命挣扎："放开我！厄洛姆，我要宰了你！"

　　我们把弗罗德拖到一边时，厄洛姆被打得满脸挂花，喘不过气来。

　　几分钟之后，我把厄洛姆送到了二楼的外科手术室，看样子他需要休养很长一段时间。

　　我回到一楼时，弗罗德已经被警察带走了，多森正在向秘书小姐了解情况："你听见弗罗德对厄洛姆说什么了吗？"

　　"我没听清楚。门是关着的，他们提高嗓门时我才听见弗罗德博士叫嚷什么'销毁记录'。弗罗德博士的神经错乱了，他平时是个很安静的人。"

　　问讯结束后，秘书走了，只剩下我和多森两人。

　　"你怎么看，警官？"

　　"好像是厄洛姆触怒了弗罗德。"

　　"是的，这事我知道。"

　　"你怎么知道的？"

　　"今天早晨我去病理实验室调查，正好听到他们争吵。厄洛姆坚持不同意弗罗德续签合同，弗罗德则越过厄洛姆，直接让校长同意开一个意见听取会。厄洛姆很不满，威胁说不择手段要把他轰走。"

　　"他能做到吗？"

　　"能。所以，这个意见听取会对他们双方都至关重要。你对'销毁记录'一事怎么看？"

　　"据我判断，弗罗德正在进行一项研究工作，这项工作将给委员会留下重要印象，并且他要控告厄洛姆毁坏工作成果。不过，这只是推测。"

我们约好第二天厄洛姆恢复过来后，一起去对他进行问讯。

吃过晚饭，甄妮早早休息了。霍顿邀我到书房，在临睡前喝一杯。

我们谈起弗罗德和厄洛姆的争吵。霍顿认为弗罗德是个很难相处的人，并认为应该对弗罗德对厄洛姆的攻击引起足够的重视，他很有可能与自己岳父失踪有关。不过，我则认为特莫斯失踪与海格斯被害关系更大。

"霍顿，你和海格斯熟吗？"

"一点儿也不熟，很少有人和他来往。据我所知，他也没有任何亲属。"

"但是作为财务总管，你和他的接触总该多一些吧。至少你在发薪水之前，会去看看他的那些尸体保管如何，数目是否正确。"

"是的，不过我们的接触仅限于此了。"

霍顿暗示我们的谈话到此结束，我们喝下杯中最后一口白兰地，互道晚安。

第二天，我和多森警官去看望厄洛姆。他的脸肿得很厉害，上面布满了伤痕。他有几颗牙齿被打碎了，鼻梁骨也断了，肋骨断了三根，呼吸很吃力。坦率地说，他捡了一条命。

每一个微小的动作都会使他感到痛苦不堪，学院派来的一名大夫给他打了一针麻醉剂。当厄洛姆看上去能够重新讲话时，我们便问起弗罗德说的厄洛姆要毁掉他正在完成的研究成果一事。

厄洛姆的声音含糊焦躁："我没有！他疯了，我甚至连他们正在搞什么都不知道。"

"他们？"

"弗罗德和特莫斯。"

"特莫斯？你是说弗罗德和特莫斯在一起研究项目？"

厄洛姆点点头，迸发出一阵猛烈的咳嗽，吐出一口夹着血和胆汁的黑色浓痰。大夫急忙制止了我们的问讯，我们满怀同情地退出了病房。

我一出房间便问多森："你知道弗罗德和特莫斯在共同研究一个项目吗？"

多森得意地笑了："今天早上我从弗罗德那儿了解了这事。他说他以前认为这事并不重要，不值得提，可是现在听起来，不感到奇怪吗？最后一个看见特莫斯活着的人正是跟他合作的人，他最后看见特莫斯的地方是他们自己的实验室，可是这位合作者却声称他完全不知道特莫斯在那儿干什么。""你怀疑弗罗德因为工作中的某个争端而杀了特莫斯？"

多森扳着手指头数："第一，他有压力，必须得研究出成果保住职位；第二，他到现在才承认他一直与特莫斯在某个项目上合作，这项工作对他非常重要；第三，我们昨天了解情况时，他不提他和特莫斯的合作；第四，他是最后一个看见特莫斯的人；第五，我们都看到了，弗罗德天性好斗。"

"这些都是偶然因素，多森。你想，海格斯是怎么回事？你忘记那可怜的老头儿了吗？弗罗德也把他杀了？这解释不通。"

"海格斯的谋杀案与特莫斯的失踪丝毫没有联系，那是个巧合，我们要分开办理。"多森明显感到他自己已经完成任务了。

"真的吗，警官？你没法指控弗罗德犯有杀人罪，你没有足够的证据。"

"弗罗德是个暴躁的人，但并不是个老奸巨猾的惯犯，一审讯他就会承认的，我相信。"

"那么，特莫斯的尸体呢？找不到尸体你就没有实证。如果弗罗德不认罪，你就对他无可奈何。"

多森被我说服了。我们商议过后，决定去见弗罗德。

弗罗德被关在监狱的一个单间里，看起来很惊恐。我给他点上一支雪茄："我刚去看过厄洛姆，你把他打得好惨。"

"他会死吗？"

"那倒不至于，不过要养好伤需要很久。"

弗罗德软绵绵地说："我不知道我怎么会做出那种事情……他是个可怕的人，非常可怕的人……"

"昨天你想杀了他。"

"是的，非常想。如果不是你和多森拦住我，我真把他杀了。这个职位对我来说太重要了。我没钱，没有家庭支援，我需要这个职位维持研究，而且厄洛姆明白我的研究对我申请延续合同会有很大帮助。他怎么能毁掉我所有的工作成果呢？他怎么能！"

"你肯定他要这么干？"

"我肯定，他讨厌我。"

"特莫斯呢？你知道警察认为你杀了他。"

弗罗德非常吃惊："你说什么？"

"那天晚上实验室里到底发生了什么事？"

"我什么也没有隐瞒，真的。我正收拾东西，特莫斯进来了，他说他要工作一会儿。我们聊了一两分钟我就走了。那就是我最后一次看到他。"

"你们共同研究一个项目，你一定知道他要干些什么。"

"那么说不准确。一开始我们确实合作搞一个项目，而且特莫斯对我帮助很大，他不希望我离开。但我们在一起研究并没有太久，仅仅一两个星期，特莫斯就把它完全交给我来搞了。

他好像彻底埋头于什么新课题的研究，非常神秘，他从不主动提起他的研究情况，我也认为那不是我该问的。"

"你和特莫斯刚开始一同搞的是什么研究，就是你后来独自完成的那个？"

"你知道，这儿是个产煤区，这个地区的大多数男人都在坑道里干活，有许多人死于肺结核。我们在这些人的软组织中，发现了残留下来的煤粉末的浓缩物。煤粉被吸收以后，通过血液最后聚集在嘴部的软组织里，大部分在牙龈和软腭上。我们有可靠的论据可以说明，如果在这些组织中发现了煤粉的存在，就能确定肺部已有类似的感染，必然导致呼吸系统的病变——肺结核的发生。如果我们证明它，对肺结核的早期诊断会有极大的帮助，并且能挽救许多人的生命。不过，沙普托，我不明白这和特莫斯的失踪有什么关系。"

"不仅有影响，而且也许是个关键，弗罗德博士。"我站起来准备离开，下面还有许多事要做。

下午四点钟，我拉着多森来到墓地。

"我们在找什么？沙普托，我的耐心就要没了。"

我迫不及待地跳下车子仔细查找墓碑。

"嘿，就是这儿！完全一样。这种红棕色泥土与奎林·诺法德医学院的土不同，与刚才那几个墓地的土也不同。"我跪在地下，从口袋里掏出手绢，那里面包裹的是从海格斯丁具上取下来的十块。

多森警官仔细端详我拿给他的土，然后又与他脚边的新鲜土比较："是一样的，但它又能证明什么呢，沙普托？"我们走回车子，多森十分小心地不让自己踩着任何坟墓。

我说："你无须那么小心地绕开这些坟墓，警官，它们全是空的。"

多森迈在半空中的腿停了下来，他吃了一惊。

我盯着身边墓碑上的日期说："如果这些坟不是空的，我倒会惊讶。"

"你想说什么？"

"现在还没时间解释这些，多森。晚上九点要把医学院全体职员集合在病理实验室，而且要让所有被召集的人都知道今晚九点凶手就要与他们对质了。再派一个警察去通知特莫斯的家属出席。你还可以派一些人来掘开这些坟墓证明我的说法——我向你保证，每座坟墓都是空的。"

多森似乎被我的话弄呆了，但是我坚决的态度让他无法说"不"。

他按我的意思写了几张条子。

"最后一件事，多森，今晚八点来尸体保存处找我。"

"在存放尸体的大桶前？"

"是的，只能在那儿。八点，我会把凶手交给你。"

当我在尸体保存处潮湿黑暗的角落里等待凶手到来时，我已经不像刚才对多森发号施令时那么自信了，意外随时有可能发生。一直等到七点一刻时，我终于听到了楼梯上的脚步声。杀害特莫斯的凶手举着提灯进了屋子，又用提灯点燃了另一盏挂在墙上的提灯，然后取过长钩爬上梯子，站在狭窄的桶边上勾取尸体。桶里的水黑暗混浊，这里面藏着我朋友的尸体。

我在角落里屏住呼吸，一动不动，但不知为什么凶手还是察觉了："是谁在那儿？"

我只好走出来："抱歉，妨碍你了，霍顿先生。你不认为应该把可怜的特莫斯捞上来了吗？"

"沙普托，你说什么？"

"霍顿先生，在多森警官来之前，我想我们可以坦率地谈谈。"

霍顿尖声叫着："你怎么知道的？"

"是那些玫瑰花告诉了我特莫斯在哪儿。"

"玫瑰花？"

"你杀了特莫斯后必须藏好他的尸体，但你无法扛着一具尸体走过校园，所以，你把他藏在了这儿。当然，你必须把他塞到下面，你不能让他和其他尸体一道浮在水面上。不过他的体积，还有你拴在他身上使他沉底的重物，都会让桶里溶液的水平面超出了正常的高度，那太明显了，于是你用虹吸管吸出了多出来的溶液，并把它们倒在后门外的玫瑰丛里。不过你没想到那溶液把玫瑰花杀死了。"

"沙普托，我警告你，往后点！"霍顿举起勾尸体的钩子对着我，我退后了几步。

我从口袋里拿出一个在海格斯家里发现的嘴部支架，举着给霍顿看："你和海格斯保持着良好的合作关系，海格斯盗墓，你来伪造付款的证明。你们从这项副业中捞到的钱比你们的薪水多得多，否则海格斯也不会变得那么贪婪了吧。他想分更多的钱，你不同意，他威胁要告发你，于是你杀了他。"我开始缓慢地向霍顿走近，想夺下他手中的铁钩。

"至于可怜的特莫斯，在他和弗罗德研究他们的课题时，他发现了死尸牙龈和软腭中的支架。从这一点上，特莫斯知道学院用的尸体不是通过合法途径买的，而是盗墓得来的！"我把手里的支架朝霍顿扔过去，他用长钩子把它打到一边，随即用铁钩子向我刺过来，我尽量小心地躲避他，试图拖延时间。

"特莫斯知道这事一定与海格斯有关，并且知道这种生意没有财务总管做同谋简直不大可能。所以海格斯被害以后，特莫斯得出了结论，那时他写信给我，要求我来看他。就在那天晚上，他把你叫到实验室去对证，你杀了他，销毁了他的笔记，把他藏到了这儿。你不知道这些事弗罗德知道多少，所以你认为你必须偷到他的研究笔记，弗罗德却以为是厄洛姆偷了他的东西，一气之下差点把厄洛姆打死。我分析得对吗？"

霍顿朝我扑过来，我急忙向后闪，但是脚跟不知被什么卡住了，差一点我就要从桶边上掉下去。我知道自己完了，举起双手希望能挡住袭来的一击。突然，我听到一声枪响，霍顿举着长钩不动了。他面无表情，双臂抱住胸抽搐着，跌进了黑浊的水里，无声无息地沉了下去。

我看到子弹打在了霍顿的胸部。

多森适时出现了。他走下阶梯，拾起霍顿掉在地上的钩子，试着想把霍顿的尸体捞上来。

驿站

［日］松本清张

一

小冢贞一在秋天就要过去的时候不见了踪影。他是带着简单的行李走出家门的，走之前没有任何异常。只是在初春的时候，他从银行营业部长的职位上退了下来，但这是惯例，他也到了该退休的年纪。退下来不久，他就告诉家人要到各地去周游一番。旅游是他一直喜欢做的事，所以家人没有觉得有什么不可以。不久他就走了，他甚至没确定要去哪儿，什么时候回来。这似乎是他的一贯作风，他很随性的。

小冢的家里只有妻子百合子和两个儿子。大儿子在政府工作，去年刚刚结婚，住在妻子家。小儿子也大学毕业不久，现在是一家公司职员。百合子则赋闲在家。

对于这次丈夫离家的事情，妻子百合子最开始并没有怀疑和不安，直到一个月后，她觉得情况有些不对，才向警方报告了这件事。她之所以这么久才报警，是因为百合子觉得丈夫一定会回来，但她没想到，一个月了也没消息，所以才不得不求助警方。

至于小冢贞一，他在一家大型银行工作了二十五年，很有能力，深受上司的重视和同事的爱戴，以至在退休的时候，该银行的子公司还想聘请他为名誉经理，但他拒绝了。他想出去旅游，如果担任这个职务，他就分身乏术了。

但是他性格有些孤僻，爱好也不广泛，只喜欢摄影、旅行和阅读。这样的人通常会被认为容易与异性发生暧昧关系，但小冢身上却一点也没有这样的事情发生。业务上的聚会只是偶尔参加，陪一会儿客人就会回去。他从不跟漂亮女孩单独出去，甚至是因为工作上的关系也很少。

平时的小冢是个老实本分的人，和家人关系融洽。自从和妻子认识后，两人的感情一直很好，出走之前，两人也没发生口角。

但有一个情况值得注意：在谢绝了那个公司聘请自己做名誉经理的邀请后，他曾经对一个同事这样说道："我在公司做的这些年，得到了公司上上下下的照顾和支持。在这期间，我成了家，有了孩子，他们慢慢长大，后来都大学毕业有了工作，我做父亲的责任也基本尽到了。现在，我感到有些疲惫，想静养一段时间。至于那个经理的职位，以后觉得好了些的话，我还是要做的。"的确，他的身体并不强壮，身材虽不矮但很消瘦，是该好好歇一歇了。此外，他还对银行的同事说："我应该去个风景优美的地方，痛痛快快地玩一下。"

二

警方接到百合子的报警后，马上派经验丰富的警探呼野和年轻的北尾到小冢家去详细调查。

百合子看上去有四十五六岁，天庭饱满、个子高挑，是个很有气质的女人。警探向她询问了小冢离家当天的具体情况，让她在表格上将小冢当天的穿着和随身携带的物品填写清楚。对于这一要求，百合子好像有些茫然，她只写上一个装了生活必需品的旅行箱，其他的就什么也想不起来了。

通过接触，警探呼野觉得小冢太太是个贤惠聪明的女人，但是有些清高甚至冷漠。丈夫失踪了，家里还是像以前一样安静，没有任何变化。这似乎有些令人怀疑。面对警探的质疑，无论他们提出什么样的问题，百合子都会认真地回答。

"你丈夫有没有可能自杀？他临走之前留下什么东西没有？比如遗书？"

"没有，他什么也没留下，小冢离家之前没有任何异常，所以我觉得他不可能自杀。"

警探听后问道："小冢在家的时候，你们之前有没有发生什么不愉快的事？或者你们各自在外面有没有发生不应该的男女之事？"

百合子听了这话，笑笑说："怎么可能？我们之间没有任何不愉快，也没有在外边做任何不应该做的事情，这方面你们放心就好了。而且我先生每次出门都不会告诉我具体去哪儿，所以我怀疑，这次他是在旅游目的地出的事。"

"小冢出门之前带了多少钱？"

"大概八十万元左右吧。"

"的确不少啊，他以前做过类似的事吗？"

"没有。所以我很担心，但愿不要在这笔钱上出事。"

"他走之前你知不知道他身上有那么多钱？"

"不知道。"

"你觉得他拿这笔钱会干什么？"

"这个我也不清楚。"

"据说小冢先生退休之后曾经说过不再工作而去静养的话。除了静养的想法，他有没有搞商业投资的念头呢？"

"我没看出他有这种想法，但是以前有几次，他没跟我商量就买了股票。"

"不管你看没看出他商业投资的念头，他一个人出去带那么多钱是不正常的。你不觉得吗？"在来小冢家的时候，警方已经对小冢做了一个详细的了解：他最开始只是银行里的小职员，通过自己的努力，逐渐得到领导的赏识，由职员晋升为经理，最后又升为银行的销售部部长。

虽然工作繁忙，但他还是希望有自己的生活和爱好，他尤其喜欢摄影和旅行，为此小冢曾多次独自出游。

想到小冢爱旅游的事，警探就问百合子他都去过哪些地方。百合子想了一下，从里面搬出三大本摄影集，都是小冢到各地游玩时的留影。虽是摄影业余爱好者，但是照片的构图非常不错，拍摄技巧也相当好，这一点，喜欢摄影的北尾一看就知道。小冢的照片拍得非常清晰，所以，想知道他去过哪儿，一看就知道。

从照片上可以看出，小冢曾经去过：岐阜县的下吕温泉，长野县的木曾福岛，京都，奈良，歌山县的串本和爱知县的蒋郡等地。这些地方都是著名的风景旅游胜地。从照片上的表情看，当时的小冢相当愉快，不然他不会在每个景点都拍了二十多张照片，还在照片的下边注明日期。这些，警探都仔细地记了下来。

<h2 style="text-align:center">三</h2>

没有自杀的原因。家庭美满，孩子大学毕业，其中一个还结了婚，家庭的责任已不像以前那样大，退休之后，压力也少了许多，小冢就是在这样的环境中生活。所以，他的离去让人百思不得其解。他为什么就这样不声不响地走了，是突然厌世还是别的原因？如果他突然厌世的话，动机是什么？面对眼前这个案子，在警界混了大半生的呼野也有些迷惑不解。在他看来，小冢贞一的生活令人羡慕，但他却毫无征兆地突然消失，根据以往的经验，这样的案子应该从男女关系的角度去考虑，这样的话，小冢的失踪就可能和某个犯罪行为有关联。

得出这个结论后，警方就对小冢家周围的人进行排查。小冢家周围住的都是有地位的人，对于警方的调查，他们也非常配合。对于小冢的评价，除正直有些沉默以外，没有再提供任何有价值的信息。

倒是小冢贞一从前的一位老上司说了一些："怎么呢？据我观察，小冢君在退休之后好像丢了魂似的，比以前更加安静和沉默。他曾经感慨终于退休，那时他的家庭和孩子都有了保障。我们也都为他高兴，羡慕他美满的家庭。如果我们有他那样的家庭环境，早就退休了。那样的话，我们就可以钓鱼养花，享受生活了。而退休之后的小冢也好像放心似的，不再有什么牵挂。"

听了这些，警探略有所思。他们继续追问小冢有没有和女性来往过密。那人就说："我好像记得小冢接过一个自称大村的女人的电话。"银行的客户里确实有几个叫大村的女人，但是她们与银行的往来都是几年前的事了，应该与小冢没什么关系。警方继续问小冢与其他女人的往来，那人就很无奈地说："对不起，我只知道这些。"警方也就只好作罢。男女之事原本是警方重点追查的事情，但小冢在这件事上好像是清白的。警方没有放弃，他们打算追查到底，尤其是那个叫大村的女人。为了弄清那个电话，呼野再次拜访了百合子。

"你知道一个叫大村的女人吗？"

"大村？"

她想了半天才说："这种电话，以前好像接过两三次，最近的一次是在我丈夫出走之前打来的。以前，如果有电话找小冢，而小冢又不在家，我就会让对方留言，有几次对方会说没有什么要紧事就挂了。他回来的时候我就告诉他有电话找他，并问他是谁，怎么回事？他只说是朋友的太太托他办一些事，我也就没放在心上。"

"你是说小冢出走之前，那个叫大村的女人也曾经打过电话吗？"

"对，是我接的。知道是大村打的电话后，小冢马上将电话接了过去，简单说了两句就挂了。"

除了以上的一些问题，警方还问了其他的，他们觉得差不多的时候，就想起身告辞。呼野突然被墙上的三张油画吸引了，那都是复制品，用强烈的色彩描绘了南洋一带的土著女子。

呼野指着画问百合子："这是高更的画吧？"

"对，我丈夫喜欢他的画，所以就挂在那儿了。"

四

过了没多久，警方就迅速向全国发布通告，寻找小冢贞一的下落。他不是一个普通的出游者，他携带了八十万巨款，随时可能遭遇飞来横祸。福井、岐阜、爱知、长野、京都和奈良诸府县都接到特别指示，要求对辖区内的温泉和疗养地进行仔细寻找，看看有没有因不明原因死亡的人。小冢这次很可能故地重游。另外，警方考虑到，虽然小冢家庭生活和谐，但从他本人退休前后那种特别的情绪来判断，他仍有可能自杀。所以，警方在做两手准备。

但是，各旅游景点的答复都是一致的：没有找到那样的人。警方很多人觉得，根据小冢那种做事一本正经、太认真的脾气，很可能易于陷入厌世的情绪里。从拒绝退休后优厚的待遇这个事情分析，他可能认为自己已经完成要做的事情，不再需要什么，可以安静地走向人生的下一个驿站了。这样的假设，虽然有些离奇，但按照小冢的性格，也不是完全不可能。但是呼野却有不同的看法，他坚持认为小冢一定还活着，只是不知在什么地方，比如在西部。在向领导请示后，他就和北尾动身向西寻找小冢去了。

他和北尾一起来到东京车站，乘夜班火车赶往广岛。在车厢里，北尾问呼野："这次去广岛，是为了调查小冢十年前当广岛分行经理的事情吧？"他得到肯定的答复后又问："为什么从那里开始查呢？小冢不是也在名古屋当过经理吗？而且比广岛更早，如果按时间前后来调查的话，名古屋应该是第一站啊。"

"北尾君，你在小冢家里不是也看过那些他旅行时拍的照片吗？那些地方都是很有名的地方，那些照片拍得很美，附近好像都有温泉或疗养地。这是为什么？"北尾似乎还没明白。

"你要注意，小冢本身喜欢安静甚至有些孤僻，单独旅行时，他是不会跑到那些热闹的地方的。相反，到荒山僻壤去，才和他的性格相符。"

"说的真对，原来是这样。"北尾边点头边表示赞同。

"小冢既然讨厌热闹的地方，可他出门又是一个人，可见肯定还有另外一个人同他一起。"

"另外一个人？"北尾颇有些吃惊。

"是的，另外一个人。这么想是很合理的。那个人不会是男的，肯定是女的。"

"女的？可是……"

"我明白你的意思，你是说小冢没有不正当的男女关系，但那是在东京，在名古屋和广岛究竟是不是这样，现在还不清楚。"

"那么这次为什么不先去名古屋呢？"

"从小冢以往去的地方看，他都是去位于东京以西或广岛以东的地方，所以我判断这两个人每年都会找一个中间地带相会。这个地带就是东京以西和广岛以东的地方。"

"真的是这样吗？"

"当然，从名古屋来看，诹访和蒲郡还是能够考虑到的。但是如果从名古屋来看，奈良和串本在名古屋以西就不好解释了，而且蒲郡和下吕也离名古屋太近了一点，所以还是从广岛考虑比较合理。"

"但小冢在广岛已经是十年之前的事了，他与那边人的联系能保持那么久吗？"

"或许是不牢靠的，但是小冢在男女关系上干净得有点不可思议，从这点上看，还是值得怀疑的。不管怎么说，两个人是一年见两次面。你还记得有个叫大村的女人给小冢打过电话吗？这是东京市内电话，所以这个女人不会是和小冢一起出行的人。那她会不会是小冢与同行者之间的联络员？我们都知道，两个人之间并没有通过信，我觉得，他们这样做，大概就是为了不让小冢身边的人知道他们的事吧。所以，我估计这个打电话的女人是给他们交换信件的。"

"那么她是谁？"

"从能够得到两人如此信赖和重视来看，要么是那个同行者的亲密女友，要么就是小冢亲近的友人。"

"这样看来，小冢是找情人去了。"

"我是这样觉得的。他退休后的那种放松，可能是因为终于给自己找到了一个出行的理由吧。你仔细想想，孩子已经长大成人，完成学业，找到了工作，一个已经结婚。他自己的事业也取得了一定成绩，积攒了一些资产，已经没有什么压力和负担，有的就是时间，他想去做自己想做的事。"

"这么说，他一定是到广岛和那个女人会和后，一起跑到什么地方静悄悄地生活去了。"

"大概是这样吧。你注意到挂在小冢家里那几幅高更的画了吗？这位法国大画家就是为了自己的第二次人生跑到南洋去的。人在经过长期艰苦奋斗后，终于踏上通向生活终点的驿站的时候，是不是都是为了寻找自己丢失的自由呢？小冢已经看到自己取得的成绩，完成了对家庭的责任，一定是有种想支配自己以后生活的想法。小冢推崇高更的画，实质上推崇的应该是他的精神、面对生活的态度。高更为了艺术出走，小冢虽然没有画，却有情人。"

五

清晨的时候，两位警探到达了广岛。他们马上来到银行的分行所在地，面见了经理，并秘密地告诉了他这次的来意。经理听后拿来一张纸说："既然这样，我就把小冢那时的熟人都写下来，供你们参考怎么样？"这样当然更好了。呼野二人就按照纸上的人名，和他们一一见了面。

在这期间，他们了解到，那时的小冢一个人在广岛工作，由于食宿问题不好解决，他便把家眷留在东京。据说当百合子听说广岛受原子弹的影响相当严重时，竟拒绝和丈夫一起到广岛来。听到这些，呼野眼前出现了百合子那冰冷而又高傲的表情。小冢一个人在这里工作了两年，和在东京一样，没有发生什么不正当的男女关系。这里的小冢，曾是一位严谨的分行经理。小冢曾经工作的这家银行在当地很有影响力，职员很多，女职员也不少。呼野看着她们轻盈的身影似乎想到了什么，就对经理说："经理先生，小冢先生在这里工作时的女职员，现在还有在这里工作的吗？"

"都这么长时间了，那时的女职员已经不在了，她们多数是在结婚后辞职的。"

"你现在还和她们联系吗？"

"没有联系了。噢，想起来了，一年前辞职的一位女职工曾在小冢手下工作过，跟她联系一下，可能会有其他人的近况。"

"她的年龄大概多少？"

"三十五六岁吧。"

"也是由于结婚才辞职的吗？"

"这个不是，据她自己说是和家里人的关系不太好，想换个环境。不过也可能是结婚，年纪大了嘛，可能难为情吧。"

"噢，是吗？我们想看一下这个人的出勤记录，麻烦您给我们一下。"经理突然觉得这两个人真是麻烦，但因为是警方的人，所以没办法，只好让人去拿。

花了好长时间，才从档案里找到那人的出勤册。

"真麻烦你们了。"呼野一边说，一边接过出勤册。这个女职员叫福村庆子，呼野和北尾看得非常认真，生怕漏掉丁点儿细节。

"这是什么？"呼野忽然指着打在空格上的蓝色图章说。

"这是年假。我们银行有一年休假二十天的制度。平时如果工作很忙不能休息的话，可以分为两次休。一般都是在春秋两季休的。"呼野查看着这些记录，一册是记录半年的休假情况，六册记录的就是三年的。呼野一边看一边记，他把福村休假的日期都记了下来。

"这位叫福村庆子的是从什么地方来的？"

"这个就不太清楚了，好像是从可部来的。从这里到可部只要一个小时的路程。"经理说得没错，福村来自可部，警探记下了地址。如果她现在还没结婚，那么住在可部的可能性依然相当大。

了解完这些情况，警探们就离开了这家银行，登上开往可部的列车。

"听见刚才经理说的那些话了吧，我之前的预料没错吧？"呼野得意洋洋地对北尾说。接着，他拿出手册看了看，又说道，"小冢的情人肯定就是这个福村庆子。你过来看，她的休假日期和我记录的小冢写在摄影册上的日期是一样的。福村休假的时候，小冢也应该出门了。由于小冢以前在广岛工作过，这里有不少人认识他，所以，为了不让别人知道他们的事情，小冢就和福村商定不在广岛见面，选一个没人认识他们的地方约会。这次小冢的不辞而别就应该是这样的，他们是到一个没人知道他们的地方去了。"

听完呼野的分析，北尾也不停地赞叹，"您说的真对，我真是佩服极了。咱们现在就去他们秘密约会的地点看看吧。"

六

一个小时后，终于到达可部。可部是个有着悠久历史的小镇，看上去就有舒适之感。镇上有一条叫大田川的河，下游通向广岛。它每天都汩汩地流淌着，惠泽可部的人们。

呼野和北尾很快就到了福村庆子的房舍，站在房舍前，可以看见大田川上的那座桥。房舍不是福村的，她只是长期租住在这里。房东是一个五十岁左右的女人。听说这两位从东京来的警探想见见福村，她先是吃惊，然后犹豫了一下，脸上露出复杂的表情。

"你们可能不知道吧，福村已经死了。"听了这句话，呼野和北尾大吃一惊。

"什么？死了？她什么时候死的？"

"大概三个月以前吧。"

面对这突然的变故，两位警探有些不知所措。他们相视良久，哑口无言。如果是三个月以前的话，离小冢出走还有一个月的时间。他们之间到底发生了什么？一直坚信小冢和福村庆子在一起的呼野也发懵了。

小冢知不知道福村已经死了？他不可能不知道，那个给他打电话的女人肯定跟他说了这个消息。人已经死了，为什么还要出走呢？呼野向房东描述了一下小冢贞一的相貌和穿着，问她福村活着的时候，有没有见过这样的人。

老妇摇摇头说："没见过，我一直和福村住在一起，从没见过你说的那样的人。"

听了老妇的回答，呼野觉得这个案子真是蹊跷，没有见过小贞那样的人，那他和福村有没有在一起呢？呼野忽然想到，福村庆子一年前辞职的时候，正好也是小冢贞一即将退休的时候，他们肯定是准备在那个时候结合。但是谁也没有想到，福村就在那个时候不幸去世。

事情忽然变得复杂起来，现在问题的关键点是福村的死亡日期和小冢出门的时间相差很大。小冢一定知道福村死亡的消息，因为他出门前接到过"大村"打来的电话。而那个"大村"到底是什么人呢？呼野想了想，这件事还得问福村的房东。

"福村生前有什么亲人吗？"

"她一直是一个人过，死的时候连男人也没找。"

"家里没有父母和兄弟姐妹吗？"

"那些人早就不在世了。"

"是吗？那福村死的时候是谁给她办的丧事？"

"她的表姐，那人特地从东京赶来，整件事都是她操办的。"

"什么？东京来的？"呼野忽然一阵惊喜。

"对啊，福村生前一直跟她通信呢。"

"那您知道那个女人的名字和在东京的地址吗？"

"请稍等，我记得她以前给我们寄过一张贺卡，你们可以看看那个。"一会儿，房东从里屋拿出一张有些发黄的贺卡。

"东京都大田区××町××番地，福村有西子。"看着贺卡上的地址，呼野马上记下来。"请问有没有从东京给福村寄过钱。"

"一直都有啊，只不过信封上写的是她表姐的名字。"

听完这话，呼野匆匆忙忙和房东告辞，离开了屋舍。一边走一边和北尾说："北尾，要出事了。"说完就向当地警厅跑去。

"到底怎么回事？"

北尾一时还没弄明白。

"马上和东京警厅联系，迅速逮捕福村有西子！小冢贞一已经死了！"

七

东京警方迅速逮捕了福村有西子和她的情夫山崎，根据他们的供词，在长野县的荒山里，发现了被绞死两个月的小冢贞一的尸体。现在，小冢已经找到了，但事情的来龙去脉似乎还不是非常清楚，小冢到底是怎么死的？福村有西子为什么是杀人凶手？根据她的供词，真相渐渐清晰。

在很早以前，福村有西子就充当表妹福村和小冢的"信使"，给他们传递信件，只是每次都用她的名字投递。小冢每月寄给福村的钱也是用她的名字。除此之外，小冢和福村约会的地点，也是通过有西子联系的。

每当福村的信寄到的时候，有西子就会给小冢打个电话。这期间，她知道了小冢退休后出走的想法，她本该将福村已死的消息告诉小冢，但她没有这样做，有西子隐瞒了下来。一直独身的福村死后留下一笔数目不小的钱，此外还有小冢每月汇来的钱，她原本打算将这笔钱用于以后和小冢的同居生活，没想到却突然死掉。得知表妹去世的消息后，福村有西子马上奔到广岛，料理表妹后事的同时，把存在银行里的那笔钱取了出来。福村名下的这笔钱按理说死后应归还小冢，但有西子却据为己有了。

有西子的情夫山崎也知道这件事，他不满足于仅仅拿到福村那些钱。他料定这次小冢出走会带上一大笔钱，所以就和有西子暗中残忍地谋害了小冢，抢夺了他的那笔巨款。这就是有西子没有告诉小冢福村死讯的原因。两人精心策划后，有西子就打电话跟小冢说福村某天在长野县某地和他见面。小冢没有丝毫怀疑，当天就动身了。

有西子等在约定的地点，两人见面后，她就告诉小冢，福村已经到了，在旁边那座大山里。没有任何怀疑的小冢被骗进了荒无人烟的大山，埋伏在那里的山崎残忍地杀害了小冢，并从他身上拿走了八十万元巨款。

真相就是这样，案件结束了，呼野和北尾的任务也就此完成。他们来到一家咖啡厅，想要放松一下。北尾要了一杯啤酒，喝了一口说："我好像还是不太明白。"

"你大概觉得，小冢不应该有什么不满足的了。他有美满的家庭，顺心的事业，退休后应该去安度晚年，不应该有什么出走之类的怪念头，是吧？你现在还是单身，不明白其中的道理啊。就是因为不明白，才会怀疑。高更不是说过吗，所有人都是为了后代而活着，如果一直这样下去，美好的生活从何而来？

北尾，不止是艺术家，我们普通人也是这样。在漫长的人生道路上，辛辛苦苦打拼了数十年，好不容易到了幸福的终点，谁不想将压抑在内心深处许久的想法和个性释放出来，到广阔的世界中尽情地玩耍和游荡。小冢的这种想法，我也深有体会啊。"

"您也有这样的想法？"北尾有些吃惊。

"是这样的，我也有这样的想法。"

呼野说完，默默地喝起了啤酒，然后苦笑一下又说，"不过，幸亏我还没有那么多钱，不像小冢那样，不愁吃不愁穿，所以，我只好沿着自己这条路一步步走下去，直到死的那一天。什么也没有，只有这样忍下去了。"

呼野一直苦笑，北尾一直看着他。呼野笑容里包含的内容，北尾并不是一点都不明白，他只是还没到那个年龄，还没有深切体会罢了。

穿羊皮大衣的人

[法] 莫里斯·勒布朗

在那个星期天，圣尼古拉村的人很是受了一番惊吓。那天村里的人及附近的农民走出教堂，四散开去，突然，走在最前面已转到大路上的女人们发出惊恐的尖叫，向后狂拥。一辆汽车像一个巨大而可怕的怪物猛冲了出来。人们看见一个男人在开车，穿着羊皮大衣，头戴皮帽，鼻梁上架着一副大眼镜。在他身旁，一个女人坐在坐椅前部，身体弯曲向前倒，满头鲜血淋漓，悬在汽车发动机罩之上。人们还听见那女人令人毛骨悚然的叫喊，那是临终的呻吟！

在人们狂乱奔逃与惊叫之际，那辆汽车朝着教堂直冲过去，眼看就要在教堂门前台阶上撞个稀烂，却又急转弯擦过本堂神甫住宅的外墙，上了与国道相连的大路，急驰而去。实在是太惊险了！幸运的是汽车急转弯时，从广场上密集的人群中穿过，竟没有人受伤！

"流血啦！"有人大声叫嚷。这地狱般的屠杀场面，使在场的人惊愕得许久动弹不得。

满地都是血，广场的小石子上，被秋季初霜冻得坚硬的泥土上……当人们追那辆汽车时，只能靠这凶险不祥的痕迹指引。血迹沿着大路向前延伸，但十分离奇古怪！在辙印旁边，忽左忽右，蜿蜒曲折地洒着血迹，叫人战栗。那汽车怎么没撞到这棵树上呢？怎么能在汽车还没沿着这斜坡翻倒之前就一直向前呢？这绝对是个新手，是个疯子，是个醉鬼，或者是个惊慌失措的罪犯，不然绝对不会这么癫狂的开车。

"他们在树林里绝对转不了弯！"一个农民嚷嚷着。

"当然不行！这是在翻筋斗。"另一个农民应声说。

圣尼古拉村前行五百米便是莫尔格森林的起始处，这段路笔直，只是在出村时要拐一个小弯，往后路愈来愈陡，在岩石与树木间有个急转弯。要预先减慢车速，才能安全经过那里。

农民们气喘吁吁地来到山毛榉林子边上。

一个农民高喊道："坏了！"

"怎么了？"

"翻车了！"

不知什么神秘的力量造成了这场惨祸。那辆大型高级轿车的确翻倒过来了，扭曲变形，已经坏的要不得了。轿车旁边，躺着一具女尸。女人的脑袋被压扁，难以辨认，一块巨大的石头就在旁边，穿着羊皮大衣的男人则踪影皆无。那男人一定是逃到森林里去了。从莫尔格山下来的工人说，他们在路上连个人影都没看见。

那片树林虽然被称做森林，其实面积并不大，主要是因为树木生长年代久远的缘故。警察和预审推事们先后到来，在农民们协助下仔细搜索了好几天，一无所获，相反，调查又引起了一个又一个的疑团。

调查发现，那块巨石来自距现场至少四十米的崩塌的石堆。而凶手竟在几分钟内把巨石搬过来，砸向被害者的脑袋。另外，凶手肯定没有躲藏在森林里，不然早被发现了。最奇怪的是，凶手在案发一星期后，竟然回到山坡转弯处，把羊皮大衣留在了那里。他做这种冒险的事为了什么？出于什么目的？羊皮大衣里，除了一个开瓶器和一条毛巾外，什么都没有。

探员只好以汽车为线索去找汽车制造商，他记得那辆车，他说三年前把这辆轿车卖给了一个俄国人，那个俄国人不久又把轿车转卖给别人了。车上没有挂牌照，轿车卖给谁了也无从查找。

女死者的身份也不能确认。她的外衣、内衣没有任何商标。她的脸也毁的认不出来了。

保安局的密探们到这起神秘灾祸的当事人经过的国道上检查。但没人能能证实前一天晚上那轿车经过了那条路。

调查还在继续。终于调查人员们得知前一天傍晚，距圣尼古拉村三百公里远，与国道相通的大道旁的一个村子里，一辆轿车曾在一家卖食物的杂货店前停过。司机采购了香肠、水果、糕点、葡萄酒和半瓶三星牌白兰地，还给车加满了油，买了几个备用油罐。车上坐着一位女士，她没有下车。轿车的窗帘是放下来的。一块窗帘动了好几下。商店伙计相信车内还有别的人。

现场没有任何迹象显示有第三个人，如果商店伙计的证言属实，问题就更复杂了。而且旅行者采购了食物，那么，他们到底做了些什么，那些剩余的食物又到哪儿去了？

探员们在回去的路上，在圣尼古拉村十八公里处的两条路的交叉口，遇到一位牧羊人，牧羊人说附近有块被灌木丛遮住的草地，他在那里看到过一些东西和一个空酒瓶。

探员们过去一看，牧羊人的话果真不错。轿车在那里停留过，陌生人也许在那里过了一夜，吃了饭，上午又继续前行。探员们又找到了食品杂货商出售的那半瓶三星牌白兰地的酒瓶。酒瓶在齐瓶颈处被打碎了。砸瓶子的石块找到了，带瓶塞的瓶颈也找到了。在封口的金属皮上，可以见到正常开瓶留下的痕迹。

沿着跟大路垂直的水沟，探员们继续搜索。探员们拨开荆棘，发现了一具尸体。那是具男尸，脑袋被砸得稀巴烂，血肉模糊，生了很多蛆虫。他穿着栗色皮上衣和长裤，衣袋里空无一物。没有证件，没有皮夹子，也没有手表。食品杂货商和他的伙计第三天被紧急招来辨认尸体。他们通过服装和身材，认出死者正是采购食物与汽油的旅行者。

出现了新案情，由于有意外发现，有未料到的证据……这不仅是一宗涉及一男一女两个人的命案——一个人杀死另一个人——而是涉及三个人的命案，两个被害者中的一个，恰好是被指控谋杀女伴的那个男人！毫无疑问凶手是坐在轿车内同行的第三个人，他谨慎地藏匿在窗帘后面。他首先杀死开车的男人，抢劫财物，然后打伤女人，带着她驾车拼命奔驰，奔向死亡。人们原本指望秘密就要揭穿，或者起码调查在探求真相的路上有所进展，然而仍然一无所获。老问题未解决，又添了新问题，对凶手的指控，从一个人转到了另一个人。

除了所掌握的这些信息，人们几乎一无所知。那神秘的凶手根本没有消失，他就在那里，他还回到过凶案现场，问题变得更加神秘莫测。除了羊皮大衣，人们有一天拾到了毛皮鸭舌帽。更令人意外的是，探员们在出事的岩石边守候了一整夜，次日早上发现了司机戴的眼镜，眼镜已经破碎，损坏得不能用了。凶手怎么能送回眼镜，而不被探员们发现呢？尤其令人费解的是，他为什么要送回他的眼镜呢？不仅仅是这些，连女人的姓名，男人的姓名，凶手的姓名，都成了猜不出的谜。

奇怪的事情还在发生。一天夜里，有个农民不得不穿过森林。他谨慎地带上他的猎枪，牵着两只狗，半路上在黑暗中跟一个黑影迎面相遇。他的两只非常凶猛的狼狗，向矮树丛中猛扑过去，开始追踪。没追多久，那个农民立即听到两声可怕的嗥叫，紧接着是垂死的呻吟。随后，是绝对的寂静，农民吓得丢下猎枪撒腿逃跑了。

他第二天清早再去时，看到猎枪笔直地插在泥土里，枪托没了，枪筒里插着一枝花——一枝从五十步远的地方采来的秋水仙！而两只可怜的狼狗踪影全无。

人们觉得处在沉闷窒息的气氛中，似乎已无法呼吸，双眼已被蒙上，这使最有远见的人也感到困惑为难。这意味着什么？为什么插这枝花？这宗命案为什么节外生枝？为什么出现这些看似无用的举动？在这些反常现象面前，理性也变得混乱起来。

人们只是瞎忙一气。预审推事一病不起。没几天，接替他的法官承认，这案件他理不出什么头绪。警方逮捕了两个流浪乞丐，随即又把他们释放了。警方追捕第三个流浪乞丐，却未能捉到他，况且也没掌握任何证据。

这件事引起了社会的关注，巴黎某大报往罪案现场派了记者，这位记者在总结他的报道时写了下面一段话。这个偶然事件导致了问题的解决，更确切地说，决定了导致问题解决的整个环境：这是浓重、绝对、垂死的黑夜，毫无解决办法。我重复一遍，我们应该等待上帝的帮助；否则，只是浪费时间。对事件零碎不全的了解，甚至不足提出符合情理的假设。全世界的福尔摩斯之类的侦探们，在这个案件中也看不出所以然来，恕我直言，即使是亚森·罗宾也猜不出真相来的。

出人意料的是，那家报纸在发表那篇报道的第二天，刊登了一封电报：

我不是什么都能猜到，但是从来不胡说八道。只有对吃奶的孩子来说，圣尼古拉村的悲剧才是个秘密。

亚森·罗宾

报社谨慎地在电文后登了一则声明：我们把这份电报作为资料刊载，但不排除是某位好事者的伪托之作。亚森·罗宾尽管喜欢故作玄虚，但也不至于这样幼稚地摆架子。

电文一出，引起了轰动。人们记起了那位神奇的冒险家。纷纷猜测，他真的插手件事了吗？人们被勾起了强烈的好奇心。几天后巴黎那家报纸终于发表了一封著名的信，信写得如此详细，如此不容置疑。亚森·罗宾道出了谜底。下面就是该信的全文：

社长先生：

您向我挑战，抓住了我的弱点。既然有人挑战，我就应战。我要重申的是，圣尼古拉村的悲剧，只有对吃奶的孩子来说才算是秘密。我根本不知道有谁竟会如此幼稚。我要做个简单的推理，证实这个案件并不复杂。以下就是我的论证：

当一件罪行看起来不自然、荒谬，超出了事物通常的衡量标准，就得去特别的、超自然与超人类的动机中去寻找解释。我说极有可能，因为总应该承认荒谬在最合乎逻辑与最普通的事件中应有的地位。但在这点上，说实在的，怎能不看看荒谬与差异确实存在？

从一开始，案件很明显的反常性使我震惊。

首先，他为什么把受伤垂死的女人放在汽车的前面座位上，在众人都能看见的地方，载着她飞驰？为什么不把她关在车内，或者把她当做死人抛弃在某个角落，就像把那男人抛弃在小溪的荆棘下面呢？

其次，汽车行驶的路线曲曲折折，忽左忽右，开得不熟练，有人也许会说开车的是个新手，还有人说那人是个酒鬼或者疯子……都是合理的假设。但发疯或醉酒都不能使人力气猛增，足以搬动那砸烂不幸的女人脑袋的巨石，尤其是在那么短的时间里。做到这一点，必须有强劲的臂力。我毫不迟疑地从中看到了那种反常性的第二个特征，它主宰着整个悲剧。

还有，只要用一块小石子就可以结果受害者的性命，为什么要搬动那块巨石呢？另外，在汽车可怕的翻转中，那凶手怎么没有死，或者暂时地不能动弹呢？他是怎样消失的呢？接下来他又做了反常的举动，无用而又愚蠢的行为——既然已经消失，他为什么又回到车祸现场呢？扔掉羊皮大衣以后，他为什么在另一天扔掉鸭舌帽，又在另一天扔掉眼镜呢？这些反常的现象，愚蠢的作法，看起来都是那么荒谬。一切都表明那像是一个小孩的作为。更确切地说，那是一个愚蠢疯狂的野蛮人，一个野兽的所作所为。

在羊皮大衣的口袋里找到的一个开瓶器，凶手是否使用过它呢？用过。开瓶器在封口的金属皮上留下的痕迹清晰可见。但是，其余的事对于他来说实在太复杂了，请看一看白兰地酒瓶吧，他用一块石子砸断瓶颈。

他用石头杀死男人，用石头杀死女人，还用石头来打开酒瓶！这是他习惯用的武器和工具。总是遇到石头，请注意这个细节，这是这个人使用的唯一武器与唯一工具。一个野兽，我重复一遍，一个发狂的野蛮人，突然发疯了。它被什么弄得发疯呢？就是这瓶白兰地酒。那野兽一下子把酒喝光了，趁着当开汽车的人和他的女朋友在草地上吃午饭的时候。它曾坐在汽车内，穿着一件羊皮大衣，戴一顶毛皮鸭舌帽，跟随主人旅行时它走出汽车，拿起酒瓶，砸开酒瓶就喝酒。

它喝了酒，变得狂躁疯癫，毫无理由地乱砸一气。然后它本能地感到后怕，唯恐受到不可避免的惩罚，于是把男人的尸体隐藏起来，然后它愚蠢地把受伤的女人抱进汽车里，带她逃走。可是它不会开车，却一心想逃走。汽车对于它来说，就代表得救，意味着没人追得上它。这就是整个事情的经过。

"可是钱呢？被偷走的皮夹子呢？"你会问我。

"唉！谁对你说那不是尸体的气味吸引过来的某个流浪乞丐，某个农民所为呢？不一定是小偷拿走了它。"

你还会提出异议："好吧，那么，这个野兽本该被捉住的，既然它躲藏在转弯处附近，它无论如何也要吃东西，要喝水的呀……"

"怎么？难道你没猜到什么吗？"

"没有！"

"你肯定野兽始终在那里吗？"

"当然肯定，证据就是有个农民看见它的影子。两只凶猛的大狼狗也失踪了，也是证据。它像咬死家中的鬈毛狗一样，咬死了两只狼狗，让它们消失。笨拙地插在泥土里的猎枪枪筒，还有那枝花，也是证据……"

为这个荒谬而愚蠢的故事我们已经讨论得太多了，接下来还是去行动吧！您懂吧，最简单的办法，就是直接走向目标。因此，但愿警察局与宪兵队的先生们直接走向那个目标。要带枪去，要在森林里半径为两三百米的范围内搜索，别走得太远。而且，不要只顾低着头，盯着地面去搜索，而是要看着天空，抬头面对橡树最高的枝叶，朝山毛榉最难以达到的高处探望。请相信我，他们将会看到它的。那个畜生正在那里，惊慌失措，正在寻找被它杀死的男人和女人，它寻找他们，等待他们，不敢离开，也不明白它自己做了什么……

而我呢，万分遗憾，不得不留在巴黎处理重要的事情，着手侦查很复杂的案件，我将乐于对这个相当奇怪的案件关注到底。请您代我向司法界的好友致歉，顺便致以崇高的敬意！

亚森·罗宾

司法界与警方的先生们把这当做胡言乱语不屑一顾。但是，当地四个乡绅拿着猎枪去打猎，眼望天空。半小时后，他们发现了凶手，开了两枪。凶手想从一根树枝跳到另一根树枝上，结果掉了下来。它只是受了伤，被人抓住了。

就在那天晚上，巴黎一家报纸在不知道凶手已被抓到的情况下发表了如下一则启事：

杰出的考古学家布拉戈夫先生和夫人已于六个星期前抵达马赛港，在那里租了一辆轿车后，没有了消息。他俩在澳洲居住了很长时间，初次来到欧洲。他俩跟巴黎外国动物驯化园主任有通信联系，告知他说，他们将带来一个稀奇的动物，一个完全陌生的品种，人们不能说清它是人还是猿。

根据布拉戈夫先生的说法，这个陌生的品种大概是类人猿，更确切地说，是猿人，直到这时人们还未证实其存在。这个特别的动物，聪明，善于观察，在澳洲它主人的家里，可以干仆人的活，擦洗他们的汽车，甚至试着开车。它的构造大概跟杜布瓦博士于1891年在爪哇岛发现的直立猿人完全一致，而它的某些特征似乎支持阿根廷博物学家 M. 阿梅吉诺的理论。阿梅吉诺根据在修建布宜诺斯艾利斯港的挖掘工程期间找到的头盖骨碎片，就能够复原双门齿人。

布拉戈夫先生和夫人怎么样了？伴随他俩的奇怪的灵长类动物又怎么样了？……

多亏亚森·罗宾的指点，人们知道了悲剧的经过，并抓住了凶犯。

那个凶犯被关到了巴黎外国动物驯化园里。它名叫"三星"，它的确是只猿猴，但也是人。它有家畜的温驯与聪明，主人去世，它感到悲伤。但是，它的许多特点使它更加接近人类。它狡猾，凶残，懒惰，贪吃，脾气坏，尤其是嗜酒无度。这就是人们所知的那个可怕故事的结局。

高智商犯罪

孪生兄弟作案记

〔美〕吉尔福特

中午一点半，韦洛迪探长刚吃过午饭回来，还没来得及脱掉大衣和帽子，桌上的电话就响了起来。韦洛迪探长拿起电话就听到女人哭诉的声音："我家主人多林先生……被人杀死了……先生坐在书房写字台后面……被人从后背捅进一把刀……"打来电话是乔治·多林老先生的管家侯波太太。

探长问："这事什么时候发生的，侯波太太？"

"先生，就在几分钟之前。"

"您知道是谁下的手吗？"

女管家哭哭啼啼，欲言又止："可能是……可能是那对双生侄子中的一个……我亲眼看见他穿过草坪跑了出去，然后就发现多林老先生被害了。"

"双生子中的一个？哪一个？"

"他俩长得一模一样……这我可说不清楚……"

刻不容缓，韦洛迪立即采取行动，叫上指纹专家简安森警官，开车去切尔丁镇。多林先生的住宅是切尔丁镇最大的一所房子，汽车开了 20 分钟就到了。侯波太太正在门口迎接他俩。对这里韦洛迪并不陌生，因为乔治·多林是他相交多年的老友，韦洛迪空闲时常去找多林老先生下棋。

他们立刻前去书房验尸。乔治·多林老先生坐在写字台后面，身体向前倾倒，一头长而密的白发铺展在他正在写的一封信上。一把厨房用的尖刀明晃晃地插在他的后背上。

韦洛迪探长问侯波太太："您在电话里说，看见了双生子中的一个从房子里跑出去，这是怎么回事？"

有人在窗外重复道："是啊，好好说说，双生子中的一个从房子里跑出去是怎么回事？"

这么一会儿工夫，突然有两个小伙子站在那扇通往花园敞开着的落地窗前面，他们中的一个在模仿韦洛迪探长说话。无论是谁见了这兄弟俩都会禁不住感到惊讶，因为两人长得实在太像了，他们个头一般高，肤色黝黑，蓝眼珠，长得都挺精神。而且他俩一向穿着同样的衣服，叫人难以分辨谁是谁。

韦洛迪探长的目光从尸体转向他俩，发现两人几乎同时把目光从他身上转向椅子上那位死者，而且同时露出惊讶的神情。其中一个问道："出了什么事了？"

探长说："你们的伯父被人谋杀了。"

兄弟俩都是聪明人，他们明白探长知道他俩不会为此而过分伤心难过。其中一人低沉地说："我知道了。侯波太太看见我们之中的一个从房子里跑出去，你就认为是我俩中有一人是凶手，杀害了伯父，对不对？"

韦洛迪探长说："我刚刚来到这儿，还需要有更多的证据才能下结论。不过我认为你们俩都得作一番陈述，洗清自己的嫌疑。"他吩咐简安森警官拍下照片，寻找指纹，对现场做常规勘察。随后他带着侯波太太、唐诺多和德汶兄弟穿过前厅进入餐厅，请大家坐下来谈谈凶案发生前后的情况。

他语气温和地对侯波太太说："您先说一说，太太。"

当着乔治·多林老先生的这对孪生侄子指证他们，侯波太太挺为难的，所以她讲得很简单。她没想到这对双生子会在家，因为他们俩不管白天黑夜都在外面逛荡，切尔丁镇和别处叫他俩感兴趣的事太多了。她难过地说出以下情况："多林先生独自一人吃过一顿简单的午饭，然后回到书房写信。我正在饭厅里收拾餐具，忽然听到一声叫喊。起先我还当是从花园里传来的，就朝窗外张望了一下，也就是那时，我看到一个侄子匆匆跑出去。我放心不下，便去敲书房的门。里面没有应声，于是我打开门，发现多林先生出事了。"

探长对那对双胞胎说："我想你们俩现在该很清楚自己的处境。如今有一位证人在犯罪现场和犯罪时间，亲眼看到你们之中一个在这附近出现，而且不是正常出现，是匆匆逃离，一种内心发虚的可疑行为。那么，你们俩对这件事有什么说法？"

其中一个说："我能提出不在犯罪现场的证明。"

韦洛迪毫不窘迫，从容地问道："你是哪一位？"

"我是唐诺多。"

"你的证明是什么？"

"我当时正在绒熊酒馆。"

"就你一个人在那里？"

"当然不是，我跟洛莎莱在一块儿。酒吧中午一开门我就去了，一直待到10分钟之前才离开。洛莎莱打理酒吧，如果你去问她，她会为我作证。"

"你是跟你的兄弟德汶一起回家来的。你在哪里遇到的德汶？"

"在埃伦汽车修配厂。我们那辆豹牌跑车在那里修理，我们俩想问问车什么时候能修好。"

"好吧，即使你是在修配厂遇到德汶的，可你们俩为什么会忽然决定回家？"

唐诺多的回答天真而圆滑："两人合用一辆车，这对我们实在太苛刻了。我们想跟伯父谈一谈，让他给我们再买一辆汽车。"

韦洛迪探长对这两个小伙子都很了解，对他们的人品更是非常清楚。他说："现在你们有的是钱，不会再有想买汽车而手头没钱这类麻烦了！""你想说什么？"

"你们兄弟俩当然会是你们伯父遗嘱上的主要受益人。如今你们的伯父已经死了，你们俩马上就会阔起来啦。"

唐诺多笑了："你是想说我们之中一个为了想得到钱买车而把他杀死了，不是吗？"

韦洛迪探长的语气依然相当温和，他指出："谁都知道乔治·多林是个有钱人。别忘了，我跟他交往多年，我经常听他说，你们总抱怨说他给的零用钱太少，不够花，其实给的已经够多了。让我坦率地说吧，你们俩当中必定有一个可能等得不耐烦了，嫌老家伙总不死，对他的身体这么硬朗感到十分不痛快。现在他死了，你们会有足够的钱挥霍，要买多少辆汽车都行了。"

唐诺多的声调也很温和："我怕什么，反正有人能给我作证。你们说有人看见案发后我们中有一个逃离了现场，那你想必是要指控德汶了？"

"目前还没有。我还要听听德汶自己怎么说。"

探长的目光转向另外一个小伙子，他坐在椅子上，若无其事地问："你想听什么？"他的声音跟他兄弟的完全一样，不禁让人感慨造物主的神奇。

韦洛迪探长告诉他："侯波太太给我打电话的时候是中午一点半。那时谋杀案刚刚发生。你当时在哪里？埃伦汽车修配厂吗？你要是也有不在犯罪现场的证据，请说出来。"

德汶哈哈一笑："对，正像唐诺多说的那样，我是在修配厂碰上他的。我承认我们是在差几分钟两点到达那里的。我们兄弟俩同时到达那里，只在那儿待了一会儿。不过这我恐怕没法承认，估计埃伦先生不肯帮忙给我作这个证。"

"从这里到修配厂非常近，只要走几分钟的路。""是的。"

"德汶，我再问一遍，中午一点半你到底在哪儿？"

德汶说："我当时在绒熊酒馆。你如果愿意的话，可以去问洛莎莱。"

"你是说你们俩都在绒熊酒馆？"探长这次被搞糊涂了。

德汶回答："不对，只有我一个人在那里。""可唐诺多说他也在……"

德汶仿佛在开一个神秘的玩笑，他咧咧嘴："我可不是我兄弟的保护人，他当时在干吗我管不着。可是我本人当时确确实实在绒熊酒馆。"

兄弟俩两张一模一样的脸上都显出一种清白无辜的神情。韦洛迪探长坐在那里，沉思了起来。过了一会儿，他问："如此说来，你们俩提供了同一个证人，对不对？"

唐诺多答道："好像是这么回事，探长先生。"

"你们之中必然有一个人在撒谎。"唐诺多说："那可不是我。""那可不是我。"德汶重复着。

两人如此明目张胆地放肆，终于叫韦洛迪探长沉不住气了。他越想越生气，叫出声来："我明白了！"

"您明白什么了，探长？"

"这是一个阴谋，你们倚仗着你俩长得一模一样布下了这个迷魂阵。当然这只是推理，可能在细节上还得推敲。不过你们这项阴谋已经露了馅！"

兄弟俩谁也没吭声，不过谁也没显得惴惴不安。

韦洛迪探长接着说："你们为了自由挥霍钱财，都想杀死你们的伯父。但是你们策划这项阴谋时也意识到要冒很大的风险。所有蓄意谋杀犯都尽量设法消除或减少这种风险，你们也不例外，你们事先考虑到会遇到不少麻烦。有一点你们估计的很准确，一名优秀的侦探总是首先要找出谋杀动机。而你们明白首先受到怀疑的就是你们兄弟俩，因为谁都知道你们兄弟俩的品性。于是你们针对这个问题设计了杀人而同时又可以证明自己并不在犯罪现场的方法。我说得对不对？"

兄弟中的一个耸耸肩说："这是你自己在编故事，探长先生。"

韦洛迪已经分不清他俩谁是谁了，继续分析道："因为你们反正总要受到怀疑，所以你们就豁出去了。你们决定干这项勾当，便用最简单而直接的方式把你们的伯父杀死了。可是有人看见了你们其中一人仓皇逃跑。然而你们对这一点似乎早有准备，因此另一人在谋杀发生时待在绒熊酒馆里制造不在场证据。现在我们就得证明你们俩其中一人当时到底在何处。我不得不承认，你们干得真漂亮。因为只有一个人是凶手，我们如果没法证明你们俩谁作的案，那就不能随意控告并逮捕你们其中一个人。尽管有一位见证人，可是没有哪个陪审团会在百分之五十错误的可能性下作出判决。现在告诉我，我分析得没错吧？"

双生子之一嚣张地哈哈大笑："算了吧，探长先生，我们要是真像你说的那样机灵，就不会承认这一套荒谬推理。我们要是承认你所形容的那种蓄谋，你就会指控我们俩是同谋犯，把我们兄弟俩都送上绞刑架。"

韦洛迪探长答道："我会那样干的。想必你们早就料想到了这种结局。好，不管陪审团是否同意，我认为这已经证明了我的判断正确无误。"

兄弟中的一个脸上带着一丝明显带有傲慢的挑衅意味的微笑："那我们真该庆幸你只是在推理案件，而不是在对我们作出判决。"

韦洛迪觉出自己浑身发烧，脸也红了，露出受挫的气愤神情，尽管他心里并不想暴露出这种情绪。他尽量使自己集中思路，可是面对这对孪生兄弟却又难以办到。是的，他办不到。唐诺多和德汶一向是他最讨厌的两个小伙子。他清楚他俩的全部经历，听够了他俩的所作所为。这对孪生兄弟是乔治·多林那浪荡成性的弟弟的儿子，他们的母亲是一名走江湖的女演员。兄弟俩在学龄前就被遗弃，由伯父照管。乔治一直容忍他们，如今兄弟俩已经 22 岁，还是一无是处，他们先后被几家最好的大学开除，切尔丁镇的交通警察和体面姑娘的父亲都嫌恶他俩。乔治早就把他俩立为继承人，他不图什么，只希望自己能活到看到这两个小伙子随着年龄增长改邪归正的那一天。然而这种善良的糊涂想法让他丧了命。

双胞胎之一似乎猜出了探长的想法，说："我料想，你从个人的感情出发，很想把我们俩都逮住吧？"

韦洛迪忽然意识到，这是一场智慧的挑战，一场年轻人向老年人的挑战！他俩早就料到伯父的这个老朋友会来调查这桩案子。他第一次发觉自己已经 53 岁了，满头银发，肌肉松弛，甚至连脑子也不好使了，而这对年轻的孪生兄弟却以清晰的头脑在干罪恶勾当。他必须得打起精神来为老朋友讨回公道。

他没有理睬兄弟俩的挑衅，对他们说了一声"请随我来一下"，然后领他们回到前厅，在书房门口站住，把简安森叫出来。

他指示说："把这两个家伙的指纹取下来。"

两兄弟没有表示任何抗议就接受了，其中之一嘿嘿笑着说："要知道，我们就住在这所房子里。你会发现在那间屋子里到处都有我们的指纹。"

探长问简安森："刀把上有指纹吗？"

简安森答道："查过了，指纹已经给擦得干干净净。"

探长生怕会见到他俩的嬉皮笑脸，瞧都没瞧那对孪生兄弟。他对简安森作了一系列指示，然后说半小时内如有什么事要找他，就打电话到绒熊酒馆找他。

双生子中的一个问道："听一听洛莎莱怎么说应该很有意思，我们能和你一起去吗？"

韦洛迪探长说道："你不说我也打算带你们俩一块儿去呢。"

他俩跟他一起上了车，还主动告诉他哪条是去绒熊酒馆的近路。韦洛迪注意到，这条路确实非常近，只走了 4 分钟就到了。

绒熊酒馆是一座土里土气的老式两层楼房，离城镇大道相当远，要不是那位吧女长得特别漂亮，估计多林兄弟不会常常光顾这种地方。

吧女洛莎莱确实挺漂亮，亭亭玉立，按照韦洛迪的眼光来看，也许会说她长得"丰腴而有魅力"。她有一双深邃的碧蓝眼睛，深色头发留得长长的。脸上没涂脂抹粉，显得健康、光彩照人。她上身穿一件从两肩垂下的乡村式白衬衫，下身穿一条宽松而颇带挑逗性的裙子。也许是为了突出她的细腰，她系了一条又宽又紧的黑腰带。这会儿她正在清理两位顾客方才占用的店内仅有的那张桌子。韦洛迪和孪生兄弟走进去时，那两位顾客刚刚离去。姑娘一见到韦洛迪身旁的两位伙伴，马上停下了手中的活儿。

探长威严地问道："是洛莎莱小姐吗？"她点点头。他冲她露了一下警官证，说道："请你把店门暂时关上几分钟，这样我们就不会受到干扰了。乔治·多林老先生不幸被人暗杀了，我正在进行调查，我想问你几个问题。"

她马上表示服从。在她去关门的时候，探长把两兄弟隔开，分别安置在房间两头的椅子上。房间相当大，两头距离很远，他俩没法进行沟通，也听不到他要跟姑娘说的话。

探长和洛莎莱在柜台前的吧凳上坐下来。为了保险起见，他问话的声音非常低："那两个小伙子今天中午来过这里吗？""来过，先生。""是两个都来了，还是只来了一个？"

"只来了一个。"

"哪一个？"

姑娘犹豫了半天，最后回答："我也分不出他俩谁是谁，他们太像了。"

"今天来的那位没说明他是谁吗？""先生，他没说。""你也没问？""没有，先生。"

"他俩大概是这里的常客吧？如果只是一个人来，你也不问问他是哪一位吗？"

"我过去问过的，可他们俩总喜欢开玩笑，我压根儿就搞不清他们说的是不是实话，所以后来我也就懒得问了。""嗯，我明白了。"

她按捺不住好奇心，忽然问道："是他俩其中一个把乔治老伯杀死了吗？"

探长如实地答道："眼下我也不知道是谁杀的，我只是在调查所有跟老先生有关系的人，看谁不在犯罪现场。"

洛莎莱好像明白了似的，点点头。

探长说"眼下我想知道今天中午这里发生的事情，不管来这里的是唐诺多或者德汶，我希望你能说得越详细越好，不管是你还是他都说了些什么话。任何情况可能都有助于侦破此案。"

她皱起眉头冥思苦想。

探长觉得这个姑娘确实很漂亮，很招人喜欢。她身上有一股如磁力般吸引人的力量，连他本人都意识到了这一点。

她终于开口了："嗯……我中午12点钟来上班的时候，放荡少爷就在门口等我了。"

"放荡少爷？"

"因为我压根儿闹不清来的人是唐诺多还是德汶，所以我就这样叫他们。"

"哦。"

"这家酒馆的主人是谬勒太太。她每天上午来打扫店铺，到了中午我来上班，她就上楼去睡觉。这样我们俩便可以在晚上接着干活。这会儿她正在楼上睡午觉呢。"

"谬勒太太有没有见到小多林先生？"

"我估计她见到了，可她见到了也没用，她也分不清他俩谁是谁。就像我刚才说的那样，我在12点钟左右来到这里——今天可能有点儿晚，我在镇上买了点儿东西才过来。您瞧，我买了这条腰带，好看吗？"她得意洋洋地让他看一条崭新的、闪闪发亮的黑腰带。探长说很好看，耐心听她慢慢往下说。

"放荡少爷正在门口等我。他进来之后，谬勒太太就上楼去了。店里没有别的客人。他喝了几杯啤酒，我也喝了一杯。"

探长尽量放松地追问，不让她感到害怕："他是用玻璃杯喝呢，还是对着酒瓶口喝？"

"和平时一样，用玻璃杯喝。"

探长心中一阵激动："他喝酒的玻璃杯在哪儿？"

她奇怪地看着他："您是指他用过的……脏杯子吗？""对。"

"哎呀……我已经把它们洗干净了。"

韦洛迪探长尽量掩饰住自己的失望。他心想，也是，哪儿能那么轻易就让你在喝啤酒的杯子上找到指纹。他继续问："接下来发生了什么？""实在没什么可说的了……"

"他在这儿待了多长时间？"

她想了想，回答说："可能是一直待到差十分两点才走。不过有件事现在想起来挺可笑的。"

"什么事这么可笑？"

"他今天特别关心时间，差不多每隔十来分钟就问我一次几点了。"

韦洛迪笑了。这和他估计的不错，那个待在酒店的小伙子当然会对时间特别关心，这样一来，洛莎莱帮他作证的时候就会记起时间。看来他早就预料到了她会被警察盘问。那个家伙早就知道作案的钟点，所以一直停留到事成之后才离开。韦洛迪要是能确定是兄弟里的哪一个动刀杀了人，那么洛莎莱这番证词也能让另一个人定下同谋的罪名。

韦洛迪探长继续问洛莎莱："你这位顾客从 12 点一直待到两点，快有两个钟头了，在这段时间里，难道就喝了几杯啤酒，问了几次钟点？肯定还发生了别的什么事吧？"

洛莎莱再次犹豫了："这……"

他催促着："这很重要，你仔细想想。"

洛莎莱露出了那一排和她的美貌相得益彰的洁白如玉的牙齿，扑哧一声笑了："他吻了我几次。"

"就在这间屋子里吗？"

"是的，屋子里没有别人。他没做出什么出格的举动，只是用胳臂搂着我的腰，吻吻我。"

韦洛迪赶紧追问："吻你的是哪一个？"她又困惑地望望他："哪一个？"

"难道多林兄弟俩都会去亲吻你吗？"

她又犹豫了，可是说话时一点儿也没显得不好意思："我可不是浪荡的姑娘，让随便什么人都吻我。不过这两位放荡少爷我都挺喜欢，就让他俩吻我了。"

探长几乎绝望了。他又问了一些问题，依然没有多大收获。最后他叫洛莎莱待在柜台后面，自己走到一个双生子坐着的地方，问"你是唐诺多吗？"

小伙子微微一笑，纠正他的错误："不对，我是德汶。您从洛莎莱那儿打听到什么有用的事儿没有，探长？"

"她那里证实了要么是你，要么是你那位兄弟中午来过这里。现在我想听听你的说辞。"

德汶答应了，他说："我中午来到这里，在门口遇到洛莎莱，跟她一起走了进来，喝了几杯啤酒，究竟喝了多少杯可就忘了，另外还跟姑娘寻寻开心。对了，当时没别的顾客在场，还吻了她几次，一直待到快两点钟才离开……"

还没等他说完，探长便意识到，不管是哪个兄弟来到这里，他俩在埃伦修配厂碰头时完全可以串通，告诉那个兄弟自己在这儿跟洛莎莱厮混的情景。尽管如此，探长还是问了唐诺多同样的话，结果不出所料。

这时距离多林老先生被害已经两个半小时了，快到午后 4 点了。韦洛迪探长打电话到多林家，询问简安森警官有没有什么新的进展。简安森说验尸官已经来过，证实多林是被尖刀刺杀致死的，尸体刚刚被抬走。他已经取了侯波太太的指纹，正在书房搜寻别的指纹。他目前搜集到的指纹很多，可是好像没有一样指纹对这案子能有什么帮助。

韦洛迪放下电话，双生子中的一个问道："调查的怎么样了？"

这会儿他们都已坐在了柜台前面的吧凳上，洛莎莱默默地站在柜台后边。与平时不同的是，两人都没喝酒。估计他们是不想太嚣张以免激起探长的愤怒，而不是出于对死去的长辈的悼念。

探长走到他们面前，含糊其辞地说："正在调查中……现在下结论还太早。"

"可你仍然盯着我们俩不放，对不对，探长？"

"那是因为有侯波太太的证据。""啊，啊，又是侯波太太！"

韦洛迪探长没法否认，他觉得又受到了挫折，还有点儿累了。尽管他已经肯定是这对孪生兄弟绞尽脑汁策划了这起谋杀案，可是他还没找到真凭实据，所以没法逮捕他们。兄弟俩也明白他所处的困境，显得得意洋洋。

探长心中暗自对多林老头表示歉意。他对洛莎莱说："给我来一杯白兰地。"

双生子中的一个问："探长先生，我们能否跟你一块儿喝一杯？"

他耸耸肩。

兄弟俩要的酒完全一样，都是加水的苏格兰威士忌。

探长在默默沉思着，这两个人实在是太像了，一举一动都那么相似，长相，声音，习惯，行动……完全相同。难道洛莎莱跟他俩相处得那么亲密，也分不清他们俩谁是谁吗？

他禁不住说："这事做得太狡猾了。"没人答话。

他继续说："你们相信人世间真存在完全相似这种说法吗？相似得叫人没法从中找到差异？整个阴谋不过是仗着你们俩长得完全相似……"

双生子之一说："我们俩在这方面是出了名的，探长。"

"那是因为你们俩所接触的人都不擅长观察。比如洛莎莱就是其中之一。"

那个家伙十分傲慢地说："探长，您受过严格的警察训练，又有丰富的经验，还挺善于观察，那您怎样把我们俩分辨出来呢？"他坐在那里，手里把玩着酒杯，显然他觉得这场游戏虽担着很大的风险，但却非常有趣。

韦洛迪承认道，"这我还没琢磨出来。可我肯定总有办法把你们俩分辨出来。即使相貌上难以识别，从行动举止上也可以认出来，比如说，你们俩喝酒时拿酒杯的方式，或者你们……"探长脑子里忽然闪现出一个念头。

"或者什么，探长？"

现在轮到韦洛迪微笑了，他真的笑了出来，慢悠悠地说："我正在回想我年轻的时候，当年我在亲吻姑娘们时，确实有一种感觉，那就是姑娘们觉得男人们跟她们接吻的方式不完全一样。"他察觉到那对孪生兄弟脸上忽然显出不安的神情。他接着说："先生们，你们是否同意做个小小的试验？"

兄弟俩立刻舒展开皱着的眉头微笑了："你是说让我们俩都吻一下洛莎莱，

看她能否能辨认出我们?"

"是的。这样也许能让洛莎莱认出今天下午到底是谁吻过她了。"

两兄弟不约而同地耸耸肩,举止一模一样。

韦洛迪探长问姑娘:"你同意合作吗,洛莎莱?"她点点头,深色的头发在雪白的肩膀上拂来拂去。"请你到这边来。"

洛莎莱从柜台后边走到前面来,韦洛迪盯着那对孪生兄弟。他们小声交谈了几句,然后其中一个放下酒杯,站了起来。

韦洛迪问道:"你是哪位?"

"我是德汶。"

"好吧,德汶,现在请你亲吻洛莎莱。你一定要自自然然地吻,不要紧张。至于你,洛莎莱,请记住一件事。记住德汶怎样吻你,怎么搂着你,仔细记住你是怎样跟他接吻的,明白吗?"

姑娘紧张地点点头。她面无表情,一动也不动地站在那里,等待让人拥抱。德汶看起来倒是信心十足,他低头看看她的脸,然后把双手搭在她的肩上,把她拉近贴紧自己的身体,低头去凑近她那仰起来的脸蛋,亲吻了她。接着,德汶的双手顺着她的后背抚摸下去。

探长出人意料地喊了一声"停!"两人立刻分开了。

他俩都莫名其妙地看着韦洛迪探长。只见他十分得意地大叫:"过去的几个小时里我怎么那么糊涂!简直像瞎了眼!"

那对孪生兄弟一下子有点儿表情僵硬,他们等待他往下说。

他告诉他们:"解开这个谜其实有两种办法,我要么得证明你们俩其中一个案发时在你们伯父家里,要么得证明出事时其中一人待在这家酒馆里。我明白能解决这个问题的唯一办法就是查验指纹,我们都知道即使长得一模一样的双胞胎指纹也不会一样。可是杀人的凶器上的指纹已经给擦得干干净净,那所房子里的其他指纹也都不足为凭,我于是想到到这里来取指纹。可你们俩都是这里的常客,除非指纹印在某一件特殊的东西上面,否则也没有多大意义。"

他停顿了一下。他想那对双生子那么机灵,很可能会顺着他的思路抢先采取行动。

双生子什么都没说,全神贯注地听着他的分析。

"开始时我想到你们俩其中一人下午用过这里的啤酒杯,可是洛莎莱说她已经把它们都洗干净了。但是还有一样东西呢,你们猜猜看是什么?我保证你们猜不出来。"探长得意地说,"好,那就让我来公布答案吧。德汶,你吻洛莎莱的时候,注没注意她身上系着一条宽腰带?她说这条腰带是她今天上班前刚买的,还说:'他吻我的时候,搂着我的腰。'先生们,那条腰带上有我所需要的宝贵指纹。洛莎莱，能不能把你的腰带借给我用一下？"

洛莎莱开始低头解腰带的扣子，双生子同时向她冲过去。探长眼疾手快拔出手枪，对准他俩警告道："都站住！谁都不许碰那条腰带！"

兄弟俩的脸上又流露出一模一样的表情来，不过这次不是洋洋得意，而是受挫并彼此埋怨的痛苦神情。

羊腿

[美] 斯达尔·爱克厄尔

马莉·马洛尼边缝纫边等丈夫下班回来。这间屋子被她收拾得很干净、很温馨，窗帘拉上了，两盏台灯也拧亮了，一盏在她身旁，另外一盏在对面那张空椅子旁。她低下头做针线活的时候，尤其显得安静祥和，一举一动都带着慵懒闲适的神情，有时嘴边还挂着微笑。

因为肚里胎儿六个月大了，她的皮肤散发出一种非常好看的晶莹光泽，嘴唇也显得很柔和，是慈祥可亲带着母性柔情的那种。她的眼睛像潭水一样清澈，似乎变得比以前更大更黑了。

当时钟指向四点五十分的时候，她听到屋子外面"砰"的车门被关上的声音，接着就听见钥匙开门的声音。她把衣物针线放在一边，马上站了起来，他刚走进门口，她就马上迎上去吻他。这是她每天最快乐的时候，一个人在家无聊地熬过了一整天，好不容易等到丈夫回来。

接下来，她安安静静地坐着，心里感到无比的满足。无论是他进门时迈着大步穿过房中央的样子，还是他舒适地斜坐在椅子里的样子，她都觉得可爱。她爱看他注视她时眼中那种专注而遥远的神情，他可爱的嘴唇，和他从不喊苦喊累的习性。

这次，当她看到他略带疲惫的神情，又忍不住责备起来："这根本就不合理，你在局里的职位那么高，他们还整天让你大事小事亲自去跑腿！"他没回应，于是她不再说下去了，低下头，继续做针线活。

半晌，她说："亲爱的，饿了吗？要不要吃点乳酪，我给你拿来？我没做晚饭，因为我以为今天晚上我们会出去吃呢。"

"不用了。"他心不在焉地说。

"要是你太累，不想出去吃，"她继续说下去，"我还来得及做饭。冰箱里有很多食物，我做好了给你端过来，你就坐在这里吃饭，不用动。"她双眼含笑地看着他，等他回答，对她露个笑脸，或者点个头，可是他一点反应都没有。

"总之，"她接着说下去，"我先拿些乳酪和饼干给你。"

"我不想吃。"他终于开口了。

她心里有点不安，在椅子上换了个坐姿，一双又黑又亮的大眼睛紧紧盯着他的脸。"但是你总得吃晚饭吧！我们可以吃羊排，或者猪排。你爱吃什么我就做什么，冰箱里什么都有。"

"不要做了。"他说。

"可是，亲爱的，晚上你一定得吃点东西！我现在就去做晚饭，但是吃不吃就随你了。"她站起来，把衣物针线放在台灯旁边的小茶几上。

"你坐下，"他说，"就坐一会儿。"

她手扶着腰，慢慢地坐回椅子上，那双亮晶晶的眼睛满是疑惑和不解，紧紧盯着他的脸，等他把话说下去。

"我有一件事要告诉你。"他说。

"什么事，亲爱的？到底发生了什么事？"

他坐在那儿，低着头，一动也不动，台灯只照到他上半个脸，下巴和嘴唇都在阴影中。她明显看到他左脸上方有一小块肌肉在颤动着。

"这件事可能会让你震惊，"他说，"但是我现在必须马上告诉你，实在等不下去了。"他只花几分钟就把事情简单地说完了。她始终安静地坐着，惊怔地望着他，觉得他每说一个字就离她远一些。

他接着说："事情就是这样的，我知道现在不是告诉你这件事的最好时间，但是我实在等不下去了。当然，我会给你钱，照顾你和孩子的。我不希望把这件事搞得沸沸扬扬的，这样会影响我的工作，对你对我都不好。

"我去做晚饭。"她强忍着低声说，这次他没有阻止她。她的第一反应是不相信会有这种事发生，她甚至对他们未来的家庭生活充满了美好的想象。

她现在马上去做她想做的事情，当做根本没听到这件事，稍后她清醒过来，也许会发现这一切根本没有发生过，一切都会烟消云散。

她穿过房间时，觉得轻飘飘的，双脚好像根本没触到地面。她一点情绪都没有，空洞麻木，所有动作都是无意识的：慢慢走下楼梯到地窖去，开灯，打开冰箱，手伸到里面抓到一样东西，就拿了出来。

哦，是一只羊腿。好吧，那晚上就吃羊肉吧。她拿着羊腿走上楼梯，穿过客厅时，看见他站在窗前，背对着她。她便停下了。

他听到她走来，头也不回地说："你不用给我做晚饭了，我现在就要出去。"

就在那时，马莉·马洛尼径自走到他身后，毫不犹豫地高举起那只冻羊腿，使出全身之力，朝他后脑砸下去。这相当于用坚硬的钢棍砸向他。

重击发出的声音，和他倒在地毯上撞翻小桌子的震颤动作使她惊醒过来。她逐渐恢复神志，觉得又心冷又惊愕。她站了一会儿，对那个躯体不断眨眼，双手仍紧抓着那只硬邦邦的羊腿。

他被我杀死了。她神经质般喃喃自语。没有悲伤，没有愤怒，只是觉得自己做了一件没有完成的事。过了短短几十秒，她一下子变得清醒起来。她是警探的妻子，很清楚自己将会受到刑罚。那也好，她不在乎。事实上，受了刑罚心里反而会好过些，互不拖欠。

可是肚里的孩子怎么办？怀孕的杀人犯，法律会怎么处罚呢？马莉·马洛尼不知道，她也不打算冒这个险。

她把羊腿拿到厨房，把它放在铁盘上，把烤箱打开，再把铁盘塞进烤箱。

接着，她把手洗干净，照照镜子，整理一下头发。她试着笑了一下，可是笑得实在很僵硬。"山姆，你好吗？"她大声说，"劳驾，我要些土豆。"那声调很空洞，没有感情色彩。

她练习了好几次，然后才拿着大衣出门。这时还没到六点，杂货店的灯早就亮起来了。

"山姆，你好吗？"她神采奕奕地说，对柜台后的人露出灿烂的微笑。

"哦，是马洛尼太太，你好呀！""山姆，我要一些土豆。哦，对了，还要一罐豌豆。"

山姆转过身，从架子上取下来一罐豌豆。

"帕特里克今晚太累了，不想出去吃饭。"她告诉他，"你知道的，我们每个周四都出去吃晚饭的，所以，今天家里没有准备蔬菜。""马洛尼太太，要来一点肉吗？"

"不用了，谢谢你，我家里有肉呢。我刚从冰箱里拿了一只优质的羊腿肉。""噢。"

"我不大喜欢没把它解冻就拿去烧，山姆，你觉得这样可以吗？"

"我觉得，解不解冻又有什么区别呢。你还要买点什么吗？

山姆侧着头，和颜悦色地望着她，"甜点呢？饭后你打算给他准备点什么？"

"嗯，你觉得什么好，山姆？"

他往货柜看了一下，说："乳酪蛋糕怎么样？一大块美味的乳酪蛋糕，我知道他喜欢吃。"

她高兴地回答："是的，他是非常喜欢吃乳酪蛋糕，请给我装一块。"

东西都包好了，她把钱清算完毕，给山姆摆出最愉快的笑脸，说："麻烦你了，山姆，祝你愉快。"

她匆匆往家里走，心里一直对自己说她现在只是赶回家去，丈夫在家里等着吃晚饭呢；她一定像往常一样尽可能做出美味的饭菜，因为她可怜的丈夫工作实在是太忙太累了；如果她回到家看到发现异常的事，或是悲惨或是可怕的事，那么她一定会非常悲恸、震骇，甚至发狂的。所以，现在不要想着接下来会发生什么事情。她只是帕特里克·马洛尼太太，在星期四的傍晚，她买了很多蔬菜，正在赶回家给丈夫做可口的晚饭。

因此，当她脸上带着微笑，嘴里哼着小调，从后门进厨房的时候，看见地上躺着他的尸体，他痛苦的脸上还带着扭曲的表情时，果然受了极大的震惊。对他的爱，对他的情，刹那间涌上心头。她难过得在他身旁跪下，终于放声痛哭起来。这很自然，根本不用装腔作势。

几分钟后，她站起来走到电话旁。等到有人接了，她就难过地哭诉说："求求你们，快，快点过来，帕特里克死了!"

"你是谁?""我是马洛尼太太，帕特里克·马洛尼太太。"

"你说帕特里克·马洛尼死了?"

"是的。"她痛苦地说。

"我们马上赶过去。"那人说。

他们动作很迅速，一会儿就到了。她打开大门，两个警察走进来。这两个人她都认识—几乎整个分局的人她全认得——她哭倒在其中一个警察杰克·鲁南的臂膀上，悲恸欲绝。

她抽噎着断断续续地叙述了她出门到杂货店去买菜，回家发现他死在地板上的情形。这时鲁南发现死去的帕特里克头上有一小块凝血，他指给另一名警察欧麦雷看，欧麦雷立刻起身去打电话。

很快，医生也到了，接着又来了两个探员，其中一位她也认识，还能叫得出他的名字。她把事情的经过又说了一遍，这次从头说起：帕特里克进门的时候，她正在缝纫。他非常累，累得不想外出吃饭。于是她把肉放进烤箱里。她补充说："现在还正在烤着……"然后她去杂货店买蔬菜，回到家就发现他死在地板上了。

"哪一家杂货店?"一个探员问。

她告诉了他，他跟另一个探员低语几句，那探员就出门上街去了。

十多分钟后那个探员就回来了，笔记本上记满了一页纸。她在哽咽中，听见他们低语："……举止很自然……样子很快活……打算给他做一顿丰盛的晚饭……豌豆……乳酪蛋糕……她不可能……"

过了一会儿，医生走了，另外两个人进来把尸体放在担架上抬走了。两个探员留下没走，两个警察也还在。

杰克·鲁南用悲伤的语气告诉她说，她丈夫是因为后脑挨了钝器重击而死的，那东西是一件大的金属器具。凶手可能已经把凶器带走，但也可能把它抛弃或藏在这里的某个地方。

"还是那句老话，"他说，"只要找到凶器，就能找到凶手。你想想看，你家里有什么东西可以当做凶器的？比如，一把大螺旋钳，或者一个很重的金属花瓶？"

"我们没有重的金属花瓶，也没有大螺旋钳。"她说，"不过，车房里也许有这类东西。"

于是他们去搜索这幢房子和车房，留下她一人坐在椅子上。她听见外面碎石子路上的脚步声，有时从窗帘缝中看到一晃而过的手电筒闪光。时候不早了，她抬头看壁炉架上的钟，已经快九点了，那些男人好像渐渐累了。

他们继续搜查。警员鲁南走进厨房，又走出来说："马洛尼太太，你的烤箱还开着，里面好像还在烤着东西呢。"

"哎呀！"她惊呼起来，"真是的！"

"我帮你把火关掉，好吧？"

"那麻烦你把它关上，杰克。多谢你了。"

杰克再回到客厅的时候，马洛尼太太用她那双又大又黑、泪汪汪的眼睛望着他："杰克·鲁南。"

"什么事？"

"你们几个能不能帮我一个小忙？"

"马洛尼太太，我们会尽力而为。"

她说："你们都在这里，你们都是帕特里克的好朋友，而且是在帮忙捉拿杀人凶手的人。现在晚了，你们一定都饿坏了，要是知道我不好好招待你们，帕特里克在天之灵一定不会原谅我的。你们就把烤箱里的羊肉吃了吧，烤到现在，应该火候正好。"

"那怎么行。"鲁南警员说。

"真的不要客气，我现在什么都吃不下。要是你们能帮忙把它吃完，那真是帮了我一个大忙。而且，吃完了你们才有力气继续工作啊。"她恳切地说。

那两位警员和两位探员犹豫了好一阵子，但是他们的确都饿了，所以经不起马洛尼太太的请求和羊肉的诱惑，他们最后还是进厨房吃羊肉去了。

马洛尼太太仍留在客厅原处，她侧耳倾听他们从敞开的门后传来的谈话声。她听到他们在说话，虽然他们满嘴都是肉，说话的声音不太清晰。

"查理，要不要再来一点？"

"不要了，真要把它全吃完啊？"

"马洛尼太太是这样说的，她要我们把它吃光。"

"好吧，那再给我点吧。"

"凶手一定是用了一根好大的棍子砸帕特里克的，帕特里克死得真可怜。"

其中一个人说。

"所以，我说应该很容易找得到。"

"嗯，是的，我也是这么认为的。"

"不管是谁干的，他一定不会随身带着凶器，只要一有机会，他一定会把它丢掉。"说这话的人已经打起了饱嗝。

"我觉得凶器一定还在房子里，说不定就在我们眼前呢。"

听到这里，在大厅里的马莉·马洛尼开始偷偷笑了。

世界上最友好的人

［英］亨利·史雷沙

笛尼森一边合上手提箱盖，一边心满意足地哈哈大笑，"五十九岁？哈哈！说真的，路易斯先生，我从没遇到过这么大岁数还要办寿险的。不是我们不愿意或是这种年龄超过投保限制，而是因为当一个人想投保寿险时，我们得先查清这种保险对他的家人来说有没有必要，而且还要查看被保人能负担多少保费。"他从口袋里取出钢笔，继续微笑着说："我从没用过圆珠笔。"说完后他才发现自己一直在说些废话，感到有些气恼，"对了，保险金的受益人是你夫人吧？"

"不是！我单身，也没有家人。"坐在饭店房间另一边窗子一旁的男人，伸出手掩着嘴打呵欠。他穿着浴袍，在昏暗的灯光下看起来就像一只怪鸟，确切地说，就像一只在灰蓝色地毯上缓缓朝预定狙击目标移动的鸬鹚。

笛尼森本来就没抱有任何期望，却还是忍不住叹了口气。

正在笛尼森为这个月业绩不佳感到苦恼时，拉斯·巴马斯负责的办公室转接来一个电话，一个投宿饭店的客人指名要找他上保险。笛尼森急忙赶到旅店来，他并没有深思那人为什么要指定自己，而且也没有意识到一个住旅店的过客要入保险是多么不可思议的事情。

穿浴袍的人继续说，"是的，我没有夫人，也没什么人值得我去关心。"

"那您签这份合同是为了……"

"我没说要签合同啊！"

"可代接电话的同事告诉我……"

"我只对他们说我想见见乔·笛尼森。"

笛尼森感到喉头发干，他开始不安起来。

说自己叫路易斯的男人笑了起来，"呵呵，难道你把我忘了吗？乔，才分开十年，你就记不起来我了。"

"你到底是谁？"笛尼森镇定地问。

穿浴袍的人插着双手放到膝盖上，"乔，你不相信就算了，其实我是世界上最友好的男人。正是为了表示对你的友好，我才跋涉三千英里来找你。

当时你离家太突然了，我以为会因此与你断了音讯，好在后来我一位做私家侦探的朋友，在洛杉矶拥挤的人群中发现了你。他说你竟然做了寿险公司的业务员，这听起来真是太滑稽了！如果妮蒂也投保贵公司的寿险就好了，那样你就不会杀她了。乔，说了这么多，你想起我是谁了吗？"

长久的沉默后，笛尼森说："你是威夫雷德·柯威吗？"

"是我，真抱歉把你骗到这里来。我这么做不过是想澄清你我之间的误会，而且我实在想不出更好的办法了。"他缓缓站起来，走近笛尼森，伸出枯瘦的手臂，"乔，我们握手言和好吗？"笛尼森面色凝重地盯着他的手，勉强握住他的指尖，轻轻摇动一下。

柯威大声说道："真是太感激你了！我没让你感觉不愉快吧？我真希望帮助你，就像帮助其他人那样，我确实是为了表示友好才来的！"

"其他人？"

"对啊，珐拉、斐尔·赫普怀特、珐利·瓦德伦，我都已经原谅他们了，因为那件事太久、太久了，对于杀害妮蒂的事，我已没有怨恨了。你和他们很熟吧？"

自从独自离开纽约以来，已经很久没听到珐拉、赫普怀特及瓦德伦的名字了。笛尼森的嘴角微微抽搐，他说"听起来不错，柯威先生，听到你要原谅我们，我真的松了口气，很不好意思，我有点儿要紧事，我得回去了。"

"别走，乔。我很想知道你希望我用哪种方式来报答你呢？我想你一定很想听听我是用什么方式原谅其他人的，这很重要，因为我想用同样的方式补偿你。"

"我确实不能待太久。"笛尼森皱起了眉头。

柯威说："那件事发生十年了。虽然只有短短十年，但这期间所发生的种种变化，我常感到不可思议。虽然我已年近五十，可却仍像年轻人一样精力旺盛，这都是因为妮蒂的缘故。我真希望你看看她，噢！当然是生前的她，她浑身充满活力，可以从早到晚不停地工作。"

"那时我结婚不到两年，做什么都是顺风顺水，公司建立没多久就迅速扩大规模。但是妮蒂却突然逼我卖掉公司，与她尽情畅游世界，享受有趣而愉快的人生。那时我虽没有退休的意思，但仍买下湖畔的房子及游艇，当做她的生日礼物。

"妮蒂究竟如何兴起想搭游艇的念头，大概只有天晓得。平常我们一起搭游艇时，她总是缩在角落里大声惊叫，动也不敢动。就在那一天，我想你应该知道我指的是哪一天吧？那天天气很好，湖面非常平静，她便独自驾船出去。我可以想象她那头长长的金发迎风飞扬的景象，是如何的美丽迷人，而你们这几个男人会如扑火的飞蛾被她吸引。我并未将那件事完全归罪于你们。我想，妮蒂一定也看到坐在豪华游艇上的你们，当她看到颜色像唇膏般鲜艳的豪华游艇时，心中必然会有某些想法。

"你们大声叫嚷，并以最高速度朝游艇前进，你们的游艇所激起的波涛侵袭到她的游艇，可是，妮蒂缺乏驾驶那艘帆船式游艇的技巧。她完全惊慌失措了。或许你们连妮蒂何时落水的都不知道吧，验尸的结果也是这样。没有人知道到底发生了什么事，也没有人能证明她是在落水时撞伤了头而昏迷，对我而言，我确实希望事情就是这样。我无法想象她肺部和嘴里灌满了水后，难过得无法呼救的痛苦。我知道她并未呼救。虽然当时在六十英里外的喧闹的城市中，但是，她若是呼救了我一定听得到。

"乔，希望你能了解我当时的心情是多么的痛苦，才会向你们说出那些满含恶意的威胁之语，事后我总会回想到审问时你们那四张苍白如墓碑的脸，以及我摆出的非常丑陋的姿态……总而言之，我希望你能明白我那些话及行为完全是出于一时冲动。"

"过了一段日子后，我的情绪逐渐平稳下来，开始重新审视这件事。我最终认为，妮蒂的死不该怪罪你们。可是，直到有一天我在河上城市俱乐部见到珐拉，才想到应该找些方法来补偿你们。那时妮蒂已经去世一年多了，妮蒂的容貌我已记不太清楚，可是我却轻易地认出了珐拉的脸，这多不可思议呀。在俱乐部里，我看见他，他看起来过得很不错，他身穿上等麻纱西服，身边还拥着一位美丽的少女。

"我很同情他的女伴，便过去和她打招呼，她叫露易丝，是初入社交界的可爱女孩子。她虽然不十分出色，却很有气质，有一双与妮蒂非常相似的薄荷绿的眼睛。就是因为这双眼瞳，我为她写了一封推荐信，让她有展示才华的机会。露易丝告诉我，珐拉酗酒的情况越来越严重了，他每天与酒瓶为伴，耗费了大量的时间与金钱，收入却江河日下。酒精使他失去了朋友，纵然他卖力气去拉拢上司，经常请他们到家里用餐或在周末请他们到别墅玩，还是没有什么效果。健康与地位也在抛弃他。

"听说了珐拉的困境后，我立刻扪心自问，怎么做才能表示我的友好及关怀呢？花了一周的时间，我总算找到了珐拉在市区最低等地区住的那所廉价肮脏的公寓。露易丝尝试用各种方式挽救珐拉，甚至要求珐拉以发誓戒酒为条件和她订婚，我深深为他俩感到高兴。

"善良女人的爱情力量真是不容轻视，它确实能使堕落的人重新站起来。之后的六个礼拜里，珐拉已逐渐走上属于中产阶级那种无聊人士的路途了——他果然很努力地生活，而且找到了新工作。想想真是太没意思了！我决定把他从等待着的单调前途中解放出来，于是我做了他的"圣诞老人"，送给他一桶加斯狄里尼与布克斯公司于1875年产的克尼克酒。你可以想象珐拉在收到这份礼物时欣喜若狂的样子，这可是任何名酒鉴赏家都会喜爱的礼物。不过这份礼物好像让他高兴得忘乎所以了。露易丝看他再次陷入可悲的状态，气得要与他解除婚约。幸好珐拉也意识到自己可能失去露易丝，又立刻振作起来，发誓今后再也不喝一滴酒。

"1955年份的夏特·姆顿·洛德的西德名酒是上等的葡萄酒，拥有这种美酒并不是什么坏事，至少用餐啜饮些许，是人生一大乐事，因此我送了珐拉一箱。可纯洁的露易丝并不了解这点，可怜的珐拉只好哭丧着脸，放弃了一整箱的好酒。不过话虽这样说，我想珐拉一定会私藏一两瓶吧！我觉得他这种向善的行为应该予以奖励，就送给他格连李维特出产的最高级史考基威士忌，紧接着，我又送给他一桶1924年份的玛姬·达佳威酒、一桶埃曼纽波尼尔酒、一箱夏特布兰酒。然后……对了！露易丝终于和他解除了婚约！为了庆祝露易丝离开，我又送珐拉一桶1955年份的路易·布鲁特香槟酒。"

"珐拉一旦无家可归，我就没法送酒给他了，所以对他被迫搬出那幢廉价公寓，我感到无比难过。当我得知他患肺炎而离开世间时，你无法想象我是何等的悲伤。他的葬礼冷清而凄凉，我送了花圈，遗憾的是我因工作不能参加。

"我与斐尔·赫普怀特见面并非偶然，因为我已了解自己的亲切将完成许多事情，因此便主动去找他。初次得到他的消息时，我真不知要如何报偿他。因为他似乎已拥有一切：他是一家太阳镜生产公司的股东，事业发展得非常顺利。他长得很帅，学历又不错，人缘亦佳，而最让人羡慕的是，他的婚姻很美满。妻子名叫琳达·费夏，原是斐尔公司里的秘书，相当有魅力。他们是在六个月前结婚的。要知道，斐尔是个花花公子，他的婚姻让公司里的人感到意外。

"从某些角度来说，他二十五岁便匆匆结婚太早了些。当然，如果斐尔的着眼点只在琳达的美丽，则只能说他还不了解人生的真谛。因此，我暗自寻思，该如何对他表示我的友好。

"我首先介绍进斐尔办公室的女人是德娜·韦利斯。这个名字也许你并不熟悉，她十五岁时即以出众的才貌受人瞩目，又曾当过广告模特儿，深受摄影家的赞赏，最近还参加音乐剧的演出……她马上就被录用了，而且正如我所恐惧的，斐尔和她发生了绯闻。结果，不可避免地产生了家庭纠纷，琳达先是以泪洗面，而后卷起包袱准备离家出走。斐尔后悔了，他发誓做个永远忠实的丈夫，他以解雇德娜并与之分手为条件，取得琳达的谅解。

"我只好又把德蕾西送进了他的公司。德蕾西比德娜更美——她的美貌曾刊登在各种杂志的封面，在美国的杂志界，能不以她为封面女郎的，只有《国家地理杂志》与《流行机械》等寥寥数家而已。我让德蕾西以自愿当太阳眼镜模特儿的理由去见斐尔，对方立刻应允带她去见广告代理商，然后，他们也发生了关系。大约两个月后，琳达发现斐尔又有外遇。这次，琳达聘请律师打官司，准备诉请离婚。可是，几个月后他们又再度和解。斐尔付了德蕾西足够她挥霍一年的钱，于是德蕾西住到巴姆海滩的别墅去。这种情形下，我又送去了伊洛娜。

"伊洛娜打进了斐尔的生活圈子。她不像德娜·韦利斯那么庄重，长相也不如德蕾西漂亮，她却为琳达的家庭幸福打上了一个休止符。琳达为此大吵大闹，斐尔忍无可忍，终于叫她滚蛋。这种侮辱超越了一个妻子所能忍受的范围，琳达盛怒之下朝斐尔的背后开了一枪。乔，我想你一定是初次听到这种事。幸好他并没死。子弹打碎了他的脊椎骨，而且伤及一边的肾脏，他变成了一个真正的废人。听说他曾数度割腕自杀，都被医生成功抢救回来。现在我年年都给他寄圣诞礼物。

"下一个要讲的是可怜的珐利·瓦德伦。你知道他已经去世了吗？你也许认为他的死因是心脏病突发。事实上，他的死因也可称为心肌功能停止，不过他这心肌功能停止，还另有原因呢！我是在拉斯维加斯找到他的，他的情形跟可怜的珐拉非常类似。当我找到他时，立刻了解应该如何种友好的方式去对待他。他在内华达已名声扫地，正一文不名地想回东部。他那时唯一拥有的财产，就是港湾的小木屋和那艘如唇膏般鲜艳的游艇。"

"我的经纪人艾德华以六千美元的价格买下了他的木屋和游艇，这是我对珐利的最友好行为。我付完钱后把游艇烧毁了，至于那所小木屋，任其荒废。如果以旁观者的立场来看珐利如何花这笔钱，实在是件有趣的事。他把所得的一半款项用来赌赛马，其余的则花在市内私人赌场。总数六千美元的款项，他以一天一千美元的速度迅速挥霍干净。连我的私家侦探对他的花钱态度都深感惊讶。

"我意识到即使给他一笔随意挥霍的巨款也没什么用，最好每天给他一小笔能维持生活的钱。有一天，我汇一百美元现金给他。珐利有一位叫威巴的朋友在卡尔街经营书店。他立刻到威巴的公寓去，不断地吹嘘自己的奇遇。威巴警告珐利，这可能是"特洛伊木马计"中攻陷特洛伊城的计谋重现，但瓦德伦却没当回事。就在当天晚上，不过半小时的时间，那一百美元又葬送在赌场中。

"第二天我又寄了五十美元给他，但他立刻用这钱去买酒和吃的去找威巴，与他共同分享。我推测珐利一定向威巴说，他要找一份正当工作，远离赌博。因为珐利第二天就到职业介绍中心去转悠，却毫无结果。"这回我寄给他两百美元，他也再度回到赌场，可当晚他却赢得数百美元。隔天晚上，为了多赢点钱，他又到赌场去，果然，幸运之神再度眷顾他。到那个星期结束，他已赢得三四千美元。不过，他仍期待着下一次丰收。不久，机会来了，他被李吉·艾迪邀请到沙尔德饭店聚赌。

"听到这个消息我不禁全身颤抖，因为我们的朋友珐利即将与以暴力行事的黑社会歹徒对赌。我的私家侦探告诉我不少有关李吉的趣事，而最主要的是他的臂力惊人。珐利答应李吉·艾迪的邀请，他带着所有的金钱出发，幸好得幸运之神庇佑，当晚他大赢，赢了大约八千美元。李吉郑重地告诉珐利他一定要翻本，然后很有风度地送他回去。第二天夜里，珐利输了，而且输得很多。他厚着脸皮向李吉表示，希望能借一点钱以便翻本，而李吉也愉快地答应了。珐利身无分文地走出了沙尔德饭店时，他非常苦恼——他欠了李吉五百美元的债。

"我赶紧寄给他五百美元渡过难关，因为他能迅速还钱，李吉又借给他四千美元，还延长了偿还期限。不过一个礼拜的工夫，他一共欠了李吉一万二千美元。珐利会把所有的钱投入赌博中，我还怎么给他送钱呢？从那时起，可怜的珐利每天早上都盼着邮差到来，为他带来钱以解决困境。但过了不久，他终于觉悟不可能有人再寄钱给他了，他必须自行设法还钱，李吉终于没有耐心了，不但催讨债务，还扬言要采取强硬的手段。

"珐利明白自己根本没有能力还钱，熬了两个礼拜后，他连夜搬出公寓去找威巴，要求威巴的庇护。威巴答应保守秘密，并请他饱餐一顿。可是，乔，我想你也了解，在圣经中，撒马利亚人作出什么行为。珐利在小公寓里躲了没几天，开始感到不耐烦，对什么都看不顺眼，有一天他终于当着威巴的面，说威巴是这世界上最令他厌恶的人。威巴气坏了，立刻离开公寓去找李吉。这样你知道珐利为什么会死于心脏麻痹了吧？

"乔，让我猜猜你在想什么，你一定在想自己会变成什么样是吗？不过你听我说：珐利死后，我又请私家侦探打听你的行踪，但结果是你已经抛弃了家乡、亲人和工作。乔，你实在太善于掩饰行踪了，以至于我无法找到你。说真的，乔，我和我的私家侦探来到此已一个月了，可我们对你仍然一点都不了解。你告诉我好不好，我要怎么做才能像报答其他人一样的报答你？"

"你说你要像对待其他人一样的对待我？"笛尼森站起来，他一直紧握着拳头。

柯威说："对。我希望能对自己在法庭上强烈指责你们的行为做些弥补。"

"你是说你想知道我的弱点？""如果你要这么说……"

笛尼森冷冷地说："这就是你急于知道的。珐拉酗酒，斐尔好色，珐利嗜赌如命，你就用最卑鄙的礼物害死他们……"

"但是，乔，你有什么弱点呢？"柯威又发出怪鸟般的笑声。

笛尼森走到柯威面前，伸出手抓住他的毛巾浴袍，狠狠揪住这个看起来像怪鸟的家伙，"你这卑鄙的凶手！"他咬牙切齿地说，然后用力摇撼手中紧抓的浴袍。

柯威颤抖地说："我只是想报答你们而已！乔，因为你对妮蒂很友好……"

笛尼森改抓住对方瘦削的双肩，更用力摇撼，"凶手！"柯威的脑袋像挂在细芦苇梗上般不停地摇动。笛尼森再度叫着，"凶手！"同时手摇得更猛了。突然间，他发觉柯威的骨头像散开般无力，身体也像提线木偶一般软绵绵的，而且摇动时全身关节所发出的声音也完全消失。笛尼森完全呆住了，他已经忘了时间，也压根儿不知道柯威到底什么时候死的。

麦纳副探长对探长说："笛尼森大约在六点十分时走到楼下大厅，对柜台人员说了一些话，柜台办事员立刻挂电话到分局，而笛尼森就在楼下大厅等候我们到达。"

探长问："死因查明了吗？"

"死者的颈骨折断了。不过，探长，这位名叫笛尼森的人并不想逃避自己的罪责。"停了一下，他继续说："说实在的，我觉得他很可怜！"

"为什么？"

"因为他看起来像个行事坦荡的人。几年前，他也发生过相同的事。当时他和父亲发生争执，因一时冲动殴打了父亲，事后他非常懊悔，便辞掉工作，独自搬到西部来。他并不想杀死柯威，只是在盛怒之下失手杀了他。"

"你认为他真是个坦荡的人？"探长露出同情的神色。

麦纳说："只可惜他太容易被激怒了。可我们谁又没点儿弱点呢？"

来自坟墓的故事

盗尸者

[英] 罗伯特·路易斯·史蒂文森

年轻的费蒂斯在爱丁堡的学校学习医术。他拥有超强的记忆力，可以过目不忘。平时他在家里很少用功学习，但是在老师们面前却总是彬彬有礼，上课时聚精会神，反应敏捷。他的老师们都觉得他是个学习认真刻苦的小伙子。不仅如此，我听说他还是一个外表十分出众的受人喜爱的小伙子。当时有一位校外的解剖学老师，我在这里姑且称他为 K 先生，后来他成为一名家喻户晓的人物。当人们为处死贝尔克而欢呼雀跃，并大声疾呼要将购买尸体的主雇也绳之于法时，这位 K 先生十分害怕，他在爱丁堡的大街上躲躲闪闪，生怕被人指控。那会儿，K 先生很受人追捧，一方面源于他自身的天赋和口才，另一方面源于他的竞争对手——大学教授们——实在无能。至少学生们都很崇拜他，费蒂斯和其他学生一直都深信，只要能够得到这位多人敬仰的老师的喜爱，就能为自己将来的成功奠定基础。K 先生本人成就非凡，同时也是一位赏识千里马的伯乐。他喜欢刻苦认真的学生，也喜欢有点小聪明的学生。费蒂斯就同时具备这两点，所以深得 K 先生青睐。在他的第二年的课程中，费蒂斯得到了班级第二助教，即副助理的位置。

慢慢地，管理手术室和教室的任务也成为费蒂斯的职责所在。他需要负责手术室和教室的清理工作，收发并对解剖实验的尸体进行分类也成为他的分内之事。最终，也正是因为这项工作——在当时看来是一项必须慎重处理的工作——K 先生让费蒂斯住进了他自己楼上的解剖室。在严冬的每个黎明前的黑暗时分，费蒂斯都要睡眼惺忪、踉踉跄跄地从床上爬起来，为送尸体的人开门。这些送尸体的人都是些铤而走险的、肮脏的非法之徒。在这起臭名昭著的事件（贝尔克和黑尔谋杀案）传遍整个国家之前，费蒂斯就已经在为这些不法之徒打开售卖尸体的大门了，他昧着良心付给他们不义之财。在这些良心早已泯灭的人走了之后，费蒂斯又是一人独处。此后一天的其他时间里，他就会忙里偷闲地找一两个小时小憩一会儿，补补觉以便白天有精力工作。

不会有人像费蒂斯这样对生命如此麻木不仁。他不让自己的大脑思考这些问题，对别人的命运和运气也统统不感兴趣。他只是听从于自己的欲望和那小小的野心。冷漠、玩世不恭、自私自利的他做起事情来谨小慎微（他称之为道德），他从来都没有诸如酗酒和偷盗的不良记录。除此之外，他还特别渴望得到他的导师和同学们哪怕一丁点儿的关注，他不想把自己的生活弄得一团糟，以失败而告终。他以在工作中投机取巧为乐，总是当着 K 先生的面时才卖力干活。白天尽量少干活，以此弥补晚上的辛劳，只有这样他才会感到心理平衡。

用于解剖实验的尸体的来源问题一直困扰着费蒂斯和他的导师。医学课堂上解剖学老师所用的材料随时面临用完的境地，而能够提供尸体的行当不但本身十分令人生厌，而且还容易使所有的知情人处于危险境地。因此 K 先生的做事原则就是：在交易尸体时绝不问问题。"他们拿来尸体，我们就付钱。一手交钱一手交货。"他曾经说过，"这是等价交换。"他又有点渎神地说道："为了不受良心的责备，千万不要问任何问题。"他不知道这些尸体都是谋杀案的受害者。但凡他脑子里闪过类似这种的想法，他都会吓得退缩回去。然而，他谈论此事时那种轻浮的语气本身就是对灵魂的一种冒犯，也是对与他打交道的人的一种诱导。费蒂斯经常惊异为什么尸体如此新鲜。他总是一次一次地在黎明前被面相猥琐、举止卑鄙的无赖叫起床。他迅速整理自己凌乱的思绪，使之清晰起来；这或许要归功于他的导师那一套不太道德但又直截了当的辩护词。费蒂斯清楚自己的职责，简言之，就是三个步骤：接过这些无赖拿来的东西，付钱，然后对任何犯罪行为都装作没看见。

费蒂斯一贯遵守的沉默原则终于在 11 月份的一天早晨面临了一次考验。前一晚他被痛苦的牙痛折磨得整晚无法入睡，他一会儿像一头受困的野兽似的在屋里踱步，一会儿又愤怒地一头栽到床上。最后好不容易才迷迷糊糊入睡，整晚牙齿都在隐隐作痛。忽然约定的交易信号响了三四下，把费蒂斯从睡梦中叫醒。屋外呼呼地刮着冷风，地上结了一层冷霜。惨淡月光下的城市还在沉睡，但空气里已经出现了一种难以名状的躁动，白天的繁荣景象马上就要在这个城市上演了。盗尸者要比往常来得晚了一些，而且看起来今天比往常更想快点儿拿钱走人。费蒂斯困倦地提着灯指引他们上楼，他仿佛从梦里听到他们在用爱尔兰话抱怨着什么。来者打开袋子时，费蒂斯正倚在墙上打盹儿。盗尸者不得不把他摇醒要求付钱。此时他正好看到了死者的脸庞。费蒂斯惊呆了，赶紧靠近两步，将蜡烛凑近了看。

"万能的主啊！"他喊道，"这是简·加尔布雷思！"来者没有回答，慢慢地向门边走去。

"我认识她，我告诉你们。"费蒂斯又接着说下去，"她昨天还活蹦乱跳的呢。她不可能死了。你们不应该拿来她的尸体。"

"我们确实拿来了。先生，你看错了。"其中一位说道。

另一位却阴森森地看着费蒂斯，让他马上付钱。

这显然是对方发出的某种威胁信号。费蒂斯的心一沉，结结巴巴地向对方道歉，并数好钱给对方。他眼看着这两个可恨的家伙离开。他们刚一离开，费蒂斯就急忙走上前去证实自己的猜测，最终他证实了眼前的死者正是前一天和他打情骂俏的那个女孩儿。他看到尸体上有瘀伤时，心里极其恐惧，好像是施暴造成的。顿时一股恐惧感袭上费蒂斯的心头，他仓皇地逃回到自己的房间里。他在那里又详细地把自己发现的事情在头脑中理了一遍，并冷静地考虑着 K 先生给他的指示以及自己干这些勾当所处的危险境地。最后在经过一番痛苦而混乱的思想斗争后，他决定一定要听取他的直接上司——班级助理的意见。

这位助理名叫沃尔夫·麦克法兰，是一位年轻的医生。他聪明过人，在所有率性而为的同学里他是最受大家喜爱的一位。他以前在国外留过学，他的举止和蔼可亲，打扮稍微有点前卫；是表演舞台剧的高手，擅长冰上运动，还是滑冰和高尔夫俱乐部的会员。麦克法兰有一辆轻便马车和一匹快马。他与费蒂斯保持着亲密关系，的确，他们之间的职务关系使他们成为某种生命共同体。每当供解剖实验的尸体用完时，他们俩就会乘坐麦克法兰的轻便马车到遥远的山村里寻找孤坟，带着他们的"战利品"在黎明前悄悄溜回解剖室。

就在这天早上，不知为什么，麦克法兰比平常来得稍早一些。费蒂斯听到他的声音，就急忙跑到楼梯上迎接他。费蒂斯告诉麦克法兰刚发生的事情以及引起自己恐慌的理由。麦克法兰听后，仔细检查了尸首上的伤痕。

"是的，"他点点头，"看起来很可疑。"

"是吧，我应该做什么？"费蒂斯问道。

"做什么？"对方重复道，"你想做什么？我要说的是，话越少越好。"

"其他人也可能会认出她来呀，"费蒂斯反驳道，"她可是很有名气的。"

"我们只能希望别人不会认出她来，"麦克法兰说，"如果真的有人认出来了……不会的。你知道的，事情已经结束了。如果你张扬出去的话，你就会让 K 先生惹上无尽的麻烦。你和我都会成为众矢之的的。我想你知道到时候我们两个人会怎样，站在证人席上我们应该怎样为自己辩护。我认为你对一件事情是确定无疑的——那就是，我们用来做解剖实验的尸体有可能都是谋杀案的受害者。"

"麦克法兰！"费蒂斯咆哮起来。

"忘了吧！"对方轻蔑地说，"就好像你从来都没有怀疑过似的！"

"怀疑是一回事儿……"

"得到证实则是另外一回事儿。我和你一样对此事感到抱歉，但此事应该到此为止。"说着，麦克法兰用自己的拐杖轻轻碰了碰尸体。"接下来应该做的就是，我并不认识这具尸体，而且，"他又冷冰冰地补充道，"我并不是在教唆你。我不认识这具尸体，如果你高兴的话，你可以认识她。但是我想世界上的任何一个人都会像我这样做的。我还要加一句，我认为这就是 K 先生想从我们这得到的答案。他为什么选我们两个人当他的助手呢？我的答案是，K 先生信不过别的人，他们都头发长见识短。"

这些话足以影响像费蒂斯这样的小伙子了。他同意像麦克法兰一样保持沉默。这个不幸女孩儿的尸体被做了解剖实验，没有人谈论这具尸体，好像也没有人认出她来。

一天下午，费蒂斯干完了一天的工作后，顺道来到一家人气很旺的小酒馆，他看见麦克法兰正和一名陌生人坐在一起。这个陌生人个头矮小，皮肤黝黑，惨白的脸上嵌着一双煤黑色的眼睛。他脸上的线条充分表明此人性格中缺少一份睿智和文雅，他更应该是一个粗俗、鄙陋而且十分愚蠢的人。然而，他却颐指气使，能够向麦克法兰发号施令，就像首领一样呼三喝四。他十分无礼地驱使麦克法兰做事，哪怕是有那么一点点迟疑，他都会恼羞成怒。这个无礼的陌生人喜欢费蒂斯在场，他不住地喝着酒，大谈特谈自己的光辉历史。假如他所说的有十分之一是真的，那么他就是一个彻头彻尾令人厌恶的无赖。现在这位经历丰富的仁兄又拿麦克法兰的虚荣心开起了玩笑。

"我是个坏蛋，"陌生人说道，"但是麦克法兰却是个小男孩儿呢——托蒂·麦克法兰。我这样叫他。托蒂，再给你的朋友要一杯酒。""托蒂，站起来把门关上。""托蒂恨死我了，"他接着说道，"是的，托蒂，你恨我。"

"难道你不能不叫我这个令人讨厌的名字吗？"麦克法兰咆哮着。

"听听呀！你曾经见过这家伙玩儿刀吗？他一定想在我的全身上下开刀。"陌生人说。

"我们学医的人另有他法，"费蒂斯说道，"当我们不喜欢我们某位已死的朋友时，我们就会解剖他的尸体。"

麦克法兰狠狠地瞪了一眼，好像他很不喜欢这个笑话。

一个下午过去了，格雷（这位陌生人的名字叫格雷）邀请费蒂斯和他们一起吃晚饭。格雷要了一桌极其奢华的晚餐，这顿饭让整个小酒馆里的其他客人都不停地咋舌。用餐完毕后，他却让麦克法兰支付账单。当他们离开时天色已晚，格雷已经喝得酩酊大醉；麦克法兰因为愤怒而一直保持着清醒，他一直想着自己被迫支付的昂贵的账单和自己不得不忍受的侮慢；费蒂斯也被灌了一肚子酒精，他脑袋里一片空白，摇摇晃晃地走回了住所。第二天，麦克法兰没来上课。费蒂斯心里偷笑，想着他一定是还在陪着讨厌的格雷一个酒馆一个酒馆地买醉。课程一结束，费蒂斯就挨个酒馆地寻找他们。他以为自己能够找到他们，可是，到处也没有他们的踪影。于是，费蒂斯只好回到自己的住所，早早上床睡觉了。

凌晨 4 点钟的时候他被熟悉的信号声吵醒了。走到门前，费蒂斯惊奇地发现是麦克法兰驾着他的轻便马车在外面，马车后面放着一个长长的、可怕的包裹，费蒂斯很熟悉这种包裹。

"什么？"他叫喊着，"你独自一人出去的？"

麦克法兰粗鲁地让费蒂斯闭上嘴，催促他赶紧办正经事儿。他们两人把尸体抬上楼以后放到手术台上，麦克法兰转身就要离开。突然，他停下来，稍有犹豫，然后开口说道："你最好看看尸体的脸。"语调略显局促。费蒂斯好奇地看着他，麦克法兰又重复道："你最好看看。"

"可是你什么时候、在哪里又是怎样得到尸体的？"费蒂斯问道。

"看看那张脸。"

费蒂斯犹豫着，一丝疑虑涌上心头。他把目光从麦克法兰身上移到那具尸体上，然后又移了回来。最终，他听从了麦克法兰的话，照他的吩咐做了。他已经想象到将要看到的东西，然而眼前的情景还是让他震惊。尸体僵硬地躺在那里，赤裸裸地被裹在粗麻布袋里。格雷与他分开的时候还穿着华丽，在酒馆里过着酒肉穿肠过的奢靡生活。而此时，他的死令已经麻木不仁的费蒂斯产生了一丝丝的恐惧。死亡一直回荡在费蒂斯的灵魂深处，他认识的两人本不应该躺在停尸台上的。然而，这些还不是他的主要想法，他现在最关心的是如何面对他所尊敬的麦克法兰。此时此刻，他根本没有准备好，他不知道应该怎样面对他同伴的脸，他不敢看他的眼睛，更说不出一句话来。

麦克法兰首先开口。他静静地走到费蒂斯身后，轻轻地将手放在他的肩膀上。

"理查森可能想要这具尸体的头颅。"

他所说的理查森很渴望得到一个头颅进行解剖实验。费蒂斯没有回应。麦克法兰接着说："说到交易，你必须付给我钱，你瞧，你必须让你账本上的收支相吻合。"

费蒂斯发出魔鬼般地声音："付钱给你！"他嚷起来："为什么付给你钱？"

"为什么？你当然要付钱。不管怎样，你必须支付每一笔交易。"对方回答说，"我不会无偿地给你提供尸体，你也不能一分钱不花就拿到这具尸体。我们两个人应该彼此妥协一下。这只是另外一起简·加尔布雷思式的事件。这种越是不对的事情，我们就越要把它做得好像是正确的。K 先生把钱放在哪里？"

费蒂斯用刺耳的声音回答道："在那里。"边说边用手指着屋角的碗柜。

"那么，给我钥匙。"麦克法兰边说边伸出手来，神情十分平静。

短暂的犹豫之后，费蒂斯拿出了钥匙。麦克法兰的手指碰到钥匙的瞬间不由自主地紧张地抽搐了一下。他打开碗柜，从一个柜格儿里拿出钢笔、墨水和一个账本，然后又从抽屉里取走属于他的酬劳。

"现在，看这儿。"他说，"这是报酬——为了证明你的诚意和可靠。在你的账本里记入这笔收入，这样对你来说，就可以用它对抗你心中的恶魔了。"

接下来的几秒钟，费蒂斯陷入了痛苦的思索之中。他定了定神，如果他现在可以克制与麦克法兰的争吵，那么今后的任何困难都能迎刃而解。他放下一直拿在手里的蜡烛，将日期、交易金额、细则等内容填写完毕。

"现在，"麦克法兰说，"你收下你的那份才算公平。我已经拿了我的那份。久而久之，如果一个深谙世故的人走运的话，口袋里就有多得花不完的零花钱了——我为自己所说的感到羞耻，但是必须按原则办事儿。不要请客吃饭、不要买昂贵的书籍、不要还你欠的账。只准向别人借钱，不要借给别人钱。"

"麦克法兰，"费蒂斯带着沙哑的嗓音说，"我有事情相求。"

"求我？"麦克法兰大喊，"好呀！你说！我倒想看看，你到底能做什么来自我保护？假如我陷入麻烦之中，你能跑得掉？这起事件只是第一起事件的继续，只是格雷步加尔布雷思小姐的后尘。你不能在事情开始以后才叫停止。如果你已经卷进来了，就要一直干下去。这才是真理。别无退路。"

费蒂斯的心顿时沉了下来，仿佛感到命运背叛了他。

"我的上帝呀！"他哭喊着，"我都做过什么了？几时开始的？被任命为班级助理有什么好处？瑟维斯想得到这个位置，他本来也有可能当上助理的。如果他当上了，也会和我现在的处境一样吗？"

"亲爱的朋友，"麦克法兰说，"你是多么天真呀！这件事情能对你有什么伤害呢？如果你管住自己的嘴巴，能对你有什么伤害呢？伙计，你知道这是个什么样的社会吗？这个社会上只有两类人——一类人好比是狮子，另一类人则是羔羊。如果你是一只羔羊的话，那么你就会像格雷和加尔布雷思小姐一样躺在这张手术台上。如果你是一头雄狮的话，你就会活着，像我、K 先生以及世界上所有有胆有识的人一样，有自己的马和马车。我亲爱的朋友，你睿智、勇敢，我很喜欢你；K 先生也是。你生来就应该是猎人。而且我告诉你吧，以我的荣誉和我的生活经验担保，3 天之内你就会像看滑稽剧的高中男孩儿一样嘲笑躺在这里的这些可怜虫了。"

麦克法兰转身离开，驾着他的轻便马车向小巷深处驶去，消失在黎明前的夜色中。而他的离开却给费蒂斯留下了无尽的悔恨。他看着自己身处的悲惨境地，那种沮丧实在难以名状。他眼见着自己的软弱让自己一步一步变成麦克法兰的帮凶。他本应该变得更勇敢一些，但他却仍旧缺乏勇气。简·加尔布雷思的秘密和账本上所记录的内容让他不得不闭上嘴。

时间一点一点地过去，学生们陆续来上课了。可怜的格雷的尸体被一次一次地解剖，没有人议论过什么。理查森为自己终于能够解剖到一个头颅而高兴。费蒂斯焦急地盼望一切平安无事，但心中却暗含着一丝欢愉。两天来，他一直很警觉，虽然极力掩饰着整日来的恐惧，但心中的欢欣却与日俱增。到第三天时，麦克法兰露面了。他说自己生病了；但是他仍然可以坚持给同学们补课，并进行必要的指导。麦克法兰尤其对理查森进行了仔细地辅导和详细地讲解，理查森因受到助理的表扬而欢欣鼓舞，胸中燃起雄心壮志，仿佛已经看见自己出人头地的那天了。

麦克法兰的预言在一个星期之内就成真了。费蒂斯真的克服了自己的恐惧，并且忘记了自己做过的卑鄙勾当。他开始为自己脱罪，在脑海里重新排演发生过的事情，以便让自己回想起来不至于太痛苦。现在费蒂斯并不经常遇到他的帮凶。当然他们会在课堂上见面，一起从 K 先生那里接受指示，有时也会私下里分别与 K 先生会面。K 先生自始至终都是那么和蔼、开朗。K 先生一直避免谈论他们之间共同的秘密，即使费蒂斯向他低语自己要与狮子为伍，而不当羔羊时，K 先生也只是指示他应该守口如瓶。后来有一次偶然的机会又使麦克法兰和费蒂斯重新走到一起，成为紧密的团体。K 先生再次出现解剖尸体紧缺的情况。他的学生们十分渴望有机会实践解剖，而 K 先生又总是信誓旦旦地说尸体供应十分充足。此时恰巧有消息说，在格兰克斯的乡村墓地里将举行一个葬礼。坟墓设在阒无人迹的雪松树林深处，这里只能听到旁边山腰上山羊咩咩的叫声，山体两侧小溪流淌的声音——一侧的河流越过鹅卵石快乐地奔腾，另一侧的溪水则神秘地流淌于池塘之间——风儿从大片古老的开满花儿的栗子树中间穿过时的呼呼声，以及每天教堂的钟声和唱诗班的陈词滥调。这些是唯一可以打破这座沉寂的乡间教堂墓地的声音，但两位盗尸者并没有受到这种虔诚的环境的影响而停止他们的勾当。他们的"工作"让他们对坟墓、被无数膜拜者和哀悼者走过的道路以及亲人摆放的祭品和题写的碑刻都极为蔑视，甚至还有所亵渎。这种乡村地方的亲情观念尤为强烈，有的教区甚至是由歃血之盟约组成的。这些丧尽天良的盗尸者喜欢在这一带从事这种既简单又安全的任务。在地下埋葬的死者并没有料到他们会经受这样的打扰。盗尸者会提着马灯匆匆赶来，魂不守舍地抢动着铁锹和鹤嘴锄。棺材被抬出，棺盖被打开，死者下葬时穿的衣服已经腐烂，可怜的遗骨上覆盖着裹尸布。在没有月光的偏僻小路旁，死者将在经过几个小时的折腾后最终极其不体面地暴露在一群早已累得气喘吁吁的盗尸者面前。

如同两只秃鹫徘徊在一只垂死的羊羔身边一样，费蒂斯和麦克法兰一直逡巡在这个郁郁葱葱的安息之地。他们要去取一具女尸，她是一位农夫的妻子，60岁，她生前做得一手好黄油。死者将在午夜时分被从墓地掘出带走，她的器官将成为解剖医生们的试验品。

这天下午的晚些时候，麦克法兰和费蒂斯身裹斗篷，带着酒出发了。天下着大雨，冰冷的雨水又急又密，打在身上有点儿疼；雨中还时不时地刮着阵阵寒风。他们要在潘尼库克过夜，整个旅程显得阴郁而沉闷。他们在路上停留过一次，把盗尸工具藏在离教堂墓地不远的灌木丛中。此后又在菲舍尔的特莱斯特稍作停留，靠着炊火小酌了几杯啤酒和威士忌。到达目的地时，他们将轻便马车安置妥当，给马喂上饲料。他们俩则来到一间包间坐下来，要了小客店最好的晚餐和酒水。屋内点着柔和的灯光，烤着温暖的炉火，冰冷的雨水敲打着窗户，这些都增加了他们用餐时的热情。他们几杯酒下肚，不由得兴奋了起来。过了一会，麦克法兰掏出一块金币递给他的同伴。

"给你一个奖励，"他说，"朋友之间这样的好处是经常有的。"

费蒂斯把钱装好，对麦克法兰刚才说的话表示赞同。"你简直是个哲学家，"他说道，"认识你之前我简直就是个蠢货。是你和K先生使我成为一个真正的男人。"

"我们当然会帮助你成为真正的男人，"麦克法兰很赞同，"那天，有个四十出头的大家伙看见尸体时差点吐了，真是个懦夫。可你就不怕，我观察过你。"

"噢，我为什么要怕？"费蒂斯如此自诩，"这根本就不关我的事。我才不会庸人自扰呢。看，我现在不是还得到了你的赞许和奖赏了吗？"他拍着自己的口袋，让金币发出叮当声。

麦克法兰听到这席话后，感觉有点惶恐。他现在可能已经后悔把自己的同伴教育得如此成功。他还没来得及插话，对方聒噪的自负声又响了起来。

"最关键的就是不能害怕。我可不想被吊死。麦克法兰，我受够了被人轻视。地狱、上帝、恶魔、对与错、善与恶所有这些东西都只能吓唬小孩儿，但是世上的男人，像你和我这样，都鄙视这些。这就是我对格雷事件的总结。"

此时已经很晚，根据他俩的要求，轻便马车已经被牵到客店门口，两盏点亮的灯也已经准备好了。两个年轻人付了钱，接着上路。他们一直朝着去往皮布尔斯的方向走，一直走到城外最后一座房子前。他们熄灭马灯，从一条通往格兰克斯的小路折回来。一路上除了他们驾驶马车的声响和无尽的雨声之外，一切寂静无声。他们一直在漆黑的天色中摸索着前进，偶尔有一扇白色的墓门或是墓碑上的白色石头会在夜色中为他们指引道路。走到满是墓地的树林深处时，村落的最后一丝灯光也消失在夜色之中。他们不得不擦亮一根火柴，点燃一盏马灯。他们来到滴着雨的树林里，顿时被笼罩在巨大的阴影之中。终于，他们到了目的地。

他们对这项工作相当在行，用锹的功夫也十分厉害。为了能为掘墓工作提供最佳的照明，他们把马灯挂在陡峭河岸边的一棵树上。当挖到大约深及他们的肩部时，铁锹触到了棺木盖儿，这总共才用了不到 20 分钟。当麦克法兰将一块石头扔出墓穴时，正好砸着了挂着的马灯。接着传出一声打碎玻璃的声音，挂在树上的马灯不时地与树干相碰撞，时而发出阴郁而清脆的声音。有一两块儿石头滚进深深的河谷，瞬间一切又都归于平静。他们竖着耳朵倾听黑夜里传出的声音，但是除了雨声之外，他们什么都没听到。此时大雨已经随着风势，渐渐向数里之外空旷的乡村转移。

"工作"已经接近尾声，他们认为摸黑完成任务才是最明智的。棺木已经被挖出打开，他们把尸体装入湿漉漉的麻布袋里，吊在车厢中间，夹在他们两人之间。然后他们驾着马车沿着灌木丛摸索着前行，直到再次到达通往菲舍尔的特莱斯特的路上。他们心里开始暗自欢呼，驾着马车稳步前进，高兴地向城里的方向驶去。

这一晚上麦克法兰和费斯蒂被大雨淋成了落汤鸡。马车在崎岖而泥泞的雨路上行进时，车上的尸体也随着颠簸的马车左右晃动，时而碰到费蒂斯和麦克法兰的身体。每次尸体接触到他们的身体时都让他们感到十分恐怖，于是他们开始给对方鼓气。麦克法兰开了一个有关农夫老婆的低俗玩笑，但是话一出口就被周围的寂静淹没得无影无踪。尸体仍然在左右摇晃，湿淋淋的裹尸布冰冷地扫过他们的脸庞。一股寒意顿时袭上费蒂斯的心头，他朝尸体瞥了一眼，这尸体看起来要比刚从坟墓里挖出来时略显得大些。农场狗那凄惨的叫声响彻整个乡村，一路伴随着他们。一种强烈的不祥的预感从费蒂斯的心头油然升起，他觉得一定发生了超自然的奇迹，尸体好像发生了难以名状的变化，而且农场狗也一定是因为害怕他们携带的尸体才吠叫不停。

"看在上帝的分上，"费蒂斯定了定神说道，"看在上帝的分上，我们点盏灯吧！"

麦克法兰似乎对此提议表示同意。他虽然没有作答，但是却停住马车，把缰绳递给同伴，跳下马车，准备点燃剩下的另一盏马灯。此时他们正站在去奥肯克林尼的十字路口上。雨一直下，就像挪亚的洪水又再度来临，在黑暗和潮湿的郊外想要点燃一盏马灯实在不容易。火柴摇曳的蓝色火光最终点燃了灯芯，微弱的灯光逐渐变强变亮，在车厢里投下一大圈模糊的光亮，使两个年轻人能够看清彼此以及横在他们中间的尸体。包裹尸体的麻袋因为被雨水打湿而轮廓十分清晰，尸体的头颅与躯体分开，肩膀依稀可见。

麦克法兰手提马灯，神情木然地站了一会儿。费蒂斯惨白的脸也不由地紧绷起来，莫名的恐惧感涌向他的脑海。

"这不是具女人的尸体。"麦克法兰急切地说。

"我们挖出来的时候还是一具女尸的。"费蒂斯低声说。

"拿起那盏灯，"麦克法兰说，"我要看一下她的脸。"

费蒂斯提起灯的时候，麦克法兰解开袋子，尸体露了出来。灯光清楚地照在尸体上，居然是让这两个年轻人每晚做噩梦的那个人。一声惊叫响彻整个黑夜，两个盗尸者同时从座位上跳起来，马灯也被打碎，熄灭了。马儿因为他们不寻常的举动而受到惊吓，带着放在车上的早已死去的、已经被解剖过的尸体一路奔向爱丁堡的方向。死者是格雷。

唐穆尼奥·桑乔·德·伊诺霍萨的传奇故事

[美] 华盛顿·欧文

在卡斯提尔的一座古老的本尼迪克特修道院的回廊里，存放着曾经显赫的骑士家族伊诺霍萨的遗迹。在这些遗迹中有一尊大理石制造的骑士塑像，甲胄在身，双手合十，仿佛正在祈祷。这位骑士坟墓左侧的浮雕上清晰地雕刻着一队基督教徒骑士俘虏了一对摩尔夫妇；右侧的浮雕则是同样一队基督教徒跪在一个圣坛面前。与修道院里其他大多数遗迹一样，这个坟墓已经差不多快变成废墟，而且坟墓上的浮雕也基本上看不清了。只有目光睿智的古董鉴赏家才能看得真切。这里要讲的故事就与这座坟墓有关，而且在西班牙的编年史中也有记载。以下就是故事的内容：

大约几百年前，有一位名叫唐穆尼奥·桑乔·德·伊诺霍萨的卡斯提尔贵族骑士，他是边境城堡的领主，时刻站在抗击摩尔人的最前线。他的领地拥有70名王室骑兵，个个都是骁勇善战的武士。在这些骑士的帮助下，唐穆尼奥·桑乔·德·伊诺霍萨征服了无数摩尔人的土地。当地人听到他的名字都闻风丧胆。他城堡的墙上挂满了旌旗、弯刀以及穆斯林头盔和能够显示领主威严的战利品。唐穆尼奥·桑乔·德·伊诺霍萨还是一位行动敏捷的猎人，他喜欢各种各样的猎犬、追逐猎物的快马和猎鹰。只要不忙于战事，他就会以惊扰领地周围的居民为乐。每次他都会带上猎犬和号角，手持一把矛，手腕上站着一只猎鹰，身后跟着一大批随从，浩浩荡荡地去打猎。

他的妻子多娜·玛丽娅·帕拉欣，是一位温柔而羞怯的淑女，与这位富有冒险精神的骑士似乎不是特别相配。每当她的丈夫要踏上征程时，这位可怜的妇人总会潜然泪下，依依不舍。

有一天这位英勇的骑士照例外出打猎，他在边境上的一片林间空地上安营扎寨，让手下人分散开来拉开打猎的帷幕。唐穆尼奥·桑乔·德·伊诺霍萨刚到了一会儿，就有一队摩尔人，有男有女，打扮得漂漂亮亮地来到了森林的空地上。这些摩尔人手无寸铁，个个盛装打扮，身着薄绢细纱，佩戴着各种织绣品，披着华丽的印度披肩。他们佩戴的黄金、宝石质地的手镯和脚链在阳光下闪闪发光。

在这群摩尔人中领头的是一位年轻的骑士，他身着华丽的服饰，神情庄重而高贵。青年身边跟着一位年轻的女子，她的面纱被清风微微吹起，一张美艳的面庞既温柔又欢快。

唐穆尼奥感谢上苍赐给他如此丰厚的奖赏，一想到能够把这些异教徒身上闪亮的战利品带给自己可爱的妻子，他就异常兴奋。他吹响了打猎的号角，号角声响彻整个森林。顿时，他手下的猎人们从四面八方冲出来，把受惊的摩尔人统统包围住。

漂亮的摩尔女子绝望地摩挲着双手，她的贴身女仆发出刺耳的尖叫声。而年轻的摩尔骑士此时仍然保持镇静，他询问统帅这支部队的基督骑士的尊姓大名。当被告知是唐穆尼奥·桑乔·德·伊诺霍萨时，这位摩尔人的脸上一亮。

"唐穆尼奥·桑乔·德·伊诺霍萨，"他边说边走向那位骑士，吻了吻唐穆尼奥的手，"我听说您是一位骁勇之士，英勇善战，有着骑士风范。我坚信自己一定能遇到您，在我的心里您才是摩尔神的儿子。我现在正要与我的未婚妻举行婚礼，是天意使我们成为您的臣民，我们相信您的宽宏大量。您可以带走我们所有的财富和宝物，带走任何您心仪的人，但是不要让我们蒙受耻辱。"

听到这席感人肺腑的话语，看到如此般配的一对年轻夫妇，唐穆尼奥·桑乔·德·伊诺霍萨的心被这份谦恭和温情打动了。"如果我拆散了这对幸福的恋人，上苍是不会允许的。"他说道，"作为征服者，我宣布我的俘虏可以在我的城堡里大庆婚礼 15 天。"

唐穆尼奥说完后，便派出最快的骑兵提前出发，通知自己的爱人多娜·玛丽娅·帕拉欣迎接这对新人。他和自己的骑士们则亲自护送这对摩尔夫妇——不是以押送俘虏的方式，而是以仪仗队的方式。他们走近城堡的时候，看见城墙上旌旗飘扬，听见鼓号喧昂。队伍走到城堡前，吊桥缓缓落下，多娜·玛丽亚走出来迎接队伍，身后跟着她的女仆和骑士。她热情地拥抱并亲吻年轻的新娘阿利夫拉，指引她进入城堡。同时唐穆尼奥向其下属领地发出信函，将各地的奇珍美味运到城堡里，让这对摩尔夫妇的婚礼尽可能的豪华。整个城堡沉浸在欢乐和喜悦中长达15天，人们在角斗场上观看马术、斗牛表演，参加大型宴会，跳舞歌唱。15天结束后，唐穆尼奥请出新婚夫妇，护送他们和其随从安全地穿越边境。这是西班牙骑士表示礼节和慷慨的举动。

这件事情过去许多年后，卡斯提尔的国王号召所有贵族与他一起对摩尔人作战。唐穆尼奥·桑乔率领他的70名骑士成为第一批响应号召的人，他们都是久经沙场的英勇骑士。唐穆尼奥的妻子多娜·玛丽亚搂着丈夫的脖子惊叫着："啊，我的上帝！你还要拿你的命冒几次险呀，你什么时候才能对自己已获得的荣誉感到满足呢？"

"就这一次战斗，"唐穆尼奥回答说，"这是最后一仗了，以卡斯提尔的名誉担保，我发誓，这场战争一结束我就放下宝剑，率领我的骑士去耶路撒冷吾主的墓前朝圣。"

说完，所有的骑士都与唐穆尼奥一起宣誓，多娜·玛丽亚这才觉得稍微有点儿放心。她用期盼的眼神目送着军队的旌旗，直到消失在树林中。

卡斯提尔国王率领军队来到萨尔玛娜拉平原，在这里他们遭遇了摩尔人的主力部队，双方展开鏖战。在激战中，唐穆尼奥遍体鳞伤，但是他仍然坚持在战场上杀敌。最终，基督骑士们战败，国王被摩尔人包围，随时都有被俘虏的危险。

唐穆尼奥动员自己的骑士一起突围援救卡斯提尔国王。"现在是时候了，"他大声说道，"是证明你们忠心的时候了。像所有勇士一样战斗！我们是为了真正的信仰而战，如果我们牺牲在这里，那么我们就会在这里获得新生。"

唐穆尼奥带领着自己的骑士保卫着他们的国王，奋勇杀敌。他们缠住敌人，给国王充足的时间撤离。这些勇士们为忠诚而英勇战斗，直到最后一口气。唐穆尼奥与一位强壮的摩尔骑士单枪匹马进行搏斗时，被对方砍伤了右臂，最后惨遭杀害。战争结束时，摩尔人将这具可怕的基督骑士的尸体留下当做战利品。当他拿下骑士的头盔时，看见的是唐穆尼奥的面庞。摩尔人悲恸地捶胸顿足，痛哭道："悲哀呀！我杀了自己的救命恩人！最宽宏大量的骑士！"

当战斗在萨尔玛娜拉平原打响的时候，多娜·玛丽娅·帕拉欣则守候在城堡中祈祷丈夫能够平安归来。她的双眼一直望着通往摩尔人地区的道路，她不断询问站在塔上放哨的士兵，问他有没有看到什么。

在一个阴冷的黎明时分，哨兵吹响了号角。"我看到了，"他大声喊道，"有一队人马正顺着蜿蜒的山谷向这边走来。队伍里有摩尔人和我们的人，我们领主的军旗走在最前面。这是个令人振奋的消息！""我们的领主胜利归来了，而且还带回了俘虏！"顿时，整个城堡都人声鼎沸，欢乐起舞。城墙上旌旗飘扬，号鼓宣扬，吊桥缓缓落下，多娜·玛丽娅带着她的女侍从和骑士冲出城堡迎接战胜归来的丈夫。但是当队伍慢慢走近时，她却看见队伍里一个用黑色天鹅绒覆盖的豪华棺材架，上面躺着一位骑士，就好像是在休息。这位骑士身穿甲胄，戴着头盔，手中持剑，俨然一位不能被征服的勇士。棺材架的四周围绕着伊诺霍萨战马的盾牌。

许多摩尔骑士守着灵枢，他们个个披麻戴孝，神情凝重而沮丧。为首的跪在多娜·玛丽娅面前，双手掩面。她看到此人就是她曾经在城堡中为之庆祝新婚的新郎，但是此时他却带着她丈夫的尸体回来了，就是他在战斗中杀害了自己的丈夫！

安置在圣多明戈修道院的坟墓表达了这位摩尔人对唐穆尼奥之死的愧疚和尊敬。温柔忠诚的多娜·玛丽娅不久便随夫而去。在其丈夫坟墓旁边的一块石头上刻有以下文字："玛丽娅·帕拉欣，唐穆尼奥·桑乔·德·伊诺霍萨之爱妻，长眠于此。"

唐穆尼奥·桑乔·德·伊诺霍萨的传奇故事并没有因为他的死亡而告终。就在萨尔玛娜拉平原战斗的同一天，站在耶路撒冷圣殿外的牧师看到一队基督骑士徐徐走来，好像是要来朝圣。这位牧师是一位西班牙人，当朝圣队伍走近时，他认出打头的就是唐穆尼奥·桑乔·德·伊诺霍萨，身后跟随着与他出生入死的英勇骑士。牧师急忙找到主教，告诉他有一队可敬的朝圣者来到圣殿门前。于是主教带着盛大的牧师和修士队伍，怀着崇敬之情迎接朝圣队伍。唐穆尼奥的身旁有 70 名骑士，他们脸上都是高傲但机械的神情。有一些骑士把头盔拿在手里，他们的脸色像死尸一样地惨白。他们没有相互致以问候，也没有左顾右盼，而是笔直地往前走。

骑士们进入礼拜堂，在救世主耶稣的墓前跪下，默默地祈祷。仪式结束后，他们起身离开。主教和修士们走上前与骑士们说话，但是这些人似乎都听不见。所有的人都在惊叹这件奇事到底意味着什么。主教详细地将这天的日期记录了下来，然后送信到卡斯提尔询问有关唐穆尼奥·桑乔·德·伊诺霍萨的消息。他收到回信，信上告诉他伊诺霍萨和他的 70 名骑士就在那天惨死沙场。因此，这些人一定是受到祝福的基督骑士的灵魂，他们是来实现自己到耶路撒冷朝圣的誓言的。这就是骑士对卡斯提尔王国的忠诚，坚守誓言，哪怕是进了坟墓。

如果有人对这些骑士的奇幻故事有任何怀疑的话，可以查阅弗雷·普鲁登西奥·德·桑多瓦尔所著的《卡斯提尔和利昂国王的历史》。此人才高八斗，而且是十分虔诚的教徒。你可以在《唐阿隆索四世史》中找到有关记录。这本书可以轻而易举地让持怀疑态度的人解除疑虑。

厄舍古堡的倒塌

［美］埃德加·爱伦·坡

一天晚上，厄舍忽然告诉我，他的妹妹玛德琳小姐去世了，他说他打算把玛德琳小姐的尸体保存两个星期后再举行葬礼。尸体就存放在古堡内众多地窖中的一个里。我是无权过问他之所以这样做的原因的。作为玛德琳小姐的兄长，他可能考虑到死者所患疾病的特殊性质，考虑到医生们可能提出的过于热心的询问，考虑到厄舍家的祖坟离此城堡较远等各种因素。我忽然想起我刚到厄舍古堡那天在楼梯上遇到的那个医生的表情。我不想否认，我认为厄舍的这个决定虽然不太寻常，但却又不失为一种无害的而且是最谨慎的行为。

在厄舍的请求下，我帮助他把尸体抬到那个事先准备好的临时墓穴中去。尸体已经入了棺，我们两个人只要把灵柩抬到地窖里的台子上。由于该地窖很久都没有被人打开过，刚一打开时，地窖里面凝滞而压抑的霉气差点儿把我们的火把弄灭。存放尸体的地窖又小又潮湿，而且终日照不进一丝光亮。这个地窖恰好位于我的卧室正下方很深的地方。这个地窖在遥远的中世纪时显然是个用于实现各种邪恶目的的地牢，近年来则变成了一个存放火药或其他易燃物品的地方，因为地窖的地面上以及通往这间地窖的长长的拱道上，都仔细地包着铜皮。就连大铁门也采取了类似的保护措施，以至于每当打开这扇沉重的铁门时，合叶都会发出尖利刺耳的声音。

我们把棺材抬进这个阴森恐怖的地窖，并放在架子上。我们稍稍将尚未钉死的棺盖移开来一点，看了看死者的脸。

此时我才发现，这对兄妹长得惊人的相似。厄舍或许察觉到了我的心思，小声嘟囔了几句，我这才知道，原来他与死者是孪生兄妹，他俩之间一向存在着一种常人难以理解的心灵感应。我们并没有长时间地注视死者，因为死者的尸体的确有些可怕。玛德琳小姐被僵硬症夺去生命时尚且年轻貌美，但是尸身上却显现出各种僵硬症的特征。她的脸和脖子上有一层像是涂上去的淡淡的红晕，嘴角上挂着一丝仿佛是装出来的浅浅的微笑，这种笑容呈现在死人的脸上，怪叫人毛骨悚然的。我们合上棺盖，拧上螺钉，关好铁门，身心疲惫地从幽暗的地窖中走出，回到地面后，各自进了各自的卧房。

时间一天天地过去，我朋友由于悲痛，其精神失常的毛病也愈发变得明显。他一改日常起居习惯和平常的爱好，整天漫无目的地从一个房间走到另一个房间，脚步匆匆而且慌乱。他的脸色愈发苍白难看（甚至可以形容成脸色像见了鬼似的难看），眼睛中的光泽也消失得无影无踪。他以前的那种清脆的嗓音现在也听不见了，他的声音颤抖得厉害，仿佛心中极为恐惧似的。有时候我真觉得他之所以这样永远平静不下来，可能是因为他想努力鼓起勇气吐露一个秘密。而又有些时候，我又不得不觉得他只不过是沉浸于一种莫名其妙的疯狂怪想中。因为我总能看到他长时间地凝神发呆，目光深邃而空洞，仿佛是在谛听某种想象中的声音似的。毫无疑问，他的这种状态使我也感到害怕，他的这种情绪也传染了我。他那种奇异的强有力的迷信观念开始逐渐地对我产生了巨大影响。

特别是在把玛德琳小姐放进地窖后的第七天或第八天的深夜，我就寝时尤其强烈地体验到了这种影响。看着时间一点一滴地流失，我却怎么也睡不着。我努力地从笼罩在心里的紧张中寻找自己的理智，我竭力说服自己：我所体验到的一切只不过是我身边的环境所致——房间里那令人压抑的家具、破旧的黑窗帘，还有阵阵微风沿着地角游走，弄得床罩摆来摆去。但是我的所有努力都是白费力气，无缘无故的恐慌不知不觉地遍布我的全身。我拼命喘息，试图压住这种惊恐。我坐起来，靠在枕头上，全神贯注地向房间的黑暗中望去并仔细聆听着。我不知道自己到底为什么会这样，但这绝不是本能的驱使。在暴风雨的间歇声中，我听到一种低沉难辨的声响，隔好长一段时间响那么一下，我分辨不出这声音究竟是从哪儿发出的。我心中顿时升起一种无法名状的恐惧感，简直无法承受。我连忙穿上衣服（因为我觉得今晚肯定是睡不成了），在房间里踱来踱去，想以此摆脱自己所陷入的可怕的情绪。

在这种状态中踱了几个来回后，不远处楼梯上的灯光突然引起了我的注意。有人正提着灯上楼，是厄舍。不一会儿，他就轻轻地叩响了我的房门，手里拎着一盏灯走了进来。他的脸色与平时一样惨白，然而他的目光却流露出一种近似疯狂的兴奋，举手投足间都透出一种无法克制的歇斯底里的劲头。他的样子让我大吃一惊，但是不管他现在是什么样，也总比平时那种让我受不了的离群索居的孤独样儿要好，我甚至还很喜欢他现在的表情，这也不失为一种解脱。

"你还没看见吧？"我默默地盯着他审视了一番后，他突然说道。"你刚才还没看见吧？待在这儿别动！你会看见的。"他一面说着，一面小心地掩上提灯，匆匆走到一扇窗户旁，不顾外面的暴风雨，一把将窗户推开。

一阵狂风吹进，差点把我们刮倒。外面的黑夜中风雨交加，既令人感到可怖，又让人惊叹它的美丽壮观。古堡附近正有一股旋风在凝聚强大的风力，因为此时可以观测到频繁而猛烈的风向变化。天幕上乌云低垂，低得几乎要压在古堡的塔楼上。旋风起时，滚滚的乌云以迅雷不及掩耳之势从四面八方迅速聚集，相互猛烈地撞击，凝聚成一大片。如此厚重浓密的乌云遮住了天上的月亮和星星，没有一丝光亮。但是那大团大团的乌云以及我们周围的一切物体，却在那笼罩于古堡的水蒸气的映衬下，发出一种幽暗的、不自然的光亮来。

"别看了——你不应该看这个！"我浑身颤抖着对厄舍说道。我硬把他从窗口拉到座位旁坐下。"这些让你痴迷的景象只不过是一种常见的大气放电现象，或者也许是水塘里产生的瘴气所致。把窗户关上吧，天很凉，对你的身体不好。这儿有一本你最喜欢的传奇小说，我来念给你听，咱们就这样一起来打发这个可怕的夜晚吧。"

我信手拿起的这本古书是朗斯洛特·坎宁爵士写的《疯狂的特里斯特爵士》。不过刚才我说这是厄舍最喜欢的书，其实只不过是一时的戏言，绝非事实。因为说句实在话，此书文字粗俗，语言冗长，情节缺乏想象力，根本不合我朋友的高贵情趣。然而，此时我手头只有这一本书，我寄希望于能够通过我这种愚蠢的朗读（书中的人也有家族性神经病）使他感到一丝宽慰，不要再让他现在的激动情绪加剧他的忧郁症。假如我能看到他极为专注、极为快活地听我念每一个字，或者至少是在听我读书，我会很高兴自己达成了愿望。

我读到了这个故事中最家喻户晓的一段：特里斯特人的英雄艾特尔雷德无法用和平的方式进入修士的住所，于是准备强行闯入。书中是这样描写的：

"艾特尔雷德生性刚毅，现在仗着酒劲，更是等不得与脾气倔强、性格恶毒的修士相谈。突然下起了小雨，雨点落在他身上，他担心天气会越来越糟糕，于是举起权杖在门板上砸开一个洞，把带着铠甲的手伸进去，一顿狂拽猛拉。一时间门板破裂的声音响彻整个树林。"

读到这里我停了一下，因为我觉得（虽然刚开始我以为是自己太激动，太富有想象力，从而产生了错觉）——从古堡里一个很远的地方，传来一种类似于朗斯洛特爵士所描绘的干木板的破裂声，不过这个回音更为沉闷罢了。毫无疑问，引起我注意的只不过是这种巧合，因为与窗外那越来越猛烈的风雨声相比，这点声音根本算不上什么，不应该干扰我或引起我的兴趣。我继续读了起来：

"然而勇士艾特尔雷德闯进门之后，不禁又惊又怒，根本看不到恶修士的影子，里面只有一条浑身是鳞的巨龙，口吐火舌，守护着一个包裹着金子的宫殿，宫殿的地板是用银子铺成的，墙上悬挂着一个闪闪发光的黄铜盾牌，上书几个大字：'凡进此门者乃威武勇士，凡能屠此龙者得此盾'。"

"艾特尔雷德举起权杖，朝巨龙的脑袋砸去。巨龙轰然倒下，口喷毒气，发出嘶哑刺耳的叫声。这声音是那样刺耳难听，艾特尔雷德不得不用手捂住耳朵，即使这样，也挡不住这种他以前从未听过的可怕声音。"

读到这里我忽然又停下，心中充满了惊异，因为恰在此时，我又确切地听到了（尽管我仍分辨不出这声音是从哪个方向传来的）一种又低沉又遥远，还带有几分嘶哑的尖叫声或碾磨声——这声音与我刚才在书中读到的巨龙的叫声如出一辙。

当这极为奇异的巧合再次出现时，我一下子就被涌上心头的千头万绪弄晕了头，但最强烈的感觉还是惊奇和极度的恐惧。尽管如此，我还是尽量克制住自己，没有在我这位敏感且善于观察的朋友面前表现出激动的情绪来。我不敢肯定我的朋友是否也注意到了这种声音，不过这会儿他的神态和举止倒发生了奇怪的变化。他原来坐在我的对面，现在却慢慢转动椅子，干脆面向房门的方向了，这样我就只能看到他的侧面。只见他的嘴唇一个劲儿哆嗦，好像是默默地嘟囔着什么。他的头已低垂至胸前，我知道他并没有睡着。因为当我不时地向他瞥上一眼时，他的眼睛大张着，还不时地闪烁着光芒。他的身体也在不停地晃动，规则地轻轻摇摆着。我迅速地观察到这一切之后，又开始读起朗斯洛特爵士的故事来。

"勇士除掉巨龙之后，便开始思考着怎样摘取铜盾并破除铜盾上的咒语。他搬开巨龙的尸体，清理了前进的道路，大步流星地沿着银地板向悬有铜盾的墙壁走去。还未等他走到墙跟前，铜盾便掉了下来，掉在了他面前的银地板上，发出'哐啷'的巨响。"

我话音未落，就听见一阵哐啷的金属落地声，同时还伴有沉闷的回音，就好像沉重的铜盾真的落在了银地板上一样。我被这空旷而响亮的金属落地声吓了一大跳，条件反射似的噌地一下站起身。但是厄舍却像什么都没发生似的，仍然轻轻地摇来摇去。我跑到他坐的地方，只见他两眼直直地发着呆，脸上的表情紧绷绷的，像是一尊石像。但是当我把手放在他肩上时，却发现他浑身都在发抖。他的唇角浮现出一抹病态般的微笑，还不停地低声嘟囔着什么，就好像没有意识到我的存在。我凑到他嘴边，终于听出了他那可怕的话语。

"没听见吗？——是的，我听见了，我早就听见了。很长时间很长时间了，很多很多分钟，很多很多小时，很多很多天，我早就听见了——可我不敢——我真是个可怜虫！——我不敢说！咱们把她活活地放进了棺材！我不是说过我的感觉特别敏锐吗？现在我来告诉你，她刚一在棺材里轻轻动弹的时候我就听见了。好几天以前我就听见了——可我却不敢——我不敢说！——而今晚——艾特尔雷德——砸开修士的门的声音，巨龙临死前痛苦地呻吟声，铜盾哐啷落地声！——喂，其实那是她在砸开棺材，嘎嘎地推开铁门，举步维艰地在包着铜皮的地窖拱道中行进的声音！啊，我该逃到哪里去呢？她不是马上就要来到这儿了吗？我不是已经听见她上楼梯的脚步声了吗？我不是听出了她那沉重而可怕的心跳声吗？疯子！"他从座位上弹了起来，竭尽全力地尖声叫喊道，"疯子！我告诉你吧，她就站门外！"

仿佛他那超人的呐喊声具有一种咒语般的魔法，他的话音刚刚落地，他面对的那扇古老的房门便缓缓打开。其实只是一阵风将门吹开了，但是门外高高站着的确实就是厄舍家的小姐——身穿殓衣的玛德琳。她的白袍上血迹斑斑，她那瘦削的身体上伤痕累累，这是她痛苦挣扎过的每一道痕迹。她浑身颤抖，摇摇晃晃，在门槛处站了一会儿，然后，发出一声长长的呻吟，沉重地跌向她哥哥。她在做临死前的痛苦挣扎，然而她发现自己的哥哥早已倒在地上死去，他是被吓死的，是被他那早已预见到的恐怖所吓死的。

我魂飞魄散地逃出房间，逃出古堡。忽然，一道光亮照亮道路，我回头张望，想看看这道如此不同寻常的光亮究竟是从哪儿射来的，因为被抛在我身后的只有那幢巨大的古堡和它巨大的阴影。原来，这道光亮是一轮血红的满月发出的，它顺着古堡上那条锯齿形裂缝照了过来，我曾经说起过这条裂缝，从古堡的屋顶一直裂到地基，只是当初还不这么显眼。我眼看着这条裂缝越裂越大，紧接着一股旋风呼啸而过，我只觉得天旋地转，顿时巨大的厄舍堡宅墙崩裂坍塌，发出轰隆隆的巨响。我脚下那幽深的湖水也逐渐恢复了平静，深深的湖水无声地吞下了厄舍古堡的碎石烂瓦。

住在教堂墓地的男人

[国籍不详] M. R. 詹姆斯

这个关于鬼怪的故事是莎士比亚的作品《冬天里的故事》中那个叫马米利尤斯的孩子讲述的。他在给他的母亲——皇后——和宫廷侍女们讲这个故事时，国王带领侍卫走了进来，把皇后投进了监狱。这个故事没有讲完马米利尤斯就死去了。这个故事的结局会是什么样的呢？毫无疑问，莎士比亚很清楚，我也斗胆地说一句，我也知道。这其实是个很普通的故事，大家很可能已经听过。每个人都可以按照自己的设想讲完这个故事。

以下就是我要讲的故事。有一个男人住在教堂墓地里。他住的房子有两层，第一层是石头砌成的，第二层是木材建筑。房子的前窗面向大街，后窗冲着教堂的墓地。以前这所房子是教区牧师的住所，但是（此时正是伊丽莎白一世时期）牧师结婚后需要更大点儿的房子居住。况且他的妻子也不喜欢晚上从卧室的床上远远看到墓地（据她所说，她能看到），起初牧师不理会她所说的话。但她一直喋喋不休地让丈夫永无宁日，直到牧师答应搬到村上的大房子里。这所老房子就给了鳏夫约翰·普尔。约翰·普尔已经上了年纪，村里人说他有点神经质。

这是很有可能的：他有些时候还真有些病态。当时人们都是在夜里举着火把为死者举行葬礼的。人们注意到不管葬礼在什么时候举行，约翰·普尔总会站在他屋里的窗前观看葬礼，要么是在楼上，要么是在楼下，这要视在哪个方位能看得更清楚些而定。

这天晚上有一位老妪将要被下葬。她人还不错，却不被这里的人所喜欢。村民说她不是基督徒，像施洗约翰节前夜和万圣节这样的夜晚，她从来不在自己的家里。她的眼睛是红色的，没有人敢看她一眼，就连乞丐都不会上她家行乞。然而，她死后却给教堂留下了一袋钱。

这个老妪下葬的那晚天气很好，没有风暴。但是要找抬棺和持火把的人却大费周章，尽管死者生前留下了一笔比别人还多的钱来安置自己的葬礼。她只被织品简单地殓葬，连棺材都没有。除了必须到场的人之外——还有在自家窗前观看的约翰·普尔——再也没有别人来参加葬礼了。就在人们填上坟墓之前，牧师弯下腰在死者的身上撒了些东西——这些东西叮当作响——边撒边低声说："让你的钱随你去吧。"仪式结束后，牧师就迅速地和其他在场的人离开了，只留下一个持火把的人为教堂司事照亮填坟。这些填坟的人也都草草了事。第二天，正好是星期天。到教堂做礼拜的人对教堂司事很不满，说那座坟是墓地中最凌乱的一个。的确如此，他亲自去看了一下，就连他自己也觉得这是填得最差的坟墓了。

从这天之后约翰·普尔就带着古怪的样子，有一点儿兴奋也有一点儿紧张地四处转悠。他不止一次地在小酒馆消磨时间，这跟他往常的习惯大不一样，而且他还时不时地跟聊天的人透露说自己继承了一点小钱，想在别处找一所更好的房子。"哦，我自己也搞不清楚，"有一天晚上铁匠说道，"我不应该那么关心别人的住所，我可能是整晚都在想些奇特的事情。"酒店老板问铁匠到底是什么奇特的事情。

"哎，好像有人在爬约翰·普尔住的那所房子，"铁匠说，"我不确定——老太太威尔金斯上个星期的今天刚被下葬，是吧？"

"好了，我觉得你或许应该考虑一下别人的感受吧，"酒馆老板说，"对约翰·普尔来说，这可不大妙呀，难道不是吗？"

"约翰·普尔不介意的。"铁匠说，"他早就知道了。我只是想说我不会选择住在那里的。举行葬礼时人们会点起火把，并敲起丧钟，可是人们走了以后就只有那些坟墓孤零零地伫立在那里了。他们说在墓地里看见过灯光——普尔，你以前看见过灯光吗？"

"没有，我从来都没有看见过什么灯光。"约翰·普尔闷闷不乐地说完，又要了一杯酒，喝到很晚才回家。

那晚，约翰·普尔躺在楼上的床上，屋外狂风呼啸，让他不能入睡。约翰起来，穿过房间来到一个嵌在墙里的小碗柜跟前：他从里面掏出一些叮当作响的东西，塞进自己的睡衣，贴在胸前。接着，他走到窗前，往外看着教堂的墓地。

你以前有没有在教堂里见过用裹尸布裹着的人形黄铜像？铜像的头部被捆得很奇怪。类似于这个样子的东西正从教堂墓地的土中慢慢爬出来，这块墓地是约翰·普尔最熟悉的。他急忙爬到床上，静静地躺着。

此时，他屋里窗扉上发出微弱的吱吱嘎嘎声。约翰·普尔受到极度惊吓，怯生生地将目光转向那边！天呀！月光中有一个奇怪的被捆着脑袋的黑色轮廓……接着，一个人形出现在房间里，地板卡嗒卡嗒作响。一个嘶哑的声音低声说"它们在哪里"，边说还边四处游荡——楼梯被压得吱嘎响，好像它走起来十分卖力。它不时地张望着墙角，弯下身子检查椅子下面，最后开始摸索碗橱的门，用力把它们打开，长指甲在碗橱里的空隔板上划出尖利的声音。这个影子突然移到床边，伸出双臂，嘶鸣着叫道："你拿了它们！"

讲到这里，马米利尤斯王子殿下（我想，他已经让故事尽可能的简洁了）突然在年轻的宫廷侍女面前大叫了一声，吓得她们大喊了起来。这下埃尔米奥娜皇后可乐了，她强忍着笑，使劲儿摇晃捶打着王子。皇后要把王子送去睡觉，其他人刚从惊吓中回过神儿来，在她们的请求下才让王子留下直到平时告退的时间。这时，马米利尤斯王子说自己还知道另外一个比这个还要可怕几倍的鬼故事，如果有机会，一定会在第一时间讲给大家听的。

被诅咒的生灵

化身博士

［英］罗伯特·路易斯·史蒂文森

敲门声轻轻响起时，午夜 12 点的钟声呼啸着穿越了伦敦。我走到门房，看见一个瘦小的男人蹲在门廊的圆柱旁。

我问他："您是从哲基尔医生那里来的吗？"

他勉强地用手势回答我"是的"，当我让他进来的时候，他一边走一边用搜寻的目光打量着那边黑暗的广场。不远处有一位警官正在巡逻，看到这些，我觉得我的这位来访者开始有些神色张皇。

他的这些奇怪表现让我感觉不太舒服，当我跟在他后面走进诊断室时，我已经握好武器了。现在，我终于有机会可以仔细地看清楚他了。我敢肯定，我以前从来没有见过这个人。除了脸上令人厌恶的表情之外，他所表现出来的矫健有力的动作和他瘦弱的身躯也令我很吃惊，还有不容忽视的一点就是他作为邻居对我的奇怪而又随意的拜访。他好像有一些动作僵硬，而且还伴随着脉搏的迟缓。我发现这种现象变成了某种怪异的厌恶，并且我想知道这种症状的剧烈程度，我猜这个人奇怪行为的背后肯定有着更深的原因，因此我只能尽力不表现出我的憎恶来。

这个人（从他踏进房间的那一刻起，就带给我一种只能称之为令人厌恶的好奇）的打扮足以令每个看到他的人发笑。更确切地说，尽管他的衣服看上去质地不错，但是对于他而言太大了——裤子在他的腿上晃悠着，裤脚卷着才能不拖在地上，外套的腰线坠在他的腰下面，衣领爬到了肩头。说起来倒也奇怪，这种怪异的装束竟然让我笑不出来。而且，在我面前的这个人身上还有着一些不正常的、畸形的东西——一些令人吃惊而又厌恶的东西——这种明显的不协调看上去很适合他，同时又加重了这种奇怪的感觉。因此，在我对这个人个性和性格的兴趣中又添加了对他的来历、生活、命运以及社会地位的好奇。

尽管我观察到了如此多的内容，但实际上这只是发生在几秒钟之内。事实上，我的来访者带着隐藏的躁动而显得非常激动。

"你明白了吗？"他大叫着，"你明白了吗？"他是那么急不可待，甚至抓住我的胳膊，摇晃着我。

我拍拍他的后背，感觉到他身上有一股凉气浸入我的血液之中。"跟我来，先生，"我说，"您可能记错了，我想我从未有此荣幸结识过您。请坐。"我给他指了座位，然后自己坐在我平常的位置上，我尝试着用我日常对待病人的方式对待他，但是时间这么晚了，再加上我对他的恐惧，我不得不努力地鼓起勇气。

"请原谅，兰尼恩医生，"他非常谦恭地回答道，"你说得很对，而我的不耐心说明了我的无礼。是你的同事亨利·哲基尔医生，建议我到这儿来的，而且就我理解……"他停顿了一下，举起手摸着他的喉咙，我看出来在他镇静的外表背后他正在和即将发作的歇斯底里做斗争。"呃，我想，一个抽屉……"

这时，我有些同情这位拜访者的焦虑了，或许有一点儿是为了我自己越来越强的好奇心。

"在这里，先生。"我一边说一边指着那个抽屉，它放在桌子后面的地板上，还盖着布。

他一下子蹿了过去，随即又停了下来，用手捂着心脏——我甚至能听见他由于下颚痉挛而牙齿打战的声音——我看到他的脸色那么苍白，我不由得开始对他的身体和这事情其中的原委感到惊恐。

"请您冷静下来。"我说。

他露出了可怕的笑容，仿佛带着绝望，一下子掀开了抽屉上的盖布。看到里面的东西之后，他如释重负地痛哭起来，我吓呆了。随即，我听见了一个非常平静的声音，"您有没有量杯？"他问。

我努力站起身来，递给他所要的东西。

他微笑着向我点头致谢，用量杯量出了几滴红色液体，并且往里面加入了一点儿粉末。这个一开始带着些许红色光泽的混合物，开始融合，颜色变亮了，咕嘟咕嘟地冒着气泡，还散发着微弱的蒸汽。突然，液体停止了沸腾，量杯里的液体变成了深紫色，随后又慢慢地变成了绿色。我的拜访者一直用锐利的目光注视着这些变化，他微笑着把杯子放在桌子上，然后转过身来，用探询的目光看着我。

"现在，"他说，"我要来搞定剩下的事情。你想知道吗？要不要来点儿提示？你会看着我端着这只杯子离开你的房子而不发一言吗？或者你的好奇心已经控制了你？回答之前仔细想想，因为你所决定的事情就会发生。你做出的决定不会改变你的现状，也不会让你更加富有或更加聪明，除非对临死前痛苦的人提供帮助可以被视为灵魂的财富。或者，如果你愿意来做选择，那么一门崭新的知识以及通往名利的金光大道就会出现在你的面前，就在这个房间，此时此地此刻。你的眼睛会因为看到打破对撒旦疑惑的奇迹而受伤的。"

"先生，"我竭力想表现出冷静和镇定，"您在说一些不可思议的事情，而且您或许不会想知道，我不怎么相信您所说的。但是，在亲眼看到结果之前，我也不会妄下结论的。"

"很好，"他说，"兰尼恩，你记住你的誓言：以我们职业的名义。现在，你这个长期以来都局限于最最狭隘和物质性的观点，否认特殊药物的功效，并且还嘲笑前辈的人——看好了！"

他举起杯子靠近唇边，一饮而尽。一声尖叫随之而来，他脚步蹒跚，身体摇晃着，他使劲抓住桌子支撑着自己，眼光散乱，张大嘴巴喘着气。当我看着这一切时，我想，某种变化发生了——他看上去在膨胀，他的脸突然变黑了，五官逐渐纠集在一起，不停地变化着。我一下子跳起来，紧紧地靠在身后的墙上，双手环抱在胸前试图保护自己，深深的恐惧淹没了我。

"哦，天哪！"我尖叫着，一遍又一遍地大喊着"我的天哪"。在我眼前——那个人面色苍白，身体不停地颤抖，神志不清，双手向前摸索着，仿佛刚从地狱里爬出来——竟然站立着亨利·哲基尔！

在接下来的时间里他所告诉我的事情，我无法诉诸笔端。当那幅景象渐渐从我眼前退去时，我问自己是否相信那是事实，可是，我无法回答。我的生活坠入了谷底，睡眠离我远去，死亡一般的恐惧时刻伴随着我，我感觉自己已经来日无多了，我肯定会死的，而且我会带着疑问而死。

那是什么？

[美] 菲茨－詹姆斯·奥布赖恩

那天是 7 月 10 日。晚餐结束后，我和我的朋友哈蒙德博士散步来到花园。我和博士都很放松，掏出大大的烟斗，填上上好的土耳其烟丝，一边来回散步一边聊着天。一种奇怪的思想主宰了我们的思绪，它们在阳光照耀下似乎不该出现，我们试着要转移这种反常的念头。出于某些无法解释的原因，它们沉入了阴暗寂寞的河底，在那里继续沉思。我们照老规矩将话题扯到东方的海岸上，谈论那里欢快的集市、哈隆时代的辉煌、成群的姬妾和金色的宫殿。可是，这都是徒然的，黑色的鬼怪依旧从我们的谈话深处冒出来，就像渔夫从铜瓶里放出的那个魔鬼一样，不断扩散，直到遮住我们眼中的所有光明。不知不觉之间，我们向这股奇怪的力量屈服了，沉湎于令人阴郁的思索中。我们讨论了一会儿人类思想对于神秘事物的倾向，以及几乎全人类对恐怖的普遍爱好。这时，哈蒙德突然对我说："你认为什么才是最恐怖的？"

这个问题难倒了我。我知道很多事情都很恐怖，比如在黑暗中被一具尸体绊倒；我曾经看到过一幕，一位妇女在又深又急的河流中溺水，那疯狂挥舞着的手臂还有可怕的面孔，她淹没那一刻发出的尖叫撕裂了每个人的心，而我们，这些冷眼旁观者，一动不动地伫立在离河水约18米高的窗户边，没有做任何努力去救她，而是默默地看着她最后的痛苦和消失。一艘船的残骸，船上没有任何生命，冷冷清清地漂流在大海上，那也是一幅令人恐惧的场景。但是，我现在第一次意识到肯定有一个最让人可怕的恐怖的化身——其他恐惧都必须让位于它。那会是什么样的呢？在什么样的情景下它会出现呢？

"我承认，哈蒙德，"我回答道，"我以前从未考虑过这点。我感觉，肯定有什么东西是比其他任何东西都更恐怖的。可是，我却完全无法说清楚那是怎么回事。"

"我的感觉和你差不多，哈里，"他说，"我觉得我能够经历比人类已经构思出来的恐怖更为厉害的恐惧——一些糅合了恐怖的和非自然的集合体，包含着互不相同的因素。布罗克登·布朗的小说《威兰》里面的呼唤声是那么的可怕，还有鲍沃尔的《萨摩尼》里面的看门人，但是，"他继续说着，很沉重地摇着头，"还有一些东西比那些还要可怕。"

"嗨，哈蒙德，"我说，"看在老天的分上，让我们停止这个话题吧！"

"我也不知道我今晚怎么了，"他说，"但是我的脑子里面一直都是那些恐怖而奇怪的想法。我觉得我今晚好像在写一篇像霍夫曼那样的故事，如果这个仅仅是文学上的一个想法。"

"好吧，如果我们想要进行霍夫曼式的谈话，我就打算去睡觉了。那太闷人了！晚安，哈蒙德。"

"晚安，哈里。做个好梦。"

"你也是，但愿你能梦到不幸的人、妖怪、盗尸者、巫师。"

我们分手了，回到各自的房间。我很快地脱了衣服，像往常一样带着一本书上了床，我要读着书才能睡着的。我枕着枕头，刚刚打开书的那一刹那我就把它扔到房间的另一头了。我翻开的那一页上写着《格登的魔鬼史》，一本令人好奇的法国小说，我最近刚从巴黎带回来的，但是基于我刚才的思想状态，我想要的只是一种惬意的放松而不是什么鬼故事。于是，我决定立刻睡觉，于是调小了煤油灯的火焰，只剩一点蓝光在灯芯上闪烁，强迫自己入睡。

整个房间都黑乎乎的，煤油灯的那一点光芒只能照亮其周围三英寸的距离。我拼命地用胳膊盖住眼睛，好像要把黑暗关在外面一样，努力地让自己不想任何事情。然而这一切都是徒劳的，哈蒙德在花园里提到的种种不停地闯入我的脑中。我和这些念头做着斗争，我想建立起空白思维的壁垒把它们阻隔在我的大脑之外，可它们还是拥挤在我周围。当我像尸体一样地躺着，希望通过绝对的身体静止来让思想也停下休息时，一件奇怪的事情发生了。有什么东西掉了下来，看起来好像是从天花板上掉下来的，趴在我的胸口。我感觉两只瘦骨嶙峋的手掐着我的脖子，想让我窒息。

我不是一个胆小鬼，而且也很有一把子力气。突然而至的袭击不但没有吓倒我，反而让我的每根神经都绷紧到了极限。在大脑对恐惧做出反应之前，我的身体已经出于本能开始行动了。我立刻伸出满是肌肉的双臂抱住那个东西，使出了吃奶的力气把它勒在胸前。没过几秒，抓紧我喉咙的手就松开了，我又能够呼吸了。随后我们又开始了一场可怕的打斗。在黑漆漆的房间里，我根本没有意识到是什么东西突然袭击了我，只是感觉到所触之物滑溜溜的——我觉得我的攻击者好像是全裸的——锋利的牙齿不停地咬我的肩膀、脖子和胸部，我时刻都要保护我的喉咙不被那双强壮而又敏捷的双手扼住。我用尽了全身的力气，这场搏斗不但考验着我的力量，还要我拿出所有的格斗技能和勇气。

最后，经过默无声息的垂死争斗，我费尽力气摆平了攻击者。我用膝盖抵住了它的胸口，我知道我终于赢了。稍微喘息了一会儿，我听见被我压住的这个家伙在黑暗中挪动着，我感觉到了它强有力的心跳。显然，它和我一样都精疲力竭了——我们都在喘息着。这时候，我想起来通常我上床之前都会在枕头下面放一块黄色的大丝绸手帕，以备夜间使用的。我立刻伸手去摸，并勉强用它绑住了那个家伙的胳膊。

现在，我才觉得彻底安全了。唯一要做的事就是拧亮煤油灯，看一看午夜突袭者的面目，然后叫醒其他人。我很为自己先前没有大声呼救而感到骄傲，我想让我的俘虏独自待着无法求援。

我紧紧地抓着它，从床上站起来，我距离煤油灯只有几步远，我小心翼翼地像一只大钳子一样夹着我的俘虏。我走到煤油灯那一点点小火光前，用闪电一般的动作拧亮了整个煤油灯。随后，我转过头来想要看看我抓住的东西。

我简直无法形容在我拧亮煤油灯那一刻之后的感觉。我敢肯定我一定是发出恐怖的叫声了，因为不出一分钟，我的房间外聚满了人。即使是现在，当我想到那恐怖的一刻时，我还不禁发抖。我看不见任何东西！我的一只胳膊紧紧地抓着一个有呼吸的、挪动着的、有形的物体，我的另一只手紧掐着一只和我一样温暖有肉的喉咙，在我掌握中的这个活生生的东西，它的身体紧靠在我身上，但是在煤油灯明亮的光芒下，我手中却空无一物！不要说东西了一连个影子都没有！

即使此时此刻，我都没有意识到自己的处境。我无法完整回想起这件恐怖的事情，徒然的空想围绕着这可怕的怪事。

它还在呼吸着，我能感觉到它呼吸的热气吹在我的脸颊上。它用力挣扎着，它有手，那些手紧紧地抓着我。它的皮肤和我的一样很光滑，它躺在那儿挣扎着想要靠近我——然而，却是无法可见的！

我想知道，在那一刻我有没有晕倒或是要发疯。求生的本能支撑着我，就在我要渐渐松开对这个不可思议的东西时，仿佛从恐惧的感觉中获得了另外一份力量，我再次收紧了双手，随后我感觉到那个家伙在痛苦地发抖。

就在这时，哈蒙德抢在众人之前走进了房间。他一看到我的脸——我想，我的脸当时看起来肯定可怕极了——一下扑上前来，大声叫着："天哪，哈里！究竟发生了什么？"

"哈蒙德！哈蒙德！"我大声喊着，"到这儿来。哦！太可怕了！我在床上被一个什么东西给袭击了，我正抓着它，可是我看不到它——我看不到它！"

哈蒙德对于我脸上的恐惧神情毫不怀疑，他带着疑惑走上前两步。围观的人发出一阵窃笑，这阵笑声简直让我暴怒。居然嘲笑像我如此处境的一个人！这简直就是最残忍的事情。现在，我能理解为什么一个人看上去在奋力和空气搏斗着，还大声呼救，会那么令人发笑了。那时候，我快要被那帮愚昧的人气死了，恨不得能有力气把他们都打死在那儿。

"哈蒙德！哈蒙德！"我又一次绝望地呼喊着。

"看在上帝的分上来帮帮我。我只能抓住这个——这个东西一小会儿了。它快要制服我了。救我！救我！"

"哈里，"哈蒙德靠近我，小声地说，"快别犯傻了。"

"我向你发誓，哈蒙德，这可不是开玩笑，"我同样小声地回答他，"难道你看不见它使劲地摇晃着我？如果你不相信我，那你自己来证明。感觉它——摸一摸它。"

哈蒙德走上前来，把手放在我所指的地方。他发出一声恐惧的惊叫——他感觉到它了！

他随即在我房间里找到一根绳索，毫不迟疑地把我紧抓住的那个东西死死地捆住了。

"哈里，"他说，嗓音嘶哑而发颤，尽管他还保持着清醒，但实际上已经大为受惊了，"哈里，现在安全了。老伙计，你要是累了，就松手吧。这家伙动不了了。"

我真的是精疲力竭了，松开了双手。

哈蒙德站在那里把绳子的末端绕在手腕上，在他面前，绳索似乎层层缠绕着空气。我从未见过谁如此的惊惧，然而，他的脸上显现的满是勇气和决心。

他的嘴唇尽管已经发白了，但看上去还是异常坚定。一望便知，即便他已经感觉到了恐惧，但是并没有被吓倒。

看到发生在我和哈蒙德之间的怪事，围观的人开始骚动了。混乱和恐惧征服了他们，他们中胆小的立马逃离我的房间。还有一些聚集在门边观看着，恐惧中带着三分怀疑。他们没有勇气亲自证实，但还是对这一切抱怀疑态度。他们问，一个坚硬的、能呼吸的东西怎么会看不到呢。我给哈蒙德做了个手势，我们俩不约而同地——克服了去触摸那个看不见的物体的恐惧——把它从地上提起来，走到我的床边。

"现在，我的朋友们，"我一边说着，一边和哈蒙德把这个怪家伙提到我床铺的上方，"我可以让你们亲眼见到这个东西是一个会动的实体，只不过我们看不到它。仔细看好床单表面的变化。"

我很惊异于自己的勇气能够如此镇静地处理这件奇怪的事情，当从恐惧中恢复过来后，我为自己在这件事情中能理性地思维而感到自豪。

围观者齐刷刷地注视着我的床铺。打了个手势，我和哈蒙德一起松手让那个家伙掉在我床上，就好似一个沉重的物体掉在柔软的表面上发出一声闷响，枕头和床单上都清楚地显现出那个东西的轮廓。人们发出一声低呼，混乱地逃出我的房间，只剩下了我和哈蒙德。

我们静静地站了一会儿，听着床上的那个家伙不规则的呼吸声，看着床单的褶皱，我们知道它想要奋力挣脱束缚。然后，哈蒙德开口说话了：

"哈里，这很奇怪。"

"是啊，奇怪。"

"但并不是无法解释的。"

"不是无法解释的！你是什么意思？这样一个东西自从地球诞生就从未出现过。上帝作证，我没有发疯，而这也不是一个疯子的白日梦！"

"哈里，让我们理一理思路。这儿有一个东西，我们可以摸到，但是却看不到，这异乎寻常，它让我们感到恐惧。尽管如此，难道没有和它类似的东西吗？比如一块玻璃，它是有形的而且透明的。从理论上来讲，完全有可能制造出一种不反射任何光线的玻璃——这种玻璃非常纯净，原子分布均匀，因此阳光能够穿透它。我们看不到空气，但是我们可以感觉到。"

"不错，哈蒙德，但这是对没有生命的物质而言。玻璃不会呼吸，空气也不会呼吸，而这个东西有一颗跳动的心脏——有能够控制它行为的思维。"

"你忘了我们最近经常听到的奇怪现象了，"博士很严峻地回答我，"在被称做'精神循环'的集会上，看不见的手插入围绕在桌旁的人们的手中——那双手温暖而柔软，就像人类的手一样有着脉搏。"

"什么？你不会认为，这个东西是——"

"我不知道它是什么。"我得到严肃的回答。

我们抽着烟，一整夜都在床边注视着它。它一直折腾着，直到用尽力气。随后，从它低沉的呼吸中，我们知道它睡着了。

第二天，整个屋子都炸开了锅。寄宿的人都聚集在我房间的周围，我和哈蒙德成了勇士。我们不得不回答许多有关我抓到的神秘犯人的问题，因为没有一个人，除了我们俩，敢踏进房间半步。

那个家伙醒了，从床单上的褶皱看出来它又打算逃跑。整整一夜，我和哈蒙德绞尽脑汁，想要找出能够看清这个神秘事物外形和样子的办法。

我们用手摸索它的外表，它的外形和面部轮廓像是人类。它有一张嘴，有着圆圆的、没有头发的光脑袋，有一个微微凸起的面颊的鼻子，它的双手感觉像是一个男孩子的手。一开始，我们想把这个东西放在一个光滑的表面上，然后用粉笔勾画出它的轮廓，就像鞋匠画出脚的轮廓那样。但是，由于毫无实际价值，这个计划被放弃了——仅仅是一个轮廓根本无法解释它的构造。

突然，有一个想法钻进了我的脑袋。我们可以用熟石膏给它浇铸一个模型，这样我们就能够得到它的固体形态，满足我们所有的疑问。但是这个模型怎么做呢？这个家伙在不停地动，这样石膏无法凝固，模具的形状也会被弄坏的。另一个想法出现了：为什么不用氯仿麻醉？它有呼吸器官——它的呼吸证明了这一点。一旦它失去知觉，我们就可以进行我们想做的了。X博士被请来了，在他从最初的震惊中恢复过来后，他开始着手进行氯仿麻醉了。3分钟后，我们解开了这个家伙身上的绳索，这个城市里一个著名的浇模师傅开始忙碌着给这个看不见的形体敷上潮湿的黏土。5分钟后，我们看到了一个模型，夜晚降临前，我们得到了这个神奇事物的大略复制品。它有着像人一样的外形——尽管扭曲而且可怕，但还是一个人形。它很小，高度不超过1.2米，四肢的肌肉无比发达。

它的脸比我所见过的任何面容都要丑陋，古斯塔夫·多雷、卡罗，还有托尼·萧纳，都从未描述过如此恐怖的事物。在托尼·萧纳的《或许你会喜欢的旅行》中叙述的那张脸，有点儿像这个东西的面容，但还不是完全一样。我只能把它想象成食尸鬼的相貌，看上去它能够以人肉为食。

在满足了我们的好奇心和屋子里每个人的探秘之心后，如何处置这个怪物成了一个问题。把这么一个恐怖的东西留在我们的屋子里是不可能的，也不可能把这样一个可怕的怪物重新放回它的世界。我承认，我倾向于彻底消灭它。但是谁来承担这个责任呢？一天又一天，这个问题日益严峻。

寄宿者都离开了这座房子。莫法特夫人彻底绝望了，她威胁我们如果不把这个怪物弄走的话，就诉诸于法律。我们的回答是："如果您要求的话，我们可以走，但是我们拒绝带着这个家伙一起离开。它是在您的屋子里出现的，这个责任在您。"这样一来，事情就一直悬而未决了。

这段时间我们完全忽略了这个家伙以什么为食，我们在它面前放了我们认为有营养的所有东西，可是它一样都不碰。日子一天天过去，我们站在旁边，看着床单来回褶皱，听着沉重的呼吸声，知道它快饿疯了。

10天，12天，两个星期过去了，它还活着。但是，它的心跳却一天比一天微弱，而现在已经几乎要停止了。很明显，这个家伙就快被饿死了。我晚上无法入睡，这个家伙很是可怕，但是想到它所经受的巨大痛苦又觉得它很可怜。

最后，它终于死掉了。一天早晨，我和哈蒙德在床上发现它冰冷而又僵硬。它的心脏不再跳动，肺部也不再呼吸了。我们匆忙将它埋在了花园里，那是一个奇怪的葬礼，一个看不见的尸体被抛进了潮湿的墓穴。我把它的模型送给了X博士，博士将它保存在他位于第十大街的博物馆内。

在一个可能无法归来的长途旅程前夜，我记下了这段我记忆中最奇怪的经历。

弗兰肯斯坦

［英］玛丽·雪莱

黑暗对我的想象毫无影响，墓地对我来说只不过是被剥夺了生命的肉体的栖息地，那些肉体不再是美貌和权力的载体，变成了蠕虫的食物。现在，我被指派来研究这一腐烂现象的原因和过程，所以，被迫在墓穴和停尸房里待上几天几夜。我的注意力集中在最不为人察觉的事物上，我看到了人的躯体是如何瓦解并腐烂的，我注视着生命繁华之后的死，我看着蠕虫如何吞噬大脑和眼神中的惊讶。我停下来，对所有的细节进行检验和分析，直到黑暗中的一道亮光闪过我的大脑——如此明亮而令人惊奇的亮光，但又如此简单，以至于当我对渺茫的前景感到头昏脑胀时，我惊讶于那么多的天才将他们的研究指向同一学科，还惊讶于我将独自一人发现令人震惊的秘密。

那是11月里的一个阴沉的夜晚，雨水沉闷地拍打着玻璃窗，我的蜡烛快要燃尽了，就在这时，伴着一道闪电的光芒，我看到一双昏黄的眼睛。他呼吸沉重，四肢痉挛着。

我该怎样描述面对这一景象时我的感觉，或者说我该怎样描绘我倾力创造的这个不幸的人所经受的痛苦？他的四肢匀称，我为他选择了美丽的面容。美丽！上帝啊！他的黄色皮肤几乎无法掩盖住肌肉和血管的运动，他的头发乌黑有光泽，随风飘动着，他的牙齿珍珠般洁白，但是这一切都和他那双湿润的眼睛形成了恐怖的对比，那双眼睛有着几乎和黑色嘴唇一样的颜色。

不同的生命境遇并不和人性一样善变。我努力工作了近两年，唯一的目的就是要为一具没有生命的肉体注入生命。为了这个，我牺牲了自己的休息和健康。我以无比的热情盼望着他的诞生，但是现在，我完成了，梦想的美丽消失了，只剩下令人窒息的恐惧和厌恶充斥着我的内心。我无法忍受自己所创造出来的这副面容，我冲出房间，在卧室里来回踱步，无法让自己的思想安静下来。

终于，疲倦战胜了我的躁动，我和衣在床上躺下，试着寻找片刻的安宁。但这都是徒劳的。实际上，我睡着了，不过可怕的噩梦又惊醒了我。我想我看到了伊丽莎白，她健健康康地走在英戈尔施塔特的大街上。我又惊又喜，伸出双手抱住了她，但是就在我吻向她的双唇时，那嘴唇突然变成了死亡一般的青紫色，她的面容也变了，我觉得我怀里抱着的是我故去母亲的尸体，一层裹尸布包裹着她，我看见尸虫在布上蠕动着。

我从噩梦中惊醒，一滴冰凉的水滴落在我的前额，我的牙齿咔嗒作响，四肢开始抽筋。这时，昏黄的月光穿过百叶窗，我看到了那个不幸的人——我创造出来的那个可怜的怪物。他撩起床帘，他的双眼，如果那能够被称之为眼睛的话，紧紧地盯着我。他的口中发出一些模糊不清的声音，脸上露着一丝笑容。他可能在说话，但是我却听不见。他伸出一只手，似乎想抓住我，但是我逃脱了，飞奔到楼下。我藏身于楼下的院子里，那一晚剩下的时间我都待在那儿，焦躁不安地来回走动着，竖着耳朵聆听那个恶魔可能靠近我的任何动静。哦！任何凡人都无法忍受那张面容的恐怖，复活的木乃伊都不如他丑恶。在他还没有完成的时候，我曾经仔细看过他，他那时候已经很丑了，可是当那些肌肉和关节能够开始活动时，他变成了但丁都无法描绘的一个形体。

我颤抖着度过了那个夜晚。有几次，我的脉搏快速而有力地跳动让我感觉到自己还活着，其他时候，我几乎无力地瘫软在地上。在这些恐惧交杂中，我感到了失望的痛苦，那么长时间以来我的梦想和欢愉如今成了我的地狱——变化如此之快，颠覆如此之彻底！

巴尔角的故事

[国籍不详] E. 赫伦 H. 赫伦

遗憾的是弗莱克斯曼·洛先生的回忆大部分都与他经历中的灰色篇章有关。尽管这几乎是无法避免的，正如纯粹的科学事物可能对民众不具什么吸引力，但是对于专业的学生而言，它们确实是富有价值和教育意义的。而且选择完整的案例——那些以令人信服的证据了结的案例——被认为是更为妥当的，而不是选择那些以猜测了结的案例，那些案例永远也不可能经受令人信服的考验。

在东盎格鲁海岸国家的低地北部，巴尔海角伸向大海。在海角上，背靠松林，坐落着一座宽大、舒适的石头城，当地人称之为巴尔之眉。它面向东风矗立了近 300 年，整个时期内它都是斯沃夫曼家族的领地，这个家族从未因那里常常闹鬼而放弃祖传的居住地。事实上，斯沃夫曼家族以巴尔角之鬼为骄傲，他们因此名声远扬，没有人敢于指责他们的行为，直到鲁汶的凡·德尔·沃特教授获知这一情况，并于随后向弗莱克斯曼·洛先生发去了紧急救助信。

这位教授和洛先生非常熟，他详细叙述了自己和巴尔角的租约，以及随后发生的不愉快的事情。

事情看起来是这样的，经常在国外待很长时间的老斯沃夫曼先生，提出将他的房子租给教授一个夏天。当凡·德尔·沃特一家抵达巴尔角时，他们被这个地方迷住了。尽管景色无甚变化，但是一片广袤无垠，令人心情愉快。而且教授的女儿乐于频繁探访她的未婚夫—哈罗德·斯沃夫曼，教授也沉湎于整理斯沃夫曼家族的图书馆。

凡·德尔·沃特一家已经被告知有关这所老房子闹鬼的事情，不过，他们的愉快生活一点也没有因此而受到影响。一段时间，他们发现这个说法是真的，然而随着 10 月份的到来，事情发生了变化。根据斯沃夫曼家族的记录，鬼怪是一个阴影，是一声呼啸而过的叹息——10 月份之前没有发生什么令人忧虑的事情。但是，在 10 月份的早些时候，奇怪的事情开始出现了，3 个星期后，当发现一名女仆死于走廊时，恐惧达到了顶点。此时，教授感觉到是时候请弗莱克斯曼·洛先生出马了。

洛先生在一个寒冷的早晨抵达了巴尔角，那时屋子在紫色的晨雾中若隐若现，微风中夹带着松树的甜蜜脂香。凡·德尔·沃特在宽大的、点着火炉的大厅里迎接了他，他身材矮小，满头白发，圆圆的眼睛上架着一副眼镜，面容友好而安详。他一生所学的是语言学，他有两大爱好：下棋和抽他的大烟斗。

"现在，教授，"当他们在吸烟室坐下之后，洛先生说，"这一切是怎么开始的？"

"我会告诉你的，"凡·德尔·沃特托着他的下巴，拍着脑门，很不自然地回答说，"首先，它就出现在我面前！"弗莱克斯曼·洛先生微笑着，并且向他保证没有什么比这个更加符合他的提问要求了。

"我声明，"教授继续说，"我一个人坐着，那时候可能已经是午夜了，我听到好像是小狗用爪子在轻轻爬动的声音，吧嗒吧嗒，在大厅的橡木地板上。我吹了一声口哨，因为我觉得这是我女儿的小把戏，随后我打开了门，就看到

——"他停顿了一下，透过眼镜深深地看了洛先生一眼，"有什么东西正在连接房子两翼的过道中消失。那个形状不像是人形，瘦长而笔直。我想我看到了一丛黑发，什么东西在飘动着，有可能是一块手帕。我被一种反感的情绪给征服了。接着我听到了一阵细碎的脚步声，然后，我觉得它停在了陈列馆门口。来吧，我领你看看现场。"

教授领着洛先生走进大厅，黑暗而沉重的主楼梯在他们头顶张着大口，在它后面就是教授提到的过道。过道大约有 6 米长，上了楼梯走两步就是走道中部的一个拱门。

凡·德尔·沃特解释说，这道门通向一个很大的房间，他们称之为陈列馆，那里面摆放着老斯沃夫曼先生国外游历带回来的古玩。教授一边继续走着一边说，他立刻跟在那个东西身后，他认为它进入了陈列馆，但是除了存放着斯沃夫曼宝物的箱子以外，里面什么都没有。

"我没有向任何人提起我的经历，我认为我看到了鬼魂。两天之后，一位女仆在夜里经过过道，她说一个男人从陈列馆的门洞飞出来扑到她身上，但是她自己挣脱了，随后尖叫着跑进了仆人的房间。我们立刻开始了搜索，但是没有发现任何能够证明她所叙之事的证据。

"我并没有对此加以注意，尽管它和我的经历如此巧合。随后的一个星期，我女儿莉娜一天晚上下楼来拿一本书。当她穿过大厅时，有个东西从后面飞扑到她身上。女人在关键时刻是一无用处的——她晕过去了！从那时候开始，她就病了，医生说情况在恶化。"教授说到这里，摊开双手做出无奈状，"所以，她明天就要离开这里，换个环境。从那次之后，这个房子里的其他人也遭受过类似的袭击，而结果大致相同，他们都晕过去了，醒来之后提供不了什么有用的线索。

"但是，上个星期三，这件事酿成了一出悲剧。那时候，仆人已经不再敢独自穿越大厅，除非三四个人一起结伴而行——他们中的绝大多数宁愿从屋外绕路到房子的这一部分。其中一个名叫伊莱扎·弗里曼的女仆说她不害怕巴尔角的鬼魂，有一天晚上她来熄灭大厅里的灯火。当她做完这一切，经过陈列馆门口返回时，她好像是受到了袭击，或者至少是受到了惊吓。在拂晓的暗光中，他们发现她躺在楼梯旁边，已经死去。她的袖子上有一小块血迹，尸体上没有任何痕迹，除了耳朵上一处凸起的脓包。医生说那姑娘极度贫血，还说她很可能死于惊吓，因为她的心脏太衰弱了。我对此很吃惊，因为她以前看上去是一个那么健壮而且充满活力的年轻妇女。"

"在凡·德尔·沃特小姐明天出发之前，我能不能见见她？"当教授示意已经说完了全部事实之后，洛先生问道。

　　教授不太愿意他的女儿受到盘问，但最后他还是同意了。第二天一早，在那女孩离开之前，洛和她进行了简短的谈话。尽管女孩情绪低落而且面色苍白，浅褐色的眼中还有一抹惊恐，但他发现她是一个非常漂亮的姑娘。洛先生问她是否愿意描述一下那个袭击者。

　　"不，"她回答，"他在我背后，所以我无法看到他。我只能看到一只黑黑的、瘦骨嶙峋的手，长着闪闪发光的指甲。在我晕过去之前，一只缠着绷带的胳膊从我眼前掠过。"

　　"缠着绷带的胳膊？我从未听过那样的事情。"

　　"嘘——嘘，纯粹的幻觉！"教授不耐烦地插话。

　　"我看到了胳膊上的绷带，"女孩重复着，无力地把头转向一边，"我还闻到了他身上的防腐剂的味道。"

　　"他还弄伤了你的脖子。"洛先生注意到她的耳朵下面有一小块粉色的圆形斑点。

　　她的脸立马红了，非常紧张地用一只手捂着脖子，低低地说："它几乎杀了我。在它碰到我之前，我知道他就在那儿！我能够感觉到它！"

　　当他们离开她之后，教授为他女儿证词的不可信而道歉，同时指出了在她的叙述中互相矛盾的地方。

　　"她说她除了一只胳膊外没有看见其他东西，但是我要告诉你那东西根本没有胳膊！荒谬！假想一个受伤的男人到这座房子里来吓一位年轻女士！我不知道该如何解释！那是一个男人，还是巴尔角的鬼魂？"

　　下午，当洛先生和教授从海边散步回来时，他们看到一位眉毛浓黑、身材健硕的年轻男子，他神色阴沉地站在大厅的壁炉前。教授向洛先生介绍他是哈罗德·斯沃夫曼。

　　斯沃夫曼看上去 30 岁左右，但已经是股票交易所内一位著名的、富有远见的成功人士。

　　"很高兴见到您，洛先生，"他开始说道，目光锐利地注视着洛先生，"显然您看上去并没有因您的职业而高度紧张。"

　　洛先生仅仅鞠了一躬。

　　"来，您不会防范我对您技艺的讥讽吧？"斯沃夫曼继续说，"那么您已经快要把我们可怜的老鬼魂从巴尔角赶走了？您忘了它是一个传家宝，一笔家族财产！有关他变得狂暴的说法是怎么回事，嗯，教授？"他边说边以粗率的方式绕着凡·德尔·沃特转圈。

　　教授把整个事情又说了一遍。很明显的是，他对他的未来女婿心存敬畏。

　　"这和我从莉娜那里听来的大同小异，我在车站见到了她，"斯沃夫曼说，

"在我看来，这屋子里的女人都得了传染性的癔病。您同意我的观点吗，洛先生？"

"可能是吧。尽管癔病不太能解释弗里曼的死。"

"没有对情况进行详细调查之前我是不会那么说的。自打我来，我就没有休息过。我已经检查了陈列馆，没有人从外面进入过陈列馆，除了通过走道，没有别的路可以进去。我无意中发现，室内的地板浇注了一层厚厚的水泥。而且，那就是鬼魂曾站立的地方。"在发表这通言论后，斯沃夫曼开始围着洛先生转圈，那好像就是他要对某人大发演讲时采取的方式。"您怎么看这个计划，洛先生？我提议让教授去渡口溪谷的宾馆住一两个晚上，我还会给房子里剩下的仆人放假，比如说，48 个小时。而我和您就能尝试进一步揭开鬼魂恶作剧的秘密。"

弗莱克斯曼·洛回答说，这个安排和他的想法完全一致，但是教授反对自己被送走。然而，哈罗德·斯沃夫曼，一个看上去喜欢按自己的方式来安排事情的人，在 45 分钟之内，他和凡·德尔·沃特乘坐双轮马车离开了。

巴尔角和所有建造在空旷地带的房屋一样，特别容易受到气候变化的影响。夜幕降临，寒风呼啸，紧闭的窗户吱吱咯咯作响，树枝抽打着墙壁发出呻吟声。

在回来的路上哈罗德·斯沃夫曼遭遇了暴风雨，浑身湿透了。在他换了衣服之后，他在吸烟室的沙发上休息了几个小时。这段时间里，洛先生一直观察着大厅。

前半夜平平稳稳地过去了。一点昏暗的灯光在装饰豪华的大厅里闪动，但是走道里是黑暗的。除了海风的呼啸和雨水冲刷墙壁的声音之外，没有别的动静。

夜深了，洛先生点亮了一盏灯笼，提在手中，沿着走道漫步，他推了推陈列馆的门。门打开了，一阵风扑面而来。他看了看四周的百叶窗和装着斯沃夫曼先生宝物的大箱子，确定房间里除了他自己没有其他人。

突然，他听到背后有一阵摩擦声，但转过身去并没有发现任何东西。他把灯笼放在一张凳子上，这样灯光就可以透过陈列馆的门照向走道。他返回大厅，把灯熄灭，随后回到吸烟室紧闭的门口。

漫长的一小时过去了，这一小时里，风继续在大厅的烟囱里呼啸着出入，老旧的木板发出吱吱嘎嘎的声音，仿佛鬼鬼祟祟的脚步声从屋子的每个角落汇聚到一起。但是，弗莱克斯曼·洛对此毫不留意，他在等着某个声音的出现。

过了一会儿，他听到那个声音了——非常小心的木头之间的摩擦声。他向前探身张望着陈列馆的门。吧嗒，吧嗒，陈列馆的地板上响起了一阵好像狗爬似的声音，那个东西停在敞开的门口，静听着楼下的动静。在这一刻，风静止了，洛静听着，但是没有声音了，只看到透过陈列馆敞开门口的灯光中出现了一个鬼鬼祟祟的阴影。

风声再起，猛烈地吹着这间房子，吹得灯笼里的火焰闪烁不止。当风声又一次止歇时，弗莱克斯曼·洛看到那个安静的身影已经穿过了陈列馆的大门，现在正站在楼梯上，在墙壁昏暗的一角里有一点阴影。

突然，这个不成形的阴影发出了洛先生始料未及的一种声音。它用力地呼吸着空气，就像一只熊或其他什么大型动物一样。同时，带动了大厅里的气流，一种淡淡的、陌生的气味传到洛先生的鼻端。莉娜·凡·德尔·沃特的话突然在他脑中闪现——随后，一个胳膊上缠着绷带的东西出现了！

当大风又一次吹刮着窗户时，一个黑影从灯光下经过。弗莱克斯曼·洛感到一个东西从门的方向跳过来，正经过黑暗的大厅向他走来。他迟疑了大约一秒钟，随后他打开了吸烟室吱吱作响的门。

哈罗德·斯沃夫曼坐在沙发上，昏昏欲睡。"发生什么事了？它来了？"

洛告诉他所看到的一切，斯沃夫曼漫不经心地听着。

"您现在怎么解释它？"他问。

"我必须要求你稍后再提那个问题。"洛回答说。

"那么您的意思是说您已经有一套理论来解释所有这些奇怪的事情了？"

"我得出了结论，但是还需要进一步验证。"洛说，"同时，我从这间房子的名字上推测出它建在古墓或是坟地上面，是不是？"

"您说得对，尽管这和最近的鬼魂怪想并无关联。"斯沃夫曼断然回答道。

"我还得知，老斯沃夫曼先生最近给家里寄了一个箱子，现在就放在陈列馆里面？"洛先生继续问。

"去年9月，他确实寄了一只箱子回来。"

"那么，你打开过它？"洛问道。

"是的——尽管我自认为没有留下痕迹。"

"我并没有去查看那些箱子，"洛说，"我从其他事实推断出你曾经那么做过。"

"现在，另外一件事情是，"斯沃夫曼继续说，仍然面带微笑，"您是不是设想有任何危险—我的意思是针对像我们这样的人？歇斯底里的妇女们就不被严格考虑在内了。"

"不，天黑后，任何一个在这所房子里单独行动的人都有很大的危险。"洛回答说。

哈罗德·斯沃夫曼向后靠在沙发上，跷起了二郎腿。

"回到我们开始的谈话，洛先生，我能否提醒您，在您向世界发表任何理论之前还要解释一大堆互相矛盾的细节？"

"我非常清楚这一点。"

"首先，我们祖屋原始的鬼魂只是一种纯粹的模糊现象，只是从一些含糊的声音和影子猜测而来——现在，我们得知了一个有实形的怪物，而且那个东西可以，正如我们已经证明的，以恐惧杀人。第二，凡·德尔·沃特称这个怪物瘦小、长长的、没有胳膊，而凡·德尔·沃特小姐则不但看到了胳膊和类似人的手，而且还告诉我们它有着闪闪发亮的指甲和缠着纱布的胳膊，她还感觉到了它的力量。另一方面，凡·德尔·沃特认为它像狗那样爬行，——您也证实了这一说法，并且补充说它像一只野兽那样呼吸。现在，这会是个什么样的东西呢？它可以被看到、闻到并感觉到，但是它却能够成功地把自己藏在一间没有任何洞穴甚至连一只猫都无法藏身的房间里！您还要告诉我您认为自己可以解释这一现象吗？"

"非常确定。"弗莱克斯曼·洛充满自信地回答。

"我无意冒犯，但是作为基本常识，我必须澄清我的观点。我认为整件事情不过是过分幻想的结果，并且我将证明这一点。您认为今晚还会有危险吗？"

"今晚的危险更加严重。"洛回答说。

"很好。正如我所说，我要来证实我的观点。我希望您允许我将您锁在较远的一个房间里，这样我就无法获得您的帮助，我将来回在走道和大厅里走动以度过剩下的夜晚。"

"如果您愿意，您可以这么做，但是我必须请求至少能够在旁观看。我会离开这间房子，从窗户观看走道里发生的一切，那样我正对着陈列馆的门。出于公平性，您不能拒绝让我做一名目击者。"

"当然了，我无法拒绝。"斯沃夫曼回答说，"但是，这个夜晚太糟糕了，无法带着狗进进出出，所以我警告您我还是要把您锁在门外的。"

"那没关系。请借我一件雨衣，并且让我留在陈列馆里的灯笼一直亮着。"

斯沃夫曼同意了这一点。

洛先生为接下来的事情做了一个图解。他离开了那座房子，并且被锁在外面，然后他开始绕着房子转圈，他来到走道窗户外面，发现自己几乎正对着陈列馆的大门。

陈列馆的门微敞着，一缕窄窄的光线隐入黑暗之中，大厅深处漆黑而空旷。洛尽可能地不让自己淋到雨，等待着斯沃夫曼的出现。可怕的观察者是不是正支着它的瘦腿躲在对面昏暗的角落，随时准备跳出来给路过者致命一击？

就在这时，洛听到房子里有一扇门砰地关上了，随后，斯沃夫曼手中举着光线暗淡的蜡烛出现了，在他身后是一片广阔的黑暗。他稳稳地走过走道，他黑黑的脸庞坚定而严肃。当他走近时，洛先生感到一种麻刺的感觉，那通常是某种奇怪经历的先兆。

斯沃夫曼向走道的另一端走去，陈列馆的门迅速地震动了一下，一个头颅萎缩的瘦弱身形紧跟在他身后进入了走道。随后就是无边的黑暗。

洛先生立刻敲碎玻璃，打开窗户，跳进了走道。他划着了一根火柴，借助微弱的火光，他模模糊糊地看到一幅场景。

斯沃夫曼手臂伸展着，巨大的身躯躺在地上，脸面朝下，当洛看到他时，一个蹲着的身影从他身旁站起，它有着一个瘦瘦的、恶毒的脑袋。

火柴噼里啪啦地燃尽了，在洛找到斯沃夫曼掉落的蜡烛之前，他听见地板上响起一阵飞快的脚步声。点亮了蜡烛，他弯身俯看斯沃夫曼，把他翻过身来。这个男人的强壮形象全都不见了，蜡一样的面容在乌黑的头发和眉毛的映衬下更显苍白。在他脖子上靠近耳朵的地方有一小处凸起的脓包，从那里一条细细的血流流向他颧骨的方向。

一种本能令洛此刻抬起头来。从陈列馆门口探露出一张脸和瘦骨嶙峋的脖子——鼻梁高挺，目光黯淡，面容可憎，眼窝空洞，露着漆黑的牙齿。洛把手伸进口袋，一声枪响回荡在走道和大厅中。风从破碎的窗户呼啸而过，一条带子在光亮的地板上舞动，弗莱克斯曼·洛半拖半扶地将斯沃夫曼弄进了吸烟室。

过了一阵子斯沃夫曼才恢复意识，他听着洛讲述是如何发现他的，眼中燃烧着红色的怒火。

"鬼魂打败了我。"他说，带着一阵奇怪的、低沉的笑声。"但是，我想现在轮到我了！但是在我们去检查陈列馆之前，我想请您允许我听一听您的观察所得。您说这儿有危险，您是正确的。我只能告诉您，我感觉到有个东西跳到我身上，然后我就什么都不知道了。如果这一切没有发生，我恐怕永远都不会向您请教您是怎样看待这个问题的。"他补充说。

"主要有两处暗示，"洛回答说，"这条黄色的绷带，我刚刚从走道地板上捡来的，还有您脖子上的痕迹。"

"这就是您要说的？"斯沃夫曼迅速地站起来，通过他身后壁炉架上的一小块玻璃检视他的脖子。

"将这两样联系在一起，我想我可以让您亲自找出问题的答案。"洛说。

"请让我完整地了解您的结论吧。"斯沃夫曼简短地要求道。

"好吧，"洛很幽默地回答道——他想反正斯沃夫曼会不高兴，"在教授看来又瘦又长又没有胳膊的东西在接下来的情况中发生变化了。凡·德尔·沃特小姐看到了一条缠着绷带的胳膊，还有黑色的手带着闪闪发光的——这就意味着镀金——指甲。吧嗒吧嗒的脚步声和这些细节都吻合，因为我们知道用皮革条制成的便鞋通常不会和镀金的指甲及绷带一起出现。古老而干燥的皮革才能自然地敲击光滑的地板并发出响声。"

"妙啊！洛先生！您的意思就是说一具木乃伊骚扰着这座房子！"

"我所见到的一切都肯定了这个想法。"

"今晚之前您心里已经有这样一个结论——实际上，是在您亲眼见到一切之前。您推断我父亲送回家一具木乃伊，然后得出结论是我打开了箱子？"

"是的，我猜您拆除了大部分——或者说全部——的绷带，让木乃伊能够自由活动，而仅仅受到分别绑在四肢上的绷带的束缚。我猜想这具木乃伊是用底比斯制作方法，也就是用香料制成的。因为它的皮肤保持橄榄色，干燥而富有弹性，就像日晒后的皮革，面部保留完好，头发、牙齿和眉毛都尚在。"

"到目前为止都不错，"斯沃夫曼说，"但是，这断断续续的复活是怎么回事？被它攻击的人脖子上的血块脓包又是怎么回事？还有，我们的老朋友巴尔角鬼魂从哪里进来的呢？"

斯沃夫曼力争使自己听上去像是主人在说话，但是他的气焰已经彻底泄底了，尽管他想极力掩饰。

"从头开始，"弗莱克斯曼·洛说，"任何一个以理性而诚实的方式去研究招魂术的人，或早或晚都会遭遇到普通理论无法解释的问题。因此，我现在根本无须理会这些问题，现在这个案例对我而言只是必须经历的事情之一。我认为，在这所房子里隐约出现了多年的鬼魂，实际上，是一只吸血鬼。"

斯沃夫曼重新以一种不信任的姿势歪着他的脑袋。

"我们不再生活在中世纪，洛先生！除此之外，一只吸血鬼怎么来到这儿的呢？"他冷笑着说。

"某些机构在认为，在一定的条件下，吸血鬼可以自我生成。你告诉我这座房子是建在一座古代坟墓上面，实际上，在那些死去的人的体系中包含着所有善良和邪恶的种子。促使这些种子萌芽或开始生长的力量就是思想，而且随着长时间对这种萌芽的纵容，一种精神有可能最终获得某种神奇的生命力，这种精神从它所处的环境中不断吸取合适的、必需的因素壮大自己。一段很长的时间里，这一萌芽只能是孤立无援的形态，等候机遇获取某个实质性的外壳，通过这个外壳它可以实现它的欲望。目前，我们只能从事件中它的表现来判断其萌芽的本质。现在，我们掌握的每一处细节，都暗示一只吸血鬼在死去的人的骨架内获得了生命和能量。它在受害人的脖子上都留有记号，还有他们苍白而贫血的症状。吸血鬼，你是知道的，嗜血。"

"那么，有关证据，"斯沃夫曼说，"等一下，洛先生。您说您冲它开枪了？"他拿起洛放在桌子上的手枪。

"是的，我瞄准了它露在楼梯上的脚的一小部分。"

不再多说什么，斯沃夫曼手中握着那把枪，向陈列馆走去。

风在屋内盘旋，黑暗笼罩了整个世界，这时候，两个男人注视着从未在人前出现过的最奇怪的场景。

在房间一角放着一个半开半掩的长方形木盒子，一具瘦弱的尸骨缠裹在腐烂发黄的绷带里，瘦弱的脖子上绕着一丛卷曲的头发。脚趾被布包裹在便鞋里，左脚的一部分已经被打飞了。

斯沃夫曼表情凝重地盯着它看了一会儿，然后抓起撕裂的绷带扔进了箱子。箱子里硕大的、双唇湿润的嘴巴迎着他们张着大口。

斯沃夫曼站在旁边看了一会儿，随后他举起左轮手枪，报复性地一次又一次对着那张面露微笑的脸开枪。最后，他又把木乃伊使劲地在箱子里撞来撞去，直到把它的头撞得粉碎，整个可怕的场面看上去好像一场谋杀。

随后，他转向洛，说："帮我把盒盖盖紧。"

"你要把它埋了？"

"不，我们必须彻底消灭它，"他低沉地回答说，"我要把它放进旧独木舟，然后烧了它。"

破晓时，雨停了，他们把独木舟拖到海边，里面放着木乃伊盒子和它苍白的主人。船帆升起来了，船被点着了，洛和斯沃夫曼看着它漂向远方，一开始只是一点小火星，随后是火苗和熊熊大火，一直燃烧到遥远的海边。阿曼的牧师将它放回它指定的金字塔之后的 3000 年，那个死去亡灵的历史才真正结束。

注定的命运和亡灵

螺丝在拧紧

[美] 亨利·詹姆斯

她又一次出现在屋子的拐角处。"以主的名义，发生什么事了？"她脸色通红，上气不接下气。

直到她离我很近了，我都没有说话。"在和我说话吗？"我做出一副欣喜的表情，"我说什么了吗？"

"你的脸色看上去白得像张纸，你看着很糟糕。"

我本可以毫不迟疑地回答这个问题。但我想仔细看看格罗斯夫人红润面庞的打算还是落空了，我只犹豫了一下，她的手已从我肩头划到我的身后。我把手递给她，她握住了我的手。我稍稍握紧了一些，我喜欢那种她靠近我的感觉。在她害羞的惊讶中有一丝忍耐。

"你是为了让我去教堂而来的，但是我去不了。"

"发生什么事情了吗？"

"是的。你现在有知情权。我看上去是不是很奇怪？"

"从这个窗户看过去？可怕！"

"确实，"我说，"我受到惊吓了。"格罗斯夫人的眼睛明白表示她根本没想那样做，而且她也知道她所处的位置无法和我分享任何麻烦的事情。但很确定的是，我必须说出来！"一分钟前你在餐厅看到的东西就是那个的作用。我所看到的——就在刚才——还要糟糕。"

她的手握紧了，"那是什么？"

"一个奇怪的男人，他向屋子里张望。"

"什么奇怪的男人？"

"这个我一点儿也不知道。"

格雷斯夫人徒劳地围着我转圈，"那么，他去哪儿了？"

"那我也不知道。"

"你以前见过他吗?"

"是的——见过一次。在老塔楼上。"

她更近地盯着我,"你是说他是一个陌生人?"

"哦,确实!"

"可是你却没有告诉我?"

"没有——但是有原因的。不过现在,你已经猜到了……"

"啊,我没猜到!"她说,"如果你随便捏造,我怎么猜得到?"

"我一点儿也没有捏造。"

"你只在塔楼上见过他?"

"还有刚刚在这里。"

格雷斯夫人又一次环顾四周,"他在塔楼上干什么?"

"只是站在那里,向下看着我。"

她思索了一分钟,"他是一位绅士吗?"

我发现我根本无须思索,"不是。"

她更加惊讶了:"不是。那么,是这个地方的人吗?还是从村子里来的人?"

"不是——谁也不是。我不知道他是谁。"

她轻轻地松了一口气:"但是,如果他不是一个绅士——"

"他是谁?他是一个令人厌恶的人。"

"令人厌恶的人?"

"他是——上帝帮帮我吧,如果我知道他是谁的话!"

格雷斯夫人再一次环顾四周,她注视着朦胧的远方,然后,她拉回了自己的思绪,突然转身面对我。"到了我们该去教堂的时间了。"

"哦,我不适合去教堂那个地方!"

"难道它对你没有好处吗?"

"它对他们没有——"我冲着屋子的方向点头。

"孩子们?"

"我现在不能丢下他们。"

"你害怕?"

我冒失地说了一句:"我害怕他。"

格雷斯夫人的脸第一次清晰地出现在我面前,带着隐约的睿智的闪光。不知何故,我想起了尚未告诉她的一个迟来的念头,而这个念头对我来说仍非常模糊。我想到也许我可以从她那里得到些什么,我感觉这与她目前很想知道的事情有关。"他是什么时候出现在塔楼上的?"

"这个月中的某一天。就在现在这个时间。"

"几乎天黑的时候?"格雷斯夫人问。

"哦,不,没有这么接近。我在看到你的那个时间看到他的。"

"那么,他是怎么进来的?"

"还有他是怎么出去的?"我大笑着。"我没有机会去问问他!今天晚上,你看,"我继续说着,"他就没能进来。"

"他只是偷看?"

"我希望他只是那样!"

她放开了我的手,稍稍转向旁边。

过了一会儿后,我们又一次对视。"难道你?"她没有回答,而是走到窗边,把脸靠在玻璃上。"你看到了他所看到的。"我接着说道。

她没有移动,说:"他在这里待了多久?"

"一直到我出来。我出来和他见面。"

格雷斯夫人终于转过身来,她的脸上藏着更多内容,说道:"如果是我,我不会走出来的。"

"我也不会!"我又一次大笑,"不过,我确实走出来了——我有我的责任。"

"我也有我的。"她回答说,随后她又补充说:"他看上去什么样?"

"我也很想告诉你。但是,他谁也不像。"

"不像任何人?"她重复着。

"他没有戴帽子。"看到她脸上的表情越来越沮丧,我赶紧详细地补充说明,"他是红色头发,非常红的那种,有着细细的小卷,脸色苍白,脸型很长,轮廓突出,有着和他头发一样通红的奇怪的胡须。他的眉毛,不知道为什么,颜色很淡,它们看上去非常奇怪,好像可以大幅度地移动。他的目光锐利而且奇特,眼睛很小,但是眼神专注。他的嘴巴很大,嘴唇很薄,他的鬓角刮得很干净。他给我的感觉是看上去像一个演员。"

"一个演员!"格雷斯夫人那一刻的表情简直无法形容。

"我从没见过演员,但是我想他们就是那个样子的。他个子很高,身手敏捷,"我接着说道,"但不是——从来都不是——一位绅士。"

格雷斯夫人的脸随着我的话语变得苍白,她瞪着圆圆的眼睛,温柔的嘴唇张开着。"一位绅士?"她喘着气,模糊而又惊讶地说,"一位绅士,他?"

"你认识他?"

显然她努力地控制着自己,问道:"他是不是很英俊?"

我看到了帮助她的方法,"非常英俊!"

"穿着良好?"

"像是穿着别人的衣服。那些衣服有点小,应该不是他自己的。"

她大喘一口气，肯定地说道："那是他主人的衣服！"

我抓住她这句话，"你认识他？"

她只犹豫了一秒钟。"奎因特！"她喊着，"彼得·奎因特——他的人，他的男仆，当他在这儿的时候！"

"那时候这儿的主人是——"

她依然张大了嘴巴，迎着我的目光，她和盘托出了一切。"他从不戴帽子，但是他过去戴的——还有，这儿有马甲不见了。他们都在这儿的——去年。然后，主人离开了，奎因特就独自一人了。"

我听着她叙述，中间打断了一点，"一个人？"

"一个人，和我们在一起。"随后，仿佛从更深处发出的声音，她补充说："看管房子。"

"那么，他遭遇了什么事情？"

"他也离开了。"她终于说了出来。

"去了哪里？"

她的声音变得奇怪起来："天知道！他死了。"

"死了？"我很吃惊。

她看上去已经很好地调整了自己，更加清楚地表达了她的意思："是的，奎因特先生死了。"

谋杀审判

[英] 查尔斯·狄更斯

当我和非常聪明而有知识的人在一起，听说一些非常奇特的心路历程时，我经常发现自己需要一些勇气。几乎所有人都担心他们的故事不能引起听者的共鸣，或是遭到怀疑和嘲笑。一位诚实的旅行者，假设他曾经看到了类似海蛇一样的奇异的生物，他就不应该害怕提到这件事。还是同样这位旅行者，如果他有了一些奇怪的预感、冲动、幻想（所谓的）、梦境或其他一些显著的脑部印象，在他说出这些事情之前，他已好好地考虑一番了。对于一些人的沉默寡言，我把它们归结为与这些主题有关的含混不清。当我们进行客观创作的时候，我们不习惯彼此交流对这些主观事物的经历。

不管怎样，在我所要叙述的事情中，我并不打算创立、反对或支持任何一种理论。我了解柏林图书出版商的历史，我曾经研究过大卫·布鲁斯特先生最近创作的那本《皇家天文学家》中妻子的案例，而且我还对我的私人朋友圈中出现的更为奇怪的想法进行过详细地研究。说到这里有必要声明一点，受害人

（一位夫人）和我没有任何关系。有些人可能会错误地认为这是我个人经历的一部分——不过仅仅是一部分——而这是毫无根据的。它与我的任何怪癖无关，也与我先前的任何经历无关，更与我此后的经历无关。

这场凶案刚被发现的时候，没有任何嫌疑人——或者我应该这么说，没有人公开认为这个随后被送上法庭的人有重大嫌疑。因为在报纸上没有任何对他的报道，由此可知，报纸也就不可能对他做出任何描述。必须要记住这个事实。

吃早餐时，我打开了我的晨报，继续关注着有关那个首次发现的消息，我觉得它特别有意思，我仔细地读着文章。我把那篇文章读了2遍——如果不是3遍的话。报纸上称事件是在一间卧室里面发生的，当我放下报纸的时候，灵光一闪我不知道该怎么形容，找不到一个词来描述我的状态——我经过自己房间的时候，仿佛看到了那间卧室，就像是一幅图画不可思议地出现在奔腾的河流上。尽管这一刻转瞬即逝，它还是相当清晰的，以至于我清楚地观察到床上并没有死尸。

在一点儿也不浪漫的地方，我出现了这种古怪的感觉，那是在皮卡迪利大街的房间里，距离圣詹姆斯大街的拐角很近。这种感觉对我是陌生的，当时我正坐在摇椅里，伴随这奇怪感觉而来的一阵颤抖让椅子开始晃动起来。（要说明的是，通过小轮可以很容易地晃动摇椅。）

我走到一扇窗户前（房间在2楼，房间里有两扇窗户），看着楼下皮卡迪利大街上移动的物体，让我的眼睛放松一下。那是一个明媚的秋日清晨，大街上欢快的人群川流不息。风很大，当我向外观望的时候，从公园那边吹来了几片落叶，一阵狂风挟带着它们，打着旋。当风稍小些的时候，树叶也就散落一地。我看到马路对面的两个男人，正在从西侧走向东侧，他们一个紧跟在另一个身后。前面的那个男人频频地回头张望，第二个男人跟在他身后大约30步的距离，他威胁性地举着右手。在大庭广众之下的这个威胁性手势的奇异和始终如一吸引了我的注意力，但奇怪的是，没有人注意到他俩，他们在其他行人中穿梭前行着。就我所能看到的，没有任何一个人给他们让路，和他们发生接触，或关注他们。经过我的窗口时，他俩都抬头注视着我。我仔细地打量了这两张脸，我确信，不论在什么地方，我都能再认出他们。我并没有刻意观察他们脸上的所有特征，走在前面的那个男人看上去愁眉苦脸的，跟在身后的那个男人脸色像不纯净的石蜡。

我是一个单身汉，我的男仆和他的妻子就是我的全部"家人"。我在一家银行上班，我希望我作为部门主管的责任能像它们通常所被认为的那样轻松。那个秋天，我被留在镇子上，那段时间我处于变化之中。我没有生病，但是我感觉不好。我的工作快要让我的疲倦感达到顶点了，并让我对单调的生活产生了压抑的感觉，另外我还有一些"轻微的消化不良"。我那颇有名望的医生向我保证说，我那时候的健康状态完全没有问题，我引用他诊断书中的话回答了自己的提问。

随着连环谋杀案的案情逐渐明朗化，对公众的情绪产生了越来越强烈的影响，身处普遍的对此问题的关注之中，我尽可能让自己少了解其中的情况以免受到影响。但是我知道，警方已经对谋杀嫌疑犯提出了蓄意谋杀的罪名，以及他已经被送进新兴门监狱关押了。我还知道，以一般性偏见和准备辩护所需时间为由，他的审判已经被推迟到下一轮中央刑事法庭开庭。我可能还知道，但我认为我并不知道，何时或大约何时，延期的审判将开始进行。

我的起居室、卧室和更衣室都在同一层楼上，更衣室与卧室相通连。事实上，更衣室有一扇门通往楼梯，我的洗浴设施目前——其实已经很多年了——从那个房间通过。而作为同一设施的一部分——那扇门早已被钉死了。

一天晚上，我站在我的卧室里，在我的男仆临睡前对他做一些指示。我的脸正对着唯一可以通往更衣室的那扇门，当时门是关着的。我的仆人背对着那扇门。在我和他说话的时候，我看到那扇门打开了，一个男人往里张望着，他很诚挚而又神秘地对我招手。那个人就是走在皮卡迪利大街上的两个男人中的后面那一个，他的脸色像是不纯净的石蜡的那个。

过会，那人向后退去，关上了那扇门。我毫不迟疑地穿过房间，打开了更衣室的门，向里看去。我的手上举着一只点着的蜡烛，我心里并没有指望能在更衣室里看到刚才那个人，而且我确实没有看到他。

我知道我的仆人站在那里感觉很迷惑，我转过身对他说："德里克，你能否相信，在我很镇定的情况下，我想我看到了一个……"正当我把手放在他胸口的时候，他突然开始猛烈地颤抖，并且说："哦上帝呀，是的，先生！一个在招手的死人！"

直到我凑巧碰到他之前，我都不认为这个我认识了20多年的、忠实的仆人，约翰·德里克，曾经看到过如此可怕的东西。当我碰到他的时候，他的变化如此令人吃惊，让我完全相信他在那一刻以某种不可思议的方式从我这里证实了他的所见。

我让约翰·德里克拿来了一些白兰地，我为他斟了一杯，同时也给自己倒了一点儿。对于发生在那晚之前的事情，我从未向他提过一个字。但我很肯定的是我以前从来没有见过那张脸，除了皮卡迪利大街的那次偶然情况。我把那人刚才在门口招手的表情和当我站在窗口他盯着我看的表情比较了一番，我得出了结论，首先，他试图把他自己绑定在我的记忆中；其次，他确保自己能够被立即回想起来。

　　那天晚上，我不是特别舒服，这很难解释，尽管我很肯定那个人不会再回来了。第二天白天，我好好地睡了一觉，约翰·德里克在床边叫醒了我，手中拿着一张纸条。

　　看上去，这张纸条在送信人和我的仆人之间经过了一番争夺。那是一张传票，要求我在即将到来的中央刑事法庭的开庭中充当陪审员。约翰·德里克知道，我以前从未被要求出任这样的陪审团。他认为那种级别的陪审团成员应当在比我等级低的工作行业中挑选，于是，他一开始拒绝接受这张传票。送来传票的人非常冷静地处理了这件事情，他说，我的出席或是缺席与他没有任何关系。于是，这张传票就到了我的面前，我应当亲自来处理这件事情。

　　在大约一两天的时间里，我都无法决定是否回应这一传召，或是将它置之不理。不管怎样，我都没有意识到最细微的神秘的偏见、影响或是吸引力。我很清醒自己在这里所说的话。最后，我决定了，就当是打破我单调的生活，我将出席陪审团。

　　预约的那个早晨是 11 月份中一个普通的清晨。皮卡迪利大街上弥漫着浓浓的棕色雾气，它逐渐变成了黑色，在圣殿酒吧的东面颜色最重。我借着煤油灯的光亮找到了法院的走廊和楼梯，法庭上也点着煤油灯。我想，直到法警领着我走进法庭，我看到拥挤的人群之前，我都不知道今天就是判决谋杀犯的日子。直到我费力地挤进法庭之前，我都不清楚应该参加两个法庭中的哪一个陪审团。只是这绝对不能作为一种肯定的断言，因为我对自己头脑中的任何一个想法都不满意。

　　我在陪审员等候的地方坐下了，透过重重的浓雾，我环视着法庭，感觉其中气氛沉重。我注意到了高大的窗户外面凝结着一层窗帘一样的黑色水蒸气，我还注意到街道中车轮压在废弃稻草上那令人窒息的声响，还有聚集在一起的人群发出的嗡嗡声，人群中不时发出一声尖锐的口哨、高声的歌唱或是对其他人打招呼。

　　随后，两名法官走了进来并坐下，法庭上的嗡嗡声停止了，谋杀犯被带到了审判席上。他出现的那一瞬间，我认出他就是皮卡迪利大街上那两个男人当中走在前面的那一个。

　　如果有人那时候叫我的名字，我都怀疑我是不是答应了。不过，在我的名字被点了 6 次或 8 次之后，我回过神来，答了一声"到！"当我走上陪审席的时候，犯人开始骚动起来，向他的辩护律师招手示意。犯人反对我的意愿是如此的明显，引起了一阵暂停，在这期间，辩护律师靠在被告席旁，和他的客户耳语一番，并且摇着头。随后我从那位绅士那里得知了犯人所说的话，这些话实在令人惊奇，"反对那个人做陪审员！"但是由于他提不出任何理由，并且也承认直到我的名字被提起之前他从未听说过我，所以，他的反对也就无效了。

基于已经解释过的理由，我避免想起那令人生厌的、不受欢迎的谋杀者，而且由于他的详细审判情况对于我的讲述而言是可有可无的，所以，在陪审团成员聚集在一起的 10 天 10 夜中，我尽量约束自己不去提起这些与我自身经历直接有关的事情。

我被选为陪审团主席。案件审理的第二天早晨，在进行了两个小时的举证之后，我无意间看了一眼其他陪审团成员，我发现很难数清他们有多少人。我数了好几次，还是数不清楚。简而言之，我总是多数出一个来。

我碰了碰坐在我隔壁的陪审员，低声对他说："帮我数一下我们有多少人。"他对我这个要求感到很奇怪，但还是转过头去数人了。"为什么，"他突然说，"我们有 13——，不，那不可能。不。我们只有 12 个人。"

根据我的计算，我们那天仔细数的时候，人数都是对的。但是粗略地看起来时，我们就总是多一个人。没有人出现，也没有其他人来解释这个现象，但是我有预感有人确实来了。

陪审团下榻在伦敦宾馆。我们睡的是一个大房间里的单人床，我们发誓一直都与保护我们安全的警官在一起。我没有理由隐瞒那位警官的真实姓名。他很聪明，非常有礼貌，而且负责任，在这座城市受到尊敬。他的名字是哈克先生。

当晚上我们睡在床上的时候，哈克先生的床铺就靠近房间门口。第二天晚上，上床睡觉之前，我看见哈克先生坐在他的床上，便走过去坐在他身边，递给他一小撮鼻烟。当接过鼻烟时，哈克先生的手碰到了我的手，一阵奇怪的颤抖流过他全身，他说："这是谁？"

顺着哈克先生的目光，在房间的那一端，我又一次看到了我曾经见过的那个人——皮卡迪利大街上两个男人中的后面那一个人。我站起身来，向前走了几步，然后停住了，回过身来看着哈克先生。他显得非常冷淡，并以很高兴的口吻说："一时间，我以为我们有 13 个人，不过我看那只是月亮的影子。"

我没有对哈克先生说什么，而是邀请他和我一起走到房间的尽头，我要看看那个人在做什么。他在另外 11 个陪审团成员的身边靠近枕头的地方都站了一会儿，他总是站在床的右手边，并且从另一张床的后端经过。从他头部的动作看起来，他正焦急地看着每一张睡眠中的脸庞。他并没有注意到我，或是我的床铺，我是离哈克先生最近的。他似乎要从月光照进来的那个高大的窗口踩着空中悬梯走出去。

第二天早饭的时候，看起来每个人昨天夜里都梦到了那个被谋杀的人，除了我和哈克先生。

我现在可以确定，皮卡迪利大街上走在后面的那个人就是被谋杀的那个人了（可以这么说），仿佛他直接向我证明了这一点。

审判的第五天，当案件临近尾声时，受害者的一个小塑像被作为证据提交到法庭上。在案发现场，警察并没有在他的卧室中看到过这个东西。后来有人在一个隐秘的地方发现了它，那人还看见凶手正在那里挖坑。经由证人确认之后，它被送到法官席上，随后传至陪审团以供检视。当一位穿着黑色长袍的警官拿着它从我身边经过时，皮卡迪利大街上的第二个男人从人群中一跃而出，从警官手中夺过塑像递到我手中，同时用低沉而空洞的声音说："我那时候还很年轻，我的脸也没有被抽干血。"这一幕同样发生在我将塑像传递给其他陪审员的时候，以及陪审员之间传递这个塑像的时候，但是，他们当中没有人觉察到这一点。在所有的陪审员传阅一遍之后，塑像又回到了我手中。

在餐桌边，当然了，我们都处于哈克先生的保护之下，我们对今天的审判过程好好地讨论了一番。第五天，案件审判结束了。面对摆在我们面前的问题，我们的讨论既热烈又认真。陪审员中有一名教会成员——我所见过的最愚蠢的蠢蛋——他对最明摆着的证据提出了最荒谬的反对意见，他还得到了两个优柔寡断的教区寄生虫的支持，这3个来自一个地区的陪审员狂热地认为，他们要对500名杀人犯实行他们自己的审判。当这些头脑错乱的人大声宣扬他们的观点的时候，我们中的一些人已经准备睡觉了。这时，我又看到了那个被谋杀的人。他忧愁地站立在他们身后，向我招着手。当我向他们走过去并加入他们的谈话时，他突然不见了。这只是他在我们那个长长的房间里面频繁现身的开始。无论什么时候陪审员聚集在一起时，我都能在他们中间看到那个被谋杀的人。当他们的言语不利于他的时候，他就会严肃而又不能抑制地向我招手。

我注意到，在那个小塑像出现在第五天的法庭上之后，我就再也没有在法庭上看到它出现过。现在那个人就出现在法庭上，只是他再也不对我说话了，而是冲着正在发言的人讲话，例如被谋杀的人的喉咙被直直地切断了。在公开辩论的时候，有人暗示受害人的喉咙可能是他自己割断的。就在这时，那个人——他的喉咙就像被提及的那样（这里不得不提前隐去）——紧紧地站在发言人的身边，一次又一次地划过自己的气管，一会是右手，一会又换成左手，他强烈地向发言人暗示自己用任何一只手都不可能造成那样一个伤口。再比如，一位证人——一位妇女——说犯人是最和蔼可亲的人。在那一刻，那个人站在她面前的地板上，直直地看着她的脸，伸手指着犯人那张邪恶的面容。

让我印象最深的第三个变化也是所有变化中最显著、最令人震惊的。我没有将它理论化；我只是很精确地描述它，然后将它放在那里。尽管那人的出现并没有被那些他对着讲话的人察觉，但是他靠近这些人时我总能发现他们在颤抖或心神不安。对我来说，这些迹象似乎是可以预防的，但依据法律我没有向其他人揭示这一点的责任，而且他仿佛能够无形地、无声地并且暗暗地遮蔽他们的思想。当首席辩护律师暗示案件为自杀时，那人站在这位学识丰富的绅士旁边，令人可怕地锯开了自己已经受伤的喉咙，不可否认的是，辩护律师这时候突然支支吾吾起来，大约几秒钟的时间里都无法继续他的发言，他用手帕擦着前额的汗水，脸色变得异常苍白。当那位证人面对被害者的时候，她的眼神直直地跟着他手指所指的方向，非常犹豫地看着犯人的脸。

另外两个例子更具说服力。在审判的第八天，我和其他陪审员在法官返回之前一小会儿回到了法庭。那人站在陪审席上看着我，我一直以为他已不在那儿，直到我无意间将目光转向走廊时才看见他向前弯着腰靠在一位非常端庄的夫人身上，好像无论法官是否回来，他都要确保自己为人所信服一样。突然，那位夫人大叫了一声，晕了过去，随后被人抬了出去。同样的情况也发生在主持审判的那位令人尊敬的、有远见的、耐心的法官身上。当案件结束时，他整理了下自己的衣服，并收拾好文件。这时，被谋杀的人从法官门中走进来，走到法官席前，非常急切地看着法官手中的文件。法官转过身来，脸上的神情发生了变化，他的手停在空中，紧接着我非常熟悉的一阵颤抖流过他的全身，他结结巴巴地说："请原谅，先生们，混浊的空气让我感觉不太舒服。"直到他喝了一杯水后，他才恢复过来。

在单调的 6 天里，同样的法官坐在法官席上，同样的谋杀犯关在被告席里，同样的律师坐在桌边，同样的问题和答案回响在法院的屋梁之间，同样的人流涌进涌出，有自然光的时候，在同样的时间灯就被熄灭，下雨天落着一样的噼里啪啦的雨水，日复一日，狱吏和犯人在同样的木屑上留下同样的脚印——所有这些千篇一律的单调让我感觉我好像已经做了很长时间的陪审团主席，皮卡迪利大街在同样的时间里如巴比伦一样闪耀，我能够看到被谋杀的那个人的每次现身。作为一个事实，我不能省略的是，当我叫着被谋杀人姓名的时候，我从未见过被谋杀的人看着那个杀人犯。我一次又一次地想："他为什么不去看他呢？"他从来都没有那么做过。

那个小塑像出现之后，他就再也没有看过我，直到审判最后时刻的来临。晚上差 7 分 10 点的时候，我们退席考虑。那个愚蠢的教会人员和他的两个优柔寡断的寄生虫给我们带来了大麻烦，我们不得不两次返回法庭，请求从反复宣读的法官记录中摘录部分内容。我们当中的九个人对这些记录毫不怀疑，我想法庭上的人也是这么认为的。我们最终成功得出了陪审意见，随后陪审团返回了法庭。

那时，被谋杀的人站在陪审席的正对面。当我坐下时，他的眼神极为关注地看着我，他看上去很满意。当我给出陪审团裁决时，"罪名成立！"，一切都不见了，他所站的地方空空如也。

在执行死刑之前，法官询问杀人犯是否还有什么话要说，他模糊不清地嘀咕着什么，他所说的话出现在第二天的主要报纸上，那只是一些不连贯的、断断续续的、只能模糊听清的话语，他被认为是在抱怨对他的审判不公平，因为陪审团的主席对他有所反感。实际上，他所说的话是这样的："我的上帝呀，当那个陪审团主席走进来的时候，我就知道我是一个注定了命运的人。上帝呀，我就知道他不会放过我的。因为，在我被捕之前，那天晚上他不知怎么来到了我的床边，叫醒我，然后把一条绳索套在我的脖子上。"

在克罗普斯堡要塞

[国籍不详] 拉尔夫·A. 克兰姆

许多许多年前，我的祖父死后不久，麦特真来到我们这里，那时候我还只是一个小女孩，我太小了什么事情都不记得了，除了那些让我非常恐惧的可怕事情。两个曾经跟着我祖父学习绘画的年轻人从慕尼黑来到布利克斯莱格，他们一部分是为了绘画，另一部分是给自己找点乐子——"捉鬼"。正如他们自己所说的，他们是非常敏感的年轻男人并且以他们自己为骄傲，他们嘲笑一切形式的迷信，特别看不起那种相信鬼神并且害怕鬼神的人。你知道，他们从来都没有见过真正的鬼魂，他们属于那种没有亲眼看到就决不会相信的人——那些在我看来特别狂妄的人。他们知道，在低谷里有着许多漂亮的城堡，他们猜想，而且确实如此，每个城堡至少有一个与之相关的鬼故事——于是他们选择这里作为他们的狩猎地，只不过他们的猎物是鬼魂而不是羚羊。他们的计划是去查探每一个据说有鬼出没的地方，拜访每一个出名的鬼魂，然后证明实际上它们根本不存在。

那时候，在山谷下有一座小旅馆，一位名叫彼得·罗斯科普夫的老人经营着它，那两位年轻人将这里作为他们的指挥部。第一个晚上，他们就开始从年迈的旅馆主人那里探听所有的和布利克斯莱格以及它的城堡有关的传说和鬼故事。旅馆主人是一位年老的绅士，他讲述的在齐勒阿谷出口附近城堡的鬼故事让两个年轻人欣喜若狂。这位老人对自己所讲的每一句话都深信不疑，所以你可以想象出他的恐惧和惊慌了，在向他的客人讲述克罗普斯堡和那鬼魂出没的监狱之后，两个年轻人里面较年长的那一个，我忘了他姓什么了，只记得他的教名是鲁珀特，平静地说："您的故事很精彩，我们明天晚上将在克罗普斯堡的监狱过夜，希望您为我们提供所有我们可能要用到的物品。"

老头差点儿掉进火堆里。"你是不是砖头脑袋啊？"他大叫着，瞪着大大的眼睛，"我告诉你，那监狱是艾伯特伯爵鬼魂出没的地方！"

"这就是我们明天晚上要去那儿的原因了，我们想认识一下艾伯特伯爵。"

"但是，以前有一个人在那里待过，第二天早晨他就死了。"

"他真够笨的。我们有两个人呢，而且我们都带着左轮手枪。"

"可那是一个鬼啊，我跟你说，"旅馆主人几乎尖叫着说，"鬼会害怕火器吗？"

"不管它们怕不怕，反正我们不怕它们。"

这时，较小的那个年轻人插话了——他的名字叫奥托·冯·克莱斯特，我记得这个名字是因为我以前的一位音乐老师也叫这个名字。克莱斯特很不体面地辱骂那位可怜的老人，并告诉他，他们不管什么艾伯特伯爵和彼得·罗斯科普夫，反正是非要在克罗普斯堡过夜不可的，而且他还可以充分利用这一点高高兴兴地挣大钱。

一句话，他们最终威逼这位老人屈服了。当第二天清晨到来时，老人着手为这个自杀行动做准备，每当他想到这一点，就不停地叹息，还不停地摇着头。

你知道，那个城堡现在除了烧焦的墙壁和坍塌的砖石碴外，什么都没有。在我告诉你这些的时候，那个监狱还被部分保留着。不过它最终也于几年前被一群从珍巴哈来此度假的淘气男孩们给烧毁了。当捉鬼者来到这里的时候，尽管城堡的第一二层已经倒塌进地下室了，但是第三层还保留在地面上。农夫说那一层不会倒塌的，它将一直矗立到审判日来临的那一天，因为邪恶的艾伯特伯爵就是坐在这里看着大火吞没雄伟的城堡和他囚禁的客人的地方，也是他最终上吊自杀的地方，他死的时候穿着他中世纪的祖先——克罗普斯堡伯爵留传下来的那套盔甲。

没有人敢去碰他，所以，他在那里吊了12年。在这段时间里，冒险的男孩和胆大的男人经常爬上塔楼的楼梯，从门缝中向房间里张望，那里面既有杀人犯也有受害者，他们慢慢地回归尘土，正如他们本身来自尘土一样。最后，艾伯特伯爵的尸体消失了，没有人知道它去了哪里。又过去了12年，那个房间一直空空如也，除了年久的家具和腐烂的吊索。

当这两个人爬上楼梯走近那间闹鬼的屋子时，他们发现那里面的东西和现在的都特别不一样。房间原原本本地保持着艾伯特伯爵火烧城堡那一夜的样子，除了悬挂在那里的盔甲，原本穿着它的艾伯特伯爵的尸体早已不见了。

　　没有人敢跨过那道门槛，我认为，40年来没有任何生物走进过那间恐怖的房间。

　　房间的一边是一张巨大的用罩盖着的黑木床，上面的缎带饰物已经发霉了。床上的铺盖摆放得整整齐齐，一本打开的书，面冲下放在床上。房间里的其他家具就是几把旧椅子、一个雕花的橡木柜子，还有一张巨大的镶嵌花的桌子，上面堆满了书本和纸张，桌子的一角放着两三只瓶子，瓶子底部有着黑色的沉淀物，还有一杯同样有黑色沉淀物的葡萄酒，已经被倒在杯中差不多半个世纪了。墙上的挂毯长满了绿色的霉菌，但是却没有破裂或脱落。尽管每一件东西都覆盖着40年的厚重灰尘，但是这个房间并没有遭到进一步的破坏。在菱格窗户的窗台上没有看到一个蜘蛛网，没有任何的老鼠牙印，甚至没有一只死虫子或是死苍蝇，这间房间似乎彻底与生命绝缘了。

　　这两个人好奇地打探着房间，而且我敢确定，他们没有一点敬畏的感觉或是无知的恐惧。但是，无论如何，他们感到了一种本能的畏缩，他们什么也没说，而是很快开始动手整理房间好休息下来。他们决定不去碰那些一点儿都没有改变的东西，于是，在一个角落里，他们用旅馆里的床垫和亚麻布为自己铺好了床。他们在巨大火炉里那已经熄灭了40年的、结成硬块的炉火灰烬上添加了许多柴火，他们把一个旧箱子里的东西都倒在桌子上，摆满了他们晚上消遣的东西：食物、两三瓶葡萄酒、烟卷和烟草，还有他们不能分开的旅途伙伴——棋盘。

　　他们俩独自做完这一切，旅馆主人甚至不愿意走进外面庭院的围墙。那个老人坚持自己已经从整个事情中摆脱出来了，就让愚蠢的笨蛋们自己走上不归路吧。他不会帮助他们了，更不会教唆他们的。其中一个稳重的年轻人将装有食物的袋子、柴火和床铺放在了盘旋的石头楼梯上，以确保钱财、祷告、威胁都不能把他带进被诅咒的围墙里。黑夜降临得如此之快，当他们在房间里为夜晚的准备忙碌时，他害怕地看着那个浮躁的年轻人。

　　终于，东西都准备好了，在最后一次去旅馆吃了晚饭之后，鲁珀特和奥托在日落时出发前往要塞。一半的村民都跟着他们——因为彼得·罗斯科普夫将整个故事都告诉了这些目瞪口呆的人们——好像行刑一样，敬畏的村民都默默地跟着这两个年轻人，很好奇地想知道他们是否能将计划付诸实施。但是没有人敢走进楼梯外面的门廊，因为它在夜色中已经渐渐模糊了。在一片寂静中，村民们眼看着这两个有勇无谋的年轻人手提着自己的性命，走进了那座要塞。要塞像一座塔楼矗立在石碓中间，那些石碓曾经是它的围墙并且连接着城堡的大半部分。过了一会儿，楼上的窗户出现了一道灯光，村民们叹了一口气，离开了，麻木地等待着，直到第二天清晨的到来并证明他们的害怕和警告的正确性。

捉鬼者升起了一堆高高的火焰，点亮了许多蜡烛，坐下来等待事情的发展。

后来鲁珀特告诉我的叔叔说，他们一点都没有感觉到害怕，只是怀着迫切的好奇心，他们胃口很好地吃了晚饭。那是一个长长的夜晚，他们下了很多盘棋，等候着午夜的到来。一个小时一个小时地过去了，没有出现任何事情打断这无聊的夜晚。他们给火堆添了一些柴火，点燃了新的蜡烛，察看他们的手枪——继续等待着。村子里的钟敲响了 12 点，钟声透过高高的窗户传了进来。什么事情都没有发生，这里仍然一片寂静。带着一丝失望，他们互相对看着，知道他们自己遭遇了冷落。

终于，他们决定不再干坐着，也不让自己继续无聊下去，他们需要更好的休息。于是，奥托躺到了床垫上，立刻就睡着了。鲁珀特又坐了一会儿，抽着烟，透过模糊的玻璃看着外面的星星，火堆都熄灭了，奇怪的影子在发霉的墙上神秘地移动着。天花板中央橡木横梁上的铁钩令他着迷，他一点儿也不害怕。就是在那个钩子上，12 年，冬夏变换的 12 年，杀人犯和自杀者，艾伯特伯爵的尸体穿着奇怪的中世纪盔甲，在那里悬挂了 12 年。艾伯特伯爵将人们聚集起来进行狂欢，谁曾想这竟是最后一次的放荡，等待他们的是可怕的死亡。那是多么奇怪而又残忍的想法，年轻英俊的贵族在放荡者的狂欢里毁灭了他自己和他的家族，他把那些放荡者聚集到一起，只知道爱情和享乐的男男女女，享受着最后一次辉煌而又可怕的奢侈放荡。随后，当他们都在舞厅跳舞时，伯爵把门锁上，连同里面的人一起，点燃了整个城堡。这时候，他坐在宏伟的要塞里面，听着他们的惨叫，看着火焰吞没一切，直到整个城堡都葬身火海。然后，他穿上了他的曾曾祖父的盔甲，在骄傲的贵族城堡的废墟中吊死了自己。一个繁盛的家族也就此结束了。但是，那是 40 年前的事情了。鲁珀特昏昏欲睡，火炉里的火光忽暗忽明，蜡烛一支接一支地熄灭了，房间里阴影越来越厚重。为什么那只大铁钩那么明显地伸着？为什么那些阴影在它的后面跳舞而且还笑得发颤？为什么？鲁珀特慢慢地停止了一切探究，他睡着了。

但他感觉自己好像立刻就醒了过来，火堆还在燃烧着，尽管已经快要熄灭了。奥托仍在睡觉，呼吸低沉而均匀。影子聚集在他周围，厚实而阴沉。一瞬间，火光熄灭了，他感觉自己冻僵了。在寂静中，他听到村子里的钟敲打了两下。突如其来的恐惧让他畏缩起来，突然抬头看着天花板上的那个铁钩。

是的，它还在那儿，他知道它会在那儿。它看上去很自然，如果他什么都没有看到的话，他会很失望的。但是现在他知道了，那个故事是真的，知道他自己错了，也知道死神已经回到了大地。因为，在迅速加深的影子里，那把悬挂着的黑色煅钢钩子，时不时地转动一下，那暗淡生锈的金属闪烁着点点光芒。他静静地看着它，他几乎感觉不到害怕了，一种悲伤和知天命的感觉填满了他，那是对一些未知的、不可想象的事物的令人沮丧的预感。他坐在那里，看着它消失在黑暗之中，他的手放在他身旁箱子上的手枪上。什么声音都没有，只有床垫上睡着的奥托的呼吸声。

夜完全黑了，一只蝙蝠在窗户的破玻璃上拍着翅膀。他想知道，自己是否发疯了——他不愿对自己承认这一点——他听见了乐声，遥远的、令人好奇的乐声，奇怪的、豪华的舞会，很模糊、也很微弱，但是却不会听错。

像一道闪电一样，在他对面的空墙上闪现了一道火光。那火光停留在那里，逐渐变宽，散发着苍白的冷光照耀着房间，在他面前出现了房间的所有细节——熄灭的火炉，一缕青烟从柴堆上升起，巨大的床，还有，在房间中间，黑白映衬之间，一个穿着盔甲的男人或是鬼魂或是恶魔，站立在那里，不是挂在那儿，而是站在生锈的铁钩下面。随着墙面的破裂，乐声越来越近了，但是听起来依旧是那么遥远。

艾伯特伯爵举起他戴着盔甲的手，向他招手，随后转身走进了裂开的墙壁里面。

鲁珀特一言不发地站起身来，跟在他后面，手中握着手枪。艾伯特伯爵穿过巨大的墙壁，消失在怪异的光线中。鲁珀特机械地跟在后面，他感觉到脚下灰泥的崩塌，也感觉到他双手触摸到的墙壁的坚硬。

要塞孤零零地矗立在废墟中，在穿越围墙时，鲁珀特发现自己在一条又长又不平整的走廊里，走廊的地板松弛下陷，在一边的墙壁上挂满了巨大的已经褪色的劣质肖像画，就像在佛罗伦萨连接比提和乌飞齐之间的走廊里面的那些肖像画那样。在他的前面走着艾伯特伯爵——在逐渐变亮的光线中的一个黑色轮廓。乐声越来越清晰，一个疯狂、邪恶、诱惑的舞会正施展着魔法，即便它令人厌恶。

在最后一抹跳动的、令人难耐的光辉中，在仿佛从疯人院爆出的地狱一般的乐声中，鲁珀特沿着走廊走进了一间宽大的房间。起初他在那里什么都没有看到，没有分辨出任何东西来，除了一群疯狂旋转着的人群，白色，在一间白色的屋子里，在白色的灯光下——站在他前面的艾伯特伯爵，是一个能看到的黑色物体。随着他的眼睛渐渐适应了这里的光亮，他发现自己正看着一场被诅咒的人在地狱里才能看到的舞会，任何活人从未见过的一场舞会。

在可怕的灯光下，不知来自于何处，但是一下子全都出现了，那群已经死了四十年的人在疯狂地跳舞、大笑、令人生厌地喋喋不休，有些白色的、磨得发亮的骷髅，身上没有血肉和衣服，有一些身上带着可怕的碎条状的干瘪肌肉，破烂的裹尸布在他们身后招摇。他们是许多年前就死了的人。还有些是最近才死的人，有着发黄的骨头，可怕的头颅上长长的、披散的头发在空中飞舞。另有一些绿色的和灰色的尸体，膨胀得已经没有了形状，带着泥点或是滴洒着臭水。到处都是白色的、发亮的东西，就像雕刻的象牙，过去的死人，咔嗒作响的干枯的骷髅手臂。

一圈又一圈，巨大的死亡的力量在这个房间里盘旋，空气中的毒素越来越浓，地板上布满了裹尸布的碎片、黄色的羊皮纸、咔嗒作响的骨头和杂乱的头发。

在这圈死人的中间，无法用言语或思想表达的一幅场景，将永远留在看过它的人的脑海中：美丽的女人和鲁莽的男人跳着舞走向死亡，在他们身旁熊熊燃烧的城堡，如今已是一片废墟，是一座活着的无名恐惧的礼拜堂。

静静站着的艾伯特伯爵看着注定命运的人的舞会，突然他转向鲁珀特，第一次开口说话了。

"我们现在已经为你准备好了。跳舞吧！"

一具已经死了几十年的骨架，用它那个没有眼睛的头颅朝鲁珀特频送秋波。

"跳舞！"

鲁珀特默默地站着，一动不动。

"跳舞！"

他坚强的嘴唇动了动："除非地狱的恶魔让我这么做。"

当狂笑的鬼魂们涌向鲁珀特时，艾伯特伯爵向空中挥舞着他那巨大的双刃剑。

这房间、号叫着的死人，还有黑色的预兆在鲁珀特面前盘旋着，他用最后一点力气保持着清醒，他终于拔出了手枪，正对着艾伯特伯爵的脸开了火。

一片寂静，一片黑暗，没有一丝呼吸，没有一点声音，如长期封闭的坟墓一般的寂静。鲁珀特仰面躺着，他晕倒了，感到很无助，冰冷的手中紧紧地握着那把抢，火药的味道弥漫在黑色的空气中。他在哪里？死了？在地狱？他小心地伸出手，他碰到了满是灰尘的地板。远处，传来了 3 下钟声。他是不是在做梦？当然不是，但又是多可怕的一个噩梦啊！他牙齿打战，轻轻地叫着："奥托！"

没有人回答，他一遍又一遍地叫着，但还是没有人回答。他很虚弱地摇晃着站起来，摸索着寻找火柴和蜡烛。可怕的恐惧袭向他——火柴不见了。

他转向火炉，白色灰烬中一根炭火在发光。他从桌子上抓起一把纸和满是灰尘的书本，用颤抖的手将它们放进灰烬中，直到他成功地点燃它们。随后，他又添了一些旧书，惊恐地四下张望着。

哦，他不见了——感谢上帝，钩子是空的。

但为什么奥托睡得那么沉，他为什么没有醒？

借着点燃的旧书发出的光芒，他摇摇晃晃地穿过房间，跪在床垫旁。

第二天早晨他被发现时仍然是那个样子。没有人从克罗普斯堡要塞回到小旅馆，瑟瑟发抖的彼得·罗斯科普夫知道情况不妙，他组织了一支营救队伍——人们发现鲁珀特跪在奥托躺着的床垫旁，奥托被射中了喉咙，已经死了。

迷失的幽灵

〔美〕玛丽·E. 威尔金斯

坐在窗边干着针线活的约翰·埃默森夫人向外望去，看见罗达·梅瑟夫夫人从街上走来，从她向前探着的脖子和匆忙的肩膀的晃动，埃默森夫人立马就知道她肯定是有重大新闻了。罗达·梅瑟夫夫人总是能在新闻刚刚发生的时候就掌握了它，约翰·埃默森夫人逐渐地成了她第一个与之分享的人。自从罗达与西蒙·梅瑟夫结婚并且搬到村子中居住以来，两位夫人就成了朋友。

梅瑟夫夫人是一位美丽的女人，举手投足之间颇有风情。在窗边的戴着黑色羽毛帽子的埃默森夫人看来，她那轮廓分明、神色紧张的小脸闪耀着贝壳的光芒。埃默森夫人很高兴看到梅瑟夫夫人的到来，她充满热情地回致了问候，随后匆忙地站起身来，跑进凉爽的客厅里拿出了最好的摇椅。当她把摇椅摆在对面的窗户旁边之后，刚刚好在门口迎接她的朋友。

"下午好，"她说，"我声明，我真的特别高兴看到你来。我还想着今天去你家里的，但是我总不能带着针线活呀。我在给我新的黑色裙子打褶呢。"

"哦，除了编织，我手头没别的活了。"梅瑟夫夫人回答说，"我想我只能跑开几分钟。"

"我很高兴你这么做。"埃默森夫人说，"脱掉外套，坐在摇椅上吧。"

当埃默森夫人把她的披肩和帽子拿进隔壁的卧室时，梅瑟夫夫人已经坐好了。当她回到这儿时，梅瑟夫夫人轻轻地摇着摇椅，已经开始将蓝色的毛线勾进勾出了。

"那真漂亮。"埃默森夫人说，"我猜它是用在教会集市上的？"

"是的。不过我想它可能换不回来足够的精纺毛线，且先不说花费的工夫，我想我可以把它做成一样东西。"

"你去年做的那样在集市上了换了多少回来？"

"只换了 25 分。它花了我一个星期的时间。不过，我想只要是为上帝做的，我就不该抱怨什么了。但有时候看起来，上帝没有从中得到多少。"

"哦，它真是一个漂亮的活计。"埃默森夫人说。她一边在对面的窗户旁坐下，一边拿起了她的裙子。

"是啊，真是一个漂亮活呢。我就是喜欢用钩针编织。"

两个女人摇着摇椅，做着针线，静静地不说话了。她们都在等着。梅瑟夫夫人等着对方的好奇心才继续说下去，为了让她的新闻有一个适当的出场白。埃默森夫人则在等着那个新闻，最终她等不住了。

"有什么新闻啊？"她问。

"哦，我不觉得有什么特别的事情。"

"哦，是吗？你可不能骗我。"埃默森夫人说。

"那么，你是怎么知道的？"

"从你的样子看出来的。"

梅瑟夫夫人故意笑着，更加徒然了。

"好吧，是有一点儿新闻。西蒙今天回家的时候说的。他在南代顿听来的。老萨金特的地方给出租了。"

埃默森夫人掉落了手中的针线活，瞪大了眼睛。

"你不是说真的吧！"

"是的，就是这样。"

"租给谁了？"

"为什么这么问，去年有人从波士顿那边搬到了南代顿。他们对自己的房子不太满意——觉得不够大。他家里有个妻子还有个没结婚的妹妹，他妹妹也很有钱。你知道，老萨金特的房子可是一处好地方。"

"是的，那是镇子里最漂亮的房子，可是——"

"哦，西蒙说他们告诉他那件事情了，但他只是笑笑，说他不害怕，而且他的妻子和妹妹也不怕。他说，他情愿冒着闹鬼的风险，也不愿意住在没有阳光的矮小的房子里，就像他们在代顿的房子那样。还说，他情愿冒着见到鬼的风险，也不愿意冒他们自己变成鬼的风险。"

"哦，是的，"埃默森夫人说，"那真是一间漂亮的房子，或许那些故事根本什么都不是。"

"没有东西能够让我踏进那间屋子，我不想听到任何关于它的事情。"梅瑟夫夫人着重强调了一下，"即使他们把房子租给我，我也不会踏进半步。我这一辈子已经看够了闹鬼的屋子。"

埃默森夫人的脸上露出一种猎犬追寻猎物的表情。

"你看够了？"她低声问道。

"是的。我再也不要看了。"

"在你来这儿之前？"

"是的，在我结婚之前——当我还是个姑娘的时候。"

梅瑟夫夫人年纪不小了才结婚的。当听到这么说的时候，埃默森夫人心里算了一下。

"你真的住过一间房子里面——"她极低地耳语着。

梅瑟夫夫人严肃地点了点头。

"你真的看到过什么东西？它伤害你了吗？"

"不，我没有看到过什么伤害我的东西，但是它对这个世界上的人也没有任何好处。你永远不能克服它。"

埃默森夫人的表情凝重起来。

"如果你不想谈论这个的话。"她说，"我并不想催促你，但是如果它在你脑子里让你烦恼的话，把它说出来或许对你有好处。"

"我试着把它赶出我的脑袋。"梅瑟夫夫人说。

"哦，这就是你所感觉到的。"

"除了西蒙，我没有告诉过任何人，"梅瑟夫夫人说，"我从来没有感到它可能也是有智慧的。我不知道那家人会怎么想。许多人对于他们不理解的东西就持不相信的态度。西蒙劝我不要去谈论它。他说，他不相信有什么超自然的东西，但是他不得不承认，他无法解释它救了他的命。他说，许多人很快就会传言我的大脑不正常，而不是承认他们看不穿它。"

"我肯定我不会那么说的。"埃默森夫人回答说。

"是的，"梅瑟夫夫人说，"我知道你不会那么说的。"

"而且，如果你不想让我告诉别人的话，我是对谁都不会讲的。"

"那么，我希望你保证不会告诉别人。"

"甚至对我丈夫，我都不会说起的。"

"我希望你确实不要告诉他。"

"我不会的。"

埃默森夫人再次拿起了她的裙子，梅瑟夫夫人勾起了另一根蓝色毛线。随后，她开始了。

"当然了，"她说，"我不会主动地去说我相信或不相信鬼魂，但是我要告诉你我所见到过的。我无法解释它。如果你能的话，那就太好了。我应该高兴才是，因为它终于不再折磨我了，就像它一直以来以及将要继续做的那样。自从它发生之后，我没有一天一夜不在想着它。"

"那真可怕。"埃默森夫人说。

"可怕吗？它发生在我结婚之前，当我还是个姑娘的时候，那时我住在东威尔敏顿。那是我住在那儿的第一年。你知道我的家人五年前都死于那件事情。"

埃默森夫人点点头。

"我去那里的学校教书，我和艾米莉·丹尼森女士及她的妹妹艾比一起住。她妹妹的名字叫艾比·伯德，她是一个寡妇，从未有过小女孩。她只有一点儿钱——丹尼森女士一点儿钱都没有——她来到东威尔敏顿并且买了她们现在住着的这间房子。那真是一间漂亮的屋子，尽管它的年代有些老而且有些破旧了。伯德女士花费了许多精力将它修茸一新。我猜那就是她们为什么要和我一起住的原因。伯德女士本来有足够的财力供她们生活，但是她在修缮那座老房子上面花费了太多，因此，她们有时候不得不节约一点。

"不管怎么说，她们带着我一起住，我想我能住在那里真是太幸运了。我有一间漂亮的房间，很大而且阳光充足，装修得很漂亮，墙纸和油漆都是新的，每样东西都像石蜡一样光滑。丹尼森女士是我所见过的最好的厨师之一，我的房间里有一只小火炉，当我从学校回到家里时，里面常常点着温柔的小火堆。自从我没有了自己的家之后，我就再也没有住过这么好的地方，我这么想着，直到我在那儿住了大约 3 个星期后。

"当我发现它的时候，我已经在那里住了大概 3 个星期了，但是我认为从她们进入那座房子以来，它就一直存在着，大约 4 个月。她们没有谈论任何有关它的内容。我也没有问。

"我是 9 月份去那里的。9 月的第一个星期一，我开始上课。我记得那是个非常寒冷的秋天，9 月中旬就出现了霜冻，我不得不穿上冬天的大衣。当我那天晚上回到家时（让我想想，我是在星期一开始上课的，那就是从第二个星期四之后的两个星期了），我在楼下脱掉大衣，把它放在了前门的桌子上。那是一件很漂亮的大衣——深黑色的呢料上镶着毛皮边，我是在去年冬天买的。在我上楼的时候，伯德女士在后面叫我，她提醒我不应该将大衣放在前门，以防有人进来拿走了它，但我只是笑了笑并且回应了她，一点儿也没有担心。我从来不担心夜贼的。

"尽管是 9 月中旬，那还是很冷的一个夜晚。我的屋子是朝向西面的，太阳正要下山，天空是一片浅黄色和浅紫色，正如你在冬季寒流出现之前所看到的天空那样。我想就是那晚第一次出现了霜冻。总之，我记得丹尼森女士把她在前面院子里的花给盖起来了。我向外看去，看到她的绿色格子呢披肩在马鞭草花床上面飘动。

"我的小火炉里燃着一堆火。我知道是伯德女士为我点燃的。她是一个特别像母亲一样的女人，当她做着让其他人开心、舒服的事情时，她看上去总是最开心的那个。丹尼森女士告诉我，她一直以来就是那样的。'幸运的是，艾比没

有小女孩，'她说，'否则她会宠坏他们的。'

"那天晚上我坐在温暖的小火堆旁边度过了一段美丽的时光，想着我和这么好的人住在这么舒服的地方是多么的幸运，这时我听见我的门上响起了一种奇怪的声音。那种小小的、有点犹豫的声音听起来不像是敲门，更像是在摸索什么，就好像一个害羞的人不敢敲门，所以在门上摸索着那样。有一阵子我以为那是一只老鼠。过了一会那声音又出现了，于是我猜是有人在敲门，说了声'进来'。

"但是没有人走进来，随后，我又听到了那个敲门声。我站了起来，打开门，心想真是奇怪，但不知道为什么我产生了一种恐惧的感觉。

"门打开了，我感到一阵寒冷的空气，好像楼下的前门开着一样，但是寒冷的空气里有一股奇怪的味道，闻起来更像是从关了好多年的地窖中散发出来的味道，还不像是门外空气的味道，然后，我看到了一些东西。首先，我看见了我的大衣。举着它的东西太小了，我根本看不到是什么东西举着它。然后，我看到了一张小小的白色脸庞，那眼神那么惊慌而又充满盼望，似乎可以穿透心脏。

"那是一张可怕的小脸，有什么东西令它与世界上任何一张脸都不一样，但是它又是如此的令人同情，从而驱散了我很大一部分的可怕感觉。她用两只冻得发紫的小手举着我的冬大衣，并用一种奇怪的、遥远的声音说：'我找不到我的妈妈了。'

"'看在上帝的分上，'我说，'你是谁？'

"那个小小的声音又说了一遍：'我找不到我的妈妈了。'

"我一直能够闻到一股寒冷的味道，我看出来那是这个小女孩带来的。那股寒冷缠绕着她，好像她是从某个特别寒冷的地方走出来的一样。我接过了我的大衣，接下来我不知道该做些什么，寒冷依旧围绕着她，她仿佛从冰雪中走来一样。当我接过衣服的时候，我更清楚地看到了这个小女孩。她穿着一件简单的白色小衣服，那是一件睡袍，透过它，我能看到她瘦小的身体已经冻紫了。她的脸白得像一块纯净的石蜡。她的头发是黑色的，不过之所以看起来是黑色的是因为头发很潮，几乎是湿的，可能她真正的头发颜色是浅色的，它们紧紧地贴在她圆润而又洁白的前额上。如果她不是这么可怕的话，她将是十分漂亮的。

"'你是谁？'我看着她又问了一次。

"她用她那可怕的恳求的眼神看着我，什么都没有说。

"'你是谁？'我问。然后，她就走开了。她不像其他小女孩那样走路或是奔跑，她迅速地飘过，就像一只白色的小蝴蝶，她是那么轻，移动的时候就像没有体重一样。她在楼梯尽头回过头来，'我找不到我的妈妈了。'她说。我从未听过那样的声音。

"'谁是你的妈妈？'我问，但是她不见了。

"有一阵子我觉得我快要晕倒了。房间变黑了，我听见有人在唱歌。我站在我的房门口，先叫了伯德女士，接着叫了丹尼森女士。我甚至不敢从她消失的楼梯走下楼去。如果我再不看到世界上其他的一些人或事，我大概就要发疯了。我觉得大家都没有听到我的叫声，但是我能够听见她们在楼下的脚步声，我能闻到为晚餐而烤制的饼干的香味。不管怎么说，那些饼干的香味是唯一让我头脑保持清醒的正常事物了。我站在那儿继续叫人，终于我听到大门打开的声音，伯德女士回答说：'谁呀？是你在叫我吗，阿姆斯小姐？'

"'到这儿来，请您尽快到这儿来，你们俩都来，'我大声叫喊着，'快，快，快！'

"我听见伯德女士对丹尼森女士说：'快来，艾米莉，阿姆斯小姐的房间里出事了。'让我吃惊的是，她居然奇怪地说出了这番话。当她们俩走上楼梯的时候，我看出来她们知道发生了什么，或者她们了解这件事情的本源，这让我非常吃惊。

"'出什么事了，亲爱的？'伯德女士问，她美丽动听的嗓子发出做作的声音。我看见她和丹尼森女士互相对视着。

"'看在上帝的分上，'我说，我以前从未这么说过——'看在上帝的分上，是什么东西把我的大衣拿到楼上来了？'

"'它长得什么样？'丹尼森女士以一种失落的嗓音问我，同时和她的妹妹互相交换着眼神。

"'她是个小女孩，我以前在这里从来没有见过她。她看上去像是个小女孩，'我说，'但是我从来没有见过这么令人可怕的小女孩，她穿着一件睡袍，还说她找不到她的妈妈了。'

"片刻之间，我以为丹尼森女士要晕倒了，但是伯德女士扶住了她，并抓着她的手，在她耳边低声耳语（她有着最低的声音），我跑下楼去为她拿来了一杯冷水。我告诉你，一个人独自下楼是要有相当大的勇气的，她们在进门的桌子上放了一盏台灯，所以我才能看到路。我不认为自己已经有足够的勇气在黑暗中走到楼下去，我每一秒都在想着那个小女孩可能就在我身边。台灯和饼干的香味仿佛给了我勇气，但是我跟你说，我以飞快地速度跑下楼梯，奔进厨房，拿了一杯冷开水。我跑跳着，好像房子着火了一样，我抓住我最先看到的像杯子一样的东西。那是一只上过漆的杯子，是丹尼森女士的星期日学校送给她的，它被用来当花瓶了。

"我往里面倒满了水，然后立刻跑上楼。每一分钟我都感觉到有什么东西在抓着我的脚，我把玻璃杯凑到丹尼森女士的嘴边，伯德女士把她的头抬起来，她大大地喝了一口水，然后死死地盯着那只玻璃杯。

"'对了，'我说，'我知道我拿了这只杯子，不过我只拿了我碰到的第一件东西，而且它一点儿都没有给碰坏。'

"'不要弄湿那些油彩花朵，'丹尼森女士非常微弱地说，'如果弄湿了，它们就会被冲掉的。'

"'我会非常小心的。'我说。我知道她非常喜欢那只玻璃杯。

"看起来喝水对丹尼森女士有好处，因为她推开了伯德女士，自己站了起来。她现在睡在了我的床上。

"'我现在全好了。'她说，但是她是那么的苍白，她的眼神看上去那么的空洞。伯德女士不比她好多少，但是她那镇定的、良好的、甜美的外表似乎很难有什么事情能够打乱她。我知道我看起来很糟糕，因为我在镜子里面看到了自己的模样，我几乎都要认不出来那是谁了。

"丹尼森女士从床上滑下来，摇摇晃晃地走到一张椅子旁。'我就这样垮掉也太傻了。'她说。

"'不，你不傻，姐姐，'伯德女士说，'不管怎样，没有人应该被称为傻瓜。'"

丹尼森女士看着她的妹妹，然后又看了看我。伯德女士说话了，好像被问了什么问题一样。

"'是的，'她说，'我想应该告诉阿姆斯小姐了——我是说，她应该知道我们所知道的东西。''那没多少内容。'丹尼森女士轻声叹息着说。她看上去好像随时都会再次晕倒，她确实是一位柔弱的女士，但是看起来，她比可怜的伯德女士还要坚强。

"'是的，我们知道的是不多，'伯德女士说，'但是她应该知道的也就这么多呀。我感觉当她第一次来到这里的时候她就应该知道了。'

"'我不这么认为，'丹尼森女士说，'但是我还是希望她能停下来，不管怎样，她从来没有骚扰过阿姆斯小姐。你对这间屋子投入了那么多，我们需要钱。我想我是太紧张了，以为她不能住到这儿来，我可不想要一个男性的合住者。'

"'而且除了钱之外，我们很盼望你的到来，我亲爱的。'伯德女士说。

"'是的，'丹尼森女士说，'我们想要一位年轻的伙伴住在这个房子里。我们很孤单，我们两个每当看到你就特别地喜欢。'

"我认为她们两个说的都是真心话。她们都是美丽的女人，没有人比她们对我更好了，我从不因为她们之前没有告诉我而责怪她们，而且，正如她们所说，也没有什么好说的。

"她们买下这座房子并且搬进来之后不久，就开始看到和听到一些事情了。伯德女士说，有一天晚上当她们俩坐在客厅里的时候，她们第一次听到了那声音。她说，她的姐姐正在编织缎带（丹尼森女士会做漂亮的缎带），她正在看着《传教的使者》（伯德女士对传教书籍非常感兴趣），突然之间，她们听到了什么动静。她最先听到，于是她放下《传教的使者》，凝神静听，然后丹尼森女士看到她在仔细听什么，也放下了手中的缎带。'你在听什么，艾比？'她问。然后，那声音又出现了，这下她们俩都听见了，尽管她们不知道原因，但是一听到这个声音，一股寒意就从她们后背升起。'是猫，难道不是？'伯德女士说。

"'那不是猫。'丹尼森女士说。

"'噢，我还以为那肯定是只猫呢。或许它抓到了一只老鼠。'伯德女士开心地说，她想让丹尼森女士冷静下来，因为她看到她几乎要被吓死了，她很担心她会晕过去。随后，她打开门呼唤着'猫咪，猫咪，猫咪'。当她们搬到东威尔敏顿居住时，她们用篮子装着一只小猫随身带着。那是一只非常英俊的山猫，一只小公猫，它知道很多事情。

"她叫着'猫咪，猫咪，猫咪'，然后很确定猫咪过来了，当它进门时，打了一个大大的哈欠，但听起来不像是她们刚听到的那声音。

"'在那儿，姐姐，它在那儿，'伯德女士说，'可怜的猫猫！'

"丹尼森女士看了一眼那只猫，随后她发出了一声尖叫。

"'那是什么？那是什么？'她说。

"'怎么了？'伯德女士说，假装自己没有明白她姐姐看到了什么。

"'猫爪子上有什么东西。'丹尼森女士说，'你听它的叫声！'

"'那什么都没有。'伯德女士说，实际上她也看到一只小手飞快地抓住了猫的爪子。然后，那小女孩好像要澄清她们的迷糊，发出了笑声。伯德女士说那样更加糟糕，那种笑声是她所听过的最可怕、最悲伤的声音。

"她是那么的吃惊，而且她不知道该做些什么，起初她并没有意识到那是一些超自然的事物。她想那一定是哪个邻居家的孩子爬出来玩耍，逗她们的小猫玩。于是，她用尖尖的声音开始说话了。

"'难道你不知道你不能抓着小猫的爪子吗？'她说，'难道你不知道你弄伤了可怜的小猫吗？如果你不小心的话，它会挠你的。可怜的小猫，你不能伤害她。'

"听着她说的话，小女孩不再拉扯小猫的爪子，而是轻柔地抚摸小猫，猫咪弓着背，吐着泡泡，好像很喜欢这样。这只猫从来没怕过谁，那情景特别奇怪，因为我听说动物特别害怕鬼魂。也许，那只是一个漂亮的、不会伤害人的小小鬼魂。

"伯德女士说，小女孩抚摸着小猫，她和丹尼森女士彼此搀扶着站在一边看着她们。无论她们多么努力地把一切想象成平安无事，但看起来并不是一切顺当的样子。终于，丹尼森女士讲话了。

"'你叫什么名字，小姑娘？'她问。

"小女孩抬起头，停下抚摸小猫，然后说她找不到她的妈妈了。她也是这么对我说的。

"丹尼森女士喘着粗气，伯德女士心想她又要晕过去了，但是她并没有晕倒。'那么，谁是你的妈妈？'她问。可是小女孩只是重复着'我找不到我的妈妈了——我找不到我的妈妈了'。

"'你住在哪儿，亲爱的？'伯德女士问。

"'我找不到我的妈妈了。'小女孩说。

"就是这样，什么事情也没有发生。两个女人站在那里，彼此搀扶着，小女孩站在她们面前，她们问她问题，而她只会说：'我找不到我的妈妈了。'

"伯德女士试着抓住那个小女孩。她想出一个主意来，可以把披肩绕在那孩子身上，然后收紧。她是那么小，伯德女士想可以很容易就抓住她，随后再试着找出来她到底是哪个邻居的小女孩。但是，就在她向小女孩移动的那一瞬间，小女孩不见了。只有小小的声音在说着，'我找不到我的妈妈了'，随后渐渐消逝。

"同样的事情一直发生着，或者是一些非常相似的事情。有一次，伯德女士在洗盘子，突然，小女孩站在她身边拿着抹布擦盘子。当然了，这太可怕了。伯德女士并没有告诉丹尼森女士，那会让她过分紧张的。有几次当她们做蛋糕的时候，她们发现所有的葡萄干都给堆到了一起，有时候她们会在厨房的火炉旁发现一些小火柴棒。她们从来都不知道什么时候会遇上那个小女孩，而且她总是一遍又一遍地说她找不到她的妈妈了。她们从来没有停止尝试和她交谈，除了有一次伯德女士绝望了并且问了她一些事情，但是小女孩好像从来都没有听伯德女士说话，她总是说她找不到她的妈妈了。

"在她们告诉我与那个小女孩有关的一切经历之后，她们还对我说了在她们之前住在这个房子里的人。似乎在房子里发生过一些可怕的事情，但土地代理商从来没有透露过这样的信息。我想，如果他说出这些的话，不管这个房子多便宜，她们也不会买的，因为即使人们真的不害怕什么，但是也不希望住在一个发生过可怕的事情的房子里面。在她们告诉我这些之后，如果我不是这么舍不得她们的话，无论我被照顾得多么舒服，我都不会再在那里多待一个晚上的。我从未这么紧张不安过。最终，我还是留了下来。当然了，那件事并没有发生在我的房间里。如果发生过的话，我也不会留下来的。"

"你是指什么事啊?"埃默森夫人敬畏地问。

"那是一件可怕的事情。两年前，小女孩和她的父母住在那座房子里。他们是一个很好的家庭，或者说小女孩的父亲的境遇不错，他是市里面一家大型皮草行的推销员。他们生活得非常开心，有着许多美好的事情可做。但是，小女孩的母亲是一个非常邪恶的女人。她像图画一样好看，人们说她从波士顿的好人中来，但是她被坏东西侵蚀了。她很会说话，大多数人都喜欢她。她喜欢打扮得花枝招展出来炫耀，但她从不照顾小女孩，后来有人开始议论小女孩被虐待的事情。

"这个女人很难留住女仆。出于某些原因，谁也不愿意留下来。仆人们都离开了，谈论着她的可怕之处，诉说着所有的事情。人们一开始并不相信，渐渐地才相信了。他们说这个女人强迫那个小东西——尽管她才刚刚五岁大，在她的年龄还只是一个小宝宝——做大部分家务活。他们说，当她没有帮手的时候，那房子看起来就像个猪圈。他们还说，小家伙常常站在椅子上洗盘子，他们还看到她一次抱着许多根和她差不多大小的木柴，他们听到她母亲责骂她。那个女人唱歌很好听，但当她骂人的时候，她的嗓音听上去就像一只尖叫的猫头鹰。

"父亲大部分时间都不在家，母亲这样对待小女孩的时候，父亲正在西部。有一阵子，有一个已婚男人缠着母亲，人们已经有了闲言碎语。那个男人很高傲，而且很有钱，所以人们有点儿害怕他会听到什么然后去找他们的麻烦。尽管人们想应该让小女孩的父亲知道这一切。

"但是，说起来很容易，要找到一个愿意告诉他这种事情的人却不容易，特别是当他们还不太确定的时候。丈夫也被他的妻子迷住了。他们说，看上去他所考虑的就是如何挣钱买东西把她打扮一新。他还很疼爱那个小女孩。他们说他真的是一个很好的男人。受到不公平待遇的人绝大部分都是真正的好人。我已经了解到这一点。

"一天早上，曾经被悄悄议论的男人不见了。在他们知道他失踪之前，他已经消失了很长时间。他离开家并告诉女人他要去纽约出差，可能要去一个礼拜，如果他没有回来也不要担心，而且如果他没有写信也不要担心，因为他每天都在想着能够搭乘下一趟火车回家。他的妻子也就这么等待着他，直到过了一个星期零两天之后，她再也不能不担心了，她跑进邻居家，几乎晕倒在地上。他们询问之后才知道那个男人溜了，还卷走了一些本不属于他的钱。

"后来那个女人也不见，自从那个男人走后，人们就再也没见过她。但是三四个妇女记得她曾经说过，她想带着孩子回波士顿老家探望，所以当人们四下里没有见到她时，就把屋子封上了，她们以为她在波士顿。她们是居住在她周围的邻居，但是和她都没有太多的联系，是她自己主动告诉她们有关她的波士顿之行的计划的。

"这座房子给封上了，男人，女人，还有小女孩都不见了。突然，住得离他们最近的一个女人记起来一些事情。她记得，3个晚上之前，她在夜里醒过来的时候，听见一个小女孩在某个地方哭泣，她叫醒了她的丈夫，但是他说，那一定是比斯比家的小女孩。那个小孩身体不好，总爱哭。那种哭声有着心绞痛一般的魔力，特别是在夜晚。所以，直到这一切发生了，她都没有想起这些来。最后，人们认为最好去那房子看看是不是出了什么事。

"他们走进了那座房子，发现那个小女孩死了，她被关在一个房间里。丹尼森女士和伯德女士从未用过那间房间，那是2楼后面的一个卧室。

"小女孩在那里被活活饿死了，已经僵硬了——尽管他们并不确定她是不是冻死的，因为当她活着的时候，她躺在床上，穿着足够保暖的衣服。她已经在那里待了一个礼拜了，只剩下皮包骨头了。看起来好像是母亲在离开的时候把孩子锁在了屋子里，并且告诉她不要发出任何声音，以免邻居听见。

"丹尼森女士说她真的不能相信，那个女人居然把自己的小孩活活饿死。或许她想小家伙会叫来一些人，或者其他人会试着在房子里发现小家伙。但不管她怎么想，最终小女孩还是死了。

"不过，那故事还没结束。就在事情发生的当口，父亲回到了家，小孩刚刚给埋葬，他发狂了。他追随着妻子的踪迹并且找到了她，然后开枪打死了她。那段时间，这个新闻出现在所有的报纸上。随后，他也消失了。从那以后，再也没有出现过。丹尼森女士说，他要么给自己重新找了一条路，要么就是离开了这个国家，没有人知道，但是人们都知道这座房子有些不正常。

"'当我们第一次来到这里的时候，村民问我是否喜欢这里，我就觉得他们的举动很奇怪，'丹尼森女士说，'但是我做梦也没有想到，那天晚上我们会看到那个小女孩。'"

"我从来没听说过这样的事情。"埃默森夫人说，她带着敬畏的眼神看着梅瑟夫夫人。

"我想你会这么说的。"梅瑟夫夫人说，"你想知道我为什么在听说一座房子有些古怪的时候也不会轻易下结论了，是吗？"

"不，在听完之后，我不想知道了。"埃默森夫人说。

"但是那并不是全部。"梅瑟夫夫人说。

"你有没有再见过她？"埃默森夫人问。

"是的，在我最后一次见到她之前，我还看见过许多次。不过，我一点儿也不紧张。之后而且我从未在那里停留过，尽管我非常喜欢那个地方，尽管我如此想念那两位女士，她们非常美丽，洁白无邪。我爱她们。我希望丹尼森女士什么时候能来看看我。

"那天我留了下来。我不知道什么时候会再看到那个小女孩，因此我非常小心地把我的东西都拿到了楼上，害怕她拖走我的大衣或是帽子或是手套，或者我发现在没有人去做事的房间里，事情已经做好了。我说不出来为什么害怕见到她，比见到她更糟糕的是听她说'我找不到我的妈妈了'，那足以让你的血液变冷。我从没听过哪个活着的小孩哭着要妈妈会像那个死去小孩那样令人同情。那足以令你的心为之破碎。

"她常常跑来和伯德女士说话，那比她和任何人讲话都要频繁。有一次，我听到伯德女士说她想知道可怜的小家伙有没有可能在另一个世界找到她的妈妈。她就是这样一个善良的女人。

"但是丹尼森女士告诉她，她不应当这么说或是这么想，伯德女士说她不知道自己对不对。伯德女士经常容易卷进麻烦中去，她是一个好女人，是一个尽量为他人做事的好女人。看上去，她就以此为生。我想她对那个小孩的恐惧比不上她对它的同情，她是最心碎的人，因为她无法像为一个活着的小孩那样为那个小女孩做任何事情。

"'说真的，我有时候仿佛愿意去死，如果我能把那件可怕的白色长袍从她身上脱下来并且给她穿上衣服，喂她吃饭，不要让她再去找她的妈妈。'有一次我听她这么说，她太善良了。当她说着这些的时候，她流着眼泪。这就发生在她去世前不久。

"现在我要说到最奇怪的部分了。伯德女士死得非常突然。一天早晨——那是星期六，学校没有课——我下楼来吃早餐，伯德女士不在那里，除了丹尼森女士之外没有其他人。当我走进去的时候，她正在倒咖啡。'怎么了，伯德女士去哪儿了？'我问。

"'今天早晨，艾比感觉不太舒服，'她说，'我想问题不大，可能是没有睡好觉，她头疼，还有一些感冒。我让她待在床上，直到屋子变暖和了。'那天早上确实很冷。

"'她可能是感冒了。'我说。

"'是啊，'丹尼森女士说，'我猜也是感冒了。她不久就会好的。艾比是那种一旦能自理了就不愿在床上多待一分钟的人。'

"我们继续吃着早餐，突然，一个影子从房间的一面墙上划过，掠过了天花板，那样子就像有人经过窗外时在墙上留下的影子。

"我和丹尼森女士都抬起头来向窗外看去，突然丹尼森女士发出一声尖叫。

"'艾比疯了!'她说,'这么冷的早晨,她在外面,而且——而且——'她没有说完,她指着那个小女孩。我们看到的就如我们曾见到过的其他事物一样明了,艾比·伯德女士在雪地里散步,那个小女孩牵着她的手,紧紧地依偎着她,仿佛她终于找到了她的妈妈。

"'她死了,'丹尼森女士说,紧紧地抓着我,'她死了,我的妹妹死了!'

"她的确死了,我们飞快地跑上楼,她已经死在了她的床上,微笑着好像正在做梦,一只手臂伸展开来,好像有什么东西牵着她。即使到了最后,那只胳膊也不能摆平——葬礼上,它伸在棺材外面。"

"有没有人再见过那个小孩女呢?"埃默森夫人声音颤抖地问。

"没有,"梅瑟夫夫人回答,"在那个小女孩和伯德女士走出院子之后,就再也没有人见到过她。"

未知世界的怪谈

死尘

[美] 艾萨克·阿西莫夫

大气实验室突然发生了爆炸，现场顿时一片忙乱。灭火器开始工作，及时扑灭了火焰，可是已经来不及了——人们把李维斯从废墟里拖了出来，他已经被烧得面目全非，只剩最后一口气了。等到医生赶来，还来不及做出判断，他就咽了气。

艾德温·弗利站在围着现场看热闹的人群外边，心惊胆战，他面色苍白，满头是汗。他昏昏沉沉地走回办公室，坐到自己的办公桌旁。他安慰自己，此时此刻，他还是一个普通人，至少看起来和大家没什么两样，所以即使病倒了也没什么，谁也不会怀疑他。

遗憾的是他并没有病倒，只是在无限的恐惧中熬过了这一天。这天下班的时候，一些流传出来的说法减轻了他的心理负担。这不过是一次事故，化学家这个职业本身就带点儿风险，和易燃化合物打交道的化学家就更危险了，出了什么事故，谁也不会过多地怀疑什么。而且，即使有人起了疑心，谁会想到他艾德温·弗利呢？他只要装作若无其事的样子照常生活，就万事大吉了。而且，李维斯死了，神啊，这下土卫六的功劳归他了，他马上要出名了！这样一想，他心里果然轻松了许多，晚上睡了一个踏实的好觉。

"我们考虑过谋杀。"基姆·葛尔翰说。不过一天工夫，他消瘦了不少。他的黄头发看起来乱糟糟的，脸上也都是胡碴子，早就该刮了。还好他胡子的颜色很浅，看起来还不十分邋遢。

地球调查局的赛屯·代文比特正在有节奏地用一个指节轻轻敲打着办公桌的桌面，那声音轻得似乎只有他自己能听到。代文比特个子不高，很胖，有一头乌亮的黑发，那张面容坚毅的脸上长了个中用不中看的细瘦的高鼻子。他一边面颊上有块伤疤，看起来像六芒星的形状。他问葛尔翰："你们是认真的？"

葛尔翰赶紧摇头："不是，至少我不认为大家是认真的。大伙儿提出的那些犯罪计划都荒诞不经，你知道，都是什么在汉堡包的馅料里放毒药啊，给直升机上用酸啊什么的，不过还真有人把这些胡说八道的推理当真了……真是有病！不知道他们在想什么。"

代文比特说道："按照你之前提供的情况，我推断死者如果是被害，那被害的原因很有可能是他剽窃了别人的研究成果。"

葛尔翰大声说："即使他剽窃了又怎么样？你不知道他做出了多少贡献，那是他应得的回报！李维斯是科研小组的骨干和核心，是他把整个小组团结在一起；也是李维斯和国会交涉，才获得了大量拨款；我们被获准在宇宙空间建立各种设施并派人去月球或其他空域，也是他的功劳。李维斯组织了中心有机实验室，是他说服宇宙飞船航行公司和工业家们为我们花费不计其数的金钱进行工作。没有人能比得上他，也没人能帮他做什么，譬如说我。他做的那些事情，我都了解、都明白，可我做了什么呢？我千方百计找借口逃避宇宙旅行，我不敢。你相信吗？我连月球也从来没去过，我是个'真空人'。我非常懦弱，我更怕别人察觉出我的懦弱。"葛尔翰说到后来，简直是在唾弃地表示自我轻蔑。

代文比特说："看来你想要在李维斯死后弥补他活着的时候对他的亏欠啊。现在你是想要找到一个应该为此接受惩罚的人吗？"

"算了吧你！别从精神病学角度看问题。我告诉你这绝对是谋杀，绝对！除非是精心安排的，否则李维斯的工作场所绝不可能发生爆炸。你不了解他这个人，他对安全问题的关注简直到了偏执的地步。"

代文比特耸耸肩，说："葛尔翰博士，你认为会是什么爆炸呢？"

"苯、乙醚、吡啶……这些都是易燃物，总之他接触到的各种有机化合物都有可能。"

"葛尔翰博士，我以前也研究过化学。在我印象中，必须得有火星啊、火苗啊之类的热源，否则这些液体在室温下是不会爆炸的。"

"肯定是着火了。"

"火是怎么烧着的？"

"想不明白。现场炉子、火柴之类的东西都没有，所有电气设备都加了很多屏蔽，就连夹钳之类普通的小东西也都是用不会冒火花的合金特制的。而且李维斯不抽烟，不管是谁，只要在实验室 30 米以内抽烟，立刻就会被解雇。"

"他最后接触到的是什么东西？"

"不好说，那里炸得乱七八糟。"

"嗯，估计现在那里已经清理出来了。"

葛尔翰急忙说："没有，还没清理呢。这件事由我负责，我说我们得查清事故原因，证明这一切不是意外。你明白的，我们得避免不适当的公开宣传。实验室现在还是原样未动。"

代文比特点头说："你做得很对。现在咱们过去看看。"

实验室里一片狼藉，四壁烧得乌黑。

代文比特问："这里什么器材最危险？"

葛尔翰向四周看了看，指着一个角落说："压缩氧气瓶。"那里靠墙立着一排不同颜色的气瓶，用一根防护链拦开了。这些瓶子有些在爆炸时被震翻了，歪歪斜斜地靠在链子上。

代文比特看了看那些瓶子，问："这个是什么？"他用脚尖踢一个红色气瓶，那气瓶躺倒在实验室正中央的地板上，看起来很重，踢都踢不动。

葛尔翰回答："那是一瓶氢气。"

"氢气可燃，会爆炸，对不对？"

"是的，但前提是需要加热。"

代文比特说："可是你为什么说压缩氧最危险呢？氧气是不会爆炸的吧？"

"是，氧气甚至不会燃烧，可它能助燃，你明白吗？它能使其他东西烧起来。"

"是这样？"

"是的，你听我解释。"葛尔翰的声音有点儿兴奋。现在他正以科学家的身份给这个机智聪明的外行人普及简单的科学知识，"在偶然情况下，我们在往气瓶上安气阀之前会涂一些润滑油，好让气阀扣得更紧。如果搞错了，误把易燃物质涂了上去，那么一开阀门，氧气冲出来，阀门上涂的那些不知道是什么成分的黏性物质就会爆炸，阀门会被崩掉。然后气瓶中的压缩氧会一下冲出来，这会使整个气瓶像一艘小喷气式飞机似的飞起来，力量大得能把墙壁撞穿，而爆炸产生的高热量会让周围的其他易燃液体燃烧。"

"这些氧气瓶有没有破损？"

"没有，都是完好的。"

"我估计爆炸的时候正在使用这只氢气瓶，后来气体都排空了。你看，它的气量计指着零。"代文比特踢了踢脚下的氢气瓶。

葛尔翰点点头，说："咱俩想的一样。"

"如果在气量计阀门上涂油，会不会使氢气瓶爆炸？"

"绝对不会。"

代文比特摸着下巴，问："除了火星这类因素，还能用什么办法让氢气起火？"

葛尔翰在喉咙里发出低沉的声音："那得用到一种催化剂——最有效的就是铂墨，也就白金粉。"

代文比特显出一副惊讶的表情："你们还有这种东西？"

"是的。再也没有比它更好的氢化催化剂了，所以即使这东西很贵，我们也会购入。"说到这里，他突然不说话了，一直盯着那个氢气瓶出神，之后小声地嘀咕："……我想知道……铂墨……"

代文比特问："你的意思是，铂墨能使氢气燃烧？"

"嗯，是的。只要有它，就能使氢在室温下与氧化合，连加热都不用。而且那样出来的爆炸效果，与对氢气加热造成的爆炸效果完全一样。"葛尔翰越说越激动，声音都开始微微颤抖。他在氢气瓶旁边跪下来，伸出手指抚摩气瓶尖端被熏得乌黑的部分，说："这些东西也有可能，有可能只是烟灰。"

他站起来拂去膝盖上的灰迹，说："先生，我要把喷嘴上零星残存的异物全部取下来进行光谱分析，我必须这么做。"

"做这个化验需要多长时间？"

"只要一刻钟。"

葛尔翰立刻去化验，不到20分钟就赶回来了。趁他做化验的工夫，代文比特把烧毁的实验室每个角落都检查了一遍。

代文比特回过头来问："弄好了？"

葛尔翰喜形于色："是的，果然有，虽然不多。你看这个。"他举起一长条底片，从上面可以看出有白色的短平行线，清晰程度也不一样，间隔不规则，"这里面有很多异物，可是你看看这些线条……"

代文比特凑近仔细看着，问："不是很清楚。你愿意在法庭上作证说里面有铂吗？"

葛尔翰立即回答："当然愿意。"

"其他的化学家愿意这样做吗？如果法庭把这张底片向被告方面聘请的化学家展示，他们会不会说这些线条过于模糊，作为可靠证据勉为其难？"

葛尔翰沉默不语。

代文比特再次耸了耸肩膀。

葛尔翰喊道："它确实存在啊！气体的喷流和爆炸使它大部分都被吹散了，怎么可能还有大量残存物，这个道理你很明白，是不是？"

代文比特深思着查看四周："是的，我明白。我和你看法一样，认为这很有可能是谋杀，现在我们一定要找出过硬的证据。你来看看，气瓶是现场唯一被做了手脚的东西吗？"

"我说不好。"

"那我们首先挨个儿检查一遍所有的气瓶，还有其他的物品也都要查，不要放过现场所有的蛛丝马迹。如果认定这起事故是人为的，那他十有八九还在现场设置了其他陷阱，我们力争把这些东西都找出来。"

葛尔翰立马就想投入工作："我马上开始做……"

代文比特说："这……用不着你动手。我会从我们的实验室调个人过来做这项工作。"

翌日，大清早葛尔翰就被请到了代文比特的办公室。代文比特说："几乎可以确定了，就是谋杀。我们又找到一个做了手脚的气瓶。"

"我没猜错！"

"这次发现的是一个氧气瓶，在喷嘴尖端内侧发现了不少铂墨。"

"铂墨？氧气瓶上有铂墨？"

代文比特点点头，说："是的。你说说凶手为什么会这么做？"

葛尔翰摇摇头："不知道。氧本身是不会燃烧的，而且也没有什么物质能使它燃烧，即使是铂墨也不行。"

"要照这样说的话，很可能是凶手当时乱了手脚，把铂墨误抹到氧气瓶上了。我们可以做一下假设，当他发现自己的错误后，赶紧做了补救，又在正确的气瓶上做了手脚。可是因为他的失误，为我们留下了决定性的证据，证明李维斯是死于谋杀而并非事故。"

"说得不错。接下来，我们只要找出真凶就可以了。"

代文比特笑了，这一笑，脸上的皮肤皱缩起来，很有些让人望而生畏。他说："葛尔翰博士，这听起来不错，可是，我们该怎样开始呢？实验室里很多人都有作案动机，其中不少人拥有作案必需的化学知识并且都有机会下手，而我们要找的凶犯又没留名片。换个角度考虑，能不能追查铂墨的来源？"

葛尔翰略一迟疑，回答说："恐怕不行。这些人每个人都能自由出入特别供应室，不会受到任何盘查。也许我们可以查一查案发当时谁不在现场？"

"调查哪一个时间段？"

"就调查前一天夜里。"

代文比特俯身在办公桌上探过头来，问："你知不知道在出事之前，李维斯博士最后一次使用氢气瓶是什么时候？"

"这……这我可说不清楚。他为了独占名利，一直秘密地一个人工作，不让别人插手。"

"是的，这些我知道，之前我们也作了调查。在这种情况下，就是铂墨提前一周就抹在气瓶上了也有可能。"

葛尔翰一下子蒙了，小声嘀咕："那怎么办才好？"

代文比特说："现在我感觉最棘手的问题就是为什么要在氧气瓶上涂铂墨，凶手的这一举动让人摸不着头脑，相信破解了这个谜就有可能破解全局。遗憾的是我不是化学家，所以这个答案还得由你去找。你想有没有可能是凶手弄错了，把氧气当成了氢气？"

葛尔翰赶紧摇头说："这不可能的。你看，这些气瓶颜色都不一样，氧气在绿色气瓶里，氢气在红色罐里，一目了然。"

代文比特问："会不会凶手是个色盲？"

葛尔翰没有立刻回答，思索了一番，最后他回答说："这不太可能，辨别化学反应很多时候都要看颜色，色盲搞不了化学。如果我们机构里有人是色盲，一定早被大家发觉了，因为他随时都有可能制造出麻烦。"

代文比特点了点头，下意识地摸着脸上的那块星形伤疤，说："你说得有道理。你说，有没有可能是凶手故意在氧气瓶上涂了铂墨，他这种举动是有目的的，而不是先前我们猜测的无心之举？"

"你想说什么？"

"就是说一开始凶手是想往氧气瓶上涂铂墨，后来他又改变了主意。葛尔翰博士，你是位化学家，请想一想，在有氧气存在的情况下，有没有什么特殊环境会使铂墨变成危险物质？有没有这种环境存在呢？"

葛尔翰一脸困窘的表情，紧紧蹙着眉毛，摇了摇头："不可能……这怎么可能啊……除了……"

"除了什么？"

"这种情况很荒诞，就是如果把氧气气流喷进一个装满氢气的容器中，如果在氧气瓶上涂铂墨就会发生危险，不过这必须有特别大的容器才能得到有杀伤力的爆炸效果。"

代文比特追问道："如果凶手知道有人会提前在房间里放满氢气，并且会随即打开氧气瓶呢？"

葛尔翰露出笑容："咱们为什么要为氢气、氧气操心呀，本来……"说着，他的笑容突然僵住了，脸上没有一丝血色，他喊出了声："是弗利！那个艾德温·弗利！"

"什么情况？"

葛尔翰特别兴奋："弗利最近刚回来，他在土卫六住了半年。土卫六有氢气甲烷大气层，我们这里唯一有在那种大气层中工作经验的人就是他。我知道当时发生什么了！在土卫六的特殊环境中，如果对氧气喷射流进行加热或用铂墨处理，它就会与周围的氢气发生化学反应，而使用氢气喷射流则起不到任何作用。没错，一定是弗利，这里是地球，与土卫六的情况正好相反，可是他长期养成的习惯，使他闯进李维斯的实验室去安排爆炸时，把铂墨涂到了氧气瓶上。后来他意识到了自己的失误，赶紧补救，可是这时候他已经为我们留下了证据!"

代文比特不动声色地听着葛尔翰的分析，边听边点头，最后露出满意："分析得丝丝入扣。"他立刻伸手去拿内部通话系统，对系统另一端的下属部署任务："立刻派人到中心有机实验室去抓捕艾德温·弗利博士。"

和每一个在伟大的李维斯手下工作的工作人员一样，艾德温·弗利也恨不能把这个伟大的李维斯干掉，把看到他的死亡当做梦寐以求的最畅快的事情。这种心情是没在李维斯手下工作过的人难以理解的。

李维斯是一位致力于太阳系科研事业的有机化学家，是他首先精心设计了自由浮动装置并安装在空间站周围的轨道上，由此光化学成了妙不可言的崭新学科；也是他首先利用月球作为大规模反应的实验场所，可在每个月的不同时间在那里分别安排需要液态空气温度或沸水温度条件下于真空中进行的实验。在公众的心目中，李维斯不屈不挠、才华横溢，是众所周知的未知世界的伟大探索者。从没有见他在失败面前投降，或是因为面对了什么充满奥妙的新课题而感到不知所措。

没有人知道，伟大的李维斯其实是个欺世盗名的剽窃者，他表面上看起来是一位英雄，其实是个几乎不可饶恕的罪人。最先想到在月球表面设置仪器装备的是某个毫无名气的学生，设计出第一台可独立工作的空间反应堆的是一位默默无名的技术员，不知道为什么，这些了不起的成就都成了李维斯大脑的产物。

李维斯手下的那些雇员都对此无可奈何，因为任何愤而辞职的雇员都拿不到推荐书，找不到适合的工作——与李维斯的说法不符的自我介绍没有任何价值，那会被认为是口说无凭。只有忍辱负重留下来，到最后才有可能拿到一张保证未来事业成功的推荐书。他们在职期间，只能私下里互相倾吐一下心中的怨恨，至少能出口怨气让自己感觉痛快点儿。

艾德温·弗利有充分理由义无反顾地加入抱怨李维斯的行列。他被派往土星最大的卫星土卫六工作，在那儿安装充分利用土卫六日益稀薄的大气层的设备。大行星的大气层都主要由氢气和甲烷组成，不过木星和土星体积太大，无法安装相应设备，而天王星和海王星距离遥远，耗费过高。土卫六的体积与火星相仿，既不太大，温度也适宜，可以在上面进行操作，足以维持一个中等厚度的氢气甲烷大气层。在土卫六的氢大气层中，可以方便地进行大规模反应，而同样的反应如果在地球上进行，从动力学上看是会惹麻烦的。

弗利曾在土卫六坚持半年，除了机器人，没有任何助手协助他。他反复构思出了各种巧妙的设计方案，并带回了令人惊叹不已的丰富资料。可是不知道出于什么原因，他整理的资料缺失了不少，之后那些缺失的部分竟然作为李维斯的"最新研究成果"大行于世。

同病相怜的同事们得知这件事后，最多是同情地耸耸肩，宽慰宽慰他。弗利只能紧紧抿起薄薄的嘴唇，绷着他布满粉刺的脸，听听大家为了发泄心中的郁闷而谋划的那些不着边际的暴力行动。

这些人中说得最多、最热闹的是基姆·葛尔翰。说实在的，弗利有点瞧不起他，因为他连地球都没离开过，是一个"真空人"。

葛尔翰兴致勃勃地说："各位，要干掉李维斯并不是什么难事，因为他生活非常有规律，每天都做差不多的事情。比如说他几乎天天自己吃饭，我们为什么不在这上面做做文章？他每天12点整会把办公室的门关上，然后在1点整打开，这期间没有人会去他办公室打扰他，这正是让毒药大显身手的机会！"

比林思奇露出不解的表情："你说毒药？"

"这很容易搞到。咱们这地方到处是毒药，只要你能叫得上名来，我就找得着。大家都知道吧？李维斯很爱吃黑面包夹瑞士干酪，还在里面放一种加了很多洋葱的特制调味酱，反正一到下午人人都闻得到他身上那股洋葱味。你们记不记得去年春天有一回餐厅里这种调味酱用完了、他大发了一顿脾气？咱们这里，除了他没人吃那种古怪的调味酱，如果在里面投毒，只会毒死李维斯，不会祸害到别人……"

葛尔翰的这些话全是大伙吃午饭时的信口胡诌，以博一笑，可是弗利上了心，他恶狠狠地生出了一个念头，他想谋杀李维斯。

这念头并不是头脑发热的产物，他是认真的。"杀死李维斯"的想法在他脑海中盘旋不去。他恨他，那荣誉本就应该属于他，是他在狭小的气泡型的氧气幕中接连住了好几个月，是他在冰冻的氨原上奋力跋涉、搬动沉重的设备，是他在寒冷的氢气、甲烷微风中建立起了新的反应装置。李维斯做了什么呢？一想到李维斯死去他就能重获荣誉，他禁不住热血沸腾。

他要除掉李维斯，但是不想伤害到其他人。于是，他把谋杀地点选在了李维斯的大气实验室，所有的计划都依照那里的客观条件打造。大气实验室的正式名称是"中心有机实验室"，那个房间狭长低矮，专门用水泥板和防火门同实验室的其他部分隔离开来。大气实验室是一个禁区，只有李维斯在场或者得到他的允许才能进入。可事实上，这个实验室很少上锁，因为李维斯一贯专横跋扈，所以他只需写一个"不得入内"的小条并签上名，就起到了门锁一般的作用，即使那纸条退色了也是如此。不过显然，对于一个怀着不顾一切的谋杀欲望的到访者来说，这个纸条起不到什么作用。

大气实验室内部一切都有条不紊。李维斯每天都进行例行试验，他一丝不苟并且谨慎小心，很难找出什么漏洞下手。除非有个极其巧妙精细的谋杀计划，否则对设备本身做任何手脚都会被他察觉。

弗利首先想到的是放火，他能轻易从大气实验室里找到大量易燃物品。可让人沮丧的是，李维斯对火灾的危险十分警觉，他对火灾所采取的戒备措施更是比任何人都完备周到——他甚至连烟都不吸。

只要想起李维斯，弗利就火冒三丈，他是个摆弄甲烷和氢气小气瓶的"小偷"，他恨不得食其肉、寝其皮。李维斯声名显赫，他做过什么？不过是在实验室里摆弄小罐子。他弗利在土卫六曾经用过以立方英里计量的甲烷和氢气做研究，可是他处理了那么多立方英里的气体依旧默默无闻，倒是剽窃他成果的李维斯得到了名利。

大气实验室里那些装气体的小气瓶分别用于不同的人工合成大气环境，被涂成了不同颜色。红色气瓶里面装的是氢气，装甲烷的瓶子被漆成了红白相间的颜色，只要把这两种气体混合，就可以模拟外行星大气层。装在棕色气瓶里的氮气和银色气瓶里的二氧化碳用于模拟金星大气层。而装压缩空气的黄色气瓶和装氧气的绿色气瓶可以逼真地模拟表现地球的化学性质和现象。那些五彩缤纷的气瓶排成一排看起来像彩虹一般，它们的颜色不是随便涂上去的，而是按照许多世纪的惯例沿袭下来的。

想到那些漂亮的气瓶，弗利有了主意。这个完美的计划并不是苦思冥想的结果，纯粹是灵光一闪得来的。想到这个主意后，弗利心里豁然开朗，他知道接下去该做什么了。

弗利首先要等待的是一个潜入大气实验室的时机，他苦苦熬了一个月，终于挨到了宇宙节。宇宙节在9月18日，是人类首次宇宙飞行成功的纪念日。这一天对科学家来说尤其具有重要意义，那天夜里每个人都会停止手上的工作去寻欢作乐，就连工作狂李维斯也不例外。

当夜，弗利看好没人注意他，就溜进了大气实验室。实验室既不像银行装满了钱，又不像博物馆藏着许多宝贝，没有贼想光顾这里，所以这种地方的警卫在执勤的时候都吊儿郎当的，不太上心。

弗利回身小心翼翼把大门关好，不开灯，慢慢顺着漆黑的走廊向大气实验室走去。为了防止留下指纹，他专门戴了手套。他还准备了一支手电筒、一小瓶黑色粉末、一支纤细的毛笔——这是他三星期前专门跑到城里另一头一家美术品商店买的。

走到大气实验室门口，他迟疑了一会儿。他颇有些忌惮，对他来说这是比下决心谋杀一个人更难突破的心理障碍。不过，他到底还是进了实验室的门。越过了那层精神障碍，置身其内，其他的事情就好说了。

弗利打开手电筒，用手遮住手电筒的光亮，轻而易举地找到了气瓶。此刻他特别紧张，他的双手在颤抖，呼吸也非常急促，突突的心跳声震动着耳鼓。他把手电筒夹在胳膊下面，然后抽出那支原本用来画画的毛笔，在笔尖上蘸满黑色的粉尘。弗利把笔尖点入气瓶上气量计的喷嘴中。这个过程只需要几秒钟，可是在他看来，却长得漫无尽头，他一直在哆嗦，费了好大劲才把颤抖的笔尖伸进喷嘴。他仔细地转动笔尖，然后再次蘸满黑粉，重又探入喷嘴。这个动作他重复了一遍又一遍，他的精神高度集中，其中掺杂的紧张感几乎使他的心脏难以承受了。最后，他拿出一小块化妆纸用舌头舔湿了，仔细擦拭喷嘴外缘。

马上就要大功告成了，马上就可以离开这个鬼地方，一想到这里，他心里轻松了许多。就在这时候，他突然梦醒过来，一阵懊恼的惊慌如潮水般涌来，他臂下的手电筒"啪啦"一声掉在了地上。

多么愚蠢啊！他是一个笨蛋，一个难以置信的、愚蠢透顶的笨蛋！他因为又紧张又焦急，竟然把气瓶搞错了！他赶紧拾起手电筒，关掉灯光。他如一只受到惊吓的小动物，惊恐不已，心脏怦怦跳得更厉害了。他在倾听，听周围有没有什么动静。

周围一片寂静，没有一丝声响。他逐渐恢复了平静，重又振奋精神，他认为自己能把之前做过的事再做一次。既然能在搞错的气瓶上做好手脚，那重新找出对的气瓶再花两分钟就能处理完了。他用毛笔和黑粉再次投入了紧张细致的工作。这回运气不错，他准确无误地找到了气瓶，而且没有把他手中那个盛着能引起燃烧、致人死命的粉末的小瓶失手掉在地上打碎。

终于完工了，他再次哆嗦着用蘸湿的化妆纸的擦拭喷嘴。接着他迅速用手电光柱扫过四周，他在找装甲苯试剂的瓶子。找到之后，他拧开塑料瓶盖往地板上泼洒了一些甲苯，然后又把瓶盖盖好放回原处。

做完这一切，他梦游一般迈着蹒跚的步子走出实验室，走出这所房子，回到了寄宿公寓。他几乎可以认定，自己的隐秘行动很成功，没有引起别人注意。他是一个严谨的罪犯，他把曾用来拂拭气瓶喷嘴的化妆纸塞进了快速处理器，那纸立刻因为分子弥散而消失得无影无踪。然后他用同样的方式处理掉了涂粉末用的毛笔。处置装粉末的小瓶子有些麻烦，需要提前把处理器调节一下。弗利认为那么做不怎么保险，他决定像往常那样走路去上班，然后顺手把瓶子扔到经过的一座桥下去……

第二天，晨曦穿透窗帘，弗利起床来到洗手间。他眨着眼睛，一脸愕然地望着镜中的自己，好奇自己还敢不敢去上班。这是毫无意义的念头，他怎么能不去上班呢，尤其是今天，一丝一毫反常的举动都会引起别人的注意。

他费尽心思想象即将开始的一天中他将要去做的每件正常的、理所当然的事情的细节。今天天气多好，阳光明媚而温暖，他会步行去上班。经过那座桥的时候，他只要把手腕轻轻一抖，就能永远摆脱掉他的犯罪证据。那只小瓶子会在河面上"咚"地溅起一星水花，然后灌满河水，静静地沉下去。

整个上午，他都坐在办公桌前盯着他的便携式电脑。他做好了一切准备工作，会成功吗？李维斯会不会闻到那股甲苯味？不，应该不会，那气味确实不好闻，但还不至于难闻到让人难以忍受，有机化学家们应该早就习惯了。而且，李维斯会去碰气瓶，只要李维斯依然对他从土卫六带回来的氢化过程资料感兴趣，就一定会动用气瓶去做试验。昨天刚放了一天假，李维斯一定会着急把浪费掉的时间补回来，错不了。他只要一开气量计的旋塞，气体一往外喷，马上就会燃起熊熊烈焰。如果空气里甲苯浓度适量，那么那完美而激烈的爆炸就会发生……

弗利沉浸在自己的想象里，他甚至把远处传来的低沉的爆炸声当成了自己想象的一部分，没有意识到他无比期盼的爆炸已经发生了。后来，一阵嘈杂的脚步声将他从沉思中惊醒。

"怎么了……怎么了……"他抬头看着他的同事们，从喉咙里发出嘶哑的声音。

"谁知道什么事啊！"

旁边有人喊起来："是大气实验室发生了爆炸！炸了个乱七八糟！"

喜悦与恐惧同时向弗利袭来，他成功了。

只是，他还未来得及享受到他应得的名誉，地球调查局的人就敲响了他办公室的门。

人魔岛

〔英〕赫伯特·乔治·威尔斯

在杜克拉斯看来，"莫罗岛"真是个世外桃源，但是再过几个小时，他就再也不会这么想了。不过现在，在经历了飞机失事、同伴相残之后，九死一生的他还能悠闲地观赏"猫一样乖巧"的少女爱希的舞蹈，让他觉得世事如梦。

他从救命恩人莫凯马瑞的口中，得知了这座岛屿的主人、莫凯马瑞的雇主，竟是莫罗博士。莫罗博士是诺贝尔奖金的获得者，外界传闻他已失踪多年。博士因为热衷于动物活体实验而被科学界排斥，于是就在这个岛上隐居了17年。

莫凯马瑞把杜克拉斯带到客房，突然把房门反锁了，还莫名其妙地说："这是为了你好。"

当杜克拉斯想办法把房门打开的时候，热带地区的夜晚已经来临。一声声凄厉的嘶吼传来，更添了几分夜晚的神秘。杜克拉斯闻声向前走去，来到一座大房子前——要是事先知道里面有些什么东西的话，他是绝对不会进去的。

当然，那些笼子中缠着绷带的动物并不很吓人，而泡在药水里的畸形的婴儿也只能说明这间实验室很不一般，但是，躺在手术台上的那个躯体却令杜克拉斯毛骨悚然：一个远古神话中的怪物！像是在猪的躯干上长出了人的四肢。一团红色肉块正从这具躯体中挤出，是一个婴儿！婴儿张开歪嘴巴，睁开混浊的眼睛……捧着它的那位医生猛地扯下白口罩，把一张扭曲的拼凑起来的面孔转向杜克拉斯。

杜克拉斯被这巨大的恐惧吓得夺门而逃，却在门口迎面撞上两个"人"，他们对他扬着似人似畜的脸庞。他疯了一般地逃走了。

少女爱希在树丛中找到躲在那儿、浑身发抖的杜克拉斯，说："我帮你离开这儿，但是请不要把我父亲的事情告诉任何人！"

爱希和杜克拉斯逃过了兽人们的追捕，看见了四肢着地伏下正在山涧边饮水的"豹人"路米。路米似乎想要掩饰什么，四足着地，迅速地蹿进林中。杜克拉斯后来才知道，兽人们被严格禁止"用四肢走路"。路米违背的不只是这一条禁令——爱希和杜克拉斯还在路上发现了一具兔子的尸体，它被人撕裂了。

但此时，他们没空去理会这件事。爱希带着杜克拉斯，找到了猿人阿萨斯曼。

爱希恳求道："请你带我们去塞恩弗拉那儿！"

阿萨斯曼查看了一下杜克拉斯的手掌，确认他是一个高贵的"五指人"之后，才领他们来到兽人聚居地。莫罗博士以无与伦比的才能和美学观，创造出了一个怪物王国。这些兽人没有一个不是奇形怪状的，他们直立行走，却弓着腰、驼着背，很古怪，不像人那么挺拔。他们甚至缺少作为兽类的威猛矫捷，只会让人觉得丑陋猥琐。

杜克拉斯克制着自己呕吐的冲动，跟随爱希乘升降机进入地下大厅。那儿，兽人"牧师"塞恩弗拉正在向许多半人半兽们宣教："做人难。但是，既然父亲已经让我们成了人，我们就不该再做那些可耻的事，四肢着地走路，喝水发出怪声，吃肉……"

爱希冲塞恩弗拉叫道："有个五指人需要你的帮助！"

塞恩弗拉走下讲坛。但杜克拉斯还没来得及说出他的请求，高亢昂扬的号角声就传入了地下大厅，引起了兽人们的一阵骚乱："父亲"来了！

兽人们欢呼着，以动物特有的姿态跳着舞。岛上之神莫罗博士坐在由兽人拉着的破汽车上，驾临此地。他满脸都是白粉，神色庄严。杜克拉斯身不由己地被拥出了大厅。

初次见面，杜克拉斯对博士就毫无好感。实际上，杜克拉斯现在对任何人都不信任，不管是那些勉强成形的兽人，还是莫罗博士与莫凯马瑞这两个"真正的"人。

博士对杜克拉斯的处境深表理解。为了证明兽人不会对人构成威胁，他按动了手中的脉冲发生器。顿时，一声声惨叫从兽人们之中发出，他们全部摔倒在地。看着飞扬的尘土中那一个个翻滚抽搐的躯体，杜克拉斯觉得自己几乎要崩溃了。

在莫罗博士的客厅里，"卸妆"后的博士执意要给杜克拉斯介绍自己的几个"子女"。当然，第一个是爱希，她是这个岛上唯一一个能让杜克拉斯安心的人。而博士的四个"儿子"显然是基因混合的产物，就像岛上那些半人半兽们一样。小侏儒马基，是个恃宠而骄的小家伙，也是博士的贴身跟班；屈迪，友好而蠢笨；麦令，长着猫科动物的脸，敏感而害羞；阿沙素鲁，就是前夜在大实验室接生婴儿的那个"大夫"，像狗一样谄媚而阴险。

然后，博士介绍了一下自己的研究工作。这 17 年之中，他一直努力想通过把动物和人的基因移植在一起来产生"完美的人类"。他正一步步地走向自己的目标，甚至比别人想象的走得更近。

杜克拉斯认为这种实验存在道德上的质疑，博士则争锋相对。他们的争论出乎意料地被阿沙素鲁打断——他装模作样地把一个大盘子放到了餐桌上，盘中是一只烤熟的兔子。几个"儿子"们看着这道美食，惊喜异常，馋得不行。

博士却大动肝火，因为为了避免兽人们的"兽性"被引发，他们被禁止吃肉。

兔子是莫凯马瑞带杜克拉斯上岛时杀的。莫凯马瑞虽然知道岛上从不食肉，但是嘴里实在淡得不行，因此想趁机沾沾这位稀客的光，解解馋，却没想到遭到了博士的训斥。

莫凯马瑞对杜克拉斯说："只有你见到我杀兔子了。"

"那倒未必。"

杜克拉斯和爱希说出了路米杀死兔子的事情。路米一定是看见莫凯马瑞的行为，才被激起了嗜血的欲望。这严重破坏了岛上的"法规"。

虽然在杜克拉斯看来，那一套一本正经的宣教程序非常荒唐可笑，但博士还是把兽人们都召集到一块，让"牧师"塞恩弗拉向他们当场宣讲法规。

"有人杀生了。"

博士的声音通过扩音器传出，回响在兽人们的上空，他们心惊肉跳。

博士喊出了违法者的名字："路米！"

审判就要开始了。豹人路米的眼中凶光闪烁，他身边的好友"袋狼"低低地哀鸣着，怯生生地躲开了。路米像人一样向前跑了几步后，就不再理会"法规"，而是四肢着地，大吼着扑向博士！

　　但博士一按下脉冲发生器的电钮，路米就翻倒在地，惨烈地号叫着。兽人们屏住呼吸，大气都不敢出。

　　等博士认为惩罚够了，松开按钮时，路米已经筋疲力尽，只能无力地趴在地上喘息。博士走上前去，用手抚摸着他的头，低声说："我的孩子，我原谅你！"

　　路米吃惊地抬起头。他那半兽半人的心被搅乱了，被感动了，他充血的双眸重新变得清澈，在他突露利齿的口中，发出低沉的呼唤："父亲！"

　　此时，阿沙素鲁突然走过来，瞬间就用一把手枪对准了路米的头，然后扣动了扳机。一声枪响就像晴天霹雳，兽人们都惊呆了。

　　阿沙素鲁对同样吃惊的博士说："不是你让我执法的吗，父亲？"

　　博士问："你从哪儿弄的枪？"

　　阿沙素鲁转向了莫凯马瑞。

　　面对惊恐不安的兽人们，塞恩弗拉依然在宣教："法律规定不准杀生！不管是因为什么原因……"在默默不语的兽人当中，悄悄滋生了一种深刻的阴暗情绪，特别是袋狼，他的目光中流露出无法宣泄的悲愤，他的心里悄悄播下了灾祸的种子。

　　路米的尸体被火化了。袋狼一个人来到火化炉前，捧起路米的焦骨。他所会说的人类语言不足以表达他的心情，他只能像受伤的野兽一样痛苦地哀鸣。突然，他的手指碰到了路米肋骨上附着的一颗异物。那是一枚植入器，用来接收"痛苦之源"发射的电脉冲的。袋狼的呼吸变得急促起来，他的大脑迅速运转着、思考着……他用手按着自己的肋部，摸到了有硬结的位置……周围无人，他愤怒地吼叫着，一根爪子深深刺入自己体内……

　　又到了为兽人注射血清的时候了，这些血清能够防止他们退化成动物。这也是博士的发明，如果"人性"有分子式，可以通过形成化合物的形式注入兽人体内，那么相信他已经成功了。他的理想就是把兽变成人，把人变成完美的神。

　　注射了掺有迷幻剂的血清，兽人们情绪极好，他们在草地上开心地玩耍，除了袋狼。他已彻底不信任博士和他的助手，他要保持着自己的独立，即使是作为兽类。他伏在一棵树后冷冷地看着。

　　莫凯马瑞招呼他说："袋狼，来，别怕！"

　　袋狼向他扬了扬前爪，爪尖上是一枚带血的植入器。他恨恨地说："不再有痛苦了！"

　　莫凯马瑞大惊失色，这就是说袋狼将不再受到任何管束了！他赶忙跑到载血清的车边拿出了枪，但袋狼早已逃得无影无踪。

阿沙素鲁伏在他耳边，兴奋、谄媚地喘息着说："主人，大搜捕？"

莫凯马瑞肯定地说："大搜捕！"

袋狼开始为躲避枪弹、麻醉弹和往日同伴的锐爪、利牙而四处逃亡。这是他为"自由"不得不付出的代价。

杜克拉斯无法忍受这种疯狂的生活，于是就利用岛上的电台向外界求救，希望能逃出去。

但是莫凯马瑞把电台破坏了，他说："你是不是想让他们把我们统统抓走，然后把爱希送去马戏团？爱希和我们不一样，知不知道？她也需要注射血清，而外面没有这种血清。"

就在这天晚上，爱希忧心忡忡地对莫罗博士说："父亲，我的样子在变化！我开始退化了……"

同样也在这一夜，袋狼不再孤独。几个兽人在树林深处找到了他，不无小心地接近，还给他看在手中的兔子尸体。

深夜的时候，博士被客厅中的声响惊动。他出去查看时，却看到袋狼和另外几个兽人闯了进来，正在用爪子摆弄钢琴。

兽人们为博士平时的威严所震慑，马上散开，蜷缩起来。博士在钢琴旁坐下，说："孩子们，你们刚才弹得很有意思。让我来教你们学习十二音体系……"

兽人在柔和的琴声中不由自主地慢慢靠拢。袋狼跪着伏在博士脚边，博士抚摸着他的头。袋狼悲痛地一声长嚎，是委屈，还是悔恨？没有人知道。也许他依然非常留恋作为一个"人"的那些日子，也许他很难放下作为一个"人"的情感，包括对博士的敬畏和服从。

他猛地抬起头，声音沙哑而浑浊："我们究竟是什么，父亲？"

博士支支吾吾的。

袋狼又问："为什么你要让我们痛苦？"

博士慢慢退到客厅门口，从黑影中跳出来了侏儒马基，他偷偷地把脉冲发生器递给博士。

袋狼领着兽人们渐渐逼近博士，又问道："父亲，要是没有痛苦，也就不会有法律，对不对？"

博士说："法律还是得维护的。"

他猛地按下电钮，袋狼却哈哈大笑。兽人们四肢并用，跳上了桌子、柜子，到处爬着，把博士团团围住。

袋狼阴险地说："我们用四肢着地走路，这就是法律！我们喝水发出怪声，这就是法律！我们尽情尽兴地吃肉，这就是法律！"

博士抓起一块动物的头骨，砸向一个兽人，这下子把兽人们的兽性全都激发起来了。他们一拥而上，爪牙并用，撕咬着这个创造了他们，给了他们智慧，教导他们说话与思考，却又让他们困惑，给他们带来无尽痛苦的"父亲"。

博士至死都不明白，自己的实验究竟在哪个环节上出错了。DNA 中能不能找到友善、暴躁、忠诚、叛逆、质朴、狡诈、爱、恨……那潜伏着的兽性，又是依附在哪个基因上？

当时袋狼他们却不会去想那么多。他们随心所欲地沉醉于暴行中，瞬间释放出来的本能促使他们愤怒而迷乱地吼叫着、抓咬着……

闻声赶来的杜克拉斯开了枪，兽人们四处逃散，袋狼从博士的尸体上把脉冲发生器拿走了。对他而言，这"痛苦之源"代表着法律与权威。从此之后，他本来可以"用四肢走路，随意吃肉"，做一头自由自在的野兽，但他对此并不满足，他选择了自己的命运。毕竟他身上有一半是"人"，毕竟，他从"父亲"那儿学到了许多东西。

博士的尸体如同路米的一样，也被火化了。

麦令担忧地哭泣着，感到自己的生命失去了依托。他说："父亲死了，法律还会存在吗？"

爱希也在哭泣，她跟杜克拉斯说，退化过程更明显了，犬齿变尖，耳朵迅速变长……莫凯马瑞手中有血清能够防止退化，杜克拉斯决心帮助爱希。

在实验室，杜克拉斯疯了似的翻找着，忽然听到有个声音在念着"福音"，声音通过扩音器而被"神化"了："为什么你只看见兄弟的眼中有刺，却看不见自己的眼中有梁木呢？"

他回过头，看见莫凯马瑞正在为就任新"神"做准备。他仿照莫罗博士的打扮，而且头脑似乎已经不太正常了，他说："我已经把所有的血清都毁掉了！"

杜克拉斯瘫地坐在地上，绝望了。

现在，兽人们在地下大厅里迎接这位新神——莫凯马瑞。他的主旨，就是让兽人们尽情地按着本能去做。博士严苛，而莫凯马瑞则是纵容。

一小队兽人们在杀死博士后，正在放肆地破坏着室内的一切，这时看到了阿沙素鲁。他是来投靠强者的，手里拿着枪。

他跪在地上，叫着："我知道哪儿有更多的枪！"

莫罗岛的灾难此时才刚刚开始。博士若地下有知，一定会后悔把人的智慧移植给野兽。

地下大厅里，兽人们围着"莫凯马瑞神"狂欢着，阿沙素鲁乘升降机走了进来，拜倒在莫凯马瑞的脚下。

莫凯马瑞笑着问道："猪狗喜欢干什么？"

阿沙素鲁说："追捕、猎杀！主人！"说完，他就掏出枪来，把莫凯马瑞击毙了。

大厅中一片混乱，袋狼率领他的部下冲了进来。

杜克拉斯在实验室里不停地搜索着，没找到血清，却发现了自己的基因样本，还有从自己身上所采取的基因的一系列图片记录。这时，他才明白原来博士一直没安好心，想利用他的DNA来做实验。

杜克拉斯带着爱希去地下大厅找莫凯马瑞，没想到却只看到一具尸体。这时，阿沙素鲁又出现了，他已变成了袋狼的走狗，要抓这个"五指人"去见他的新主人。爱希像猫一样愤怒地叫着，用手上已经长出的利爪四处乱抓。两个兽人抓住了杜克拉斯，阿沙素鲁则捉住了爱希。

他被侵入骨髓的妒恨驱使着，对她说："你还记得父亲怎样鞭打我吧？他可从未碰过肌肤娇嫩的你！"说完，他残忍地绞死了爱希。

袋狼将所有的兽人召集起来，自己则站在高高的台子上。没错，他畏惧"父亲"，憎根"父亲"，或许还曾经爱过"父亲"，而现在，他也要做"父亲"那样的人了。

阿沙素鲁像得胜归来的功臣一般，把杜克拉斯扔在袋狼的脚下。

袋狼夸奖道："好狗！"

阿沙素鲁兴奋地大笑，但他忘了，袋狼不会轻饶害死路米的凶手的。冲锋枪一阵扫射，这半人半犬的家伙就趴在了地上。

袋狼把脸靠近杜克拉斯："你告诉他们，五指人，告诉他们我是神，让他们服从我的法律。"

他掏出"父亲"的脉冲发生器，按下电钮，台下的兽人们马上哀号着倒下了。

杜克拉斯虚弱地说："你说得没错，你是神。"

袋狼把脸凑近，杜克拉斯接着说了下去："世界上只有一个神，"他看了看袋狼几个站在高处的同党，"你们几个一起杀了父亲，吃了他的肉，那么究竟谁才是新的神？他？还是他？大家应该服从哪一个呢？"

袋狼果然中计了，他高高地举起手中的枪，扫射站在高处的同伙，持枪的兽人们也马上向他还击。袋狼的腿部被击中了，他摔倒在地，枪也丢在了一旁。流弹把旁边的油罐打破了，麦令趁机捡起一根火把扔过去，顿时大火冲天腾起。

袋狼，勇敢、坚忍、残暴的袋狼，敢于选择自己命运的袋狼，第一个摆脱"法律"束缚、第一个挑战"父亲"的袋狼，他曾经是兽人们憧憬的英雄，现在却成了众矢之的。所有兽人都涌向他，冷酷地殴打他，把他一次次打倒在地，他又一次次艰难地爬起来。袋狼从未如此孤独无助过，即使是上一次被追捕得走投无路时，也不曾绝望如现在。袋狼无法找到自己的位置——他不是人类，但也不是兽类。他拖着被打断的腿，走进大火里面，仰天长嚎着："为什么！为什么！"

这里唯一的真正的人杜克拉斯也在问自己："为什么？"

这一切暴行，这一切的痛苦……都是为什么？或许，不过是莫罗博士显微镜下几个基因片断的组合，就早已注定了这一切。这既不是袋狼的错，也不是阿沙素鲁的错，是博士在他们野兽的本性上，加入了人类的思想和欲望。

天亮了，杜克拉斯把仅存的一些行李搬上简易的木筏，准备远行。前来送别的是猿人阿萨斯曼、长老塞恩弗拉和小侏儒马基。

杜克拉斯说："我会再回来的，一定有能明白莫罗博士实验的科学家，他们可以帮助你们。"

塞恩弗拉觉得索然无趣，黯然地说："你还没明白过来吗？我们不需要科学家，我们要的就是跟着自己的本能走。两条腿走路……确实很累。"

忠实的救生艇

[美] 罗伯特·谢克里

还别说，AAA 行星清洁消毒公司的确够幸运的，正当两位合伙人迫切需要救生艇时，一艘造船界的杰作就适时地出现在他们眼前。

宇宙旧货商乔伊说："看看吧，仔细瞅瞅它卓越的传动装置，你们到哪里能买到比这更好的救生艇？"

"唔……"格力果尔心怀疑虑地应着，一副不置可否的样子。

乔伊继续他的甜言蜜语。他做出一副疼爱的样子，抚摸着小艇闪闪夺目的外壁说："看这密封舱多结实！我敢打赌它至少有 500 年的历史，但找不到一丁点儿生锈的地方。"

沃诺尔德说："外表看上去是不坏。"他内心迫切地想做成这单生意，但是表面上看起来还是漫不经心的神态："你说呢，格力果尔？"

格力果尔什么也没说。小艇的外观看起来无懈可击，它完全能担负起去克拉伊顿星球考察海洋的任务，但他和老板乔伊已打过多次交道，知道买他的东西还是谨慎为好。

乔伊叹息道："这种小艇的发动机简直是个奇迹，就是用大号铁锤也砸不坏。现在已经没人造了。"

格力果尔好不容易才从牙缝中挤出这么一句话："看上去不错。"

AAA 行星清洁消毒公司过去和乔伊有过业务上的往来，这促使格力果尔对其保持了极高的警惕。并不是说乔伊是个骗子，他从宇宙各处搜罗来的旧货实际上都能运转，但古老的机器的性能往往难以摸透，能不能驾驭是个问题。

格力果尔不再拐弯抹角，直说道："我只要求它能绝对保证安全。它的外表美不美，甚至在耐用性、快速性或舒适性等方面我都不在乎，都可以让步！"

乔伊忙不迭地点头表示同意："一定，一定的！安全应该是最主要的一点，你们可以自己进去看个明白。"

三人进入小艇，乔伊走到操纵台前轻轻一按按钮，格力果尔立即听到一个声音在自己头脑中回响："我是 324－A 号救生艇。我的主要任务是……"

格力果尔非常感兴趣，问："这是心灵感应吗？"

乔伊得意地笑着说："这是思维的直接传递，这就使所有语言方面的障碍都消除了。我对你们说过，这种小艇现在已没有人生产了。"

大家又听到小艇说话了："我是 324－A 号救生艇。我的主要任务是保证乘员的绝对安全，保护各位的生命不受任何威胁，维护你们的身体健康……"

乔伊继续喋喋不休地宣传："没有比这更加安全的艇啦！它不是冷冰冰的一堆钢铁，而是一艘能给你们带来无微不至的关怀的智能小艇。"

沃诺尔德有些迫不及待了，说："我们买下来了！"他总是无法克制自己的购买欲。

"你们绝对不会后悔。"乔伊表现出了一贯的坦诚与绅士风度，正是这种风度让他财源滚滚。

格力果尔唯一希望的是，这一次乔伊所说的承诺是真实可信的。

第二天，救生艇被装上星际飞船，沃诺尔德和格力果尔随即朝克拉伊顿星球方向风驰电掣而去。克拉伊顿星球位于南方星系的中心，不久前被人购下。那里大小和火星相仿，但气候更为舒适，是理想的移民点。星球上没有传染病或有毒植物，没有会带来麻烦的土著居民，甚至连对人有威胁的野兽都没有。唯一的缺点是陆地太少，除了一座小岛和南极以外，整个行星全被海洋覆盖，好在许多地方的海水深仅没膝。这次 AAA 行星清洁消毒公司被请来，就是为了消除这个大自然造成的小小缺陷。

飞船降落在行星唯一的岛屿上，小艇立即被放入海中。他们先卸下仪器送往艇上，格力果尔还往小艇上放了不少三明治和一大罐饮用水，一切看起来都很完美。天刚亮，格力果尔就来到驾驶室，沃诺尔德利索地按下第 1 号按钮。

他们听见小艇说话了："我是 324－A 号救生艇。我的主要任务是保证乘员的绝对安全。保护各位的生命不受任何威胁，维护你们的身体健康。现在我的功能只有部分被启动，如果要求完全启动，请按第 2 号按钮。"

格力果尔按下了第 2 号按钮。

底舱深处发出一声低沉的巨响，之后是死一般的寂静。

沃诺尔德判断说："不是什么地方短路了吧？"

他们一起看了看舷窗外，格力果尔发现海岸越来越远，他有点担心，操纵台上连驾驶盘或舵柄都没有，甚至找不到任何杠杆之类的东西。怎样才能指挥这艘船呢？而且这儿那么多海水，陆地还少。

"是不是要通过心灵感应驾驶它？"格力果尔试着下命令，口气不容置疑："慢慢往前走！"

小艇随即向前开去。

"现在稍稍向右行驶！"

虽然格力果尔并不懂得海上正规术语，但小艇依然唯命是从，两个人高兴得不得了。

格力果尔要求："向前开！全速前进！"

救生艇飞速向烟波浩淼的大海深处驶去。

沃诺尔德带着电筒和工具下到底舱，留下格力果尔单独进行考察。其实几乎所有的工作都被自动仪包揽了：确定海流方向，测量海底深度，发现水底最活跃的火山，画出水流图及海底地形图等。测量完毕后，只要引爆火山，使海底陆地冒出水面，就能完成改造这颗行星的工程了。

午后两点，格力果尔觉得第一天他们干的活不少了，就招呼沃诺尔德一起吃了三明治，从水罐中喝了水，还在克拉伊顿星球碧蓝的海水中畅游了一番。

沃诺尔德说："我找到故障在哪里了。只要把那根脱落的电缆焊上就行，马上就能修好。"

沃诺尔德重新下到底舱修理故障，格力果尔负责把小艇开回海岛。海洋绿波荡漾，四处奔涌着洁白的浪花，这美景使他心旷神怡。沃诺尔德在半个小时后又爬上来，脸上洋溢着胜利的欢乐，浑身沾满了脏兮兮的油污。

"搞定！现在再试试这颗按钮。"他说。

"还用试吗？我们马上就要到岸了。"格力果尔有点儿犹豫。

"那又怎样？检查一下它的全部功能总是有好处的。试一试没有什么大不了的。"

格力果尔同意了，伸出手再次按下第 2 号按钮。这次红灯闪烁，船体响起的是轻微的咔嗒声。

小艇再次说："我是 324－A 号救生艇。我的功能已全部启动，我已准备好保卫船员们的安全。我的一切行动都是由德洛伍族最好的专家预先编制程序指挥的，请完全信任我。"

沃诺尔德问道："怎么样，现在可以放心了吧？"

格力果尔说："挺好。不过什么是德洛伍族啊？"

小艇继续说："各位先生，我是你们的同志和战友，别把我当做没有知觉的机械。我对你们目前的处境非常了解，你们亲眼看到我方战船如何被霍该隐人无情的炮火打得溃不成军……"

沃诺尔德问："它在胡诌什么呢？什么船不船的？"

"……你们肯定历尽磨难才登上我这艘船，被有毒液体浸泡着能活下来真是奇迹……"

"难不成它是说我们在海里的游泳吗？胡说八道啊，我们是在体验这里的水质好不好……"

小艇的声音更加温柔体贴："……你们受惊不浅，神志不清，胡言乱语……先生们，不要为你们的恐惧而感到羞愧，这是战争，战争是冷酷无情的。我们和德洛伍的主力舰队失去联系，被抛往一个陌生的星球。我们只能把这批霍该隐野蛮人赶回太空中去，没有别的路可以走！"

格力果尔问："它在扯什么？这些胡言乱语究竟是什么意思？是不是有人犯糊涂，往它的记忆模块里输入了古代的电视剧剧本？"

沃诺尔德也很郁闷："整天听这些荒唐话谁受得了啊！看来我还得好好检修它才行。"

他们在慢慢靠近岛屿，小艇还在兴致盎然地说个不停，什么迂回机动战术啦，什么保家卫国啦，什么在困难情况下需保持镇定啦……说着，小艇的速度突然明显减慢了。

"发生什么事了？"格力果尔问。

小艇回答说："我要对小岛进行侦察。"

沃诺尔德和格力果尔你看看我，我看看你，都觉得莫名其妙。

沃诺尔德低声说："最好别和它争。"结果还是他自己憋不住了，说："这个我们已亲自察看过了，这个岛完全正常。"

小艇说："也许你说的是对的，但是在现代闪电战中，情况瞬息万变，个人器官感觉往往极为局限，容易产生错觉，所以绝不能依赖器官感觉，轻信表面现象。电子感官不会激动，永远保持警惕，而且不受情绪支配，永远不犯错误。"

格力果尔急忙辩解说："不过这个岛真的什么也没有！"

小艇冷冷地说："我可是看到一艘陌生的宇宙飞船呢，而且没看到它上面有德洛伍的标志。"

沃诺尔德斩钉截铁地说："反过来说，它上面也没有敌人的标记！"他之所以这么肯定，是因为对这艘旧飞船的表面进行装修的是他本人。

"你说得没错，但在战争中应当遵循非我即敌的原则。我能理解你们的心情，你们渴望能让双脚踏上坚实的陆地，但我还得考虑得更加全面……"

格力果尔实在受够了这小艇的喋喋不休，嚷嚷道："行啦行啦，够啦！我命令你马上给我开往岸边！"

小艇说："我认为你极有可能得了脑震荡，已经失去了理智，所以我不能盲目执行这条命令。"

沃诺尔德伸手就去按开关，但他立即遭到电击，痛得他赶紧把手缩了回去。

小艇厉声说道："先生们，请放尊重些，除了受过专业训练的军官，没人能关闭我。因为眼下你们的思维非常混乱，我警告你们别再靠近操纵台，这是对你们的安全负责。现在我得把全部能量用来确定敌人的方位，等到摸透敌情时，我再对你们进行照顾。"

小艇沿着海岸全速前进，不多时就在海上画出了一条弯弯曲曲的航道。

格力果尔问："我们这是要去哪儿？"

小艇满怀信心地说："我们去和德洛伍的舰队会合。"它马上又补上一句："当然，前提是看我能不能找到他们。"

这两位朋友只好怅然面对那浩瀚无际的大海。

半夜里，格力果尔和沃诺尔德坐在船舱一角狼吞虎咽地嚼着最后一片三明治。救生艇的电子感官紧张地搜索 500 年前存在于另一星球上的那个舰队，它还在发疯般地在波涛上疾驶。

格力果尔问沃诺尔德："你听说过关于德洛伍人的事情吗？"

沃诺尔德是个博闻强识的人，他努力在脑海中搜索相关的记忆，然后回答："他们属于一种半蜥蜴状的生物种族，生存在离御夫星座不远的一颗小行星上。那个种族几个世纪前就已经消亡了。"

"那么霍该隐人呢？"

沃诺尔德摸了半天，才从袋中摸到一小块面包屑塞进嘴里："和德洛伍人差不多，同样是那种生物种族。它们进行过一场愚蠢的战争，结果两个种族都灭绝了。我们这艘小艇显然是个例外。"

格力果尔提醒他说："我们怎么办？别忘了它认为我们是德洛伍的战士。"他疲惫地叹息说："你说该怎么劝这艘破船回心转意？"

沃诺尔德怀疑地摇摇头："我看不太可能。对它来说战争还没有结束，到处都在热火朝天地打仗，它的一切思维和行动都是从这个前提出发的。"

格力果尔又问："它能听见我们所说的话吗？"

"这倒不一定，它并不能真正读出别人的思想，我估计它的感知中心只能接受直接朝它发话的内容。"

"应该是。"格力果尔痛苦地模仿乔伊的话说，"我对你们说过，这种小艇现在已没有人生产了。"此刻他恨不得乔伊就在他面前，这样他就能好好揍乔伊一顿。

沃诺尔德说："目前的情况可不乐观，全部麻烦在于小艇误入歧途，它现在是一个偏执狂和妄想症患者。不过我认为这种情况不会坚持多久，马上就能结束了。"

格力果尔问："为什么？"

沃诺尔德说，"你想想，小艇的主要任务就是保护我们的生命，这就要求它应该让我们吃饱。现在三明治吃完了，剩下的食品都留在岛上，所以我断定它迟早得让我们回到那里去，除了那里，没地方能找到食物。"

没几分钟，他们发现救生艇果然绕了一个弧圈，继而改变了航向。

"我竭尽全力也没能找到德洛伍的舰队，所以我准备回去对岛屿再次进行侦察。我们很幸运，附近没有敌人，现在我能腾出手来对你们进行细心地照顾。"

沃诺尔德用胳膊轻轻杵了杵格力果尔："听到了吗？一切都和我猜的没有什么两样，现在进一步来证实我的假设。"他回过身对小艇说："你是得照顾我们了，我们饿了。"

格力果尔也提出同样的要求："是，给我们准备些好吃的吧。"

"没问题。"小艇说。

壁间伸出一个盘子，里面满满地堆着样子有点儿像黏土的东西。他俩同时闻到一股让人反胃的机油味。

格力果尔问："这是什么东西？"

小艇说："这是德洛伍人最喜爱的食品季赛沃，我能用 16 种不同的方法来烹调它们。"

格力果尔厌恶地尝了尝，那滋味简直能与机油拌黏土媲美。

"我们可吃不下这种玩意！"

救生艇疼爱地说："怎么会吃不下呢？成年的德洛伍人每天都要吃 5～30 磅季赛沃，吃完了还直喊要再来一份呢。"

盘子凑得更近了，吓得这对朋友赶紧躲到一边。

沃诺尔德决定向小艇摊牌："你给我听好！我们不属于德洛伍族，而且你所说的战争在 500 年前就结束了。我们是人类，是完全不同的生物。我们不吃季赛沃，我们能吃的东西在岛上。"

"这是士兵们常犯的自欺症，神经错乱，企图逃避现实，这是由于严酷的现状所造成的。先生们，快醒醒吧！"

格力果尔怒吼："该正视现实的是你！信不信我马上把你一个螺丝一个螺丝都拆散！"

小艇不动声色地说："别想吓唬我，我了解你们。看来你们的大脑已经被毒水严重损伤了。"

格力果尔呛得说不出话："毒……毒水？"

沃诺尔德提醒他："这是对德洛伍人而言的，水对德洛伍人有害。"

救生艇接着说："如果你们的病情严重到了一定程度，我会对你们的大脑进行手术。这是最后的手段，在万不得已的情况下才使用。战争就是战争，战争永远是残忍的。"

它打开柜板，向两人展示里面的一大堆亮晶晶的外科手术刀。

格力果尔赶紧声明："天啊，我们感到好多了，季赛沃很能挑起食欲，是不是，沃诺尔德？"

沃诺尔德颤抖着说："真……真好吃！"

小艇用特别骄傲的声调告诉他们："我曾在全国季赛沃烹调大赛中获过冠军。士兵们，为了你们的健康，多吃一点儿，吃完了再添。"

格力果尔抓起一大把季赛沃，坐在地上装模作样地吧嗒吧嗒大嚼："真是人间美味啊！"

小艇说："非常好！现在我们的前进目标是岛屿，过一会儿我保证你们的感觉会更好。"

沃诺尔德追问："为什么啊？"

"舱里的温度居高不下，普通德洛伍人是无法忍受的，我真难以想象你们如何能挺到现在，换上别人早就吃不消了。请再坚持一下，我马上将温度调低到正常的零下 20 度，为了使你们精神振奋，我将同时演奏国歌。"

几分钟后，舱内明显变得恶寒袭人，同时传出一阵能让人起鸡皮疙瘩的有节奏的吱吱嘎嘎的怪声。艇外的波涛凑趣地打着拍子。

格力果尔无力地闭上双目，他只想睡觉，尽量不去注意那令四肢逐渐僵硬的寒冷。半睡半醒间，他被沃诺尔德的喊声叫醒："醒醒！醒醒！我们总得想点什么办法，不能这样下去！"沃诺尔德冷得上下牙齿不住地打战。

格力果尔迷迷糊糊地说："去求它把加热器打开……"

"这不可能。对它来说，我们就是德洛伍族人，而德洛伍族生活在零下 20 度。"

冷凝管穿过整个船舱，起先在管壁上形成一层薄霜，接着又蒙上厚厚的坚冰，连窗户上全是白乎乎的一片冰花。

沃诺尔德小心翼翼地说："我想到个主意。"他望着操纵台，在格力果尔耳边低低地说上几句。

格力果尔同意了："咱们试试。"

他们开始行动。

格力果尔抓起水罐，突然大步跨向船舱的另一侧。

小艇尖锐地盘问："你们想干什么？"

"我们要做做运动，德洛伍的战士得随时保持临战状态。"

小艇很无奈地说："那好吧。"

格力果尔把水罐抛给沃诺尔德，沃诺尔德张大嘴巴笑着，又把它扔了回去。

小艇警告说："你们对这个东西要当心，它里面含有致命的毒药！"

格力果尔说："我们会小心的，这个罐子还得送往司令部呢。"他又把罐子抛给沃诺尔德。

沃诺尔德把罐子又扔还给格力果尔，边扔边说："司令部需要它来对付荷盖温族。"

小艇好奇地说："真的吗？这倒很有趣，是很有创意的想法……"

这时，格力果尔使劲把沉重的水罐用力投向冷凝管，管子破裂，里面的液体流得满地都是。

沃诺尔德说："老伙计，真是个臭球！"

格力果尔装出惊讶的样子："瞧我干了什么！"

小艇忧伤地喃喃说："我警告过你们了……我再也无法降低温度啦，情况非常严重。"

"如果你让我们登岛……"沃诺尔德刚刚开口，就被小艇打断了："这不行，你们是根本无法在这样的大气中生存的。我的基本任务就是保护你们的生命，我会想出别的办法来保证你们安全的。"

格力果尔心中又升起一阵恐惧："你还准备干什么？"

"时间很宝贵，不能再浪费。我得再次侦察这个岛，如果还找不到我方部队，就必须去德洛伍族最有可能生存的地方。"

"那地方在哪里？"

小艇说："就是这颗行星的南极。那里的气候最理想，据我的推算有零下30度。"

发动机发出吼叫声，小艇充满歉意地补充说："当然，我还得采取一切措施以确保不会再发生任何事故。"

这时，小艇迅速提速，"咔嗒"一声响，船舱被密封上锁了。

沃诺尔德急了："赶快想想办法。"

"我想不出任何主意。"格力果尔回答。

"我们说什么也得离开这里，船一靠岸就得走，这是我们最后的机会。"

格力果尔问："直接从舷窗跳出去怎么样？"

"如果你没有把冷凝管打坏，我们也许还能有点机会。现在它处于高度戒备状态，绝对不可能做到了。"

格力果尔失望地说："我懂，不过这全怪你出的馊主意。"

"怎么又怪我了？我清清楚楚记得是你先提出这个建议的，你怎么能说我……"

"行啦，事情到这一步怪谁也于事无补了。我们能在接近岛屿时切断它的能源吗？"

沃诺尔德说："不行，五英尺之内没人能接近到它。"他对上次所受的打击心有余悸。

"确实，"格力果尔把双手放在脑后，一个新主意逐渐在他脑海中清晰起来，"可以试试……虽然很危险，但是在这种情况下……"

就在这时，小艇通知说："我马上要考察岛屿了。"

格力果尔和沃诺尔德从船首舷窗向外望，看见岛屿已近在一百码左右。他们那艘飞船在朝霞的背景衬托下格外亲切。

沃诺尔德说："太美了。"

"确实是。"格力果尔说。格力果尔通知小艇说："我敢打赌德洛伍的战士就待在地下的掩体里。"

小艇反驳说："绝对不可能，我已勘察到地平面下深达一百码的地方，一无所获。"

沃诺尔德说："如果真是这样的话，我只好建议马上登陆，让我们自己去进行更为仔细地侦察。"

小艇坚持说："相信我，岛上没有智能生物，我的电子感官比你们要敏感得多。德洛伍族需要战士，尤其需要像你们这样坚强和耐热的战士，我不能让你们去冒险。"

沃诺尔德说："我们是自愿去适应那种炎热气候的。"

"你们太爱国了！"小艇真心赞叹说，"我知道你们现在有多么苦，必须让你们这些忠诚的战士得到应有的休整，我现在马上出发去南极。"

格力果尔想，不管他们是否考虑周全，必须得放手一搏了。

他反对说："这没有必要。"

"你说……什么？"

格力果尔用一种神秘兮兮的语气说："我们在执行一项特殊的任务，我们本来不能把这项任务的秘密向你这种低等级的小艇公开，不过现在情况特殊……"

沃诺尔德在旁帮腔："是的，现在情况特殊，我们可以对你说出真相。"

"我们是敢死队，肩负着在炎热气候下进行战斗的特殊任务。司令部对我们下令要我们登陆占领这个岛屿，等待大部队到达。"

小艇说："我对此一无所知。"

沃诺尔德轻蔑地说："你当然不会知道，你不过是一艘普通救生艇！"

格力果尔命令说："立即让我们上岸，不得延误！"

小艇答道："你们应该早告诉我这件事，我自己又怎么能猜到呀？"

小艇缓缓转身朝小岛驶去。

格力果尔激动的心脏狂跳，他简直不敢相信这么差劲的谎言居然能轻易成功。但换个角度想，在建造救生艇时就是依据它应该信任驾驶员的话语而设计的，所以这也不奇怪。

在寒冷的曙光中，他们距离海岸线只有五十码远了，可这时小艇又意外地停止前进。

它说："我不能这样做。"

"为什么啊？"

"我真的不能。"

沃诺尔德勃然大怒："你这是什么意思？这是战争！必须服从命令！"

小艇伤心地说："这些我明白，可是非常抱歉，你们理应选用其他类型的船来执行这种任务，除了救生艇，哪种船都行。"

格力果尔央求说："可是你必须执行命令，你想想我们的祖国，想想那些万恶的强盗荷盖温人！"

"不行，我实在无法执行你们的命令，我无法让你们去送死。我的首要责任是保护乘员的生命安全，这条指令存放在我所有的记忆库内，它比其他任何指令都要优先。"

两位合伙人眼睁睁地看着小艇又缓缓离开岛屿。

沃诺尔德歇斯底里地尖叫："你将为此而被送上法庭！军事法庭会定你的罪！"

小艇悲哀地说："我只能按照预先输入的指令行事。眼下我没有别的办法，只能把你们运送去安全的南极。你们放心，一旦我发现主力舰队，我就会把你们移交给其他战舰。"

小艇瞬间提速，岛屿很快落在背后。沃诺尔德疯狂地扑向操纵台，结果受到猛击而仰面跌倒。格力果尔抓起水罐正想往锁住的门那里扔，但是脑海中猛然跳出一个疯狂的念头……

小艇央求说："我求你们别搞破坏了！我理解你们的感情，然而……"

格力果尔想："这个主意确实很冒险……但与其去南极，不如孤注一掷，反正也没有别的选择了。"他毅然决然打开水罐，说："既然我们完成不了任务，也没脸去见战友了，自杀是我们的唯一出路！"他喝下一大口水并把水罐递给沃诺尔德。

小艇发出刺耳的尖叫："你们不能这样！不能这样！这是最最致命的毒药水啊！"

很快，从壁间伸出一把电子钳，试图打落沃诺尔德手中的水罐。

沃诺尔德死抱住罐子不放，也喝下了一大口。

格力果尔瘫倒在地上，说："我们为德洛伍的光荣而死！"他暗示沃诺尔德学他的样子。

小艇呻吟说："我没有药剂能解毒，要是我能和流动医院取得联系……"它沉默了一会儿，恳求似的说："你们还活着吗？快回答我！"

格力果尔和沃诺尔德一动不动，躺着连大气也不敢出。

墙壁里又送出两个托盘："你们到底怎么样？也许你们再吃些季赛沃会感觉好些？"可是这对朋友依然没有动静。

小艇绝望地说："完了，全死了，死了……我应该为他们的灵魂祈祷。"

接下来是片刻的静寂，接着小艇低声絮叨说："伟大的宇宙之神，把你仆人的英魂收去吧。尽管他们是自己结束了生命，却是为祖国而死。请别对他们过分严厉，一切罪孽源于这场毁灭德洛伍族的战争。"

船舱的顶盖打开了，一股寒冷的晨风吹进来。小艇说："以德洛伍舰队赋予我的权力，我将满怀悲痛地把尸体献给浩渺的大海。"

格力果尔感到自己被抬起，穿越舱门放到甲板上，接着船身倾斜，他滚落下去。一会儿工夫，他已和沃诺尔德一起被海水所包围。

他低声说："坚持住，别沉下。"

岛屿触手可及，但救生艇还没走远，发动机声还在响。

沃诺尔德悄悄问道："你觉得它现在还想干什么？"

格力果尔说："我哪儿知道。"他祷告上帝，只希望德洛伍族千万别有火化尸体的传统。

救生艇在向他们靠近，只有几码之远。它的船头掉转，直朝他们……在极其紧张的气氛中，他们听见了悲哀的德洛伍国歌声。

小艇悲伤地小声嘀咕："安息吧……安息吧……"它返身驶向遥远的海洋深处。

终于结束了。直到此时，他们俩才敢缓缓游向小岛。格力果尔远远眺望小艇，它一定是要去寻找德洛伍人的舰队，它正毫不迟疑地向南方驶去。

思考者玩具

[英] 约翰·布朗勒

保罗·沃科尔为他的孩子们担忧。自从那场不幸的事故发生后，他几个月来都感到忧心忡忡。这种担心很特别——不是突如其来的变化，而是慢慢积累起来的那种。某天早上，他突然意识到：已经发生了。

以前，他和丽莎一向为他们的出类拔萃而自豪、而骄傲……他也说不上来他们之中究竟哪一个更让人不安。

从逻辑上说，应该是瑞科，这次事件虽然没有在他身上留下明显的伤痕，但是所造成的损害却是不容否认的。也许是直接的影响，留下了创伤；要么是间接的影响，让他看到自己母亲已可怕地死去，这是无法让人平静接受的。

但是从很多方面来讲，他更担心年长两岁的凯莉。她一直以来保持的平静也让人伤脑筋，尤其是她照顾瑞科的方式——她明显对这个世界毫无兴趣。早上，她会叫醒弟弟，让他们穿得干净整洁，按时吃早餐，安排他们回家。虽然他去上班时可以顺道送他们去学校，但当他们放学时他还在上班。他们大部分时候得坐公共汽车回来，偶尔也会坐住在附近的学生父母的车回来。他们都对丽莎的死感到震惊……对一个刚满 10 岁的孩子来说，如此的井然有序、如此的沉着镇定不太合适。原则上来说，这样的安排很不错。正如他的朋友们经常提醒的那样，这就是说他可以继续做他原来的工作，甚至偶尔还能加点班，一点也不必担心。

但他依然一直在担心，而且这种担心逐渐转移到瑞科身上来。慢慢的，他习惯了瑞科的心不在焉，但又不是完全听从这种感觉的支配。这个男孩乖乖地去上学，坚持上完课，或许还在汲取那些奇怪的知识。但是一回到自己的房间里，他就会坐在那儿，不管是晚饭前还是晚饭后，除非凯莉哄他去看电视、去玩他的电脑或是游戏，他的神情是——厌烦——这个词是保罗几个星期前想到的，用来描述瑞科真是再贴切不过了。厌烦得他似乎已经忘了他以前经常玩这些昂贵的东西，不去想他以前是怎样让它们运转起来的。有一段时间，保罗主动说要做他的游戏搭档，但都被他的冷漠给击败了。

每个周末，保罗都会寻找一些有意思的东西，比如开车去看比赛、表演或游览城外的旅游名胜等，他希望那些刺激因素能够唤醒儿子沉睡的心性。对于凯莉，他也给予了更多的关心，这次凯莉要求去逛一条商店路时，他很愉快地就答应了，因为他觉得应该给她买一些更为时髦的新衣服，不逊于她学校的朋友们。但是他并没有如愿，在她的坚持下，还是买了一些普通、实用的衣服。

不过还是有补偿性的收获。他在继续去市场前正再次逐项核对下个星期的杂货清单，这时凯莉若有所思地回到他这里。她穿着 T 恤、牛仔裤和运动鞋——她一直这身打扮，直到该换成毛衣、牛仔裤和靴子。

"我觉得你应该去看看那个，爸爸。"

他立刻问道："瑞科怎么没和你在一起？他在哪儿？"

"那就是我要你看的东西，看！"

瑞科就在那里，商店路的一个展览前，全神贯注地看着里面。保罗从没想过要去那里：我怎么就没想到玩具呢？好在，不管怎样，他又变成了一个孩子……

他赶紧跟着凯莉走，心中在想是什么东西突破了瑞科那层冷漠的盔甲。那儿聚集的除了小孩子外，差不多有一半多是青少年甚至是成年人。看来，一定是很特别的东西，因为这些人一般是不会去理会一些小孩子气的东西的。

一个推销员正微笑着向大家展示那些商品的性能，它们也确实有些性能。它们在一个拱门下表演，拱门上用明亮的彩色字母写着"思考者玩具"这几个字。一部分模拟的是一个现代化城市中的街区，高楼耸立；一部分模拟的是一个中世纪的城堡，那儿有城堡主塔、护城河和城墙；还有一部分则是冰封的海岸线，周围是小型的波浪。在这些东西的上面，小机器正在漫游，它们有的有车轮，有的有手臂或脚，有的有触手，有的有钩状物和吸盘，用来把自己拖上悬崖、树木或者垂直的墙壁。有时它们碰的障碍既无法越过，也不能穿过，于是，它们似乎是在自己的意愿的主导下，到展示台旁边那一堆杂物中去，那儿混杂着各种各样的东西。它们把这些东西拆开，或其他的配件，插上插头接通电源，然后重新开始巡游。看到特别有创造性的构造时，比如一个云梯，旁观的人们就会不时地拍手叫好并且大笑。另外还有一组电视屏幕播放着它们能进行的其他活动。保罗发现自己和其他人一起都被深深地吸引了。

"打扰一下。"一个犹疑不定的声音。

推销员调整了一下他的灯光范围，调到最宽。

"如果你把这些东西换一换。"

瑞科？难道是……没错，是瑞科在说话！这简直令人不敢相信。

"你是说把这些东西放到其他地方去？它们能迅速地了解情况，也会一直找到正确的方向的。比如说……"

他将一把备用的零部件抓起来查看。

"哦，孩子，能做到的。随便把它们扔到什么地方，它们碰到这些零件时就能辨认出来的，它们会记住它被放错了地方，你会看到它们把它收集起来，送回贮存处的。"

这些小机器正如他说的那样在表演，瑞科聚精会神地看着。推销员还在滔滔不绝地讲话以招徕生意，一个信用卡读出器边还站着两个漂亮的女孩，期待马上就会有人买。

"事实上，你们现在所看到的，不过是思考者玩具所能做的事情中微不足道的一部分。从这里的屏幕上，你会看到更多的信息，这儿还有我们的全色广告印刷品。"

随着他的提示，女孩们展开光彩夺目的广告传单，它们就像特大号的扑克牌一样。

"如果身边有思考者玩具的陪伴，你就会发现生活增加了无穷的乐趣，你会感到极大的满足，对成年人也是一样。想让你的思考者玩具为你接电话吗？还包括电视电话。它们有一百多种声音和身份，你可以用它们自带的，或者自己编辑也行。当你的伙伴不在场时，想要你的游戏机或电脑准确地采用他们的风格来和你过招？容易！你的思考者玩具能够分析和模仿任何人的风格，可与顶级专家的水平相媲美，你只要录下一个你们以前一起玩过的游戏的样本就行了。想让你的电脑和你的立体声系统、立体声系统和电视机、电视机和电话一体化吗？这样你就可以打电话回家，让录像系统录下你刚刚得知的一个节目。你的电话和你的炊具、微波炉、冰箱？它都可以为你做到！如果有两个或更多的这种小家伙，它们能做的事才令人惊叹呢！它们一起工作时能够打开冰箱或冷藏柜，能读懂储藏食物的标签，如果没有标签，它们会在电视电话上把它显示出来让你识别，然后再定位到你指定的食谱上，把这些准备好，等你回家。如果你想要同等质量或者质量更好的材料，它们也能够找出。它们还能从人不易到达的地方找回东西。它们不知疲倦、默默地打扫着卫生。在不需要时，它们会隐藏在角落里，一听到叫它们的名字，马上就会出现，开始活动。它们有超声，也有红外线，可与它们像手提式电话一样交流。用不着把它们与电线或电缆相连，虽然这样也可以——"

"喂！"有一个听众大声叫起来，"它们要是能做所有这些事情，还能称它们为玩具吗？"

推销员温和地回答说："它们只是用来玩的。很多人觉得生活没有什么乐趣，设计思考者玩具就是希望在生活中增添乐趣。而且……"

他故意压低了声——但周围的每个人仍然能听清他发出的每个音节——神秘兮兮地说："坦白地讲，我们公司以前计划推出一种家庭模式，只是用来做一些枯燥的工作，比如清理房子的四周，也许你们可以称之为比较朴实的设计。但是紧接着就出现了这种新的小东西，这种最新、最复杂的型号。我们能够给它们装备上所有能够想到的特色，而且……行了，我就告诉你们吧，思考者玩具干得如此出色，来来很多人为自己的孩子买的，结果却留给了自己用，因此不得不回来再买一个，明白了吧?"

他亮出一口保护得极好的牙齿，有几个人因为他颇具诱惑力的夸耀而心中暗笑。

他补充道："当然了，没有必要让你们再跑一趟。这些年轻的姑娘们会热情地向你们展示我们的双份包装，这样你们能够少花 15％的钱。所有的思考者玩具都是保质保量的，这点毋庸置疑。"

凯莉轻声说："爸爸，你会给瑞科买一个吗?"

这些东西并不便宜，况且还要加上全套配套零件以保证能够让它进入任何房屋和公寓的任何地方。可是，自从瑞科从医院回家以后，这还是保罗第一次看见他表现出活力……

丽莎所买保险的赔偿金还在，保罗本来打算用在让孩子们读大学上，但现在有了例外。当瑞科兴致勃勃地仔细挑选着供任意选择的附件时，不再是表露出他通常的冷漠，这个例外的特殊性就更明显了。当保罗收好他的信用卡时，他感到了自从妻子去世以来的第一次轻松。

在中午饭后休息见面时，卡罗斯·哥麦兹问他："你中什么魔法了?"

保罗是这个公司的人事主管，而卡罗斯是计算机部门的经理，因此他们两个有很密切的工作关系。不过，他们经常被联系在一起，最主要还是在于瑞贝卡·哥麦兹曾经是丽莎的一个好朋友，而且他在这次悲剧发生以后，给了保罗很大的帮助，他经常开车从学校把瑞科和凯莉接送回家。

"你说什么呢?"

"你看起满面春风，跟变了个人似的。"

保罗向他解释了一下，还拿出口袋里一些思考者玩具的推销传单给他看。卡罗斯看了之后，轻轻地吹了一声口哨。

"我以前就听说他们在开发研制跟这种差不多的东西，只是不知道它已经投放到市场上了，还是面向孩子! 它一定有哪儿不对劲。"

保罗眨了眨眼睛："我还没发现有什么不对，你为什么这么肯定? 事实恰恰相反。凯莉急着想帮助瑞科有所好转，这可是她第一个真正的机会。接通这个小玩意的电源后，他们做的第一件事情就是给它起名字，最后定为母亲公爵。自从……那是我第一次发现瑞科有高兴的迹象……但是我发誓我最近真的听见他笑了，虽然声音很轻。

"然后他们开始尝试去做指南上所写的一切，我不得不因此把他们的晚饭送到瑞科的房间去，结果我这个父亲在午夜时昏昏欲睡。今天，他没去上学，而是待在家里，不过一次而已，因为……嗯，因为它给我的儿子带来的改变。"

他的语气变得很激烈，跟作战似的："我觉得它是极其正确的，可你立刻就下结论说它有地方不对？"

卡罗斯叹了一口气："冷静点，我并不是从你的孩子的立场来说它有哪儿不对，而是从他们最初对这些东西用途的设计的角度出发的。也许它们对家庭而言有不错的用途，不过在自动驾驶一架航班或者控制一家工业化工厂上，就没有多大用处了。"

"你以前听说过这种操作方式吗？没有？那么你凭什么这么肯定？"

"思考者玩具所做的就是依靠自己或者联合其他的东西去做类似的事情，那种小东西根本就不是为玩具市场开发的，保罗。"

"苏联人不是也在冷战中购买了为拉斯维加斯制作的游戏机吗？这样，他们才有可能插手电子产品。"

"没错，但那不是纯粹的玩具。赌博市场以 10 亿美元的规模在运转，而玩具市场中哪怕是最流行的产品也是一个季节出现，另一个季节畅销，下一个季节就没了。当然也有像芭比娃娃这种例外。但是你可曾见过一个胡椒藤玩具或者一个船长壳这么流行吗？所以我不禁对这些东西的用途感到奇怪，于是四处去打听。我能留下这个吗？"他轻轻拍打了一下广告传单硬硬的彩饰纸。

保罗点了点头，然后耸耸肩。但他还是对卡罗斯感到生气，在过去的几个月里，他一直惴惴不安，本以为终于结束了，现在却又发现有新的事情让他去担心了。

保罗到家后，看到凯莉一个人在厨房里忙碌着准备晚饭，就提高了警觉。

他问："瑞科在做什么？别告诉我他已经厌烦母亲公爵了！"

凯莉正在用力扯一个太紧的塑料盖子，她摇摇头说："不是。只是我们已经按照指南做了所有我们能做的——需要其他的连接器来连接厨房里的东西，比如说炉子和烤箱。他没把它们整理好——而且……噢，你最好自己去问他。我觉得他已经有一半摆脱我了——噢！"

那个顽固的盖子终于脱落了。

保罗向他儿子的房间走去，叹了口气："他会更快地摆脱我。"

这个男孩正坐在他的电脑前，沉思着。屏幕上显示着一些弯弯曲曲的迷宫似的线条。母亲公爵——更准确地说是它的躯干，没有附件——蹲在键盘旁。

他不太肯定地问："电路线图？"

男孩头都没回："嗯——嗯。"

"出什么问题了吗？凯莉说除了需要特殊部件的，你可以做指南上的一切。"

"嗯——嗯。"

"所以——嗯——你在操作自动诊断吗？"

"我努力在做，但无法让它正常运转了。"

"吃午饭时，我和卡罗斯·哥麦兹谈过，我们的计算机部门经理，你认识的。他似乎对这些玩具很感兴趣，拿给他看看，也许他能帮上忙，怎么样？"

"不。"这个男孩的语气里带着一种决心——这是自从事故发生以来，保罗记得的第一次，"我认为我知道哪儿出问题了，而且我宁愿自己去把它修好。"

他从椅子上费力地站起来，似乎一整天他都这样坐着。他补充了一句："我肚子饿了，凯莉在准备什么？闻起来不错。"

在和他下楼前，保罗的视线因泪水而模糊了，不得不等了一会儿。

第二天，凯莉说她要去上学，但瑞科不想去，他想继续处理问题，他觉得自己能做到。保罗不想和瑞科费力地争辩，他可不想因此而上班迟到，但要求瑞科答应第二天一定要去上学。看到思考者玩具出乎意料地出现在早餐台上，保罗万分惊喜。它有一个脑袋、两只手和两条腿——人类的外形。

它还举起手漂亮地敬了个礼，大声说道："是，将军阁下！"

瑞科以前也经常这样开玩笑——在还没有失去母亲之前……

在车里，他希望凯莉能不再那么超然和淡漠，但是并没有。

车在学校门前停下时，他鼓起勇气说："买母亲公爵好像是一个很明智的选择，是吧？"

凯莉带着她那种习惯性的严肃态度，耸了耸肩说："这样说还早了点。"

她走了，也没有和他吻别。尽管那也是日程之一。

卡罗斯今天出差去了，没在办公室。保罗得知是一批间接低价出售的贵重货物需要审验。卖方是一家破产的武器公司，曾因冷战结束而受害。

他决定给家里打个电话。要是瑞科还没有把问题解决了的话，两天不上学也该够了。况且，要是母亲公爵真的有什么毛病的话，他还可以星期天去退还，这是在保证书上写着的。

但他一进家门，凯莉就说没那个必要了。保罗又高兴起来，为儿子而自豪。瑞科在这次事故前就是个电脑高手，现在他似乎终于恢复过来了。保罗径直向楼上走去。

他温和地对瑞科说："瑞科，凯莉说你已经把问题搞定了。"

"嗯——嗯。"

屏幕上依然满是和昨天一样的线条，不过这次这个男孩好像一直在绘画，聚精会神地用他的鼠标在这里画上一点，那里画上一点，电脑把它们连接了起来。

保罗迟疑了一下，知道自己远远没有儿子对计算机懂得那么多，但他还是提起勇气问："你在修母亲公爵吗？"

"没错。"

"我之前并不知道你可以……我是说，就靠你现在的这些工具。"

"他就是那样设计的，在场内被修好。"

"场？"

"商店外面。它在那里才是一个真正的密集的集成电路块，令人惊讶的是，用相当小的电流你就可以给它写东西上去。当然，给它重新编制程序就是另外一回事了。"

"嗯——那你没有那样做？"

"没有。我只不过在整理它，把一些没用的东西给排除掉。"

"这么说，你确实发现它有什么问题？"

瑞科往后一仰，伸了伸懒腰："它就像我的大脑一样，被破坏了……嗯，我饿了。"

吃完饭以后，瑞科把盘子拿到洗涤槽处，然后宣布："好了，如果我明天早上不得不去上学的话，我必须确保母亲公爵完全没问题了。再见。"

凯莉犹豫了一下，缓和情绪，做出了让步："关于母亲公爵，我觉得你没说错。"

这是她能够做到的最好的地步了，但保罗还是度过了在很长时间里都没有享受过的很轻松的一个夜晚。

10点半左右时，瑞科大概已经满意了，从他的房间里打着呵欠走了出来，洗了个澡，然后平静地上床睡觉了。凯莉也决定这么做。在她上楼时，传来一声轻轻的匆忙奔跑的声音。

保罗大声问道："什么声音？"

"母亲公爵，它在这个时候非常警觉。你也要上床睡觉了吗？"

"再等一会儿，我先想给卡罗斯打个电话，看他是否已经到家——等等！我要像平时一样设好回答机呢，还是要编好母亲公爵的程序再接通？"

思考者玩具回答道："最好别那样做。"它停落在栏杆上。"我能做回答机的工作。我能记住除了周末以外你们平时的睡觉时间和起床时间，用一部最近的电话，根据当下的情况，调整好往外发出的口信。我还可以在房间里没人的时候接听电话，告诉对方你们可能在什么时候回来。要是想改变参数的话，告诉我一声就行了。而且，你们应该看过小册子了，至少我希望你们看过——我还可以操作调制解调器和传真机，根据电话来重新设置录像系统的程序……"

凯莉低声说："你忘了说一点，我们把你设置得声音听起来像我或瑞科或爸爸或唐老鸭，可以根据来电者想和谁交谈而决定。唐老鸭那个声音是专为骚扰电话准备的。爸爸，要是你感兴趣的话，你会发现它刚才用的声音是我们三人的混合。我跟瑞科说这样比较合适。”

保罗吃了一惊，然后笑了：“母亲公爵，我觉得你就要成为沃科尔家最特别的宝贝了。”

他伸手去拿电话。可视电话仍然十分昂贵，他们只有普通的那种。

没过一会儿，他耳朵边响起了瑞贝卡·哥麦兹那昏昏欲睡的声音。

“没，卡罗斯还没有回家，保罗。他打电话来说他们已经搞定了这笔交易，都到一家饭店去了。要让他给你回个电话吗？”

“不用跟他说了，我可以明天早上再跟他说。孩子们都睡了，我很快也就去睡了。晚安。”

“我已经在床上了，晚安。”

后来，卡罗斯把电话打了过来，他低声说：“保罗，我是卡罗斯，很抱歉这么晚还给你打电话，但你必须好好听着，我尽量长话短说。我得把声音放低些，瑞贝卡已经睡着了，我不想吵醒她。

“今天我和那家公司就价格达成协议后，就留下来和那些比较重要的人一起吃饭。我碰巧问到他们是否知道有关思考者玩具的事，结果得到了一些很有价值的信息。你还记得吧？我说过那些小东西就算能够干家庭用具的双份工作，它们也不是为玩具市场开发的。行了，这家公司在冷战时期曾生产过武器，这个人说他知道是谁制造的。虽然他不愿说出名字，但他告诉我为什么要生产这些玩意儿。阴谋破坏！把它们安置在敌人阵线的后方，或者撤退时留下它们，它们活动后就开始破坏任何碰到的东西。它们内部装有干扰功能，首先破坏的就是电子产品。它们还会引起火灾、损坏化工厂的轴承、旋开关闭的阀门，甚至松开铺在楼梯上的地毯的平头钉——这样人们会摔死……它们应该失去活性的程序，被改造得无害了。可是这个人说安全保障非常弱，你要是想让它自动化工作的话，可以在一小时内甚至在更快的时间内规避它。网络上已经有消息传出来了，你知道买的人有哪些吗？希望摧毁黑市交易的人、伊斯兰教联盟和被害者的后继者，还有——不好，我想我还是把瑞贝卡给吵醒了，上午再谈。再见。”

电话挂断了。接电话的不是保罗，是模拟保罗声音的母亲公爵。母亲公爵接着干它该干的工作，瑞科让它恢复自由就是为了这个。

“对不起，瑞贝卡——我不是故意把你吵醒的。”

“没事，我也没有完全睡着……这么晚了，你在和谁讲话？”

卡罗斯坐在床边一边脱鞋一边回答：“是保罗，保罗·沃科尔。我得到了一些关于那些思考者玩具的消息，不能等到早上再说。”

"要是那么要紧，怎么不在车上就给他打电话？"

"没有电话号码，我没把它存入汽车存储器里。"

"哦……"瑞贝卡努力要把眼睛睁开。

她突然一惊："你是说这件事不能等到早上？无论如何，现在只能如此了，是不是？"

卡罗斯正在解领带，停下来看着妻子："你在说什么？"

她勉强地靠着枕头坐了起来："你在和他的回答机通话，是不是？"

"不是！我在和保罗说话——"

"但是10点半左右的时候，他打电话来问你是否已到家，我跟他说没有。他就说孩子们都睡了，他也要去睡了。他是不是设好他的回答机了？"

"但是我能听出他的口音，他从来没变过，我听过上百遍了……噢，天哪！"

瑞贝卡现在已经睡意全无了："怎么了？"

卡罗斯迅速从衣服里掏出思考者玩具的广告。他说："没错，它们能够在电话里模仿主人的声音。"

"你是说它们能进行谈话，而且还能骗过打电话的人？"

"不，你说的是图灵测试，还没有机器能做到。但是它们能利用伊丽莎原理，那是以前的事，不过现在仍然在运用，而且铁定可以骗过人，尤其当人们处于压力之下和放松警惕时……瑞贝卡，我必须去看看沃科尔一家有没有出什么事。"

"但是他们怎么会出事呢？"没等他说完，她就下了床，匆匆穿上她随手抓到的衣服。

在房子前面，凯莉和瑞科穿着睡衣，光着脚，手拉手藏在一丛灌木的阴影处，等待着。听见一辆车开近的声音，他们没去理睬，因为仍然有人会在这个时候回家。

就在卡罗斯刹车的同时，从厨房那里传来了什么东西飞快移动的声音，很微弱。厨房的一部分在盥洗室下面，但大部分在保罗的房间——那曾经是他和丽莎的房间——下面。接着，这幢主要由木材建成的房子里，随着一道橙色的闪光，传来一阵噼噼啪啪的声音。后来经确定，是母亲公爵拧开了丙烷汽缸的阀门，点燃了泄漏出来的气体——这是通过对它的电源组短路的设计做到的。

闪光下，两个孩子也暴露了出来。

"瑞科和凯莉在外面做什么？保罗又在哪儿？"

"别出声！"卡罗斯手忙脚乱地解开安全带，"大声摁喇叭，尽量把每个人叫醒！拨打911！"

"别干傻事，卡罗斯——"

但是他已经冲向了门廊。凯莉和瑞科认出了他，似乎皱着眉头咕哝着什么。卡罗斯心里产生了一些怀疑，但是他没来得及去细想，就急忙伸手去开门，门被锁上了。怀疑跟屋内的火势一样越来越强烈、越来越明亮，但是他的时间不多了。他的车里有一根棒球棒，为了安全起见，他跑回去拿上。他打碎了门边的一个玻璃嵌板，够到了里面的锁。

这时，外面的汽车喇叭声已经打破了夜晚的静谧。灯开了，窗户也开了。卡罗斯发现厨房门是开着的，就砰地把它关上，这样，就在热气和烟涌上楼梯之前，他赢得了宝贵的几秒钟。他大跨步地冲了上去，前门不是唯一被锁上的。

怀疑几乎成了肯定，但他没有时间了。他打破了薄薄的门的侧壁，看到保罗正半醒不醒地走向窗户——他也是被喇叭声吵醒的。卡罗斯赶快把他拽下楼，跌冲进了花园。

几秒钟后，汽缸爆炸了，就像龙吐出的一口气一样，炸开了这幢房子所有的门窗，火焰从保罗房间下面的天花板处冒出来，从远处很快弥漫了过来，警报器尖叫着。

保罗摔倒在地，呛了一口烟，卡罗斯勉强站住了，大口大口地喘着粗气。他看到凯莉和瑞科就站在面前，他们板着脸，一副颓废无神的样子。

他低声问道："你们事先知道，是吗？"

他们俩面无表情，一声不吭。

"我想在市场上展示的思考者玩具，宣传它们的广告一定铺天盖地，保罗说，你们花了很多的时间在搜索网络，你们一定就是这样发现的。就像那个人说的，用来保证这种小东西无害的安全措施很容易被解除。"

瑞贝卡显然想对这些孩子唠叨一通，但卡罗斯没理会她，往后退了一步，把手放在臀部上。他没有注意到保罗已经摇摇晃晃地重新站了起来。

还没等他开口，卡罗斯就恳求着问道："但是，你们是为什么？"

两个孩子交换了一下眼色，然后瑞科耸了耸肩说："妈妈出事时，开车的是保罗。"

保罗·沃科尔对孩子们的担心成了现实。他必须与他们进行深入的、心灵上的沟通。